KB109987

프랭키 스슈타인

FRANKISSSTEIN:
A Love Story
by Jeanette Winterson

Korean translation edition is published by arrangement with Jeanette Winterson c/o Peters, Fraser & Dunlop Ltd. through Shinwon Agency Co.

프랭키 스슈타인

지넷 윈터슨

장편소설

김지현 옮김

민음사

우리는 질 수도
이길 수도 있겠지만
다시는 여기로
돌아오진 않을 거야.

—이글스,
「맘 편히 먹어(Take It Easy)」

1816년 레만호

현실은 수용성이다.

우리 눈에 보이는 것들, 바위들, 기슭, 나무들, 호수 위의 배들이 평소의 선명함을 잃고 한 주간 내린 기나긴 비의 잿빛으로 뭉개졌다. 돌로 만들어졌을 법한 집마저도 자욱한 안개 속에 흐늘거렸고 가끔 그 안개 사이로 문이나 창문이 꿈속 장면처럼 나타나곤 했다.

모든 단단한 것이 축축한 것으로 녹아내렸다.

우리 옷은 마르지 않았다. 우리가 안으로 들어갈 때는 — 들어가긴 해야 한다. 나가야 하니까. — 날씨도 딸려 들어온다. 흠뻑 젖은 가죽. 양 냄새가 풍기는 모직물.
내 속옷에는 곰팡이가 피었다.

오늘 아침에는 아예 벌거벗고 걸을까 하는 생각이 들었다. 젖은 천이 무슨 쓸모가 있는가. 어제는 싸개 단추가 너무 부풀어서 단춧구멍에서 빠지지 않는 바람에 드레스를 자르고 벗어야 했는데, 그런 단추가 무슨 소용이 있나.

오늘 아침 침대는 내가 밤새도록 땀을 흘리기라도 한 듯 눅눅했다. 창문은 내 숨이 어려 뿌옜다. 벽난로 쇠살대 너머 불꽃 속에서 장작은 자연의 배설물처럼 푸시식 하는 소리를 냈다. 나는 잠든 당신을 두고 흐릿한 계단을 따라 젖은 발을 내디뎌 조용히 내려갔다.

벌거벗은 채.

나는 집의 정문을 열었다. 비는 한결같이 무심하게 내렸다. 지금껏 이레 동안 비는 세차지지도, 약해지지도, 굵어지지도, 가늘어지지도 않았다. 흙이 더 이상 비를 삼키지 못해 주변 땅이 온통 물컹했다. 자갈길에선 물이 스며 나왔고, 잘 정돈된 정원에는 군데군데 샘이 터져 나와, 침식된 흙이 대문간에 생긴 걸쭉하고 시커먼 웅덩이들 속에 가라앉았다.

하지만 오늘 아침 내가 간 곳은 집 뒤편이었다. 비탈을 따라 높이 올라가 구름 속에서 숨을 돌리고 싶었다. 그곳에서 우리 아래 펼쳐진 호수를 내려다볼 수 있을 것이었다.

올라가면서 나는 너무나 아름답고 너그러운, 그러나 자신이 끼치는 영향력에 대해서는 무자비하기 이를 데 없는 자연 속에서 불도 없고 때로는 피신처도 없이 헤매고 다녔을 우리 조상들의 삶이 어땠을지 생각했다. 언어가 없는, 또는 언어가 생기기 이전의 상태에서는 인간의 정신이 스스로를 달랠 수 없다고 나는 생각했다.

그러나 자연의 어떠한 과잉이나 결핍보다 우리를 괴롭히는 것은 우리 생각의 언어다.

만약 언어 없는 존재가 된다면 — 그러면서도 짐승이 아니라 나 자신에게 더 가깝다면 어떤 느낌일까? 이 질문은 느낌을 묻는 것이 아니다.

여기, 소름이 돋은 채 덜덜 떨고 있는, 무능력한 살가죽을 덮어쓴 내가 있다. 개의 후각도 없고, 말의 속력도 없으며, 내 머리 위 어딘가 보이지 않는 곳에서 길 잃은 영혼처럼 울부짖는 독수리들의 날개도 없고, 이렇게 물을 쥐어짜 내는 날씨에 적합한 지느러미도, 인어의 꼬리조차도 없는 한심한 생명체의 표본. 나는 바위틈 속으로 모습을 감추는 저 겨울잠쥐보다도 실속 없는 몸을 가졌다. 나는 한심한 생명체의 표본이다, 생각할 줄 아는 능력만 제외하면.

런던에서는 이곳에서만큼 마음 편하지 않았다. 여기 호수와 알프스에서는 정신이 고독을 누릴 수 있다. 런던은 영속적이다. 현재가 허둥지둥 앞으로 나아가고 미래는 뒤로 물러나는 끊임없는 흐름. 반면 이곳의 시간은 그렇게 비좁지도 부족하지도 않기에, 무엇이든 일어날 수 있고 무엇이든 가능할 듯하다.

세상은 무언가 새로운 시작점에 있다. 우리는 우리 운명의 영혼으로서 형체를 갖춰 가고 있다. 그리고 나는 기계를 발명하지는 않지만 꿈을 발명하는 사람이다.

그런데 내게 고양이가 있으면 좋겠다.

지금 나는 집의 지붕 선보다 높이 올라와 있다. 김이 피어오르는 축축한 비의 장막 너머로 비쭉 솟아 나온 굴뚝들이 거대한 동물 귀처럼 보인다. 내 피부는 투명한 물방울로 뒤덮여 있어 마치 물로 수를 놓은 것 같다. 이렇게 장식된 내 알몸에는 어딘가 멋진 구석이 있다. 내 젖꼭지는 비의 신의 유두 같다. 숱 많은 음모는 어두컴컴한 여울처럼 세차게 흐른다. 빗줄기는 꾸준히 굵어져서 나를 가둔 폭포가 된 것 같다. 눈꺼풀이 물에 푹 젖었다. 나는 주먹으로 안구를 문지르고 있다.

셰익스피어. 안구(eyeball)는 그가 만든 단어다. 무슨 희곡이었더라, 안구라는 단어가 나온 것이?

이 약초를 라이샌더의 눈에 짜 넣어라
이 약즙에는 효험이 있으니

그의 안구를 되돌려 평상시의 시야를 회복시킬 것이다.*

그때 내게 그것이 보인다. 보인 듯하다. 무엇이 보이는 것일까?*

내 위의 바위들을 타고 빠르게 올라가고 있는, 누더기를 걸친 거대한 체구의 사람. 나를 등진 채 멀어져 가는 그의 움직임은 확신에 차 있으면서도 한편으로는 머뭇거린다. 너무 큰 발을 가진 강아지 같다. 소리쳐 불러 볼까 싶었지만 겁이 났다는 걸 고백해야겠다.

그리고 그 장면은 눈앞에서 사라졌다.

생각하기에, 만약 길을 잃은 여행자라면 분명히 우리 별장을 찾게 될 것이다. 그러나 그는 반대 방향으로 올라가고 있었다. 별장을 이미 보았는데도 지나쳐 가는 사람처럼.

정말로 사람을 보았다고 해도 심란한 일이고 헛것을 보았다고 해도 심란한 일이라고 생각하며 나는 집으로 발길을 돌렸다. 추위에 몸서리를 치며, 이번에는 옆문을 통해 살그머니 집 안으로 들어서서 구부러진 계단을 따라 올라갔다.

남편이 2층 복도에 서 있었다. 나는 이브처럼 알몸으로 그에게 다가갔다. 그의 셔츠 자락 밑에서 성기가 들썩이는 것이 보였다.

나가서 걷고 왔어. 나는 말했다.

* 『한여름 밤의 꿈』 3막 2장에 나오는 구절을 불완전하게 인용한 것.

알몸으로? 그가 물었다.
응. 나는 말했다.
그가 손을 내밀어 내 얼굴을 어루만졌다.

당신의 실체는 무엇이며, 당신은 무엇으로 이루어졌기에,
수많은 기묘한 그림자들이 당신을 모시는가?*

그날 우리는 모두 불 앞에 둘러앉았다. 우리에겐 초가 얼마 없었고 날씨가 개기 전에는 초를 구하러 갈 수도 없었기에, 방 안에는 빛보다 그림자가 더 많았다.
이 삶은 어수선한 꿈일까? 바깥세상은 그림자이고, 실체는 우리가 볼 수도, 만질 수도, 들을 수도 없으면서 이해하는 것일까?
그렇다면 어째서 이 삶의 꿈은 이토록 악몽 같고, 열에 들뜨고, 땀에 젖었나?
아니면 우리가 죽은 것도, 산 것도 아니어서 그런가?
죽은 것도 산 것도 아닌 존재.
평생토록 그런 상태를 두려워해 왔기에, 나로서는 죽음을 두려워하지 않고 내가 살 수 있는 대로 사는 것이 나아 보인다.
그래서 나는 열일곱 살에 그와 함께 떠났고 최근 이 년이

* 셰익스피어의 소네트 53.

내게는 삶이었다.

1816년 여름, 시인 셸리와 바이런, 바이런의 주치의 폴리도리, 메리 셸리, 메리의 배다른 여동생이자 바이런의 정부 클레어 클레어몬트가 스위스 레만 호숫가의 건물 두 채를 빌렸다. 바이런은 웅장한 디오다티 저택에서 지내는 편을 좋아했고, 셸리 부부는 그 저택에서 비탈을 따라 좀 더 아래쪽에 있는, 더 작고 매력적인 저택에서 지냈다.

그들 일행은 남자들이 여자들을 공유하는 악마 숭배자이자 색정광 무리라는 악명을 떨쳤기에, 그곳으로부터 멀리 떨어진 호숫가의 한 호텔에서는 투숙객들이 그들의 기행을 구경할 수 있게끔 망원경까지 설치했을 정도였다.

폴리도리가 메리 셸리를 사랑했던 것은 사실이다. 하지만 그녀는 폴리도리와의 동침을 거절했다. 바이런은 만약 퍼시 셸리가 그럴 마음이 있었다면 그와 동침했을 수도 있지만, 그런 일이 일어났다는 증거는 없다. 클레어 클레어몬트는 누구와도 잤을 수 있겠지만 이때에는 바이런하고만 잤다. 일행은 항상 함께 시간을 보냈다. 그러다 비가 내리기 시작했다.

내 남편은 바이런을 흠모한다. 두 남자는 매일같이 배를 타고 호수에 나가서 시와 자유에 대해 이야기한다. 반면 나는 클레어를 피하고 있는데, 그녀하고는 아무 화제로도 얘기할 수 없기 때문이다. 그리고 상사병 걸린 개 같은 폴리도리도 피해야 한다.

그런데 비가 오기 시작했고, 이렇게 폭우가 이어지는 나날에 호수에서 할 수 있는 일은 아무것도 없다.

그래도 이런 날씨 덕분에 저 먼 기슭에서 사람들이 우리를 볼 수 없게 되어 다행이다. 지난번에는 시내에서 뜬소문을 들었는데, 한 투숙객이 바이런의 집 테라스에 널어놓은 페티코트 빨래를 대여섯 벌이나 훔쳐보았다는 이야기였다. 사실 그들이 본 것은 리넨 침대보였는데 말이다. 바이런은 시인이지만 청결한 것을 좋아한다.

이제 우리는 물방울로 이루어진 무수한 교도관들에게 갇힌 신세가 되었다. 폴리도리는 자기를 즐겁게 해 줄 처녀를 마을에서 불러왔고, 우리 부부는 눅눅한 침대에서 할 수 있는 만큼 하고 있다. 하지만 정신에도 몸처럼 운동이 필요한 법이다.

그날 밤 우리는 김이 피어오르는 불 주위에 모여 앉아 초자연적 현상에 대해 이야기했다.

셸리는 달밤과 불현듯 나타나는 폐허의 풍경에 매료된다. 그는 모든 건물에는 과거의 흔적이 기억처럼 또는 추억처럼 깃든다고 믿으며, 때가 되면 이것이 풀려나올 수 있다고 생각한다. 하지만 그때가 과연 언제일까? 나는 물었다. 그러자 그는 시간이란 시간 속에 처한 사람이 누구냐에 따라 달라지지 않겠느냐고 했다. 만약 시간이 우리를 과거로 향하는 통로로 쓴다면…… 그래, 그런 경우도 있겠지, 어떤 사람들이 망자들과 대화하듯이 말이야. 그가 말했다.

폴리도리는 동의하지 않는다. 망자들은 이미 떠났어. 만약 우리에게 영혼이 있다 해도, 영혼은 돌아오지 않아. 영안실의 시체는 되살아날 가망이 없어. 이 세상에서든 다음 세상에서든.

바이런은 무신론자이기에 내세를 믿지 않는다. 우리를 따라다니는 건 귀신이 아니라 우리 자신이야. 그는 말한다. 그 말은 어떤 남자에게든 해당될 법한 말이다.

클레어는 할 말이 없기 때문에 아무 말도 하지 않았다.

하인이 와인을 가져왔다. 물이 아닌 액체가 있다는 것이 우리에게 위안이 된다.

우린 꼭 익사한 사람들 같아. 셸리가 말했다.

우리는 와인을 마셨다. 그림자들이 벽 위에 세계를 만들었다.

이건 우리의 방주야. 사람들을 싣고 둥둥 뜬 채 물이 잦아들길 기다리고 있지. 내가 말했다.

바이런이 말했다. 동물들의 후끈한 악취가 나는 가운데 방주 안에 갇혀 있던 사람들이 서로 무슨 이야기를 했을 것 같아? 그때 지구는 자궁 속 태아처럼 물주머니에 감싸여 있었을 텐데, 그들이 그걸 과연 믿었을까?

폴리도리가 흥분해서 끼어들었다. (그는 흥분한 채 끼어드는 행동을 워낙 잘한다.) 의대에서 그런 태아들을 다뤘어. 모두 다양한 단계에서 유산된 아기들이었지. 피할 수 없는 운명에 맞서 손가락과 발가락을 오므리고, 눈은 한 번도 빛을 보지 못한 채 감겨 있었어.

내가 말했다. 빛은 봤겠지. 아기가 자라면서 엄마 피부가 팽팽하게 늘어나 바깥 빛이 들어오니까. 아기는 햇빛을 향해 몸을 뒤집으며 즐거워한다고.

셸리가 내게 미소 짓는다. 내가 윌리엄을 임신했을 때, 그는 침대에 걸터앉은 내 앞에 무릎을 꿇고 앉아 아직 읽지 않은 귀한 책을 들듯이 내 배에 두 손을 대곤 했다.

이건 축소된 세상이야. 그는 말했다. 그리고 그날 아침, 오, 기억이 난다. 우리는 함께 햇살 아래 앉아 있었고, 나는 내 안에서 아기가 기뻐하며 발로 차는 걸 느낄 수 있었다.

하지만 폴리도리는 의사이지 엄마가 아니다. 그의 시각은 다르다.

내가 하려던 말은 그 뜻이 아니야. 그는 자기 말을 가로채인 데에 약간 분해하며(남의 말을 가로채는 사람들이 으레 그러듯이) 말했다. 내가 하려던 말은, 영혼이 존재하든 존재하지 않든 간에, 지각(知覺)이 생기는 순간은 수수께끼라는 거야. 자궁 안에 지각이 어디 있겠어?

바이런이 말했다. 남자아이들은 여자아이들보다 더 일찍 지각이 생기지. 나는 그에게 왜 그렇게 생각하느냐고 물었다. 그러자 그는 대답했다. 남성의 본성이 여성의 본성보다 더 완성되어 있고 활발하잖아. 이건 우리 삶에서 관찰되는 사실이야.

내가 말했다. 우리 삶에서 관찰되는 사실은 남자들이 여자들을 예속시킨다는 것이지. 바이런이 대답했다. 나도 딸이 있어. 그 아이는 유순하고 수동적이야.

에이더는 겨우 6개월밖에 안 됐잖아! 그리고 당신은 갓 태어났을 때 이후로는 그 애를 본 적도 없으면서! 남자아이든 여자아이든, 막 태어났을 때는 잠자고 손가락 빠는 것 말고 무슨 일을 할 수 있겠어? 그건 성별의 문제가 아니야, 생물학적 문제지!

바이런이 말했다. 아, 그 애가 근사한 아들일 줄 알았는데. 정 딸을 키워야 한다면 결혼을 잘할 거라고 믿는 수밖에.

삶에 결혼보다 중요한 건 없나? 내가 물었다.

바이런이 말했다. 여자의 삶에서? 전혀 없지. 남자의 삶에서 사랑은 별개의 문제야. 하지만 여자에게 사랑은 자기 존재 자체지.

내가 말했다. 내 어머니 메리 울스턴크래프트는 당신 말에 동의하지 않을 거야.

하지만 그분은 사랑 때문에 자살하려고 하셨잖아. 바이런이 말했다.

길버트 임레이.* 매력적인 남자. 기회주의적인 남자. 돈을 밝히는 남자. 변덕스러운 성격이면서 뻔히 예상되는 행동을 하는 남자.(어째서 꼭 이런 식일까?) 내 어머니는 런던의 어느 다리에서 뛰어내렸고, 어머니의 치맛자락이 떨어지는 몸을 떠받치는 낙하산이 되었다. 어머니는 죽지 않았다. 그래, 죽지 않았다.

어머니는 나중에 돌아가셨다. 나를 낳다가.

셸리는 내가 속상하고 거북해하는 걸 알아차렸다. 셸리는 내가 아니라 바이런을 보면서 말했다. 나는 당신 어머니 책을 읽고 설득됐어.

나는 셸리의 이런 점을 사랑한다. 예전에도 그랬다. 내가 열여섯 살 소녀였을 적, 메리 울스턴크래프트와 윌리엄 고드윈의 긍지 넘치는 딸로서 처음 만났을 때도 그는 이렇게 말했다.

메리 울스턴크래프트: 『여성의 권리 옹호』, 1792년.

당신 어머니 책들은…… 셸리가 특유의 수줍으면서도 자신감 있는 태도로 말했다. 당신 어머니 책들은 비범해.

나도 뭔가 해낼 수 있었으면 좋겠네. 나는 어머니를 기리는 뜻에서 말했다.

어째서 우리는 어떤 흔적을 남기고 싶어 하는 걸까? 그저 허영심인 걸까? 바이런이 말했다.

* 길버트 임레이는 메리 셸리의 어머니인 메리 울스턴크래프트의 첫 남편으로, 그와의 사이에서 첫 딸 패니 임레이가 태어났다. 메리 셸리는 둘째 남편인 윌리엄 고드윈과 낳은 딸이다.

아니, 희망 때문이지. 나는 말했다. 언젠가는 공정한 인간 사회가 도래하리라는 희망 말이야.

그런 일은 일어나지 않을 거야. 폴리도리가 말했다. 모든 인간을 없애고 처음부터 다시 시작하지 않는 한.

모든 인간을 없앤다고? 바이런이 말했다. 그래, 그러면 되지 왜? 방주로 돌아가는 거야. 신의 생각이 옳았어. 처음부터 다시 시작하는 거지.

하지만 이 세상엔 사람이 많아야 하는데 신은 겨우 여덟 명만 구했잖아. 셸리가 말했다.

우리가 있는 여기도 작은 방주나 다름없지. 안 그래? 바이런이 말했다. 물이 넘쳐흐르는 세상에 우리 네 사람이야.

다섯 사람이겠지. 클레어가 말했다.

깜빡했네. 바이런이 말했다.

잉글랜드에서 혁명이 일어날 거야. 셸리가 말했다. 아메리카와 프랑스에서 그랬듯이. 그러면 비로소 우리는 다시 시작할 수 있겠지.

그러면 혁명에 뒤따르는 일은 어떻게 피하지? 우린 우리 시대에 프랑스에서 일어난 문제를 직접 목격했잖아. 우선은 공포가 퍼지고, 모든 사람이 이웃을 염탐하는 첩자가 되어 버리지. 그런 다음에는 독재자가 나타나. 나폴레옹 보나파르트…… 그가 왕보다 더 낫다고 봐야 하나?

프랑스 혁명은 국민들에게 아무것도 주지 않았어. 셸리가 말했다. 그래서 프랑스인들은 자기들이 가지지 못한 것을 줄 수 있다고 주장하는 강력한 인물을 찾게 된 거야. 그런 인물이 나오기 전까지는 아무도 자유로울 수 없으니까.

만약 모든 사람이 충분한 돈을 갖고, 충분히 일하고, 충분히 쉬고, 충분히 배운다면, 그리고 자기보다 위에 있는 사람들에게 억압당하지 않고, 아래에 있는 사람들을 두려워하지도 않게 된다면, 인류가 완벽해질 거라고 믿어? 바이런이 특유의 부정적인 어투로 느릿느릿 물었다. 대답을 뻔히 예상하는 듯했다. 그래서 내가 그의 기대를 배반하러 나섰다.

당연히 믿지! 내가 말했다.

난 아니라고 봐! 바이런이 말했다. 인류는 스스로의 죽음을 좇아. 우리는 우리가 가장 두려워하는 것을 향해 달려가는 족속이라고.

나는 고개를 저었다. 이 방주에서 내 입장은 확고했다. 내가 말했다. 죽음을 좇는 건 남자들이지. 만약 당신들 중 한 명이라도 아홉 달 동안 한 생명을 포궁 안에 지니고 다닌 적이 있다면, 그러다 그 아이가 갓 태어나서나 어려서 죽거나, 가난이나 질병으로, 아니면 그 후에 전쟁으로 죽는다면, 당신네 남자들은 지금처럼 죽음을 좇지 않게 될 거야.

하지만 죽음은 영웅적이지. 바이런이 말했다. 삶은 그렇지 않고.

내가 듣기로는……. 폴리도리가 끼어들었다. 내가 들었는데 말이야, 어떤 사람들은 죽지 않고 다른 사람들의 피를 먹으며 계속해서 살아간대. 최근에 알바니아에서 어떤 무덤을 파헤쳐 봤더니 글쎄, 백 년 묵은 시체가, 그래, 백 년 묵은 시체가 (그는 우리가 경탄할 시간을 가질 수 있도록 뜸을 들였다.) 완벽하게 보존되어 있었다는 거야. 입가에는 신선한 피가 묻어 있었고.

그 이야기를 소설로 써 봐, 알았지? 바이런이 말했다. 그리고 일어나서 주전자에 든 와인을 따랐다. 공기가 습하니 그의 절뚝이는 걸음걸이가 더 두드러졌다. 그의 잘생긴 얼굴에 생기가 돌았다. 그래, 아이디어가 떠올랐어. 기왕 이렇게 방주에 갇힌 것처럼 지낼 거라면, 우리 각자가 초자연적인 것에 관한 소설을 써 보는 게 어때? 폴리도리, 자네는 움직이는 시체 이야기를 쓰고. 셸리! 자네는 유령을 믿으니…….

남편이 고개를 끄덕였다. 물론 나는 유령을 보긴 했지. 하지만 어느 쪽이 더 무섭나? 죽은 자가 돌아오는 것과, 시체가 움직이는 것 중에서?

메리? 당신 생각은 어때? (바이런이 나를 보며 미소 지었다.)

내 생각?

하지만 신사들은 와인을 더 따를 뿐이었다.

내 생각은? (나는 혼잣말을 해 본다…….) 나는 나의 어머니를 알지 못했다. 어머니는 나를 낳다가 돌아가셨고, 나는 너무나 완전히 어머니를 여의었기에 상실을 느끼지도 못했다. 그건 내 밖에서 일어난 상실이 아니었다. 그런 상실은 우리가 아는 사람을 여의었을 때 일어난다. 그런 상황에는 두 사람이 존재한다. 한 명은 당신이고, 다른 한 명은 당신이 아닌 사람이다. 하지만 출산 때는 '나'와 '나 아닌 사람'이 존재하지 않는다. 내가 어머니 안에 있었듯이, 어머니의 상실은 내 안에서 일어났다. 나는 나 자신의 무언가를 잃은 것이다.

아버지는 어머니 없는 나를 최선을 다해 돌보았다. 그 일환으로 아버지는 내 가슴을 채워 주지 못하는 대신 내 머리를 아낌없이 채워 주었다. 아버지는 무정한 남자가 아니다. 그냥 남자다.

어머니는 그토록 총명했음에도 불구하고 아버지의 가슴을 녹여 주는 난로이기도 했다. 어머니는 아버지가 불꽃에 얼굴을 데우며 서 있을 수 있는 장소였다. 어머니는 여성으로서 타고난 열정과 연민을 결코 제쳐 두지 않았다. 아버지의 말씀에 따르면, 아버지가 세상에 지쳤을 때마다 수없이 안아 주던 어머니의 품이야말로 세상에 존재하는 어떤 책보다 나았다고 한다. 나는 아직 쓰이지 않은 책들을 믿는 것만큼이나 열렬히 그 이야기를 믿으며, 내 머리와 가슴 사이에서 하나만 선택해야 한다고는 생각하지 않는다.

내 남편은 앞서 이야기한 바와 같은 기질을 지녔다. 바이런은 여자가 남자에게서 ―남자의 갈비뼈, 남자의 진흙으로부터 — 태어났다고 생각하는데, 내가 보기에는 바이런 처럼 똑똑한 남자의 생각치고는 이상한 것 같다. 내가 말했다. 신을 믿지 않으면서 성경에 나오는 천지 창조 이야기를 인정하다니, 이상하지 않아? 그러자 그는 미소 짓고는 어깨를 으쓱하며 설명한다. 그건 남자와 여자의 차이에 대한 비유야. 그는 그 말로 내가 자기 요지를 이해했고 이 화제가 일단락되었다고 생각하는 듯 몸을 돌린다. 하지만 나는 그리스 신처럼 절뚝이며 걸어가는 그를 불러 세우며 재차 말을 잇는다. 우리, 여기 계신 폴리도리 박사에게 자문을 구하는 게 어때? 박사님은 의사시니, 그 천지 창조 이야기 이후로 어떤 남자도 살아 있는 생명체를 낳은 적이 없다는 것을 잘 아시지 않나요? 선생님, 선생님이야말로 우리 여자들 몸으로 만들어졌답니다.

신사들이 나를 보며 관대하게 껄껄 웃는다. 그들은 나를 어느 정도는 존경한다. 하지만 이 정도까지다.

우리는 생명력의 원리에 대해 이야기하고 있는 거야. 바이런이 아이에게 말하듯 천천히, 참을성 있게 말한다. 흙도, 이부자리도, 그릇도 아니라, 생명의 불똥. 그 생명의 불똥은 남성이라는 것이다.

그렇지! 폴리도리가 말했다. 당연하게도 두 신사가 의견이 일치하면 어떤 여성의 의문이든 불식시키기에 충분하다.

그런데 내게 고양이가 있으면 좋겠다.

이후에 셸리가 침대에서 내게 말했다. 버미첼리.* 남자들은 버미첼리 한 가닥에 생명력을 불어넣은 거야. 질투 나?

나는 그의 길고 마른 팔과, 길고 마른 그의 다리 위에 올려놓은 내 다리를 쓰다듬고 있었다. 셸리의 말은 다윈 박사를 두고 한 이야기였다. 다윈 박사는 버미첼리 한 가닥으로 물체의 자동운동이 가능하다는 증거를 찾아냈다고 한다.

당신, 나를 놀리고 있네. 내가 말했다. 몸통과 가랑이 사이의 접합부에서 불수의적 운동이 관찰되는 두 발 동물 같으니라고.

그게 뭔데? 그가 내 머리카락에 부드럽게 입을 맞추며 말했다. 그의 목소리가 이렇게 갈라지기 시작하는 순간을 나는 잘 안다.

당신 자지 말이야. 나는 생기를 얻은 그의 성기에 손을 얹으며 말했다.

이건 갈바니즘**보다 타당한 이야기네. 그가 말했다. 그 말은 하지 않았으면 좋았을 뻔했다. 그 바람에 갈바니와 전극, 펄떡거리는 개구리들이 떠올라 내 주의가 분산되고 말았다.

왜 멈췄어? 남편이 물었다.

그 남자 이름이 뭐였지? 갈바니의 조카. 당신 집에 있던

* 가느다란 이탈리아식 국수.

** 1780년 이탈리아 과학자 루이지 갈바니가 죽은 개구리 뒷다리에 전극을 연결해 뒷다리가 움직이는 것을 보여 준 실험을 계기로, 죽은 생명체에 전기를 주입해 되살릴 수 있다고 주장한 과학 이론.

책 있잖아.

셸리가 한숨을 쉬었다. 그래도 그는 지극히 참을성 강한 남자다. 프랑스 국립 기관 위원회 앞에서 시연되고 최근 런던 해부학 강당들에서 재연된 일련의 기이하고 흥미로운 실험들로 본 갈바니즘 이론 최신 발전 동향에 관한 해설. 부록에는…… 1803년 뉴게이트에서 처형된 악한의 시체를 대상으로 저자가 직접 진행한 실험 결과도 포함.

그래, 바로 그거. 나는 그렇게 말하고 남편을 만지는 손에 다시 활력을 가했다. 하지만 내 열정은 이미 두뇌에 쏠려 있었다.

셸리는 매끄럽게 내 몸을 돌려 등을 댄 자세로 눕히고 내 안으로 들어왔다. 나는 그 쾌락을 굳이 거절하지 않았다.

그가 말했다. 우리는 모두 우리 몸과 사랑으로 기쁨을 누리려고 인생을 살아가는 거야. 개구리와 버미첼리로 뭘 하겠어? 얼굴을 찡그리고 꿈틀거리는 시체들과 전류가 다 뭐야?

그 책에서, 시체 눈이 뜨였다고 하지 않았어? 그 범죄자 시체 말이야.

남편이 눈을 감았다. 그는 몸을 경직시키더니 자기 세계의 절반을 쏘아 보내 내 세계의 절반과 만났다. 나는 고개를 돌려 창밖을 내다보았다. 잠깐 드러난 맑은 하늘에 달이 등불처럼 걸려 있었다.

당신의 실체는 무엇이며, 당신은 무엇으로 이루어졌기에,

수많은 기묘한 그림자들이 당신을 모시는가?

소네트 54번이네. 셸리가 말했다.
소네트 53번이지. 내가 말했다.
그는 기진맥진해 있었다. 우리는 같이 누워서 창밖의 구름이 달보다 빨리 질주하는 광경을 바라보았다.
그리고 우리가 아는, 온갖 축복받은 형상을 한 당신.*
세상에 각인된 연인의 몸. 연인의 몸에 각인된 세상.
벽 맞은편에서는 바이런 경이 클레어 클레어몬트를 찌르는 소리.

달과 별이 그렇게나 뜬 밤이라니. 비 때문에 못 봤던 풍경을 보니 더욱 근사해 보였다. 셸리의 얼굴에 떨어지는 빛. 그의 살결이 얼마나 흰지!
나는 그에게 말했다. 당신은 유령을 믿어? 정말로?
믿어. 그가 말했다. 어떻게 몸이 영혼의 주인일 수 있겠어? 우리의 용기, 영웅적 면모, 그래, 심지어는 증오까지, 이 세상을 형성하는 우리의 모든 행동들……. 그게 몸이야, 영혼이야? 영혼이지.
나는 그 말에 대해 생각해 보고 되물었다. 갈바니즘이든 그 외에 아직 발견되지 않은 어떤 수단을 통해서든 인간이

* 셰익스피어의 소네트 53번의 한 구절.

시체를 움직이는 데에 성공한다면, 영혼이 돌아올까?

그러진 않을 것 같아. 셸리가 말했다. 몸은 고장 나고 쓰러지지. 하지만 몸은 우리의 본질이 아니야. 영혼은 망가져 버린 집에 돌아오지 않을 거야.

사랑스러운 자기, 당신에게 몸이 없다면 내가 어떻게 당신을 사랑할까?

당신이 사랑하는 게 내 몸이야?

내가 그에게 어떻게 말할 수 있겠는가? 그가 잠들었을 때, 그의 정신이 고요해지고 입술이 말을 잃었을 때 나는 곁에 앉아 그를 지켜본다고, 그리고 내가 사랑하는 몸 때문에 그에게 키스한다고.

나는 당신을 나눌 수 없어. 나는 이렇게 말했다.

그는 긴 팔로 나를 감싸 안고 눅눅한 침대 위에서 나를 부드럽게 흔들며 말했다. 내 몸이 고장 나면 내 정신을 바위나 개울이나 구름에 깃들게 하고 싶어. 내 정신은 불멸하니까. 난 그걸 느낄 수 있어.

당신이 쓴 시들이 불멸하는 거지. 내가 말했다.

그럴지도 모르지. 하지만 뭔가 더 있어. 내가 어떻게 죽을 수가 있어? 불가능해. 그런데도 나는 죽겠지.

내 품에서 그는 얼마나 따스한지. 죽음에서 얼마나 멀리 떨어져 있는지.

이야깃감은 생각해 냈어? 그가 물었다.

일부러 떠올리려고 하면 아무것도 안 떠올라. 나는 상상력이 부족하고.

죽은 사람의 혼령이야, 움직이는 시체야? 유령과 뱀파이어 중에서 뭘 선택할 거야?

당신은 뭐가 제일 무서운데?

그는 잠시 생각에 잠기더니 팔꿈치로 침대를 짚고 몸을 돌려 나를 마주 보았다. 그의 얼굴이 너무나 가까워서 숨을 들이쉬자 그가 내 안으로 들어왔다. 그가 말하기를, 유령은 끔찍하거나 섬뜩하게 생겼고 말씨 또한 무시무시하겠지만, 내가 유령을 보고 경외할지언정 공포에 질리지는 않을 것이라고 했다. 왜냐하면 유령은 나처럼 한때 살아 있었던 존재이고, 나 또한 언젠간 유령처럼 물리적 실체는 없어지고 영만 남을 것이기 때문이다. 반면 뱀파이어는 살아 있는 생명체들의 몸을 먹어서 자신의 부패한 육신을 유지하는 추잡한 존재라고, 뱀파이어의 살은 죽음보다 차갑고, 그 마음에는 연민이라곤 없고 오로지 식욕만 있다고 했다.

그러면 움직이는 시체 이야기가 좋겠네. 내가 말했다. 그리고 그가 잠드는 동안 눈을 말똥말똥 뜬 채 누워서 생각에 잠겼다.

우리의 첫째 자식은 태어나면서 죽었다. 차갑고 조그마한 아이를 나는 품에 안았다. 직후에 나는 아이가 살아 있는 꿈을 꾸었다. 꿈속에서 우리가 아이에게 브랜디를 발라 주고 불을 붙이자 아이는 되살아났다.

내가 만지고 싶었던 것은 아이의 작은 몸이었다. 아이의 목숨을 살릴 수만 있었다면 내 피라도 주었을 것이다. 그 애가 바로 내 피에서 나왔으니까. 은신처에서 어두운 아홉 달을 지내며 피를 먹고 산 뱀파이어. 죽은 자. 죽지 않은 자. 오, 나는 죽음에 익숙하고 바로 그 사실에 넌더리가 난다.

좀처럼 잠이 오지 않아서 나는 일어났다. 그리고 숄을 두르고 창가로 건너가 남편을 가리고 서서 컴컴한 산그늘과 반짝이는 호수를 내다보았다.

내일이면 날이 갤 수도 있겠다.

한때 아버지는 나를 던디로 보내 사촌과 함께 지내게 했다. 사촌과 함께 있으면 내가 덜 외로울 것이라 생각했기 때문이다. 하지만 나는 등대지기 같은 기질이 있어서 고독이 두렵지 않고, 자연의 야성도 두렵지 않다.

그 시절 가장 행복했던 시간은 밖에서 혼자 온갖 종류의 이야기를 상상하면서 내 현실에서 최대한 멀리 떨어져 있었던 때였다. 나는 스스로에게 다른 세계로 향하는 사다리이자 문이 되어 주었다. 그리고 나 자신을 위장하려고 애썼다. 멀찍이서 어디론가 가는 사람 한 명만 보아도 내 상상력엔 불똥이 일어 비극이나 기적을 만들어 냈다.

다른 사람과 같이 있을 때를 제외하면 한시도 지루하지 않았다.

그리고 집에서는, 아버지가 친구들을 불러 정치와 사법을 비롯해 이런저런 주제로 이야기하는 동안 나는 눈에 안 띄는 곳에 조용히 앉아 있곤 했다. 아버지는 엄마 없는 어린 여자 아이에게 무엇이 적절한지 아닌지 별 관심이 없었기 때문에 내가 그러도록 허락해 주었던 것이다.

시인 콜리지는 우리 집에 자주 오는 손님이었다. 어느 날 저녁 그는 새로 지은 「노수부의 노래」라는 시를 낭독했다. 지금도 그 시가 선명히 기억난다. 이렇게 시작하는 시였다.

한 늙은 뱃사람이
세 사람 중 한 명을 잡아 세웠네.
"긴 잿빛 수염에 번쩍이는 눈을 한 그대는,
어째서 나를 멈춰 세우는가?"

소파 뒤에서 웅크려 앉아 있던 여자애에 불과했던 나는 시 속 노선원이 결혼식 하객에게 들려준 이야기에 사로잡혀, 바다에서 펼쳐진 무서운 여정을 상상하는 데 푹 빠져들었다.

노선원은 좋았던 시절 자기 배를 따라다녔던, 친근했던 앨버트로스 새를 죽여 버린 일로 저주를 받은 몸이다.

가장 끔찍한 장면에서, 무시무시한 힘에 의해 되살아난 시체 선원들은 부정(不淨)하고 훼손된 몸뚱이를 이끌고서 돛이 너덜너덜해지고 갑판이 부서진 배를 몰고 얼음과 눈의 땅으로 향한다.

그는 생명을 더럽혔어. 그때 나는 생각했고, 지금도 그렇게 생각한다. 하지만 생명이란 무엇인가? 죽임당한 몸? 파괴당한 정신? 망가진 자연? 죽음은 자연스러운 일이다. 부패는 피할 수 없는 일이다. 죽음 없이는 새로운 생명도 없다. 생명 없이는 죽음도 있을 수 없다.

죽은 자. 죽지 않은 자.

이제 달이 구름에 가렸다. 맑은 하늘에 비구름이 삽시간에 돌아왔다.

시체에 생명이 돌아온다면, 그것은 살아 있는 걸까?

납골당 문이 열리고 우리 죽은 자들이 깨어난다면…… 그러면…….

머릿속이 열에 들뜬다. 오늘 밤 내 마음을 나도 잘 모르겠다.

내 영혼에는 내가 이해하지 못하는 무언가가 작용하고 있다.

나는 무엇을 가장 두려워하나? 죽은 자의 혼령, 죽지 않은 시체……. 더 이상한 생각이 떠올랐다. 애초에 살아 있었던 적이 없는 것?

나는 잠든 남편을 돌아보았다. 그는 미동도 없지만 살아 있었다. 잠든 육체는 죽음을 흉내 내면서도 우리에게 위안을 준다. 만약 그가 죽는다면 나는 어떻게 살아야 하나?

셸리도 우리 집에 방문한 손님이었다. 그렇게 내가 그를 만나게 된 것이다. 당시 나는 열여섯 살이었다. 그는 스물한 살이었다. 유부남이었고.

행복한 결혼 생활은 못 되었다. 그는 아내 해리엇에게 이렇게 썼다. 나는 죽은 몸과 산 몸이 혐오스럽고 끔찍한 교감을 이루며 연결되어 있는 것처럼 느꼈어.

어느 날 밤 그는 자기 아버지 집까지 64킬로미터를 걸어갔다. 밤 속에서, 꿈같은 무아지경 속에서 그는 내 것이 될 운명인 여성을 이미 만났다고 믿었다.

곧 우리는 만났다.

나는 집안일이 끝나면 슬그머니 집을 빠져나가 세인트 팬크라스 교회 묘지에 있는 어머니의 무덤에 방문하는 습관이 있었다. 거기서 어머니의 묘비에 책을 받쳐 놓고 읽곤 했다. 곧 셸리가 남몰래 나를 만나기 시작했다. 우리가 무덤 양편에 마주 앉아 시와 혁명에 대해 이야기하는 동안 어머니가 우리에게 축복을 내려 주었던 것 같다. 그는 비록 시인들은 인정받지 못하지만 삶의 입법자라고 말했다.

나는 저 아래 관 속에 있을 어머니에 대해 궁금해하곤 했다. 내 머릿속에서 어머니는 썩은 시체가 아니라 연필화 속에서처럼 생생하게 살아 있는 모습이었고, 어머니가 남긴 글 속에서는 더욱 생생하게 느껴졌다. 그래도 어머니의 육체 가까이에 있고 싶었다. 이제 어머니에게는 아무 쓸모도 없는 가엾은 육체. 그리고 나는 그 무덤가에서 우리 셋이 같이 있다고 느꼈고, 셸리도 그렇게 느꼈으리라고 확신한다. 그 시간에는 위안이 있었다. 신이나 천국이 내려 주는 위안이 아니라, 어머니가 우리 곁에 살아 있다는 데에서 오는 위안이었다.

나는 셸리가 어머니를 내게 되돌려 주어서 사랑했다. 그렇다고 그가 엽기적이거나 감상적인 사람인 것은 아니었다. 마지막 안식처. 그는 내게 안식처였다.

나는 아버지가 현금을 노리고 어떤 시체든 훔치는 도굴꾼들과 강도들에게서 어머니의 몸을 지켰다는 것을 알고 있었다. 그들의 행동은 충분히 합리적이다. 아무 쓸모도 없는 시체를 놔둬서 어디다 써먹겠는가?

런던 전역의 해부학 강당에 어머니들의 시체, 남편들의 시체, 아이들의 시체, 나 같은 이들의 시체가 널려 있었다. 사람들은 그들의 간과 비장을 빼내고, 두개골을 부수고, 뼈를 썰고, 은밀히 숨겨진 기나긴 창자를 풀어내려고 했다.

폴리도리는 말했다. 죽은 자의 죽음 자체는 우리가 두려워하는 게 아니야. 그보다는 우리가 누군가를 관에 눕혔을 때 그 사람이 실제로는 죽은 게 아닐까 봐 두려운 거지. 그가 어둠 속에서 깨어나 숨이 막혀 가다 고통 속에서 죽어 갈까 봐. 나는 묻힌 지 얼마 안 돼서 해부용으로 실려 온 몇몇 시체들의 얼굴에서 바로 그런 고통을 봤어.

양심의 가책이 들지 않아? 내가 말했다.

당신은 미래에 관심이 없어? 그가 말했다. 과학의 빛은 피에 젖은 심지에서 가장 밝게 타오르는 법이야.

내 위의 하늘이 두 갈래로 나뉜 빛줄기에 쪼개졌다. 전류로 이루어진 사람의 형상이 번쩍 나타났다 사라진 듯했다. 그러더니 호수 위에 천둥이 울리고, 다시 한번 노란색 전류가 지그재그로 내리쳤다. 창밖으로 거대한 그림자 하나가 죽임당한 전사처럼 쓰러지는 것이 보였다. 쿵 하는 소리가 창문을 흔들었다. 그래, 보인다. 번개에 맞은 나무가.

이윽고 수많은 조그마한 북들이 울리는 것처럼 비가 떨어져 내렸다.

남편은 뒤척였지만 깨지는 않았다. 멀리, 아무도 없는 호텔이 번쩍 시야에 들어왔다. 텅 빈 창문들이 있는 흰 건물이 죽은 자들의 궁전 같았다.

기묘한 그림자들이 당신을 모시는가…….

어느새 내가 침대로 돌아온 모양이었다. 또다시 깨어난 나는 꼿꼿이 일어나 앉아 머리카락을 늘어뜨린 채 침대 커튼을 움켜쥐고 있었다.

꿈을 꿨나 보다. 꿈이었나?

사악한 예술을 공부하는 낯빛 창백한 학생이 자기가 만들어 낸 것 옆에 꿇어앉아 있는 장면을 보았다. 인간의 흉측한 환영이 드러눕혀져 있는 모습을, 그러다 어떤 강력한 엔진의 작용에 의해 그것이 생명의 징후를 보이고, 반쯤만 살아난

듯 불안정한 동작으로 꿈틀거리는 것을 보았다.

예술가는 자신의 성공을 보고 겁에 질릴 것이다. 공포에 사로잡힌 그는 자신의 혐오스러운 작품으로부터 허겁지겁 도망칠 것이다. 그러고는 자신이 전해 준 생명의 미약한 불똥이 저 혼자 놔두면 저절로 꺼져 들기를, 그토록 불완전한 생명력을 얻은 존재이니 결국 무기물로 돌아가기를 바랄 것이다. 자신이 생명의 요람처럼 여겼던 흉물스러운 시체의 일시적인 현존을 무덤의 정적이 영원히 꺼뜨릴 것이라고 믿으며 그는 잠들 것이다. 그렇게 잠이 들지만 그는 깨어난다. 눈을 뜨자 눈앞에 보인 것은, 침대 옆에 서서 커튼을 들추고 그를 바라보는 소름 끼치는 존재의 누리끼리하고 축축하고도 사색적인 눈동자다.

나는 공포에 질려 눈을 퍼뜩 뜬다.

다음 날 나는 선언했다, 이야깃거리를 생각해 냈다고.

이야기: 현실의,
혹은 가상의 사건들의 연쇄.
가상의,
혹은 현실의.

가상의
그리고
현실의

현실은 열을 가하면 구부러진다.

나는 아지랑이 너머 건물들을 바라보고 있다. 건물들의 견고한 확실성이 음파처럼 진동한다.

비행기가 착륙하고 있다. 광고판이 보인다.

테네시주 멤피스에 오신 것을 환영합니다.

나는 여기서 열리는 국제 기술 박람회에 로봇 공학 분야로 참석하러 왔다.

성함이?

라이 셸리요.

출품자인가요? 시연자? 구매자?

기자입니다.

네, 여기 나오네요, 셸리 씨.

셸리 박사입니다. 웰컴 트러스트 소속이요.

박사님이세요?

네. 저는 로봇이 우리 정신과 신체 건강에 어떤 영향을 미치는지 알아보러 온 겁니다.

좋은 질문이네요, 셸리 박사님. 거기다 우리 영혼도 잊지 말아야죠.

그건 제 분야가 아닌 것 같…….

우리 모두 영혼이 있잖아요. 할렐루야. 그럼, 여기서 누구를 인터뷰할 예정이세요?

론 로드요.

(데이터베이스에서 론 로드를 찾는 동안 짧은 침묵.)

네, 여기 있네요. A급 출품자. 로드 씨는 성인 미래관에서 기다리고 계실 겁니다. 여기 지도 드릴게요. 제 이름은 클레어입니다. 오늘 박사님을 안내할 담당자는 저입니다.

클레어는 훤칠한 몸에 진녹색 맞춤 스커트와 연녹색 실크 셔츠를 차려입은 검은 피부의 미인이었다. 나는 그녀가 오늘 나를 안내할 담당자여서 기뻤다.

클레어는 매니큐어를 칠한 손을 날렵하게 움직여 명찰에 내 이름을 적었다. 손글씨라니, 미래주의적인 기술 박람회에서 쓰는 신원 확인 방법치고는 이상할 정도로 예스럽고 감성적인 방식이었다.

클레어, 잠깐만요. 제 이름은 라이언이 아니에요. 그냥 라이라고 해요.

죄송합니다, 셸리 박사님. 제가 잉글랜드 이름에 익숙하지 않아서요. 잉글랜드인이시죠?

네, 맞아요.

매력적인 억양이에요. (나는 미소 짓는다. 그녀도 미소 짓는다.)

멤피스에는 처음이신가요?

네, 처음입니다.

비비 킹 좋아하세요? 조니 캐시는? 왕(THE King)은요?

왕이라면 마틴 루서 킹*이요?

음, 박사님, 저는 엘비스 프레슬리 얘기였어요. 그런데 박사님 말씀을 들으니 이 도시에 왕들이 많기는 하네요. 도시 이름이 멤피스인 것과 연관이 있는 것 같기도 하고요. 이집트의 수도 이름을 따온 곳이니만큼 파라오들을 만나게 될 만도 하죠. 안 그래요?

이름 짓는 것은 권력이죠.

정말 그래요. 에덴동산에서 아담이 맡은 일이었죠.

맞아요. 만물의 본성에 따라 이름을 짓는 것. 섹스봇이라든지…….

뭐라고 하셨죠, 박사님?

아담이 그 생각을 했을까요? 개, 고양이, 뱀, 무화과나무,

* 마틴 루서 킹은 1968년 멤피스에서 사망했다.

섹스봇?

그럴 필요가 없었을 테니 다행이라고 봐요, 셸리 박사님.

네, 당신이 옳아요. 그러면 클레어, 왜 이 도시에 멤피스라는 이름이 붙었나요?

1819년에요? 처음 도시가 설립됐을 때 말인가요?

그녀가 말하는 동안 내 마음속에서는 흠뻑 젖은 창문 너머 호수를 내다보는 젊은 여자가 보인다.

내가 클레어에게 말한다. 네, 1819년에요. 『프랑켄슈타인』이 한 살이었던 때죠.

그녀가 얼굴을 찌푸린다. 무슨 말씀이신지 잘 모르겠네요, 박사님.

『프랑켄슈타인』 소설 말이에요. 1818년에 출간됐거든요.

목에 나사를 박은 남자 말인가요?

그렇다고 볼 수 있겠죠…….

저는 TV 드라마로 봤어요.

그래서 우리가 오늘 여기 있는 겁니다. (내 말에 클레어의 얼굴에 혼란스러운 빛이 떠올랐다. 그래서 나는 설명했다.) 저는 실존주의적으로 '우리가 오늘 여기에 있는 이유'를 말하는 게 아니에요. 이 기술 박람회가 여기, 멤피스에서 열리는 이유를 말하는 겁니다. 주최자들이 이런 걸 좋아하거든요. 도시와 개념을 연결 짓는 것. 멤피스와 『프랑켄슈타인』 둘 다

이백 살이잖아요.

그래서요?

기술. AI, 인공 지능. 『프랑켄슈타인』은 어떻게 생명이 창조될 수 있는가에 대한 상상이었어요. 처음으로 만들어진 비인간 지성체였죠.

그럼 천사들은요? (클레어가 진지하고 단호한 표정으로 나를 본다. 나는 주저한다……. 무슨 뜻으로 하는 말이지?)

천사요?

네. 천사들도 비인간 지성체잖아요.

오, 그렇군요. 제 말은, 처음으로 인간에 의해 창조된 비인간 지성체라는 뜻이었어요.

저는 천사들을 만난 적이 있어요, 셸리 박사님.

굉장하군요, 클레어.

전 인간이 하느님 행세를 하는 데에 동의하지 않아요.

그렇군요. 제가 불쾌하게 한 건 아니겠지요, 클레어?

클레어는 반짝이는 머리카락을 흔들며 고개를 내젓고 도시 지도를 가리켰다. 1819년에 왜 여기에 멤피스라는 이름이 붙었느냐고 물으셨죠. 그건 우리 도시를 강이 가로지르기 때문이에요. 미시시피강이요. 옛날 멤피스에는 나일강이 흘렀죠. 엘리자베스 테일러가 클레오파트라 연기한 것 보셨어요?

네, 봤어요.

거기서 그녀가 자기 보석들을 착용했던 것 아세요? 생각해 보세요.

(나는 생각해 봤다.)

네, 다 본인이 소장한 보석들이었어요. 대부분은 리처드 버턴이 산 거였죠. 그는 잉글랜드인이었어요.

웨일스인이었죠.

웨일스가 어디죠?

브리튼섬 안에 있긴 하지만 잉글랜드는 아니에요.

헷갈리네요.

영국, 즉 UK는 잉글랜드, 스코틀랜드, 아일랜드 일부, 그리고 웨일스로 이루어져 있어요.

그렇군요……. 알겠어요. 음. 조만간 갈 일이 있지는 않을 테니 방향을 염려할 필요는 없겠네요. 자, 여기 지도를 보세요. 지금 우리가 있는 곳이 여기죠. 이곳도 삼각주 지역이에요. 옛 멤피스도 나일강 삼각주 지역 언저리에 있었어요.

이집트 가 보셨어요?

아뇨, 하지만 라스베이거스에는 가 봤어요. 진짜 이집트 같아요.

라스베이거스에 애니매트로닉스* 스핑크스가 있다던데요.

네, 있어요.

그걸 로봇이라고 부를 수도 있겠죠.

* 기계 장치로 제작한 캐릭터 모형을 원격으로 움직이는 전자 공학 기술.

그러셔도 되죠. 저는 그렇게 안 부르지만.

이 지역에 대해 속속들이 알고 계신가요? 당신이 사는 멤피스에 대해?

그렇게 생각하고 싶죠, 셸리 박사님. 마틴 루서 킹에 관심이 있으시면 국립 민권 박물관에 가 보셔야 해요. 킹이 총살당했던 로레인 모텔 부지에 세워져 있어요. 가 보셨어요?

아직요.

그래도 그레이스랜드*는 가 보셨겠죠?

아직요.

빌 거리는요? 멤피스 블루스의 고향인데.

아직요.

당신 삶에는 '아직요'가 많네요, 셸리 박사님.

그녀의 말이 옳다. 나는 내 인생의 입구이자 중간 지점에 있고, 이도 저도 아닌 상태이며, 이제 막 나타난 참이고, 정해지지 않았고, 과도기를 지나고 있으며, 실험을 하는 중이고, 스타트업 단계에 있다.(아니면 업스타트**라고 해야 하나?)

내가 말했다. 삶은 한 번으로 충분하지 않죠…….

그녀가 고개를 끄덕였다. 으흠, 확실히 그렇죠? 그게 사실

* 엘비스 프레슬리의 생가.

** upstart. '거만한 애송이'라는 뜻.

이에요. 하지만 절망하지 말아요. 저 멀리 끝없는 삶이 있으니까.

클레어는 확신으로 빛나는 눈으로 근처의 허공을 바라보았다. 그러고는 내게 일요일에 교회에 같이 가겠느냐고 물었다. 백인의 속임수가 아닌 진짜 교회라며.

그때 그녀의 헤드셋이 삑 하더니, 지직거리는 소리와 함께 나는 알아들을 수 없는 지시 사항이 내려왔다. 그녀는 스피커 시스템으로 방송을 하기 위해 내게서 몸을 돌렸다.

내 마음은 끝없는 삶에 대한 욕망과 여러 개의 삶에 대한 욕망 사이의 차이점을 맴돌았다. 후자는 여러 개의 삶을 동시에 사는 것을 의미한다.

나 또한 여러 개의 내가 될 수 있을 것이다. 내 정신을 업로드하고 육체를 3D 프린트해서 나 자신의 복제를 만든다면, 한 라이는 그레이스랜드에 가고, 또 다른 라이는 마틴 루서 킹의 성지에 가고, 또 다른 라이는 빌 거리에서 버스킹을 할 수 있을 것이다. 그런 다음 그 모든 내가 만나서 그날 하루를 공유하고, 내가 나라고 믿고 싶은 원래의 자아로 재결합할 수 있으리라.

당신의 실체는 무엇이며, 당신은 무엇으로 이루어졌기에,
수많은 기묘한 그림자들이 당신을 모시는가?

클레어가 미소 지으며 내게 돌아왔다. 나는 혼잣말처럼

중얼거렸다. 나는 영원히 살고 싶지 않아요.

뭐라고 하셨죠? 그녀가 얼굴을 찡그리며 몸을 앞으로 기울였다.

내가 말했다. 끝없는 삶 말입니다. 나는 영원히 살고 싶지 않아요

클레어가 고개를 끄덕이더니 그 완벽한 눈썹을 치켜올렸다.

으흠. 저는 예수님과 함께하러 갈 생각이지만, 박사님은 뜻대로 하세요.

고마워요, 클레어. 박람회는 한번 둘러보셨나요?

저는 이 장소의 전문가이지 행사 주최진은 아니에요. 그래서 여기서 열리는 행사들에 대해 자세히 알 필요는 없어요.

로봇을 본 적 있으세요?

매점에서 로봇들이 서빙을 하고 있어요. 즐거운 경험은 아니에요.

왜 아닌가요, 클레어?

로봇이 나한테 달걀을 가져다주고, 내가 로봇에게 저기요! 잠깐만요! 난 토마토 주문 안 했는데요! 라고 하면, 로봇은 이런답니다. 감사합니다, 손님. 좋은 하루 되세요! 그러고는 분수를 향해 스르륵 미끄러져 가 버리죠. 아직 걸을 수가 없으니 미끄러져 가는 거예요.

네, 아직 걸을 수 없죠. 걷는 건 로봇들에게 힘든 일이에요. 하지만 인내심을 가져 봐요, 클레어. 그리고 기억하세요. 로봇들은 예기치 못한 상황을 이해하기 어려워한다는 것을.

클레어는 특수 교육이 필요한 장애 학생을 보듯 나를 쳐다보았다.

토마토가 예기치 못한 상황이라고요?

토마토가 아니라, 토마토에 대한 당신의 반응 말이에요.

클레어는 고개를 저었다. 있잖아요, 박사님, 저희 엄마는 가족들을 먹여 살리려고 평생 심야 식당에서 일했어요. 저녁 6시부터 아침 6시까지요. 한 손으로는 취객들을 내쫓으면서 다른 한 손으로는 배고픈 애들에게 음식을 더 가져다줄 수 있었죠. 엄마는 교육받은 여성은 아니었지만, 엄마의 지능에 인공적인 부분이라고는 아무것도 없었어요.

내가 말했다. 그런 관점도 있지요. 존중합니다.

저는 사실 원래 여기에 있을 사람도 아니에요. 클레어가 말했다. 긴급 지원 인력으로 온 거죠. 원래는 국제 바비큐 챔피언십 대회 소속이에요.

우아! 바비큐 챔피언이라니!

클레어가 막힘없이 말을 쏟아 냈다. 네, 그 대회 때문에 한 해에 십만 명이 넘는 사람들이 멤피스를 찾아와요. 정말 대규모 바비큐 행사인데, 모르셨어요?

네, 몰랐어요.

저는 소스에서부터 시작했어요. 소스 레슬링이요. 거대한 통에 바비큐 소스가 40갤런이나 들어 있는데, 그 안에 들어가서 싸우는 거예요. 네! 바로 그 안에서요! 끝까지 싸우는 거죠! 지저분하지만 재밌어요.

클레어, 당신이 직접 소스 통에 들어가서 싸웠다는 건가요?

제가요? 셸리 박사님, 그럴 리가요.

하지만 당신이 챔피언이라면서요!

아녜요! 저는 그 대회를 준비하는 일을 해요.

아, 그렇군요. (침묵.) 그 소스는 정말로 맛이 나는 소스인가요?

당연하죠! 피부에서 그 맛이 사라지는 데에 몇 주가 걸려요. 온 동네 개들이 집까지 따라오고요. 네 다리로 뛰어오다 두 다리로 껑충거려요. 무슨 뜻인지 알겠어요? 이제 저는 대회 전체를 관리하고 있어요. 전부 다요. 후원, 시범, 게임, 상품까지.

대단하군요, 클레어.

그렇죠. 저는 제 분야에서 전문가라고요.

전문가처럼 보여요. 헤어스타일 때문인 것 같기도 하네요. 굉장히 프로처럼 보이는 머리예요.

고마워요, 셸리 박사님. 저한테 뭐든 묻고 싶으신 것 있나요?

저와 같이 박람회를 둘러보지 않을래요? 그러면 이곳에 대해 더 좋은 인상을 받을지도 몰라요. 제가 설명도 좀 해 드릴 수 있어요. (사랑은 모르지만) 로봇 공학에 대해 조금 아는 바가 있으니까요.

전 기독교인인걸요, 셸리 박사님.

성경에 로봇에 대해 나쁘게 말하는 부분은 전혀 없는데요.

성경에 따르면 우상을 섬기지 말라고 나와요. 십계명 중 하나라고요.

로봇이 우상인가요, 클레어?

하느님이 만드신 인간을 대략적으로 흉내 낸 모조품이죠.

살아 움직이는 모조품이요?

저는 그게 살아 있다고 생각하지 않아요. 로봇이 살아 있다고 하면 스스로를 속이는 거예요. 생명을 만들 수 있는 건 하느님뿐이니까요.

클레어, 정말로 그렇게 생각하세요?

전 위험을 감수하고 싶지 않아요, 셸리 박사님. 제 영원한 삶에 대해 생각해야 하니까요.

상당히 장기적인 안목을 가지고 계시네요…….

네, 그렇죠.

딱 달라붙는 가죽 바지에 술 장식이 달린 넉넉한 사이즈의 사슴 가죽 재킷을 입은 젊은 여자가 데스크로 뛰어들더니, 우리 대화에 끼어들었다는 자각도 없이 불쑥 끼어들었다.

인공 지능 바이브레이터를 찾고 있는데요. 어디 있죠? 그녀가 말했다.

클레어는 숨을 한번 들이쉰 다음 되물었다. 실례지만 출품자이신가요, 시연자이신가요, 구매자이신가요?

전 긴급 상황이에요!

어떤 긴급 상황이요?

여자가 가죽 재킷을 걸친 몸을 부르르 떨며 말했다. 페이스북에 실수로 제 사진을 하나 올렸어요. 알몸에 술 장식 두 개만 걸치고 인공 지능 바이브레이터를 쓰고 있는 사진이요.

그다지 '지능적'이지는 못한 일이네요. 내가 말했다.

여자가 나를 노려보았다.

사생활 침해라고요! 지금 단상에 선 시연자에게 이야기해야겠어요. 거기 사람들이 바이브레이터에 설치된 카메라를 작동시키는 법을 알려 줬어요. 리모컨이 있다는 것도 알았고요. 하지만 설정을 리셋하지 않으면 기본 SNS 앱으로 사진이 올라간다는 건 말 안 해 줬다고요.

클레어는 입술을 오므리고 화면으로 눈길을 옮겼다. 매니큐어를 칠한 그녀의 손끝이 '인공 지능 바이브레이터'를 입력하는 것이 보였다. 나는 여자에게 물었다.(물어야만 했다.) 카메라와 리모컨이 있는 바이브레이터라는 게 왜 필요하죠?

그녀는 분노와 경멸감이 섞인 눈초리로 나를 보더니 말했다. 텔레딜도닉스.

네?

텔레딜도닉스에 대해 들어 본 적 없으세요?

아쉽게도, 전혀요. 하지만 전 영국인이에요.

그녀는 눈썹을 치켜올렸다. 여기서 뭘 하고 있는 건데요,

아저씨?라고 묻는 듯했다.

그녀가 한숨을 쉬었다. (무겁게.) 그러고는 말했다. 텔레딜도닉스의 개념은, 그러니까 개념 자체는, 파트너 한 명 또는 여러 명과 각자 떨어진 장소에서 성적인 놀이를 하는 거예요. 마치 다 같이 한 방에 있는 듯한, 그리고 이런저런 것을 서로에게 해 주는 듯한 느낌을 주는 거죠.

실제로 그런가요?

네, 그래요. 그리고 사진도 공유할 수 있어요.

페이스북 친구들 모두에게요?

저기, 이건 당신이 상관할 일이 아니라고요. 네?

사생활 보호를 요구하기엔 조금 늦은 것 같은데요.

그녀가 나를 때리려는 줄 알았다. 그때 다행히도 클레어가 이쪽으로 돌아왔다.

선생님 성함이 어떻게 되시죠?

폴리 D. 그냥 이니셜 D예요. 목록에 있을 거예요.

저희 시스템엔 목록이 따로 없는데요, 선생님.

VIP 목록이요. 전《배니티 페어》에서 일해요.

저희에겐 VIP 목록이 없어요, D 씨. 회사 측에 연락을 넣었어요. 인-바이브사 대표분이 지금 오고 계세요.

하하, 재밌는 말장난*이네요, 클레어. 내가 말했다.

* '바이브'는 바이브레이터의 앞 글자이기도 하지만 '분위기, 느낌'이라

이제 클레어도 나를 노려보고 있었다. 그녀가 "이제 얼른 꺼져 주시죠."라고 말하는 듯한 투로 팔짱을 꼈다.

셸리 박사님, 저는 제가 맡은 일을 해야 해서요. 그리고 박사님도 그럴 거라고 생각되네요. 여기서 왼쪽으로 가시면 성인 미래관 표지판이 나올 거예요.

포르노 업계에 있는 사람이에요? 폴리 D가 말했다. 저 사람이 진짜 박사일 리는 없잖아요. 대체 정체가 뭐예요? '천치 박사'쯤 되나?

나는 그녀를 무시했다. 도와줘서 고마워요, 클레어. 행운을 빕니다, 폴리.

몸을 돌리는 내 뒤에서 목소리가 들렸다.

개자식!

성인 미래관으로 가는 길에 특이점관이 나온다. 커다란 화면에 일론 머스크와 레이 커즈와일이 특이점, 즉 인공 지능이 우리 삶의 방식을 영원히 바꿀 시점에 대해 논하는 인터뷰 영상이 나온다. 어떤 청년들은 '고기를 포기하라'라는 표어가 적힌 티셔츠 차림이다.

미래에 채식주의 사회가 도래할 거라는 뜻이 아니다. 그들은 머잖아 인간의 정신 — 즉 우리 정신이 고기로 이루어

는 뜻도 있다.

진 기질(基質)에 구애되지 않으리라고 믿는 것이다.

하지만 지금으로서 우리는 아직 인간—지극히 인간이고(생각해 볼수록 이상한 표현이다.), 인터넷 트래픽의 80퍼센트는 포르노그래피가 차지한다. 우리 가정에서 접할 최초의 비생물적 생명체는 토마토 인식에 문제가 있는 웨이터라든지 아이들을 위한 작고 귀여운 ET가 아닐 것이다. 맨 처음부터 시작해 보자. 시작하기에 아주 좋은 지점. 섹스 말이다.

헤드셋을 쓰고 핸드폰 두 개를 손에 쥐고 흔들어 대던 남자가 나를 휙 이끌고 성인 미래관으로 들어간다. 그는 나이트클럽 호객꾼 같은 몸을 하고 있다. 넓은 가슴, 과체중, 짧은 다리, 굵은 팔, 땀에 젖은 구겨진 정장까지. 소파 앞 탁자에는 콜라 캔들이 늘어서 있다. 론 로드가 캔 두 개를 따더니 하나를 내게 건넨다.

스리 콕스*에서는 먼 길이죠, 라이언?

뭐라고요?

스리 콕스 말입니다. 웨일스에 있는 마을 이름이에요. 제가 미래를 시작한 곳이죠.

그거 엄청난 선언이군요, 론.

저는 엄청난 것들을 생각하니까요, 라이언. 구글 지도에서

* Three Cocks. '세 개의 음경'이라는 뜻으로도 해석된다.

직접 찾아봐요. 스리 콕스. 저희 엄마가 약간 신통력이 있는데, 그것도 다 징조였다고 하더라고요. 제가 첫 섹스봇을 조립한 곳도 스리 콕스였거든요. 통신 판매로 주문한 인형이었죠. 전기톱으로 난도질된 시체처럼 토막토막 나뉘어 봉지에 담긴 채 도착했어요. 나는 그걸 드라이버 하나랑 설명 영상 하나만 가지고 조립했죠. 정말이지, 성인을 위한 레고라고 할 수 있어요.

당신이 밑바닥에서부터 시작했다는 건 알고 있었어요. 나는 론에게 말했다.

그래요, 저는 바로 그녀의 밑에서부터 시작한 거죠. 론이 말했다.

소파에는 부드러운 갈색 머리카락을 어깨에 늘어뜨린, 사람 크기의 인형이 앉아 있었다. 청 반바지와 청 재킷을 입고, 재킷 안에는 구명 부표만 한 젖가슴을 팽팽하게 조이는 분홍색 상의를 입고 있었다.

이 여잡니까? 처음으로 만든 게?

예의를 갖춰요, 라이언! 내 첫 섹스 인형은 은퇴했어요. 상업용으로 제작한 것도 아니었고요. 아직 가지고는 있고 사랑도 하지만, 이젠 소장용이에요. 여기 있는 이 인형은 내 프랜차이즈에서 판매하는 것들 중 하나예요.

이걸 봐요! 준비됐어요? 핸드폰으로 동영상 찍어요! 얼른!

론이 소파에서 인형을 번쩍 일으켜 세우더니 그 밑에 깔린 밝은 분홍색 매트를 가리킨다. 매트에는 '보지'라고 적혀 있다.

론이 말한다. 이 매트 보여요? 이거 스마트 매트예요. 그녀가 당신 옆에 앉아 있는 동안 충전해 주는 거죠. 차에도 둘 수 있어요. 시거 라이터 소켓에 꽂아 놓으면 돼요. 인형의 전극은 엉덩이에 달려 있고요.

이걸 봐요.(통통한 손가락으로 아이패드를 훑는다.) 인형을 생산하는 중국의 공장입니다. 우선 몸통이 나오죠. 전선들에 대롱대롱 매달린 채로. 사용 가능한 상태의 구멍 두 개가 뚫려 있고, F컵 가슴이 달려 있어요. 다양성을 추구하기 위해서 탈착식 가슴이 달린 모델도 제작하고 있는데 그건 아직 중국에서는 생산이 안 돼요. 너무 전문적인 거라. 아무튼 몸통, 몸통, 이것도 몸통……(조급하게 아이패드 화면을 훑는다.) 여깄네요! 팔 붙이는 거 보이시죠? 가느다랗고 예쁜 팔이죠. 그런 다음 다리. 길이 좀 보세요! 모양이랑! 보통 인간의 다리보다 살짝 더 길죠. 이건 자연이 아니라 판타지니까요. 소비자가 원하는 걸 얻을 수 있어야죠. 그다음 속눈썹, 마지막으로 머리카락이에요. 눈 보이시죠? 사내애들을 위한 아기 사슴 밤비 같죠.

론이 인형을 소파에 도로 앉히더니 콜라를 꿀꺽꿀꺽 들이켜고는 말했다. 무게도 가벼워요. 남자가 강해진 기분을 느끼게 해 주죠.

그래서 섹스 인형 프랜차이즈 판매는 어떻게 하시나요? 내가 물었다.

내 생각에는요. 론이 말했다. 섹스봇을 소비하는 데엔 두 가지 방법이 있어요. 첫째는 제가 그랬듯이 로봇을 사서 소유하는 것이죠. 그리고 마모 정도에 따라 일 년에 한두 번 수리를 받고요. 부품이 손상되거나 너무 더러워지거나 하면 온라인으로 새 부품을 주문할 수도 있겠죠. 이게 바로 XX-봇을 즐기는 한 가지 방법이에요. 저희는 보상 판매와 업그레이드 서비스도 제공합니다. 아주 유연하죠.

그리고 XX-봇을 즐기는 또 다른 방법이 있는데, 제 생각엔 이게 더 현대적이에요. 렌털 말입니다. 그런데 렌트를 하려면 렌트할 수 있는 장소가 필요하겠죠? 그래서 제가 여기서 프랜차이즈 영업권을 판매할 생각을 하게 된 거예요.

XX-봇 말이죠?

맞아요, 라이언! 좋은 이름이죠?

좋은 이름이네요, 론.

생각해 봐요, 라이언. 렌트를 하면 온갖 기쁨을 누리면서 말썽은 겪지 않을 수 있어요. 파손, 용량, 업데이트……. 테크

놀로지는 항상 변화하고 있잖아요.

그리고 대부분의 사람들은 개인적으로 쓸 로봇 하나만 구입하지만, 만약 파티라도 연다면 어떻게 될까요? 친구들이랑? 다들 한번 해 보고 싶어 하겠죠.

렌털은 남자들끼리 노는 자리에서 인기가 있어요. 아가씨 대여섯을 데리고 한판 신나게 즐기는 거죠. 모델도 다양하게 고르고요. 금발에 거유인 모델, 흑발에 날렵한 모델…… 뭐든지 간에요. 그리고 아내가 집에 없을 때만 로봇을 즐기고 싶은 양반들도 있겠죠? 요즘 여자들은 예전처럼 집에만 있지 않으니까요. 전 그 여자들을 비난하지 않아요. 여자는 금붕어가 아니잖아요. 그들도 진화를 한 거죠. 하지만 저희 엄마 말마따나, 여성 해방은 남자에게는 골칫거리가 될 수 있다는 얘기예요.

외로울 때 로봇을 렌트하는 건 인간 여자를 찾는 것보다 안전하고 경제적이에요. 성병 걱정도 없고, 불법 촬영 걱정도 없고, 새벽 2시에 롤렉스 시계를 도둑맞을 염려도 없죠. 제가 아는 한 거물 여성 사업가는 분기별로 렌트 예약도 해요.

네? 맞아요! 바로 그 뜻이에요, 라이언. 그녀는 자기 남편을 위해 XX-봇을 예약하는 거예요. 남편이 아주 좋아한다더군요. 어떤 모델을 골랐는지는 남편에게 알려 주지 않는답니다. 둘 사이의 유대감이죠. 참 감동적인 것 같아요, 두 사람이 함께 그런 일을 한다는 게.

렌털 서비스로 제공하는 아가씨들은 모두 위생 검사를 거치고, 목욕도 하고, 향수도 뿌려요. 그렇죠, 네 가지 향기 중에서 고를 수 있어요. 머스크, 플로럴, 우디, 라벤더. 픽업하러 오면 여기 있는 이 아가씨처럼 청청 패션을 입고 있을 거예요. 아니면 단순한 원피스나. 다른 의상은 빌리거나 구매할 수 있어요.

네? 그렇죠, 딱 바비 인형 같죠. 그래요, 당신 말이 맞는 것 같아요. 남자애들이 어른이 되기 전까지는 바비 인형을 가지고 놀지 않는다는 걸 생각하면 웃기네요, 그렇죠? 하하, 그 생각은 못 했네요. 멋진 생각이에요. 저는 이제껏 생각 못 했는데, 참 멋진 생각이네요. 저희 엄마에게 말해 주면 깔깔 웃으실 거예요. 오, 그래요, 저희 엄마는 이 사업에서 큰 역할을 맡고 있어요. 맨 처음부터 그랬죠.

아무튼 저희가 제공하는 아가씨들은 일을 쉬고 교육을 받기도 해요. 저희는 항상 그들의 회로판을 개선하고 있답니다. 아뇨, 할 줄 아는 말이 많지는 않아요. 당신도 포르노를 보겠죠? 그러면 포르노가 어학 실습 영상은 아니라는 것도 아시겠죠. 하지만 언어 쪽도 개발 중이에요. 남자들도 소통하는 걸 좋아하니까요. "안녕, 오빠."만 하는 건 아니라는 얘기예요.

뭐라고 하셨죠? 공항에서요? 재밌네요, 안 그래도 이제 그 얘기를 하려던 참이었는데. 렌터카 업체들과 제휴를 생각하고 있어요. 네, 아비스 같은 업체들 있잖아요. 그래서 완전히 충전된 XX-봇이 조수석에 앉아 당신을 기다리는, 그런 차를 받을 수 있도록요.

XX-봇은 여행할 때 아주 좋아요. 차 세우고 점심 먹자거나 화장실 가고 싶다고 보채지 않아요. '홀리데이 인'에 방을 잡아도 토라지지 않고요. 긴 머리와 긴 다리의 그녀가 당신 곁에 있고, 당신은 음악을 선곡하면 되는 거예요. 조수석에 미녀를 앉혀 놓고 말이죠.

좀 더 신중한 고객이라면 그녀를 접어서 뒷좌석에 묶어 놓거나, 안 보이게 트렁크에 집어넣어도 돼요. 모두가 외향적인 성격일 순 없잖아요.

여기, 이것 보세요! 보이죠? 네! 다시 할게요. 지금 촬영하고 있어요? 움직임 좀 보세요. 아주 매끄럽죠. 다리를 올려서 뒤로 넘길 수도 있고. 이제 완전히 절반으로 접혔죠. 실제 사람이 이걸 하려면 스턴트우먼쯤 되어야 할 거예요.

놀랍죠! 안 그래요, 라이언? 브롬프턴 자전거 같죠!

자율 주행차가 본격적으로 상용화되면 고객은 XX-봇과 뒷좌석에 앉아서 훨씬 쾌적한 여행을 할 수 있을 거예요. 여행의 스트레스를 모두 날려 주겠죠.

우버 측하고도 이야기 중이에요.

네, 저는 렌터카 사업을 토대로 프랜차이즈 사업 모델을 세우고 있어요. 한 도시에서 픽업하고 다른 도시에서 반납하는 거죠. 그리고 XX-봇에는 다섯 가지 스타일이 있어요. 여기 소파에 앉아 있는 건 이코노미 모델이에요. 가장 저렴한 모델요.

머리카락이 나일론이라서 정전기가 약간 일어나고 윙 하는 소리도 좀 나지만, 괜찮은 모델이에요. 단순 명쾌하고, 꼭 필요한 요소들만 있고. 싸고.

보이시죠? 구멍 세 개는 다 같은 크기예요. 아뇨! 같은 자리에 있진 않죠! 여자랑 자 본 적 있잖아요, 라이언, 안 그래요? 그럼 구멍들이 어디 있다고 생각해요? 앞, 뒤, 그리고 입에 있죠. 콧구멍은 말고요! 얘가 무슨 괴물인 줄 아나!

알았어요! 농담이었단 말이죠. 알겠어요. 이제 집중하세요. 손가락을 여기 넣어 보세요!

마음에 들어요? 이 구멍들 모두 진동해요! 어떤 구멍에 어떤 체위로 하든지, 진동한다고요!

팔다리 움직임도 매끄러워요. 원하는 대로 자세를 잡을 수 있어요. 모든 모델이 다리를 아주 넓게 벌릴 수 있고요. 이 부분을 저희 고객들이 좋아해요. 특히 뚱뚱한 분들이요.

얘는 말도 할 수 있어요. 제한적이긴 하지만 적절한 음성 반응을 보여 주죠. 영어를 잘할 줄 모르는 여자랑 해외에서 만나는 것 같은 느낌이에요.

이름도 있나요, 론?

론이 고개를 끄덕였다. 좋은 질문이군요, 라이언. 그리고 저는 좋은 대답이 준비되어 있어요. 저는 아가씨들에게 이름을 붙이지 않기로 결정했답니다. 아뇨, 이따가 먹을 양고기에 이름이 없는 것과는 다른 의미예요. 말하자면 고급 페인트 같은 거예요. 제일 비싼 고품질 페인트 있잖아요. 네, 사실 얼마 전에 저희 집 페인트칠을 새로 했거든요. 아무튼 페인트에는 이름이 아니라 번호가 붙잖아요. 색깔 이름들은 사람마다 다른 의미로 받아들일 수 있으니까요. 그리고 색맹인 사람들도 있고요. 아니, '무디 블루'가 대체 뭐냐고요? '윔본 화이트'는요? 윔본 화이트는 게이 같은 느낌이지 않아요? 제가 듣기에는 그렇거든요. 그리고 '동키(당나귀) 브라운'은요? 언제부터 당나귀들이 다 똑같은 갈색이었죠? 저희 아빠가 당나귀를 키우셨거든요. 네, 당나귀를요. 설명하자면 길어요. 오늘 그 이야기까지 할 필요는 없겠죠. 저에 대한 이야기도 아니고.

그러니까 우리 아가씨들도 마찬가지예요. 나는 아가씨에게 볼케이노라든지, 어텀이라든지, 셰리라든지 하는 이름을 붙일 수 있겠지만, 고객은 그녀를 '밤새 줄리'라고 부르고 싶을 수도 있단 말이죠……. 그러니까 자기 새에게 어떤 이름을 붙일지는 고객 마음대로 하게 놔두잔 거예요.

요즘은 여자들을 '새'라고 부르면 안 되죠? 전 항상 그 표현을 좋아했거든요. 여자들을 잘 요약해 주는 표현이라고 할까. 나쁜 의미는 아니에요, 오해하지 말아요. 새들은…… 늘 손에 잡히지 않잖아요. 안 그래요? 팔 위에 앉았나 싶었다가도 금방 날아가 버리니까요.

그리고 벌레를 좋아하는 것 같기도 하고요.

그래서 라이언, 이코노미 모델로 돌아가면요. 자동차 용어로 비유하자면, 이 아가씨는 천 시트가 덮여 있고 플라스틱 운전대가 달린 모델인 셈이에요. 하지만 그걸 타고 A에서 B로 이동할 순 있죠.

이 모델은 백인 타입으로만 나와요.

우리 형수가 자메이카 출신의 멋진 흑인 여성인데, 저한테 이렇게 말하더군요. 론! 흑인 여자를 '이코노미'로 만들기만 해 봐, 라고요. 그리고 저는 여자들을 사랑한다고요. 정말로요. 그래서 생각했죠. 그래, 존경심을 갖자. 게다가 브리짓한테 두들겨 맞고 싶지 않았어요.

이제 '크루저' 모델을 볼까요? 저기 창가에 있는 거요. 작은 모터보트 같은 애예요. 옆집에 사는 까진 여자애 같다고 할까요. 크루저는 더 풍만한 체형이에요. 공기가 빵빵하게 들어 있죠. 더 말랑말랑한 촉감이 나게끔 패드도 대어져 있고요. 저 가슴도 베개처럼 푹신해요. 저희 엄마 아이디어였어요. 엄마가 이렇게 말씀하시더라고요. 론, 어떤 남자들은 여자한테 기대어 잠들고 싶어 한단다. 작은 꼬마였을 때 그랬듯이 말이야.

만져 보세요! 최상급 실리콘 젖꼭지예요. 플라스틱이 아니고요. 플라스틱 젖꼭지는 빌어먹을 골무 같아요. 젖꼭지라면 탄력이 있어야죠. 여자 가슴을 좋아하는 남자에게는 그거야말로 핵심이에요. 저도 가슴을 좋아하거든요.

뒤로 돌아가 보세요. 더 가세요! 이제 치마를 들춰 볼게요. 네! 끈 팬티에요. 고객들 반응이 아주 좋아요. 엉덩이도 살짝 출렁거리는 게 매력적이죠. 부드러운 실리콘이에요. 배터리 용량도 더 커서 피부의 특정 부위들을 따뜻하게 데울 수 있어요.

우리 아가씨들은 인간 아가씨들보다 체온이 낮아요. 네, 더 차갑다고 봐야겠죠. 사람 살이 괜히 살인 건 아니니까요. 하지만 우리 아가씨들은 적어도 끈적거리지는 않아요. 허접한 공기 주입식 인형들과는 달라요. 그건 해초 위에 누워 있는 것 같잖아요. 어휴, 공기 주입식 인형은 끔찍했죠. 안 그래요? 자지를 주방용 랩으로 싼 것 같더라고요.

자, 라이언, 후딱 다음으로 가 보죠. 여기 테니스복 차림으로 공 주우려고 몸을 구부린 애 말입니다. '레이시' 모델이라고 해요.

굉장히 실속 있게 나온 모델이에요. 허리는 가느다랗고, 가슴은 더블 G컵이고. 그리고 말이죠, 가슴과 보지가 늘 따뜻해요. 배터리가 데워 주기도 하고 단열재도 넣었거든요.

배터리는 세 시간까지 가요. 뭐, 남자들은 사 분이면 사정하니까 이만하면 넉넉한 시간이죠. 파티에서 애를 한판 돌린 다음 카드 게임 좀 해도 전원이 나가지 않아요. 처음 출시했을 땐 배터리가 다 닳아 가면 말씨도 어눌해지고 윙윙 소리도 나고 그랬어요. 그렇다고 고객들이 싫어하지는 않았지만, 저로선 영 프로답지 못하게 느껴지더라고요.

얘가 신은 슬링백 테니스화 마음에 들어요? 이코노미 모델한테는 신발을 안 신겨요. 귀엽죠, 프랑스 뮤지컬에 나올 것 같고. 「레 미제라블」 같은 거 있잖아요.

프랑스어 하니까 말인데, 당신이 로봇과 섹스해 본 적이 있는진 모르겠지만(나중에 저희 고객이 되세요.), 로봇과 섹스하면 좋은 점이, 끝나고 나서 "봉주르 트리스테스."* 어쩌고 저쩌고 말해 줄 필요가 없다는 거예요. 그리고 그녀가 오르가슴을 느꼈는지 안 느꼈는지 의심할 필요도 없고요. 우리 아가씨들은 다 상대방이 오르가슴을 느끼면 자기도 느껴요.

아, 잘 알아보셨네요, 라이언. 확실히 그렇죠. 레이시는 다른 모델들보다 키가 커요. 163센티미터 정도 되죠. 다른 모델들은 약 157센티미터고요. 중국을 비롯한 아시아 시장에는 더 작게 만들어 팔고 있어요. 여기 있는 건 미국과 영국

* Bonjour Tristesse. '슬픔이여 안녕'이라는 뜻의 프랑스어로, 여기서는 섬세하고 애틋한 미사여구를 뜻한다.

모델이에요.

슈퍼모델 같은 체형도 고려는 해 봤지만 실용적이지 못하다고 봐요. 실생활에서 슈퍼모델 같은 여자를 만나는 이유는 친구들에게 자랑하기 위해서일 뿐이잖아요. 그리고 그런 여자들은 거식증이 너무 심해서 아무것도 못 하고요. 먹지도 않겠대고, 마시지도 않겠대고, 그리고…… 아시죠? 너무 까탈스럽단 말이죠. 우리 아가씨들은 일하려고 만들어진 만큼 실용성을 갖췄어요. 그러니까 사이즈도 적당하게 나옵니다.

네, 맞아요. 시중에는 굉장히 작은 아가씨들도 있죠. 어린애처럼 보일 정도로. 전 그런 식으로 장사하지는 않아요. 제가 지키는 기준이라는 게 있어요.

'패밀리 모드'가 장착된 로봇들도 시중에서 구입할 순 있죠. 동물 이야기도 하고, 동화를 들려주기도 하고, 기타 등등……. 에마뉘엘*이 디즈니 영화에 출연한 것처럼 구는 로봇들. 저는 확고하게 성인용만 고집해요. 얼버무리는 구석 없이. 그러니까 관광 기념품 인형을 만들 계획은 아직 없어요.

아직 촬영 중인가요? 좋아요.

이 칸막이 바로 뒤에 침대가 있어요. 전시용이니까 신발 벗지 마시고요, 라이언. 집에 갔더니 이런 미녀가 있다고 상

* 프랑스의 에로틱 영화 「에마뉘엘」 시리즈 주인공.

상해 보세요. 사실 저희 집에 바로 이런 미녀가 있죠. '딜럭스' 모델은 제가 직접 사용하고 있거든요.

얘는 레이시 모델에 있는 요소들은 다 갖췄어요. 근육만 빼고요. 제 말은, 견고하긴 하지만 몸매가 매끈하고 곡선으로 이루어졌단 뜻이에요. 역도 선수 같지 않다고요. 아무튼 딜럭스는 이름에서 알 수 있다시피 모든 면에서 질 좋은 재료로 만들어졌어요. 털도 진짜고요.

어디에 있는 털이냐고요? 당연히 머리에 있죠, 어디라고 생각하셨어요? 여자랑 자 본 적 있으시죠, 그렇죠?

어이쿠, 아뇨, 저는 거기에는 진짜 털을 심지 않아요! 진짜 털이든 가짜 털이든 안 심어요. 거기에 털이 있으면 쫄딱 젖어서 금방 썩어 버릴 거라고요.

이 모델은 머리털 때문에 보증금을 두 배로 받아요. 머리에 술을 쏟거나, 음식물을 흘리거나, 오줌이나 똥이나 정액을 묻히지 않겠다는 각서에 서명도 해야 하고요.

고객들이 그런 짓을 하냐고요? 슬프지만 사실이랍니다. 저는 안 하는 짓이지만 어떤 남자들은 한단 말이죠.

나일론 털에는 무슨 짓을 하든 상관없어요. 싸게 교체할 수 있으니까. 바로 뽑아내고 새로 심으면 되죠. 하지만 질 좋은, 진짜 물건은…… 저는 말이죠, 여자들 편이에요. 정말로요. 진짜 머리털에 사정하는 등신 새끼를 누가 좋아하겠어요?

네…… 끔찍하죠.

제가 여자는 아니지만, 만약 여자라고 친다면, 어떤 한심한 작자가 보통 사정하는 자리 외의 곳에 사정하고 싶어 하면 싫을 것 같거든요. 하지만 저는 워낙 입맛이 까다로운 편이긴 해요. 요거트, 커스터드를 안 좋아하고, 그 프랑스 디저트 크림 브륄레도 안 좋아하고, 타피오카, 화이트소스, 쇠기름도 싫어해요. 바나나 스무디는 정말 싫어하고, 아몬드 밀크는 질색이에요. 맙소사, 아몬드 밀크라니. 대체 왜??? 미칠 노릇이죠! 의사가 저한테 아몬드 밀크를 권하더군요. 콜레스테롤 문제 때문에요. 그래서 제가 그랬죠. 이봐요, 차라리 심장 마비가 오고 말겠어요.

딜럭스는 풍부한 어휘도 갖췄어요. 200단어 정도. 고객이 하고 싶어 하는 이야기가 있으면, 축구, 정치, 무슨 주제든지 이야기해도 딜럭스는 들어 줄 거예요. 말이 다 끝날 때까지 기다려 주고, 당연히 도중에 끼어들지도 않을 거고요. 좀 장황하게 떠들어도 괜찮아요. 그렇게 다 말하고 나면 딜럭스가 뭔가 흥미로운 대답을 해 줄 거예요.

어떤 대답이냐고요? 오, 뭐 이런 거죠. 라이언, 당신은 정말 똑똑하군요. 라이언, 저는 그런 생각은 미처 못 했네요. 레알 마드리드에 대해 아는 것 있어요?

네, 저희가 하는 교육이란 건 그런 의미예요. 기후 변화, 브렉시트, 축구……. 이 모델은 고객의 동반자이고, 기술이 발전함에 따라 경력을 쌓아 갈 거예요.

어떤 남자들은 섹스보다 더 많은 걸 원하잖아요. 저는 그 부분을 이해하는 거죠.

그리고 '빈티지' 모델로 가 볼까요. 이 투피스 정장과 필박스 해트*가 저는 참 마음에 들어요. 레트로 포르노 사이트를 보다가 아이디어를 얻었죠. 늦게 등장한 모델이지만 회사에 크게 기여하고 있어요.

나이 많은 남자 고객들이 섹시하고 젊은 것을 찾는 경우가 많았어요. 대부분의 노친네들은 진짜 젊고 섹시한 여자를 얻을 만큼 부자가 아니니까요. 현실에서 늙은 남자가 젊은 여자를 구하려면 돈이 많이 들죠. 그리고 솔직히 말해서 남자들은 커스터드 소스를 곁들인 말린 자두 한 접시보다는 생딸기 한 상자를 더 좋아하잖아요.

저희가 제공하는 것은 현실이 아니라 판타지란 겁니다.

빈티지 모델은 1950년대에서 걸어 나온 여자를 만나는 기분을 선사해요. BBC 방송을 보는 것 같죠. 억양도 얼마나 진짜 같은지 상상도 못 할 거예요. BBC 라디오 4의 뉴스 진행자를 섭외해서 녹음한 거예요. 익명으로요. 돈을 엄청나게 줬죠.

아니면 빈티지한테 1960년대풍 미니스커트를 입히고 히

* 챙이 없고 납작한 여성용 모자.

피퐁 구슬 목걸이도 걸어 주고 「아이 갓 유 베이브」*를 부르게 할 수도 있어요. 입은 움직이지 않지만, 입에 넣고 박으려면 안 움직이는 편이 낫겠죠, 안 그래요?

심지어 1970년대 페미니스트 버전도 있어요. 노브라에, 머리는 헝클어져 있고, 손에는 항문에 삽입할 딜도를 들고 있죠. 네! 교묘하죠! 그녀가 거꾸로 고객을 덮치는 거예요! 아뇨, 저는 안 써 봤어요. 저희 제품들은 다 한 번씩 써 보지만 개는 안 내키더라고요. 저희 사무실에서는 걔를 저메인**이라고 불러요. 이름이 있는 유일한 아가씨죠. 그 책 읽어 봤어요? 저희 엄마가 얘기해 줘서 알았는데, 좀 읽어 봤는데 제가 생각한 내용이 아니더라고요.

저메인을 누가 렌트하냐고요? 일부 마조히스트들, 그리고 몇 안 되는 대학교수들이요.

이 모든 모델이 다양한 피부색으로 나와요. 검은색, 갈색, 흰색. 그리고 빈티지 모델은 고객이 원한다면 팔에 토시도 끼워 줄 수 있어요. 옛날 포르노 배우들은 솜사탕 같은 비버 모피 토시를 끼곤 했잖아요. 어떤 남자들이 그걸 좋아하더라고요. 하지만 이건 빈티지 모델한테만 제공돼요. 얼굴에 보송보송한 털가죽이 닿는 게 마음에 들지 감이 안 온다면 그

* I Got You Babe. 소니 앤드 셰어가 1965년에 발매한 히트곡.

** 1970년 『여성, 거세당하다』라는 책으로 큰 화제를 일으킨 페미니즘 학자 저메인 그리어를 뜻함.

냥 토시를 따로 보내 달라고 하면 돼요. 그러면 저희가 적당한 접착제와 함께 넣어서 보내 드리니까. 집에 있는 아무 접착제나 쓰면 안 된다는 안내도 덧붙이고요. 접착제를 잘못된 데 발랐다가는 수염에 다 묻어서 끈적거리는 사태가 일어날 수 있어요.

고객들이 대부분 나이가 많냐고요? 전혀요. 온갖 연령대가 다 있어요, 라이언. 섹스는 민주주의라고요. 노친네들 상대로는 공익사업을 하고 있다고 봐요. 이 점에 대해서는 꼭 글을 쓰세요. 저희는 65세 이상의 고객에게는 언제나 10퍼센트 할인을 제공하고, 월요일에는 10퍼센트 더 깎아 줘요. 월요일에 떡 치고 싶어 하는 사람은 많지 않으니까요.

그런데 말이죠, 이건 좀 철학적인 문제인데, 제가 사색적인 남자니까 이야기하자면 — 로봇을 상대로는 미성년자 성행위라는 게 성립이 안 돼요. 열여섯 살이 될 때까지는 하면 안 된다거나 하는 법이 없단 거죠. 그래서 어린 학생들이 저희 업체에 찾아오기도 해요. 네, 남자애들요. 당연히 남자애들이죠. 그리고 제 생각엔 자기를 원하지도 않는, 사포처럼 건조한 여자애한테 들이대는 것보다는 그 편이 나은 것 같아요.

네, 늙어도 되고, 못생겨도 되고, 뚱뚱해도 냄새나도 되고, 성병이 있어도 되고, 빈털터리여도 돼요. 발기가 잘 안 되든 사정이 잘 안 되든 상관없어요. 그 모든 남성을 위해 XX-봇이 있으니까요.

공익사업이라고 했죠. 정말로 그래요. 이 정도 공로를 세웠으니 제가 영국 작위를 받을 수도 있지 않을까요? 그렇게 된다면 엄마가 무지 좋아하실 텐데.

여자들이라뇨? 여자들이 뭐요? 당신 페미니스트인가요, 라이언? 저는 아니지만 저희 엄마는 페미니스트이긴 해요. 그러니까 웨일스에서 우리가 이 얘기를 못 들어 봤을 거라고는 생각하지 마세요.

시중에 남성형 로봇도 있기야 있죠. 하지만 저는 그쪽엔 손 안 대요. 왜냐고요?

신체 구조 때문이에요, 라이언. 기본적인 신체 구조요. 의사이시니 그건 배우셨을 텐데요.

기본적으로 남성형 로봇이란 몸이 달린 바이브레이터예요. 진열창 속 마네킹이 작동하지 않는 자지를 달고 있는 거나 마찬가지죠. 쑤시지를 못하잖아요. 여자 뒤에서 자세를 잡아 주지도 못하고요. 어쩔 수 없이 여자가 그 위에 앉아서 자기 몸을 위아래로 찧어 대야 하는데, 굉장히 피곤한 일이죠. 아니면 자기 위에 로봇을 얹어 놓고 밀크셰이크 만들듯 흔들어야 할 텐데, 그것도 피곤한 일이고요. 여자들이 기분 내려고 하는 것들을 다 한 상태에서 — 목욕도 하고, 초도 켜 놓고, 좋아하는 사랑 노래들을 다시 재생시켜 놓았는데 그런 짓을 하려면 김새죠.

여자들은 손에 쥐고 쓸 수 있는 바이브레이터를 더 좋아해요. 조작하기 더 쉽고, 감도 더 좋고, 텔레비전을 보면서도 할 수 있으니까요. 저도 시장 조사를 해 봤거든요. 아니, 정확히 제가 한 건 아니고, 그 영역은 저희 엄마가 맡아 주고 계세요. 저희 엄마요? 오, 그럼요. 아까 말했잖아요. 맨 처음부터 함께했다니까요.

그리고 남성형 로봇은 무엇보다도 크기가 문제예요. 여성형 로봇들은 조그마하잖아요. 심지어 스웨덴 남자들도 조그마한 걸 좋아하더군요. 하지만 남성형 로봇은 작게 만들면 매력이 떨어져 버려요. 자기 아들하고 섹스하는 것 같은 느낌이겠죠. 여자들이 그런 데 흥분하지는 않잖아요. 적어도 대부분의 여자들은요. 여자들은 우람한 체격의 남자를 좋아하는데, 그렇다고 로봇을 우람하게 만들면 여자들이 이리저리 움직일 수가 없어요. 게다가 작은 아파트에 그런 로봇이 있으면, 안 쓸 때는 걸리적거린단 말이에요. 무슨 뜻인지 알겠죠? 제 말은, 로봇은 여자가 혼자만의 시간을 갖고 싶을 때 맥주 한잔 마시러 밖에 나가 주지 못한단 거예요.

게다가 여자들은 작은 자동차를 선호하는 경향이 있잖아요. 자기 르노 트윙고에 드웨인 존슨* 같은 남자를 쑤셔 넣

* 미국의 영화배우이자 레슬링 선수.

다가 남들 이목을 끌고 싶지는 않겠죠.

나이트클럽 사업을 시작하게 되면 ― 아마 할 거예요. 지금 버는 돈을 달리 어디에 쓸지 모르겠으니까. ― 남성형 로봇을 좀 공급해서 여자들만의 파티를 열어 볼까 싶기도 해요. '조랑말 타기' 이벤트 같은 느낌으로? 웃자고 하는 거죠. 제가 제대로 해낸다면 여자들도 그 위에 앉아 있는 걸 좋아할 거예요. 토스터 기계 수리하던 시절에 떠올린 아이디어입니다.

이 시장은 세계적이에요. 이 시장이야말로 미래고요.

중국에 대해서 좀 이야기하고 싶은데요, 라이언. 한 자녀 정책? 이제 중국에서 그걸 폐기했으니 천만다행이죠. 목 졸려 죽은 채 논밭 어딘가에 팽개쳐진 수많은 여자 아기들 시체를 생각해 보세요. 중국에 여자가 부족해서 여성 배우자를 갖지 못하는 남자들이 수백 수천만 명은 있어요. 맞아요, 준 만큼 돌아오는 법이죠. 회전 초밥처럼 빙글빙글 도는 게 세상 이치란 거예요. 그들이 그 사실을 과연 알 거라고 생각하세요? 중국 시장은 대박일 거예요. 그러니까 공장들도 거기 있는 거죠. 그리고 중국인들은 첨단 기술을 아주 좋아하는 데다, 많은 중국 남자들이 순종적인 여성상을 좋아하니 진짜 여자보다 로봇을 선호할 거예요. 현대 중국 여자들은 너무 독립적이니까요. 제가 다 공장에 직접 가서 보고 하는 말이에요.

아무튼 저는 웨일스에 직영 공장을 세우고 있어요. 중국에 다 좌지우지당해선 안 되니까요. 경쟁도 좀 할 필요가 있어요. 그리고 중국이 빌어먹을 미국과 무역 전쟁이라도 벌인다면 어떻게 될지 누가 알겠어요? 로봇값이 천정부지로 치솟을 거라고요.

엄마는 우리가 카를 마르크스식으로 생산 수단을 점유해야 한다고 말씀하셨죠.

게다가 고향의 지역 사회에 기여하고 싶은 마음도 있어요. 웨일스에는 일자리가 없거든요, 라이언. 브렉시트 이후로 그렇게 됐죠. 웨일스인들이 '웨일스인을 위한 웨일스'에 투표하는 바람에 말입니다. 온 세상 사람들이 국경을 넘어와 새 탄광을 열지 못해 안달하고 있기라도 한 것처럼.

어차피 웨일스의 돈은 다 유로 기금에서 나온 거지만, 웨일스 사람들이 자기들끼리만 섹스하는 경향이 너무 큰 건 문제예요. 이민자들이 좀 늘어나는 게 좋을 거라고 봐요. 그렇게 근친 번식을 하다간 뇌에 영향이 간다고요. 브렉시트라니! 제기랄! 차라리 리크*로 국경에다 담이라도 쌓지그래.

그래서 저는 제 몫을 해야 하는 겁니다. 로봇 전체를 제조하는 대형 공장을 웨일스에 지을 거예요. 머리끝부터 발끝까지 다 만드는 공장이요. 그리고 딱 머리만 제작하는, 더 작은 공방도 만들 거예요. 그걸 위한 자금도 마련했어요. 조금 더

* 서양식 대파로, 웨일스의 상징으로 통한다.

공예에 가까운 일을 하는 곳이죠. 웨일스 사람들이 수공예에 워낙 재주가 좋잖아요. 행주라든지, 도자기라든지…….

그리고 실직한 미용사들도 많죠. '웨일스인을 위한 웨일스'가 되어 버린 상황에서는 다들 미용실 갈 여력이 없으니까요.

로봇 머리가 왜 더 필요하냐고요?

XX-봇들은 얼굴이 부서지는 경우가 많거든요. 벽에 내던져지거나 그래서요. 언젠간 코를 탈착식으로 만들어야 하는 게 아닐까 진지하게 고려하고 있어요. 일부 모델들은 얼굴을 고객이 직접 교체할 수 있게 되어 있긴 하지만 번거로운 작업이죠. 그래서 아예 처음부터 머리 여분을 하나 더 구입할 수 있게 하는 게 좋을 것 같아요. 섹스가 좀 거칠어질 수도 있죠, 안 그래요? 전 섣불리 나쁘게 판단하지 않아요.

그리고 '아웃도어' 모델도 출시할까 생각 중이에요. 터프하고 강인한 타입 말이죠. 라라 크로프트처럼요. 그러려면 우리만의 생산 라인이 필요해요. 페티시 성향 소비자들에게 먹힐 것 같아요. 도미나트릭스*라든지, 스팽킹**이라든지 하는 거 있잖아요. 중국인들은 안 건드리겠죠. 영국인들은 좋아할 것 같아요. 캐터필러와 JCB*** 측과 논의 중입니다.

* 가학적으로 성행위를 주도해 상대방에게 쾌락을 주는 여성을 뜻한다.

** 성적 쾌감을 위해 엉덩이를 때리는 행위.

*** 둘 다 건설 기계 제조 회사.

이게 바로 미래예요, 라이언.

제가 진행할 라이브 쇼에도 오실 건가요? 아가씨들이 움직이는 것 보러요. 여기, 아이패드에 맛보기 영상이 있어요. 음악 어때요?

멤피스를 걷고 있네.* 이 노래 참 좋단 말이죠. 제가 가장 좋아하는 구절은, 왕을 기다리는 예쁘고 작은 것이 있네…….

XX-봇들은 다 예쁘죠. 우리는 다 왕이고요.

뭐라고요? 이러면 현실을 살기가 더 어려워지지 않겠냐고요?

요즘 현실이라는 게 뭔가요?

* Walking in Memphis. 마크 콘이 1991년 발매한 곡의 제목이자 가사 일부.

이제껏 나온
어떤 소설보다도 엉뚱하다.
하지만 이 시대 소설들이
대부분 그렇듯
현실성이 있다.

— 1818년
《에든버러 매거진》

인류는 현실을 잘 견디지 못한다.

그래서 우리가 이야기를 지어내는 거지. 나는 말했다.
우리가 지어내는 이야기가 바로 우리라면? 셸리가 말했다.

여전히 비에 갇힌 채 나는 쓰고 또 쓴다.
클레어는 구석에 앉아 바느질을 한다. 폴리도리는 다친 발목을 돌보고 있다. 어제 그는 나를 향한 사랑을 증명하려고 창밖으로 뛰어내렸다. 바이런의 아이디어였다. 그는 따분할 때 위험한 사람이 된다.
우리가 하는 일이라고는 마시고 섹스하는 것뿐이잖아. 바이런이 말했다. 그게 이야기라고 할 수 있어?
베스트셀러감이지! 폴리도리가 말했다.

잠도 자잖아. 먹기도 하고, 일도 하고. 셸리가 말했다.

그래? 바이런이 물었다. 그는 비만 때문에 식단 조절 중이고, 불면증에 시달리고 있고, 게으르다. 다 같이 초자연적 소설을 쓰자는 과제를 제안했으면서도, 정작 자신은 쓰려는 문장이 떠오르지 않는다고 한다. 짜증스러운 일이다. 우리는 그에게 짜증스러운 사람이다.

폴리도리는 자기 소설을 쓰느라 바쁘다. 그는 소설에 『뱀파이어』라는 제목을 붙였다. 수혈이라는 개념이 그의 흥미를 끈다.

일탈이 필요해서인지 딴짓이 하고 싶어서인지, 신사들은 우리가 최근 런던에서 들었던 강의들에 대해 토론하기 시작한다. 셸리의 주치의 윌리엄 로런스가 한, 생명의 기원에 대한 강의다. 그에 따르면 우리 생명에 영혼과 같은 '덧붙여진' 힘 따위는 없다고 한다. 인간은 뼈, 근육, 세포, 피 등으로 이루어졌을 뿐이다.

당연하게도 격렬한 항의가 쏟아져 나왔다. 사람이 굴과 다를 바 없다는 겁니까? 더 큰 대뇌 반구를 갖고 있을 뿐 오랑우탄이나 유인원과 같다는 말입니까?

《더 타임스》는 이렇게 적었다. 로런스 박사가 인간에게 영혼이 없다는 것을 증명하기 위해 온 힘을 쏟아붓다!

그런데도 당신은 다른 남자들과 달리 영혼을 믿는다는 거지. 내가 셸리에게 말했다.

난 믿어. 그가 말했다. 영혼을 일깨우는 것은 각자의 몫이라고 믿어. 사람에게 영혼이란 죽음과 부패에 지배되지 않는 부분, 진리와 아름다움을 알아보는 부분이야. 영혼이 없는 사람은 짐승이나 다름없어.

그러면 사람이 죽은 이후에 영혼은 어디로 가지? 바이런이 말했다.

그건 모르지. 셸리가 대답했다. 영혼이 어디로 가는가보다는 어떻게 되는가가 우리 관심사여야 해. 생명의 신비는 다른 어디도 아닌 지상에 있으니까.

비도 지상에 있지. 바이런이 무력한 신처럼 창밖을 내다보며 말했다. 그는 자기 암말을 타고 싶어서 안절부절못하고 있었다.

우리는 곧 모두 죽을 테니, 다른 사람들의 뜻대로가 아니라 자신이 욕망하는 대로 살아야 해. 폴리도리가 말하고는 자기 샅에 손을 올린 채 나를 보았다.

삶에는 우리가 욕망하는 것 이상의 무언가가 있지 않아? 내가 말했다. 더 가치 있는 대의를 위해 욕망을 희생할 수도 있잖아.

그렇게 해서 만족을 느끼는 사람이라면 그럴 수도 있겠지. 폴리도리가 말했다. 나는 시체보다는 뱀파이어가 되겠어.

잘 죽는 것은 잘 사는 것과 같지. 바이런이 말했다.

죽음에서 만족을 느끼는 사람은 아무도 없어. 폴리도리가 대꾸했다. 자네는 그럴 거라고 상상하지만, 막상 죽음에 대해 뭘 알 수 있겠어? 또 뭘 얻을 수 있고?

명성을 얻을 수 있지. 바이런이 말했다.

명성은 소문일 뿐이야. 폴리도리가 말했다. 나에 대해 좋게 말하거나, 나쁘게 말하거나……. 사람들이 떠드는 말일 뿐 뭐겠어?

자네 오늘 기분이 언짢군. 바이런이 말했다.

기분이 언짢은 건 자네야. 폴리도리가 말했다.

셸리가 두 팔로 나를 감싸 안고 끌어당겼다. 사랑해. 당신, 나의 메리, 거의 살아 있는 당신.

클레어가 바늘을 태피스트리에 찔러 넣는 소리가 들렸다.

모두 살았다네! 모두 살았다네, 살았다네! 폴리도리가 긴 의자의 팔걸이를 두들겨 박자를 맞추며 노래했다. 바이런이 인상을 찌푸리더니 절뚝거리며 창가로 건너가 창문을 열었다. 그러자 비가 클레어에게로 곧장 쏟아졌다.

그만 좀 할래? 클레어가 벌에 쏘인 것처럼 벌떡 일어나며 자기를 향해 웃어 대는 바이런에게 소리치고는, 다른 의자로 건너가 앉아 실을 매섭게 잘라 냈다.

죽음은 모조품이야. 셸리가 말했다. 나는 죽음을 전혀 믿지 않아, 사실상.

자네가 아버지의 재산을 상속받으면 기꺼이 믿게 될 거야. 바이런이 말했다.

나는 냉소적으로 비꼬는 그를 지켜보았다. 그는 진정으로 위대한 시인이긴 하지만 심술궂은 사람이다. 우리가 타고난 재능은 우리의 행동거지까지 교정해 주지는 않나 보다.

셸리는 돈이 별로 없는데도 남들에게 베푸는 데에 지극히 관대한 남자다. 바이런은 자기 땅에서 연간 1만 파운드를 벌어들일 정도의 부자이지만 쾌락을 좇는 데에만 돈을 쓴다. 그는 자기 좋을 대로 살아도 된다. 하지만 우리는 주의를 기울여야 한다. 정확히 말하자면 우리 계좌를 관리하는 데에 내가 주의를 기울여야 한다는 뜻이다. 셸리는 돈을 써도 되는 데와 쓰면 안 되는 데를 잘 구분하지 못하는 것 같다. 우리는 끝없는 빚에 쫓기고 있다. 그래도 지금 내가 쓰는 소설을 출판사에 팔 수 있다면 여유가 좀 생길 것이다. 내 어머니도 글을 써서 생계를 이어 가셨다. 나 또한 어머니의 전례를 따를 생각이다.

영혼에 대해 더 말하고 싶어. 셸리가 말했다.

바이런이 신음을 흘렸다. 폴리도리는 기침을 했다. 클레어는 쿠션 커버에 공격적으로 바느질을 해 나갔다.

하지만 내 마음은 다른 데에 쏠려 있었다. 소설을 착상한 이후로 나는 그 생각에 사로잡혀 있었다. 마음속에 어렴풋이 나타난 인영(人影)에 다른 걱정거리들은 가려져 버렸다. 내 마음은 일종의 일식을 거치고 있었다. 나를 통과하는 기괴한 그림자에게로 돌아가야 한다.

나는 그들이 형이상학을 두고 옥신각신하게 놔두고 와인을 챙겨서 위층 내 침대로 올라갔다. 레드 와인은 습기 때문에 생긴 두통을 가라앉혀 준다.

소설을 쓰기 위해 인간을 나머지 생물들과 구별하는 요소가 무엇인가 하는 문제를 숙고하고픈 욕구가 든다. 또한 인간을 기계와 구별하는 요소는 무엇인가?

아버지와 함께 맨체스터의 공장에 방문한 적이 있다. 그때 나는 기계의 노예가 된 가련한 생명체들이 기계만큼이나 반복적으로 움직이는 것을 보았다. 그들이 기계와 다른 점이라고는 불행하다는 것뿐이었다. 공장이 쌓는 어마어마한 부는 노동자가 아니라 공장주를 위한 것이다. 인간은 기계의 두뇌 노릇을 하는 비참한 상태 속에서 살아야 한다.

어렸을 때 아버지는 내게 홉스의 『리바이어던』을 읽혔다. 지금 손에 펜을 들고 여기 앉아 있노라니 홉스와 그가 추측한 바가 머릿속에 떠오른다. 그는 이렇게 적는다.

생명이란 팔다리의 운동에 지나지 않고 그 운동이 비롯되는 곳은 생체 내부의 주요 부분이라고 보았을 때, 모든 자동기계(시계처럼 태엽과 톱니바퀴로 움직이는 장치들)에도 인공적인 생명이 있다고 말하지 못할 이유는 없다.

나는 자문한다. 인공적인 생명이란 무엇인가? 자동 기계에는 지능이 없다. 그것은 태엽 장치에 지나지 않는다. 생물학적 생명을 가진 인간은 아무리 열등한 존재라도 소젖을 짜고, 이름을 말하고, 비가 오려고 할 때나 오지 않을 때를 알며, 자기 실존에 대해 성찰할 줄 안다. 아마도. 그러니 자동 기계에 지능이 있다고 한다면…… 그것이 살아 있다고 하기에 충분한가?

셸리는 내 그리스어와 라틴어 공부를 도와주고 있다. 알몸으로 나와 같이 침대에 누워, 베개에 책을 얹고 내 등에 손을 올린 채로. 내가 새 단어를 간신히 배우고 나면 그는 내 목에 입을 맞춘다. 종종 우리는 공부를 멈추고 사랑을 나눈다. 나는 그의 몸을 사랑한다. 그가 자기 자신에게 그토록 무관심한 게 안타깝다. 진실로 그는 물질처럼 저속한 것은 자신의 상대가 될 수 없다고 상상한다. 하지만 그는 피와 온기로 이루어진 존재다. 나는 그의 좁은 가슴에 기대어 심장 소리에 귀를 기울인다.

우리는 함께 오비디우스의 『변신 이야기』를 읽고 있다.

이탈리아는 미남 동상으로 가득하다. 물결치듯 일렁거리며 서 있는 남자들. 키스하려고 만든 걸까? 생명을 불어넣으려고?

나는 그런 동상들을 만져 보았다. 그 싸늘한 대리석을, 그 엄숙한 돌을. 그중 하나를 감싸 안고서 생명 없는 형태에 경탄했다.

셸리가 『변신 이야기』에서 피그말리온이라는 조각가의 이야기를 소리 내어 읽어 준다. 피그말리온은 자기가 만든 조각상과 사랑에 빠졌다. 피조물을 너무 깊이 사랑한 나머지 여자들에게는 아무 관심도 없었다. 그는 자신의 작업대 위에 놓인 생명 없는 형태만큼이나 아름답되 살아 있는 연인을 달리고 아테나 여신에게 기도했다. 그날 밤 그는 자신이 창조한 청년의 입술에 키스했다. 그런데 믿을 수 없게도, 그 청년이 그에게 마주 키스해 오는 느낌이 들었다. 싸늘했던 돌이 따스해져 있었다.

더 나아가서…… 여신의 도움으로 청년은 여성의 형태를 띠었다. 무생물에서 생물로, 남자에서 여자로 두 번 변신한 것이다. 피그말리온은 그녀와 결혼했다.

셸리가 말했다. 셰익스피어가 『겨울 이야기』 결말에서 허마이어니의 동상이 살아나는 장면을 쓸 때 상상했던 게 그런 모습이었을 거야. 그녀가 대좌에서 내려오고, 남편 리온티스를, 그 폭군을 끌어안는 것. 리온티스의 범죄 때문에 시간이 돌로 굳어졌는데, 이제 허마이어니의 움직임 속에서 시간이 다시 흐르는 거지. 잃었던 것을 다시 찾은 거야.

내가 말했다. 맞아. 온기를 느낀 순간. 입 맞춘 입술이 따스한 걸 느낀 순간.

죽은 직후에도 입술은 따뜻해. 셸리가 말했다. 사랑하는 이의 시신이 식어 가는 동안 밤새도록 곁에 누워 있지 않을 사람이 누가 있겠어? 시신을 품에 안고 온기를 전해 주고 되살리려 안간힘을 쓰지 않는 사람이 누가 있겠어? 겨울이라 그런 것뿐이라고, 아침이면 틀림없이 해가 뜰 거라고 스스로를 타이르지 않을 사람이 누가 있겠어?

그를 햇빛 속으로 옮겨. 내가 말했다.(왜 그렇게 말했는지 모르겠다.)

인공적 생명. 깨어나서 걸어 다니는 동상. 하지만 나머지는? 인공적 지능이라는 것이 존재하나? 태엽 장치는 생각을 하지 못한다. 정신의 불꽃이란 무엇인가? 그걸 만들 수 있나? 우리가?

> 당신의 실체는 무엇이며, 당신은 무엇으로 이루어졌기에,
> 수많은 기묘한 그림자들이 당신을 모시는가?

방 모서리들이 그림자에 잠겼다. 나는 내 정신의 본질에 대해 곰곰이 생각했다. 내 심장이 멈추면 내 정신도 멈출 것이다. 아무리 뛰어난 정신이라도 육체보다 오래가지는 못한다.

내 마음은 셸리와 클레어(이 이야기에서 마치 책갈피처럼 —

글의 내용이라기보다는 일종의 표식처럼 자꾸만 나타나는)와 함께 떠났던 여행으로 되돌아갔다.

그때 나는 셸리와 함께 달아나려고 했는데, 클레어가 자기를 두고 가지 말라고 해서 우리는 다 같이 가기로 결정했다. 내 아버지와 의붓어머니에게는 우리 계획을 비밀로 했다.

이쯤에서 설명을 덧붙여야겠다. 어머니가 돌아가시고 나서 아버지는 혼자 살 수 없었기에 금방 재혼했다. 상상력은 없지만 요리는 할 수 있는 평범한 여자였다. 의붓어머니는 제인이라는 딸을 데려왔는데, 이윽고 제인은 돌아가신 내 어머니의 저작들을 열심히 공부하는 학생이 되어 자기 이름을 클레어로 바꿨다. 나는 문제 될 것 없다고 생각했다. 스스로를 다시 만들면 안 될 이유가 뭐가 있나? 정체성이라는 게 곧 이름이 아니라면 달리 무엇이겠는가? 제인/클레어는 아버지가 수상쩍어할 때 셸리와 나를 위한 중재자 역할을 했다. 셸리도 나도 그녀를 좋아했고, 스키너 거리를 떠날 때가 되었을 때 그녀도 우리와 같이 가야 한다는 결론이 섰다.

무수한 기회 같은 하늘의 별들.

새벽 4시. 아버지는 오한이 들어서 아편 팅크를 마시고 깊이 잠들어 있었지만, 그래도 우리는 아버지가 깨지 않도록 펠트 슬리퍼를 신고 장화는 손에 들었다.

우리는 세상이 잠에서 깨어나고 있는 길거리로 뛰어나갔다.

마차에 다다랐다. 날개 없는 천사 셸리가 창백한 얼굴로 서성거리고 있었다.

그는 나를 끌어안고 내 머리카락에 얼굴을 파묻고서 내 이름을 속삭였나. 우리의 조촐한 가방들이 짐칸에 실렸다. 그때 양심의 가책에 사로잡힌 나는 그에게서 몸을 돌려 집으로 뛰어갔다. 벽난로 선반에 아버지를 위한 메모 한 장이라도 남기기 위해서였다. 차마 아버지의 가슴을 찢어 놓을 수는 없었다. 아니, 이건 자기기만이다. 나는 아버지의 가슴을 찢어 놓겠다는 말이라도 남기지 않고서는 아버지의 가슴을 찢을 수 없었다. 우리는 언어에 따라 사는 법이다.

고양이가 내 다리에 대고 몸을 구부렸다.

나는 다시 뛰어나갔다. 모자가 벗겨져 목 언저리에서 대롱거리고 마른 숨이 입안에 차오를 때까지 달리고 또 달렸다.

불안과 피로에 젖은 우리는 서둘러 도버로 간 다음, 칼레로 가는 배를 타고 뱃멀미에 시달렸다. 그리고 나는 어둑한 여관, 완충재를 댄 방 안에서 그와 함께 첫날 밤을 보냈다. 밖의 자갈길을 굴러가는 철제 수레바퀴들이 덜그럭거리는 소리가 들렸고, 내 심장은 철과 바퀴보다 더 큰 소리로 쿵쾅거렸다.

이것은 사랑 이야기다.

의붓어머니가 금방 뒤따라와 제인/클레어에게 돌아오라

고 애원했다는 점을 덧붙여야겠다. 의붓어머니는 내가 집에서 없어지는 것은 달가워 했던 것 같다. 셸리는 우리 셋을 다 같이 또는 각자 데리고 이리저리 섵으면서 사랑과 자유에 대해 역설했다. 의붓어머니는 그의 말을 믿지 않았던 듯하지만 결국 지쳐서 우리에게 작별을 고했다. 셸리가 이긴 것이다. 우리는 혁명의 고향인 프랑스에 있었다. 무엇인들 못 해냈겠는가?

하지만 나중에 알고 보니 우리가 해낼 수 있는 일은 별로 없었다.

우리의 여행은 순탄치 않았다. 우리에게는 옷도 없었다. 파리는 더러웠고 물가가 비쌌다. 그곳 음식은 먹으면 위경련이 일어나고 고약한 냄새가 났다. 셸리는 빵과 와인으로 연명했다. 나는 그에 더해 치즈도 먹었다. 그러다 마침내 우리는 대금업자를 찾았고, 셸리가 그에게서 60파운드를 빌렸다.

거금을 얻어 들뜬 우리는 여행을 하기로 결정하고, 루소의 책에 나오는 단순성과 자연인을 찾으러 시골로 떠났다.

셸리는 말했다. 거기엔 소고기와 우유와 질 좋은 빵이 있을 거야. 덜 숙성된 와인과 깨끗한 물도.

상상일 뿐이었다.

현실은 달랐다.

몇 주 동안 우리는 실망감을 서로에게 감추려 안간힘을 쓰며 버텼다. 여기는 자유의 땅이었다. 내 어머니가 자유를 찾으러 온 곳이 바로 여기였다. 어머니가 『여성의 권리 옹호』를 쓴 곳도 여기였다. 우리는 우리와 비슷한 정신과 열린 가슴을 가진 사람들을 만나게 될 줄 알았다. 하지만 실상 오두막집 주인들은 아주 작은 것들도 바가지를 씌웠고, 농장은 지저분하고 망가져 있었고, 세탁부들은 단추와 장식 술을 훔쳤으며, 가이드들은 무례했고, 셸리가 빌린 조랑말 한 마리는 — 우리는 번갈아 가면서 녀석을 탔다. — 절뚝거렸다.

뭐 힘든 거 있어? 내 침묵에 거북해진 셸리가 물었다. 나는 그렇다고 솔직히 대답하지 않았다. 시큼한 우유 축축한 치즈 악취 나는 침대 시트 벼룩 폭풍우 부패 밀짚과 진드기로 채워진 침대. 물컹거리는 채소 연골이 든 고기 이가 들끓는 생선 바구미가 생긴 빵. 아버지의 괴로움. 어머니에 대한 생각. 내 속옷의 상태.

더워서 그래, 내 사랑. 나는 대답했다.

그는 함께 강에서 알몸으로 멱을 감자고 했다. 나는 너무 부끄러워서 그러지 못했다. 다만 희고 날씬하고 조각된 듯한 그의 몸을 지켜보았다. 그의 몸매에는 이 세상 것이 아닌 듯한 구석이 있다. 몸이 아니라 몸에 가까운 무언가 같은. — 몸을 급히 입는 바람에 영혼이 세상으로 걸어 나올 것만 같다.

우리는 시간을 흘려보내려고 워즈워스를 소리 내어 읽었다. 하지만 프랑스는 시가 아니었다. 촌뜨기였다.

마침내 내 고충을 헤아린 셸리는 프랑스를 벗어나 라인강을 따라 내려가는 바지선에 우리를 태우고 다른 곳들로 데려가 주었다.

그런다고 더 나았겠는가? 오만한 스위스. 술 취한 독일. 와인이나 더 줘. 나는 말했다. 그렇게 배를 곯고 과음해 가면서 우리는 시간을 흘려보냈다. 영혼을 갈망했으나 어디서 그것을 찾을 수 있는지는 알 수 없었다.

원하는 것은 찾으려고만 한다면 존재한다.

어느 날, 만하임에서 멀지 않은 곳에서 우리는 안개 속에서 경고 신호처럼 솟아오른 성탑들을 보았다. 셸리는 탑, 숲, 폐허, 묘지 등등, 인간이나 자연 중에서도 성찰하는 것이라면 무엇이든 아주 좋아한다.

그래서 우리는 그리로 향하는 구불구불한 길을 따라 걸어갔다, 쇠스랑과 괭이를 든 소작농들이 쳐다보는 눈길을 무시하며.

성 발치에 이르러 마침내 우리는 멈춰 서서 덜덜 떨었다. 뜨거운 오후의 햇볕 속에 있는데도 추웠다.

이 장소는 무엇인가요? 셸리가 짐마차를 타고 가던 남자에게 물었다.

프랑켄슈타인 성입니다. 그가 말했다.

황량한 성찰의 장소였다.

사연이 있긴 한데요. 남자가 그렇게 말하며 돈을 요구했다. 셸리는 그 값의 두 배를 주었고, 남자가 들려준 이야기에 실망하지 않았다.

성은 한때 콘라트 디펠이라는 연금술사의 소유였다. 사랑하는 아내를 너무 일찍 여의고 상실감을 견디지 못한 그는 아내의 시신을 묻지 않고 생명의 비밀을 밝혀내기로 결심했다.

하인들이 하나둘씩 그를 떠났다. 그는 혼자 살았고, 새벽녘과 저물녘 묘지와 시체 안치소 들을 헤매는 모습이 사람들의 눈에 띄었다. 그는 자신이 찾아낸 악취 나는 시체들을 질질 끌고 집으로 돌아가, 시체들의 뼈를 빻아서 신선한 피와 섞었다. 갓 죽은 사람에게 그 약물을 주입하여 되살릴 수 있으리라고 믿은 것이다.

마을 사람들은 그를 두려워하고 혐오하게 되었다. 그들은 소중한 사람의 시신을 지키면서, 그의 발소리나 그가 탄 말의 굴레에 달린 종 소리가 들리지나 않을까 귀를 곤두세우기도 해야 한다. 그가 초상집에 들이닥치는 경우도 적지 않았다. 더러운 혼합액이 든 유리병을 들고 다니며, 푸아그라를 만들기 위해 거위에게 먹이를 억지로 먹이듯 시신의 헤벌어진 입에 약병을 쑤셔 넣었다.

부활은 일어나지 않았다.

마침내 인근 마을들의 주민이 모두 모여 성안에 있는 그를 산 채로 태워 죽였다.

그 성벽에서는 지금도 훼손된 시체와 죽음의 악취가 풍긴다.

나는 폐허가 된 곳을 바라보았다. 성 밖의 계단은 거무스름하니 무너져 가고 있었으며, 피라네시*의 악몽처럼 잡초들과 뒤엉켜 허물어지기도 하고 자라나기도 하면서 빙글빙글 나선을 그리며 한 계단 한 계단 뻗어 내려가고 있었다. 어디로? 그 아래에는 어떤 공포의 지하실이 있을까?

나는 숄을 여몄다. 공기에도 무덤의 추위가 스며 있었다.

이리 와! 나는 셸리에게 말했다. 우리는 여기를 떠나야 한다.

그가 내게 한 팔을 둘렀다. 우리는 서둘러 발길을 돌렸다. 걷는 동안 그는 내게 연금술에 대해 설명해 주었다.

연금술사들은 세 가지를 추구해. 셸리가 말했다. 납을 금으로 바꾸는 비결, 영생을 살게 해 주는 영약의 비결, 그리고 호문쿨루스.

* 조반니 바티스타 피라네시(Giovanni Battista Piranesi, 1720~1778). 이탈리아의 판화가이자 건축가. 끝없는 미궁 같은 감옥을 묘사한 「감옥」 연작 판화로 유명하다.

호문쿨루스가 뭔데? 내가 물었다.

여자의 몸에서 태어나지 않은 생명체. 그가 대답했다. 신성 모독적이고 해로운 인조물. 난쟁이 같은 거라고 보면 돼. 다만 기형적이고 교활하고, 사악한 힘을 지닌 난쟁이.

여관으로 돌아가는 구불구불한 길, 숨 막히는 황혼 속에서 나는 그 존재에 대해 생각했다. 여자에게서 태어나지 않은, 그러나 완전한 형체를 갖춘 존재.

그런데 이제 그 형체가 돌아온 것이다.

그리고 그것은 작지 않다. 난쟁이가 아니다.

내 마음이 장막이고, 장막 반대편에서 생명을 찾는 존재가 있는 것처럼 느껴진다. 수족관에서 물고기들이 유리창에 얼굴을 부딪는 것을 본 적이 있다. 소설이라는 형식이 아니고서는 말할 수 없는 이야기가 떠오른다.

나는 내 주인공을(주인공인가?) 빅토르(Victor)라고 부를 것이다. 그는 생명과 죽음을 상대로 승리(victory)를 얻으려 하니까. 그는 자연 깊숙한 곳에 침투하려 안간힘을 쓸 것이다. 연금술사는 아닐 것이다. 내 이야기에 허튼 요술 같은 건 필요 없다. 그는 폴리도리나 로런스 박사와 같은 박사일 것이다. 피의 흐름을 파악하고, 근육의 매듭과 뼈의 밀도와 세포의 섬세함을 헤아리고, 심장이 어떻게 박동하는지 알 것이다. 기도(氣道), 액체, 질량, 반고체, 콜리플라워 같은 뇌의 수수께끼.

그는 진짜 인간보다 큰 인간을 만들고 생명을 부여할 것이다. 나는 전기를 사용할 것이다. 폭풍, 불똥, 번개. 나는 프로메테우스처럼 그에게 불을 가져다줄 것이다. 그는 신들에게서 생명을 훔칠 것이다.

어떤 대가를 치르고?

그의 창조물은 힘이 남자 열 명을 합친 만큼 셀 것이다. 말처럼 빠르게 달릴 것이다. 그 창조물은 인간보다 뛰어날 것이다. 그러나 인간은 아닐 것이다.

그럼에도 그는 고통스러워한다. 나는 고통이 영혼의 특징이라 할 만하다고 믿는다.

기계는 고통스러워하지 않는다.

그의 창조자는 광인이 아닐 것이다. 선지자일 것이다. 가족과 친구들이 있는 남자. 일에 전념하는. 나는 그를 벼랑 끄트머리로 몰고 가 뛰어오르게 할 것이다. 그에게 영광도, 공포도 보여 줄 것이다.

그의 이름은 빅토르 프랑켄슈타인이라 할 것이다.

이 정신은
모든 물질의
기반이다.

— 막스 플랑크

현실은 인간을 잘 견디지 못한다.

성함이?

라이 셸리.

기자인가요?

초대객입니다. 스타인 교수님에게 초대를 받았는데요.

스타인 교수의 강연은 대중에 열려 있고 왕립 학회 홈페이지에서 실시간 중계됩니다.

왕립 학회는 1660년에 자연 과학 발전과 과학 지식 보급을 위해 설립되었다. 더 몰*이 내다보이는 이곳 칼턴 하우스

* 세인트 제임스 공원의 산책길.

테라스 거리에서는 런던이 지극히 호화롭고 온전한 곳으로 느껴진다. 사실 이곳의 신고전주의 양식 건물들은 존 내시의 설계로 1827년에서 1834년 사이에 지은 것이다. 치장 벽토로 칠한 벽. 코린트식 기둥을 세운 전면. 정교한 띠 장식과 페디먼트.

우리 영국인들이 무척 잘 다루는, 변치 않는 과거의 평온함이라는 것은 주입된 기억이다. 가짜 기억이라고도 할 수 있을 것이다. 너무나 견고하고 확실해 보이는 것도 사실은 끊임없이 철거하고 재건하는 역사적 패턴의 일부로서, 그 과정에서 과거의 격동은 랜드마크로, 아이콘으로, 전통으로, 우리가 옹호하고 지지하는 것으로 계속 재구성된다. 그러다가 마침내 철거를 위한 쇳덩이 달린 크레인을 불러들일 때가 오고야 만다. 어쨌든 영국 학술원이 이곳으로 옮겨온 건 1967년이나 되어서였다. 역사란 우리가 만드는 것이다.

오늘 밤 우리는 우리가 만드는 역사다.

나는 청중이 들어오는 모습을 지켜본다. 작은 가방을 멘 학생들. 턱수염을 짧게 다듬은 힙스터들. 런던 쇼디치의 테크 중심지에서 일하는 티셔츠 차림의 청년들. 맞춤형 정장을 차려입은 점잖고 미끈한 은행가들. 기크*들. SF 마니아들. '소피아 로봇'** 후드티를 입고 히잡을 두른 무슬림 여자

* geek. 주로 전자 공학이나 어느 한 분야의 취미에 깊이 몰두하는 사람들을 일컫는 말. 비하적인 뉘앙스가 있다.

** 핸슨 로보틱스사(社)가 개발해 2016년에 공개한 인간형 로봇.

두 명.

이곳 청중에는 젊은이들이 많다.

빅터 스타인은 페이스북과 트위터에 많은 팔로워를 거느리고 있다. 그의 TED 강연은 조회 수 600만을 기록했다. 그가 어떤 사명을 띠고 있는 것은 분명하다.

어떤 사람들은 궁금해한다. "당신은 어느 편입니까?"

그는 편 같은 것은 없다고 말할 것이다. 그런 이분법은 탄소를 기반으로 한 과거에 속하는 것이라고. 미래는 생물학이 아니라, 인공 지능이라고.

그는 화면에 보기 좋고 말끔한 그래픽을 띄운다.

생명 유형 1: 진화 기반

빅터가 설명한다. 변화는 수천 년에 걸쳐서 천천히 진행됩니다.

생명 유형 2: 부분적 자가 설계

이게 지금 우리 단계입니다. 우리는 학습을 통해 우리 두뇌 소프트웨어를 향상시키죠. 기계에 외주를 맡기는 것도 포함해서요. 우리는 개별적으로, 또 세대에 걸쳐 우리 자신을 업데이트합니다. 우리는 세대에 따라 변화하는 세상에 적응합니다. 아기들이 아이패드를 얼마나 잘 다루는지 생각해 보세요. 우리는 여행과 노동을 위해 온갖 기계를 개발했죠. 말과 괭이는 과거의 유물이 되었고요. 또한 우리의 생물학적 한계도 부분적으로 뛰어넘게 됐어요. 안경, 시력 교정 수술,

임플란트, 고관절 대치술, 장기 이식, 인공 기관 등등. 우주도 탐험하기 시작했고요.

생명 유형 3: 완전한 자가 설계

이쯤에서 그는 흥분한다. 도래할 인공 지능 세상은 우리 몸의 육체적 한계가 무의미한 세상이 될 겁니다. 로봇들은 오늘날 인간이 하는 대부분의 일을 수행할 거예요. 지능, 심지어는 의식마저도 더 이상은 육체에 종속되지 않을지도 모릅니다. 우리는 우리가 창조한 비생물적 생명체들과 함께 이 지구를 공유하는 법을 배워 나갈 겁니다. 우주를 식민지로 개척하면서요.

나는 그가 말하는 모습을 지켜본다. 그를 지켜보는 것이 무척 즐겁다. 그는 영혼의 구원과 학식이라는 두 가지 성별의 혼합체다. 그의 몸은 호리호리하고 예민하다. 그의 머리카락은 활력 있어 보일 만큼 숱이 많으면서도 근엄해 보일 만큼 잿빛을 띤다. 곧은 턱, 푸른 눈, 빳빳한 셔츠, 밑으로 갈수록 폭이 좁아지는 맞춤 제작 바지, 수제화. 여자들은 그를 흠모한다. 남자들은 그를 존경한다. 그는 좌중을 쥐락펴락하는 법을 알고 있다. 중요한 점을 언급할 때는 단상에서 걸어 나가기도 한다. 메모한 종이를 구겨서 바닥에 내동댕이치는 수법도 즐긴다.

그는 기독교 방송에 나올 것 같은 과학자다. 그러나 누가 구원받겠는가?

오늘 밤 그의 뒤에 있는 화면에는 레오나르도 다 빈치의 「비트루비우스적 인간」 그림이 떠 있다. 청중이 조용히 앉아 있는 동안 다 빈치의 그림이 움직이기 시작하더니, 불쑥 나타난 모자걸이에서 중절모를 집어 들고는 뒤통수에 눌러 쓴 뒤 또 어딘가에서 나타난 바닷속으로 걸어 들어간다. 파도 소리가 선명하게 들려온다. 남자는 바닷물이 머리를 삼킬 때까지 계속해서 걸어가고, 결국 무심한 바다 위에 평온하게 떠 있는 모자만 덩그러니 남는다.

빅터 스타인이 미소 지었다. 그가 화면에서 등을 돌리고 앞으로 걸어 나오더니 말했다. 제가 이 강연에 '포스트휴먼 세계 속 인간의 미래'라는 제목을 붙인 까닭은 인공 지능이 감정적이지 않기 때문입니다. 인공 지능은 최적의 결과를 내는 데에 편향되어 있어요. 그런데 인류는 최적의 결과가 아니거든요.

그는 청중이 자신과 상호 작용하는 것을 좋아한다. 청중이 질문을 던지는 것. 그는 자유 질의 시간을 준다.

소피아 후드티를 입은 무슬림 여자 한 명이 손을 든다. 안내원이 마이크를 건네준다.

스타인 교수님, 아시다시피 핸슨사의 로봇 소피아는 2017년 사우디아라비아의 시민권을 받았습니다. 어떤 사우디 여성보다 더 많은 권리를 가지고 있는 건데요. 이 사실이 인공 지능에 대해 말해 주는 바는 무엇입니까?

아무것도요. 스타인 교수가 말했다. 소피아가 사우디아라비아에 대해 많이 말해 주기는 하죠.

(좌중에 웃음이 번지지만 여자는 끈질기게 질문을 계속한다.)

당신의 용감한 신세계에서 가장 먼저 배제당할 피해자는 여성이 될까요?

오히려 인공 지능은 성에 대한 낡은 편견을 답습할 필요가 없습니다. 스타인 교수가 말했다. 생물학적 남성이나 여성이 없다면…….

그런데 여자가 교수의 말을 가로챈다. 교수는 싫어하는 기색이 분명하지만 짜증을 참는다.

섹스봇은요? 절대로 싫다고 말하지 않는, 맥동하는 질(膣) 말예요.

한 젊은 남자가 맞장구를 친다. 그렇죠, 저녁도 사 줄 필요가 없고 말이죠!

또 웃음이 터져 나온다. 남자는 여자들 쪽으로 몸을 돌려 활짝 웃어 보인다. 자신은 성차별주의자가 아니라고 말하는, 노련한 웃음이다. 그냥 농담이에요! 이따가 두 분한테 콜라 사도 될까요? 라고 말하는 듯한.

스타인 교수는 자신이 주도권을 잃고 있다는 것을 느낀다. 그는 낮은 목소리로 대화를 주고받는 청중의 수런거림을 잠재우려고 손을 들어 올린다.

그에게는 타고난 권위가 있다, 사자 조련사 같은.

그가 말한다. 협소한 목표에 따른 결과물들을 활용하는

중저급 로봇 공학에는 상당한 차이가 존재합니다. '맥동하는 질'도 그런 결과물에 속한다고 할 수 있겠고요. 설령 그게 '오빠'를 여덟 가지 언어로 말할 수 있다고 해도 말이죠……. (웃음)

뒷줄에서 누군가가 말을 하려고 들썩거리는 것이 보이지만 스타인 교수는 무시하고 말을 이어 간다. 들어 보세요……. 협소한 목표에 따른 결과물들과 진짜 인공 지능에는 상당한 차이가 있어요. 진짜 인공 지능이란 스스로 생각하는 법을 배워 가는 기계를 뜻하죠.

그는 자기 말이 청중에게 전해지도록 잠시 뜸을 들인다. 그러니까 질문자분이 걱정하는 것은 궁극적으로 여성이 로봇에 의해 대체되는 사태이겠죠? 「스텝퍼드 와이프」처럼요. 그나저나 그 영화 저는 참 좋아합니다. 특히 글렌 클로스가 나오는 리메이크판이요. 보셨어요? 안 봤다고요? 음, 한번 보세요……. 해피 엔딩이에요. (그는 모두의 공감을 삼으로써 주도권을 되찾으려고 이런 농담을 하고 있지만, 공감하길 거부하는 사람들이 있다.) 그래서 이를테면…….

또 다른 여자가 일어서서 그의 말을 끊는다. 그러자 전조등 불빛에 노출된 사람이 느낄 법한 분노가 그의 얼굴에 확 번진다. 그는 한 발짝 물러선다. 내게는 그 여자가 낯이 익다. 그녀는 불만스러운 듯한 분위기이면서 매력적이다. 금발이 머리핀에서 삐져나왔고, 너덜너덜하고 비싼 재킷을 걸쳤다.

그녀가 말한다. 스타인 교수님, 교수님은 인공 지능에서

용인 가능한 측면을 대표하는 분이지요. 하지만 교수님이 말씀하시는 이른바 진짜 인공 지능을 창조하기 위한 경주는, 감성 지수가 낮고 남학생 기숙사에서나 통하는 사교 기술밖에 없는 자폐 스펙트럼 백인 남성 젊은이들에 의해 굴러가고 있습니다. 그들의 용감한 신세계가 과연 어떻게 성적으로 중립적일 수 있을까요? 아니, 어떤 영역에서든 중립적일 수가 있을까요?

중국인들을 자폐 스펙트럼 백인 남성 젊은이들이라고 부를 순 없을 것 같은데요. 스타인 교수가 부드럽게 말한다.

여자가 말한다. 중국은 남성이 여성을 비하하는 법을 익히며 자라는 남성 우월주의 문화가 팽배한 국가죠……. 섹스봇을 생산하는 데에도, 소비하는 데에도 가장 열심인 곳이고요.

(뒷줄에 있는 남자가 또 손을 흔드는 게 보인다.)

그녀가 말을 잇는다. 기계 학습의 결과가 극도로 성차별적이라는 사실을 우리는 이미 알고 있어요. 아마존은 기계로 지원자 이력서를 추리는 작업을 중단했죠. 기계가 매번 여자를 제치고 남자를 뽑았기 때문에요. 인공 지능은 전혀 중립적이지 못해요.

스타인 교수가 손을 들어 그녀의 말을 제지한다……. 기계 학습의 현주소에 대해 질문자께서 하는 말에 동의합니다. 네, 문제가 있긴 있죠. 하지만 내 생각에 그런 문제들은 일시적인 것이지 근본적인 게 아닙니다.

여자는 물러서지 않는다. 그녀는 마이크를 붙잡고 고함을 친다. 인간의 종말이 뭐가 그렇게 스마트하다는 거죠?

마음에서 우러난 갈채가 홀을 울린다. 심지어 (이성적이고, 논리적이고, 앞날에 투자하는) 정장 차림의 남자들 중 일부도 박수를 친다.

빅터는 불만스러워 보인다. 하지만 스스로가 불만스럽다고 생각하지 않을 것이다. 오해를 받았다고 생각할 뿐. 그는 기다린다. 참을성이 많은 사람은 아니지만, 배우나 정치인과 마찬가지로 할 말을 꺼낼 타이밍을 기다릴 줄 안다. 이윽고 그는 자신이 아주 잘하는 일을 실행에 옮긴다. 과학에서 벗어나 예술의 영역으로 들어간 것이다.

이름을 잘못 붙이는 것은 세상의 불행에 일조하는 것이다.

음성 인식 앱이 그가 말한 인용구를 그의 뒤편 화면에 글자로 띄운다. 우리는 그것을 바라본다. 마치 방정식처럼 아름답다.

침묵이 흐른다.

학생들이 트윗 쓰는 것을 멈추고, 기크들이 해당 구절을 온라인으로 찾아보는 것도 멈출 때까지 그는 기다린다. 온 세상의 시간을 다 가졌다는 듯이 기다린다. 그리고 만약 그의 견해가 옳다면, 아마도 그는 정말로 온 세상의 시간을 다가졌을 것이다. 죽기 전에 자신의 두뇌를 업로드할 수 있을 테니까. 반면 나를 비롯한 청중은 강연이 막바지에 다다르고 있으며 지금이 수요일 오후 8시 30분이라는 것을 알고 있다. 배고파? 내 앞에 있는 사람의 핸드폰 화면에 뜬 문자 메시지가 보인다.

빅터가 천천히, 또렷하게 말한다. 그의 목소리는 따뜻하고, 미국에서 오랜 시간 일하면서 얻은 미국식 억양이 약간 배어 있다.

그가 말한다. 우선 제가 강연 서두에서 했던 말을 되풀이하도록 하죠.(달리 말하자면, 여러분 내 말 안 듣고 있었죠? 금붕어 두뇌 같으니라고!) 우리가 익히 아는 생명을 알고리즘으로 변환하는 것은 실리콘 밸리 기크들의 악의적 소행이 아닙니다. 그건 생물학자들의 영역이에요. 유기물과 무기물 사이의 장벽이 해체되고 있다는 것은 자연 과학에서 나오는 이야기입니다.

이제 장내가 조용해졌다. 그는 말을 계속한다…….

알고리즘이 무엇일까요? 알고리즘이란 반복되는 문제를 해결하기 위한 일련의 단계들을 뜻하죠. 문제 자체는 나쁜 것이 아니에요. "내가 어떻게 할까?" 같은 질문에 가깝죠. 문제라는 것은 예를 들면, 매일 아침 제가 출근하는 경로일 수도 있어요. 또 내가 나무인데 수분을 어떻게 발산하나, 하는 문제일 수도 있고요. 그러니까 알고리즘은 데이터를 처리하는 공장인 셈입니다. 개구리, 감자, 인간은 생물학적 데이터 처리 공장이라고 할 수 있죠. 생물학자들의 견해를 믿는다면 말이에요. 컴퓨터는 비생물학적 데이터 처리 공장이고요.

데이터는 투입되는 것이고 나머지는 처리하는 것이라면, 인간도 그다지 특별하지는 않죠.

그것이 그토록 끔찍한 일인가요? 오히려 안심이 될 수도 있어요. 우리는 '우주의 주인' 같은 근사한 존재가 아니었던 거죠. 기후 변화, 동식물들의 대규모 멸종, 서식지와 야생 파괴, 대기 오염, 인구 억제 실패, 엄청난 잔인성, 우리의 유치한 감정들로 인해 나날이 겪는 어리석음…….

그는 잘생긴 얼굴에 진지하고 진솔한 표정을 띠고 말을 멈춘다. 그래, 이제부터 그가 하려는 말이 진심이라는 것을 알겠다.

우리가 '인간 프로젝트'의 최후에 다다른다 해도, 기크들을 탓하진 마세요.

장내의 기크들이 열띤 환호성을 지른다.

빅터가 말을 잇는다. 그리고 기억하세요, 과학은 마법에 대한 상상이 아니라 현실을 다룬다는 것을. 과학은 더 이상 호모 사피엔스가 특별한 존재라고 여기지 않아요.

빅터는 미소 짓고 자기 뒤의 화면에 떠 있는 인용구를 향해 몸을 돌린다.

이름을 잘못 붙이는 것은 세상의 불행에 일조하는 것이다.

알베르 카뮈의 말이죠. 아직 읽지 않았다면 읽어 보시는 게 좋을 거예요. 아무튼, 성경에 나오는 에덴동산 이야기는 어렴풋하게라도 다들 알고 계시겠죠. 거기서 아담의 임무는 세상에 이름을 짓는 것이었어요. 종교 문헌이 신화와 마찬가지로 인간 정신의 심층적 구조를 반영하기 위해 우리가 창조하는 텍스트라고 본다면, 네, 이름 짓기는 여전히 우리의 주요한 임무죠. 시인들과 철학자들은 이를 알고 있었어요. 그런데 과학은 이름 짓기를 분류학과 헷갈리는 것 같습니다. 어쩌면 우리 선조인 연금술사들과 우리를 차별화하는 초기 과정에서 이름 짓기가 권력이라는 것을 잊었는지도 모르겠군요. 저는 혼령들을 부릴 수는 없지만, 무언가를 올바른 이름으로 부르는 일은 신상 정보가 새겨진 팔찌나 라벨이나 일련번호를 부여하는 일보다 더 큰 의미를 갖고 있다는 것은 알아요. 우리는 그렇게 해서 환상을 불러내는 거죠. 이름 짓기는 권력입니다.

그는 단상 앞쪽으로 걸어 나와, 가장자리에 부츠 앞코가 닿을 만큼 바싹 붙어 서서 말한다. 제가 상상하는 세상, 인공지능이 만들어 갈 세상은 라벨의 세상이 아닐 겁니다. 남성과 여성, 흑인과 백인, 부와 가난 같은 이분법을 포함하는 세상도 아니고요. 그곳에서는 머리와 가슴 사이, 내가 느끼는 것과 생각하는 것 사이의 구분이 없어질 겁니다. 미래는 「블레이드 러너」에서처럼 인조인간들이 인간처럼 이름을 부여

받길, 인간처럼 인식되길 갈망하는 그런 곳이 아닙니다. 제가 제시하는 것은 그보다 훨씬 큰 세계입니다. 우리가 진정한 인공 지능을 개발하는 것이 무슨 의미일까요? 우리는 환상을 불러내고 있는 겁니다.

(그는 물러선다. 말을 멈춘다. 기다린다. 뜸을 들인다. 그리고 다시 입을 연다.)

만에 하나, 최초의 초(超)인공 지능이란 것이 소위 백인 남성 자폐증 프로그램을 가장 조야하게 반복한 판본에 지나지 않는다 해도, 그 인공 지능이 가장 먼저 수행할 업그레이드는 바로 그런 오류들을 수정하는 작업일 겁니다. 왜냐고요? 인간은 미래를 단 한 번만 프로그래밍할 뿐이거든요. 그 이후로는 우리가 창조한 인공 지능이 알아서 스스로를 관리할 겁니다.

우리를 관리하기도 할 테고요.

감사합니다.

짝짝짝짝짝짝.

미래는 그럴듯하게 만들어진 앱이다.

나는 그를 믿는다. 이 순간 진심으로 믿는다. 발할라는 불

타고 있고 백인 남성 신들은 불 속으로 떨어지고 있지만 라인의 황금은 언제나처럼 순수하고 깨끗하며, 그것은 다시 주어진 기회인 듯, 새로운 출발인 듯 다시금 발견될 것이다. 그리고 인간이 지구를 다스리는 이 시대는 나빴던 옛 시절이 될 것이고, 자연 보호 구역처럼 복원될 것이다. 인공 지능은 욕구를 채우기 위해 쇼핑몰이나 자동차를 필요로 하지 않으니까. 로봇이 일자리를 빼앗아 갈 거라는 걱정들이라니……. 이봐요, 당신은 앞으로 다가올 세상을 상상도 못 해요…….

나는 이것을 말로 하지 않았다. 트윗으로 썼다.

강연 후에는 음료가 제공되는 리셉션이 이어진다. 우리는 아이작 뉴턴, 로버트 훅, 보일, 프랭클린, 다윈, 패러데이, 왓슨과 크릭의 초상을 감상할 수 있다.(왓슨과 크릭이 DNA 구조를 밝혀내는 데 필수적이었던 엑스선 연구를 제공한 여성 과학자 로절린드 프랭클린에게는 안타까운 일이다.)

이곳에는 팀 버너스리, 스티븐 호킹, 벤카트라만 라마크리슈난이 있다. 모두 거물들이고, 왕립 학회에서 노벨상을 받은 여성 회원은 한 명뿐이다(도러시 호지킨). 다음 차례는 소피아라는 이름의 사우디아라비아 시민이 될지도 모르겠다.

후드 티를 입은 여자들이 빅터에게 소피아를 만나 봤냐고 묻고 있다. 소피아는 유머 감각이 있는 로봇이다.("인간을 모두 죽이고 싶어요."라고 말한 바 있다.) 빅터는 그녀를 만나 봤으며, 마음에 들었다고 한다. 그녀는 로봇 공학의 고무적 측면을 보여 준다고. 결국 모든 건 인간과 로봇이 더 나은 삶을 위해 협력하는 데 달려 있다고.

나는 빅터가 로봇 공학에 실제로는 관심이 없다는 것을 안다. 그는 순수한 지능을 원한다. 다만 로봇은 인류가 자신에게 주어질 역할에 적응하는 데 도움을 주는 중간적 종(種)이라고 여긴다. 그 역할이라는 것이 무엇인지는 불분명하지만.

이론상으로, 로봇을 가진 사람은 로봇을 밖으로 내보내 일을 시키고 돈을 받아 챙길 수 있다. 아니면 집에 두고 무급 하인처럼 쓸 수도 있다. 아니면 유기농 농장의 잡초를 뽑게 시킬 수도 있다. 그렇게 된다면야 멋질 것이다. 하지만 언제 인간사가 멋지게 돌아갔던가? 인간의 꿈속에서?

인간의 꿈속에서.

창밖에 고양이 한 마리가 난간 위를 걸어간다.

마이크를 손에서 놓지 않으려 하던, 어깨에 머리카락을 늘어뜨리고 부드러운 실크 셔츠에 가죽 재킷을 입은 여자가 사람들을 비집고 빅터에게 다가간다. 그녀는 마치 읽고 쓸 줄 아는 동물원 고양이처럼, 반쯤은 야성적이고 반쯤은 길들여진 위험한 존재다.

그때 그녀가 나를 보고는 말한다. 맙소사! 천치 박사잖아!

그래, 바로 그녀다. 폴리 D. VIP 아가씨.

텔레딜도닉스는 어떻게 됐어요? 내가 묻는다.

댁은 대체 누구예요? 아니, 뭐예요? 그녀가 아이폰의 녹음 기능을 켠다.

아까와 똑같은 사람이죠. 그리고 의사이고요. 보세요!

나는 신분증을 꺼내 보인다. 그러자 그녀는 불편한 눈치다.

그때 나를 향해 다가오는 빅터를 본 그녀는 원래 목적으로 되돌아간다. 스타인 교수님! 저는 《배니티 페어》에서 일하는 폴리 D입니다. 얼마 전부터 이메일을 보냈는데 답신이 없더군요. 왜죠? 몇 가지 질문을 드리고 싶은데요.

지금은 질문을 받지 않습니다. 빅터가 말한다. 강연은 웹사이트에서 볼 수 있고, 거기 링크를 통해 메일을 보내세요.

몇 가지만 질문 드리려고 하는데요. 폴리 D가 집요하게 요구한다.

실례합니다. 빅터가 말한다. 오늘 저녁에는 손님들을 접대해야 해서요. 라이!

빅터가 내 등을 가볍게 친다. 나는 폴리를 향해 미소 지으며 어깨를 으쓱한다. 약간 유쾌한 기분이다. 그런데 유쾌한 기분은 금방 사라진다. 서로 어울리지 않는 사람들이 한 장소에 모여 있는 꿈속에 들어온 것 같다. 왜냐하면 저기…… 바로 그 남자가 나타났기 때문이다.

론 로드는 이미 만나 봤지, 라이?

구겨진 회색 리넨 정장, 사타구니에 있는 흐릿한 오줌 얼룩(오줌이 맞을 것이다.), 다섯 번째와 여섯 번째 단추 사이가 벌어져 있는 분홍색 셔츠. 셔츠 아래 피부도 분홍색이다. 굳이 알려 줄 필요 없는 정보이지만.

론이 나를 쳐다보더니 머뭇거리며 손을 내민다. 음, 다시 봐서 반갑습니다, 라이언.

라이예요. 그냥 라이요.

라이언을 줄인 이름 아니에요?

라이는 메리를 줄인 이름이에요.

론은 그 사실을 생각하느라 침묵에 잠긴다. 인간의 문제는 정보를 처리하는 속도가 사람에 따라, 정보에 따라 다르다는 것이다. 어떤 면에서는 기계가 더 다루기 쉽다. 만약 내가 인공 지능 기계에게 '나는 여자로 태어났지만 지금은 남자'라고 말해도 기계의 처리 속도는 느려지지 않을 것이다.

그럼 여자예요? 론이 묻는다.

아뇨, 론. 나는 혼성이에요. 내 이름은 라이이고요.

그럼 남자예요? 론이 묻는다.

트랜스예요.

음, 트랜스휴먼*이요?

트랜스젠더요.

* 과학 기술을 이용해 신체를 변환 및 개조하여 뛰어난 능력을 갖게 된 인간.

남자처럼 보이는데요. 론이 말한다. 엄청 사내 같은 건 아니지만, 그래도 남자 같아요. 당신이 여자라면 전 섹스포에서 당신과 인터뷰하지 않았을 거예요.

전 트랜스라고요. 내가 다시 말한다.

빅터가 론의 어깨에 손을 올린다.

이분이 옵티멀에 투자하기로 했어. 빅터가 말한다.

옵티멀은 빅터의 회사다.

옵티멀의 로고에는 이렇게 적혀 있다. 미래는 지금이다. 나는 그 문구가 신경에 거슬린다. 미래가 지금이라면, 현재는 어디에 있단 말인가?

저는 교수님과 제가 같은 업계에서 일하고 있다고 봐요. 론이 말한다.

그래요? 내가 빅터를 보며 묻는다.

론이 말한다. 네. '미래' 말이죠.

빅터가 미소 짓고 있다. 그의 미소는 늘 좋은 신호는 아니다. 론, 클레어 데려왔어요?

네! 지금 짐 보관소에 반으로 접혀 있어요. 접으면 76센티미터밖에 안 돼요. 그래서 운동 가방에 넣어 왔죠. 거기 운동 가방들이 제 것 말고도 좀 있던데, 제 건 '아디다스'라고 적힌 거예요.

빅터가 말한다. 우리 손님들에게 그녀를 보여 주면 좋을 것 같은데요. 고무적인 로봇이니까요.

론은 그다지 고무되지 않은 눈치다. 아까 당신이 섹스봇에 대해 한 이야기가 마음에 안 들더군요. 섹스봇이 위협적이지 않다고 말한 부분이요. 모든 새로운 개발은 위협적인 요소예요. 아 그래요? 언젠가 로봇들은 독립적인 생명체가 될 겁니다. 제가 투자 제안을 했을 때 당신도 그렇게 말했잖아요.

그 말은 맞아요. 빅터가 말한다. 하지만 현재로선 모든 섹스봇은 협소한 목표를 가진 로봇이지요.

보지가 작다는 뜻인가요? 론이 묻는다.

그런 뜻이 아니에요. 빅터가 말한다.

그러면 정확히 무슨 뜻인데요? 정확한 의미가?

내 말은, 당신의 로봇들은 포장 상자에 적힌 대로 행동한다는 거예요. 섹스와 개인적 만족을 위해 존재하는 거죠.

그건 협소한 목표가 아닌데요. 그야말로 모든 것이죠. 남자들이 원하는 게 그거잖아요.

모든 남자가 그렇진 않아요. 빅터가 말한다.

내가 입을 연다. 내가 원하는 것도 그런 게 아니에요. 그러자 론은 더욱 미심쩍고 더더욱 경악한 눈초리로 나를 본다. 그는 한 손을 주머니에 꽂고 다른 손에 든 위스키 잔은 나를 향해 흔들어 댄다. 이봐요, 라이언인지 메리인지 아무튼 간에, 사생활 침해할 생각은 없지만, 당신 혹시 자지 있어요?

그건 사생활인 것 같은데요. 빅터가 말한다.

아뇨. 내가 말한다. 내 이름은 라이이고 내겐 자지가 없어요.

그렇군요. 론이 말한다. 좋아요, 자지가 없단 말이죠. 그러면 사실상 남자라고 할 수 없네요. 그러면 남자들이 원하는 것은…… 당신과는 상관없는 문제겠죠. 안 그래요?

남성성이란 자지에 달린 건가요? 내가 론에게 묻는다.

그는 이렇게 멍청한 생물은 처음 본다는 듯한 표정으로 나를 쳐다보더니 말한다. 자지를 갖고 싶지 않으면서 어째서 남자가 되려고 하는 거죠?

남자는 다리 달린 자지가 아니잖아요, 안 그래요?

대략 그렇다고 봐야죠. 론이 말한다.

그것보단 조금 더 달려 있긴 하죠. 빅터가 말한다.

이 화제를 더 이상 어떻게 이어 가야 할지 모르겠어서, 나는 개인적인 이야기로 가져가기로 하고 론에게 말한다. 난 여자로 사는 게 편안하지 않았어요.

왜요?

설명하기 어려워요.

여자들을 좋아했나요? 여자들을 좋아하기는 하는데, 레즈비언이 되고 싶지는 않았다? 그렇다면 이해해요.

나는 남자들에게 끌려요.

내 말에 론이 한 발짝 물러선다. 손으로는 자기 샅을 보호하듯 가린다. 나는 말하고 싶다. 걱정 말아요, 론, 나는 당신에겐 관심 없으니까.

누군가가 빅터에게 말을 건다. 나는 쩔쩔매고 있는 론과 단둘이 남는다. 론이 말한다. 음, 라이언, 당신이 남잔지 뭔지는 모르겠지만 아무튼 분명 박사이기는 하죠?

그렇죠.

병원 의사 말이죠?

네.

교수님하고는 어떻게 아는 사이예요?

교수님에게 인체 기관들을 제공하고 있어요.

론의 분홍 코가 테리어종 개의 코처럼 실룩거린다. 나한테서 곰팡내라도 맡으려는 건가? 피 얼룩이 있는지 살피려는 건가? 손톱 밑에 낀 흙이라든지?

그렇다고 도굴꾼은 아니랍니다, 론. 한밤중에 쇠지레와 자루를 가지고 교회 묘지에라도 갈까 봐 그래요? 봉분을 삽으로 파내고, 관 뚜껑을 열고, 축축하게 썩어 가는 옷을 입은 여자를 마지막 안식처에서 끄집어내 해부실로 데려가기라도 할까 봐요?

아뇨! 아뇨! 론이 말한다. 그 말인즉슨 맞아요! 맞아요! 라는 뜻이겠다.

옛날에는 해부가 끝나고 남은 시신은 빻아서 골분으로 만들거나, 양초로 만들거나, 돼지 먹이로 줬다. 버리는 부분 없이 알뜰하게 썼다. 매장은 시신을 버리는 행위라고 할 수 있다. 적어도 요즘처럼 벌레를 차단하고 빗물도 막아 주는, 자연적인 죽음의 절차를 중단시키는 단단한 관 안에 시신을 넣어서 묻는 방식은 그렇다.

죽음은 자연적이다. 그런데 정작 시체처럼 부자연스러워 보이는 것도 없다.

잘못된 듯 보이죠, 라이? 빅터가 나를 처음 만났을 때, 내 뒤에 서서 부드러우면서도 다급한 목소리로 말하던 게 기억난다. 잘못됐기 때문에 잘못되어 보이는 거예요.

빅터 스타인은 스마트 의료와 기계 학습의 경계를 넘나들며 일한다. 그는 비인간 지성체에게 진단법을 가르치고 있다. 기계들은 병의 알고리즘을 다루는 데 인간보다 낫다. 미래의 의사는 로봇이 될 것이다. 하지만 피부는 피부고 살은 살인지라, 해부학을 교과서와 영상으로만 배울 수는 없다. 인간에게 몸이 있는 이상 그걸 공부하려면 몸이 있어야 한다. 몸의 부위들. 나는 작은 탐침들이 절단된 팔(보존된)의 근육을 신기한 듯 훑고 다리(부패해 가는)의 물렁한 조직을 찔러 들어가는 장면을 보았다. 다리를 절단하고 나면 그것을 해부실 밖으로 가지고 나가야 한다. 다리는 놀라울 정도로 무겁다.

다리를 절단하는 거예요? 론이 묻는다.

다리만이 아니죠. 내가 말한다.

어떻게 하는데요? 론이 묻는다.

톱으로요…….

론의 안색이 더욱 창백해진다.

그런 다음 절단면을 지지고, 절단된 부위를 세척하고 건조하고, 커다란 비닐 봉투에 넣어서 봉하고 라벨을 붙인 다음, 냉장고나 냉동고나 소각로에 넣어요. 상황에 따라 다르죠.

상황에 따라 다르군요. 론이 되풀이한다.

장차 어떻게 처리할지에 따라서요. 모든 절단된 다리에 미래가 있지는 않거든요.

사전에 그걸 알아요?

보통은 알죠. 하지만 가끔은 예기치 못하게 절단해야 하는 경우도 있어요. 그리고 다리를 어디까지 잘라야 하는지에 따라서나…… 환자가 인공 기관을 사용할 수 있을지에 따라서도 달라지고요. 인공 기관 쪽은 스타인 교수와 의논해 보세요. 인간은 컴퓨터로 제어되는 인공 기관을 삽입하면서부터 트랜스휴먼으로 강화되기 시작할 거예요.

저는 제 다리가 좋아요. 론이 아래를 내려다보며 말한다. 빠르지도 않고 뚱뚱하지만 오랜 세월 가지고 있었는걸요.

이해합니다. 내가 말한다.

론이 자기 다리에 대해 생각하는 동안 침묵이 흐른다. 그러다 그가 사람들이 의사에게 흔히 보이는 어린아이 같은 신뢰를 내비치며 묻는다. 내 다리 한쪽은 무게가 얼마나 나갈까요?

론의 다리는 짧지만 튼튼해 보인다. 나는 추측해 본다. 20킬로 정도? 이쯤에서 자르면……. 나는 그의 사타구니께를 손짓한다. 그의 바지 안 성기가 왼쪽으로 쏠려 있는 게 눈에 띈다.

론이 펄쩍 뛰더니 아직 자기 몸통에 붙어 있는 다리를 감싼 구깃구깃한 바지를 불안한 듯 내려다본다.

당신 손 엄청 크네요. 그가 말한다.

그만큼 절단하기 편하죠.

론이 뒷걸음을 친다.

당신 몸을 과학 발전을 위해 기증할 생각 해 보셨어요, 론? 내가 묻는다.

당신 손은 남자 손이네요. 론이 말한다.

내 손이 크기는 하다. 그건 사실이다. 내 어머니도 손이 컸다. 어머니는 나를 낳다가 돌아가셨지만, 내가 가지고 있는 사진들 속에 어머니의 강인함, 투명한 눈, 두려움 없는 면모가 남아 있다. 한 번도 만나 본 적 없는 누군가를 그리워할 수 있느냐고? 나는 어머니가 그립다.

내 키는 173센티미터이니 특별히 크지는 않다. 체격은 날씬한 편이다. 골반이 좁고 다리는 길다. 상체 수술을 할 때 제거할 것도 별로 없었다. 호르몬 치료만으로 가슴 형태가 바뀌어 있었다. 나는 지금 내 가슴이 마음에 든다. 튼튼하고 매끈하고 판판하다. 머리카락은 18세기 시인처럼 한 갈래로 뒤로 묶었다. 거울을 보면 내가 아는 누군가가 보인다. 아니, 정확히는 최소한 두 명이 보인다. 그래서 하체 수술을 하지 않기로 결정한 것이다. 나는 나이고, 나는 한 가지 존재가 아니며 하나의 성별도 아니다. 나는 이중성을 지니고 산다.

빅터가 위스키를 한 잔 들고 돌아와 론에게 건넨다.

두 분이 잘 어울리고 계신 것 같네요. 그가 특유의 의아한 눈빛으로 나를 보며 말한다.

론에게 당신이 쓰는 인체 기관들에 대해 이야기하고 있었어. 나는 말했다. 우리의 특별한 관계에 대해 설명하던 중이었지.

아, 그렇군. 빅터가 말했다. 모든 연구소에는 인체 기관이 필요하니까요. 빅터는 초조한 듯 나를 눈짓한다. 론에게 어디까지 말했느냐고 묻고 싶은 것이다. 안됐군. 땀이나 뻘뻘 흘리라지. 론 로드처럼.

내가 론에게 말하지 않은 부분이 있기는 있다. 빅터 스타인에겐 연구비로 할당된 것보다 더 많은 인체 기관이 필요하다는 것이다.

바로 그때 푸른 셔츠를 입은 경비원 두 명이 장갑을 당겨 끼고 테이저건을 흔들며 뛰어간다. 비켜요, 비켜요, 비켜요!

빅터가 경비원들을 따라가고, 나는 그를 따라간다. 그들은 짐 보관소로 달려간다. 보관소 직원이 창백하게 질려 있다.

그녀가 말한다. 저기 있어요! 살아 있어요! 움직였다고요!

저 가방 안에 동물이 들어 있어요.

경비원 한 명이 아디다스 운동 가방 쪽으로 다가간다. 그가 몸을 기울인다. 젠장! 말소리가 들리잖아!

다른 한 명이 가방 위로 몸을 기울인다. 그는 미심쩍어하는 표정이다.

그가 말한다. 네가 무슨 닥터 둘리틀*인 줄 알아? 한번 찔러 봐!

경비원이 가방을 쿡 찔러 본다. 아무 일도 일어나지 않는다.

이쯤 되니 짐 보관소 앞에 사람들이 몰려와 있다. 경비원이 의자 위에 올라선다. 저 아디다스 운동 가방 주인 있습니까?

인파 위로 론 로드의 분홍색 손이 번쩍 올라온다.

제 가방이에요!

열어 주시죠! 경비원이 말한다.

폴리 D가 또 다른 의자 위에 서서 현장을 핸드폰 카메라로 촬영하고 있는 게 보인다.

론은 자기가 운영하는 나이트클럽의 호객꾼이라도 된 듯한 태도로 사람들을 어깨로 밀어젖히고 나아간다. 그는 가방을 집어 들고 카운터 위에 올려놓더니 지퍼를 연다. 그 안에는 반으로 접힌 섹스돌이 들어 있다. 그녀가 입은 청 재킷에

* 동화 '닥터 둘리틀' 시리즈에서 동물들과 소통하는 특별한 능력을 지닌 주인공.

반짝이 장식으로 '클레어'라는 글씨가 수놓여 있다.

아빠! 클레어가 말한다.

어쩌다 전원이 켜졌는지 모르겠네요. 앱으로 작동하는 건데. 론이 말한다.

이게 뭡니까? 경비원이 묻는다.

섹스봇이요. 론이 말한다. 그러고 보니 아까 교수님이 얘한테 말 시켜 보라고 했는데. 사람들이 보고 싶어 할지 모른다고요. 잠깐만 기다려 봐요. 먼저 몸을 펴야 해요.

론이 클레어의 다리를 하나씩 잡아 내린다.

내 다리 벌려 줘, 아빠! 더 벌려!

민망해하는 웃음소리, 질겁하는 소리. 맙소사, 어이쿠, 말도 안 돼, 우웩, 죽여주네, 나도 볼래!

클레어의 다리가 펴지자 론은 그녀를 일으켜 세우더니 복화술사처럼 뒤에서 그녀를 받쳐 안는다. 클레어는 반바지, 딱 붙는 배꼽 티, 검은 브래지어를 입고 있다. 론이 그녀의 머리카락을 매만진다.

이건 여행용 복장이에요. 그가 말한다. 치마를 입고 있으면 다리를 펼 때 천이 찢어지니까요.

나를 찢어 줘! 클레어가 말한다.

미안해요. 클레어는 '침실 모드'에 있을 때는 노골적인 성적 표현을 많이 해요.

그가 주머니에서 핸드폰을 꺼내며 말한다. 앱으로 들어가서 '손님 모드'로 바꿔 놓을게요. 잠시만요…….

날 기다리게 하지 마, 아빠!

이 아래에서는 신호가 안 잡히네요. 론이 말한다.

나 여기 아래 만지고 있어!

클레어는 발정 난 앵무새 같다. 상대방의 말을 듣고 되풀이하도록 프로그래밍되어 있는 것이다. 론이 핸드폰을 머리 위로 들어 올리며 말한다. 누가 클레어 좀 잡고 있어 줄래요? 빌어먹을 핸드폰 좀 처리하는 동안?

론이 근처에 서 있는 여자들 중 한 명에게 클레어를 냅다 떠안긴다.

여자는 자기가 섹스돌을 안고 있다는 걸 믿을 수가 없다는 표정이다.

이쪽으로 돌려 주세요! 저한테 보이게요! 의자 위에 선 폴리 D가 외친다.

맙소사! 여자가 말한다. 그녀는 허리가 20인치, 가슴은 40인치쯤 되어 보인다.

젖통. 젖꼭지. 자지. 클레어가 말한다.

장난 아니네! 한 기크 청년이 말한다.

여기 등에 있는 받침대는 뭐예요? 남자들 중 한 명이 클레어를 유심히 보며 묻는다.

론이 말한다. 그건 추가 옵션이에요. 벽에 고정할 수 있도록 되어 있는 거예요.

전리품처럼 벽에 걸라고요? 한 여자가 묻는다.

아뇨! 일어선 채로 섹스하라고요.

일어선 채로 따먹어 줘, 아빠.

역겨워라! 폴리 D가 외친다.

론이 어깨를 으쓱한다. 맘대로 생각하세요…….

젊은 남자들 일부는 이 상황을 즐기고 있다. 청바지 가랑이 부분이 부풀어 오른 걸 보면 알 수 있다. 론은 눈에 띌 만큼 땀을 뻘뻘 흘리며 통통한 손가락으로 아이폰을 조작하고 있다.

오늘 여행은 어땠나요? 클레어가 말한다.

어휴, 다행이다! 론이 말한다. 이제 손님 모드로 변경됐어요. 이곳이 진지한 과학 기관이라는 건 알고 있습니다.

기관에서 나오셨어요?

설명 좀 할게요. 클레어는 섹스 테라피* 보조 기기예요. 섬세하지는 못하지만 사용자가 하라는 대로 하기는 하죠.

(주변을 둘러싼 군중 사이에서 킬킬거리는 웃음이 터져 나온다.)

여기, 보여 드릴게요. 론이 말한다. 손가락을 그녀의 입에 넣어 보세요. 어서요.

한 남자가 머뭇거리다가 론이 시키는 대로 한다. 그는 물리기라도 한 듯 펄쩍 뛴다. 기분 이상해요!

진동하죠, 그렇죠? 론이 활짝 웃으며 말한다. 그런데 그건

* 성 기능을 개선하거나 성 기능 장애를 치료하는 요법.

그냥 당신 손가락이에요. 이건 그녀의 입일 뿐이고요.

(웃음소리.)

지금 뭐 하자는 거야? 나는 빅터에게 묻는다. 왜 돈을 부추기는 건데?

빅터가 어깨를 으쓱한다. 이게 바로 미래의 세상이니까. 사람들이 하루 종일 아무 할 일이 없으면 섹스할 시간이 많아질 거잖아.

저건 섹스가 아니야, 빅터.

라이, 난 네가 금욕주의자인지 낭만주의자인지 모르겠어.

나는 인간이야.

그럼 네가 곧 실현될 자동화 생활에서 자기 자리를 찾지 못하는 수많은 인간들 중 한 명이 된다면 어떨 것 같아? 차, 트럭, 버스, 기차는 스스로 운전할 테고. 상점이며 마트 들은 네 구매 이력에 스마트 추적 서비스를 제공할 테고. 너희 집은 스스로 진단 프로그램을 돌려서 수리할 곳을 찾아내겠지. 냉장고가 알아서 음식을 주문해 줄 테고. 로봇들이 집안일도 해 주고 너희 아이들이랑도 놀아 줄 거야. 그러면 너는 하루 종일 뭘 할 건데?

강연 때는 그런 식으로 말 안 했잖아.

새로운 세상의 일부가 될 수 있는 사람들에게는 그런 식으로 되지 않겠지. 우리에게는 삶이 무한정 남아돌 거야.

일은 즐겁게 하고 계세요? 클레어가 묻는다.

빅터가 말한다. 나머지 사람들에게는 신경을 분산시킬 수단과 최면제가 필요할 거야. 섹스돌은 두 가지 모두를 충족시켜 줄 수 있어.

여자들에게는 그렇지 않은 것 같은데. 나는 말했다. 우리는 사람들을 둘러본다. 이제 인파는 남자들과 여자들, 두 성별로 나뉘어 있다. 남자들은 낄낄거리며 론과 농담을 주고받고, 여자들은 자기들끼리 절망과 경악에 찬 목소리로 나지막이 속닥거리고 있다.

동의해. 빅터가 말한다. 여자들은 만족시키기 더 어렵지.

폴리 D는 이 순간 스스로에게 꽤 만족한 듯 보인다. 그녀가 의자에서 뛰어내려 인파를 빙 둘러 온다.

너한테 오고 있어, 빅터. 내가 말한다.

걱정할 것 없어. 전에도 그녀를 만난 적 있어. 그냥 기자일 뿐이야.

그럼 론 로드는? 내가 빅터에게 묻는다. 어째서 그의 돈을 받으려는 거야?

빅터가 어깨를 으쓱한다. 안 받을 건 뭐야? 그는 독불장군이고, 아웃사이더야. 성과를 원하고. 나는 하고 싶은 것들이 있고…….

어떤 것들을?

지금 우리는 흥미로운 순간 속에 있어……. 빅터가 말한다.

론 로드가 우리 쪽으로 건너온다. 그는 자기가 성공했다고 생각하고 있다.

사람들이 클레어를 엄청 좋아해요! 그래요, 일단 알고 나면 다들 좋아할 수밖에 없죠. 저기, 내가 두 분에게 식사 대접할게요. 교수님! 라이언? 스테이크라도 조져 볼까요?

이미 조져진 건데 어디 잘해 보세요. 내가 말한다.

론은 화났다기보다는 슬픈 표정으로 나를 바라본다.

라이언, 나는 손을 내밀고 있는 거예요. 그가 말한다.

고마워요, 론. 하지만 나는 채식주의자라서요.

당신이 남자가 아닌 줄은 알고 있었어요. 론이 말한다.

라이! 같이 가지 그래. '시키즈'까지 걸어가서 식사하자고. 넌 채식 생선 먹으면 되잖아.

론은 클레어를 숭배자들에게서 되찾으러 간다.

빅터가 내게 말한다. 이따가 나 좀 볼래?

나중에 만나자고?

지금도 보고 나중에도 보자고.

내가 전화할게.

론이 클레어가 꽉 들어찬 아디다스 가방을 가지고 돌아왔다.

나는 (커다란) 손을 들어서 인사한다. 간다, 간다, 갔다.

더 몰에 나오니 이슬비가 내려 건물들이 흐릿하게 번져 보인다. 내 부츠 밑창이 셀로판지처럼 매끌매끌하게 젖은 인도 위에 발자국을 남긴다. 뒤를 돌아보니 내 자취가 보인다. 하지만 이내 비에 젖어 사라진다. 도로에는 붉은 후미등을 밝힌 차들이 늘어서 있다. 차들의 소음. 끊임없는 소음. 위안이 되는 소음. 빗줄기가 굵어진다. 길거리의 사람들은 저마다 후드를 덮어쓰거나 우산을 든 채 잰걸음으로 걷는다. 어딘가로 가거나, 어딘가를 떠나며, 이어폰을 꽂고, 핸드폰 화면의 빛에 얼굴이 밝혀진 채, 제각기 분자화되어 혼자인 사람들.

나는 혼자다.

나는 혼자인가?

유아론(唯我論)에는 늘 그것을 깨뜨리는 무언가가 있는 법이다.

그녀가 내 옆에 다가서서 보폭을 맞춘다. 폴리 D.

이봐요, 내가 무례했어요. 미안해요. 술 한잔 사도 될까요?

좋죠. 내가 말한다. 어디로 갈까요?

내가 이 근처 클럽 회원이에요. 안 멀어요. 브리지스 플레이스 2번지. 트래펄가 광장 맞은편이에요.

이윽고 나무 벽판이 대어진 작은 방들과 벽난로가 있는 방들의 미로에 들어선 우리는 그중 한 곳에 자리를 잡고 앉는다. 1816년 속에 들어오기라도 한 것 같다. 폴리 D는 디캔

터에 담긴 와인을 가져오고는 빵과 치즈를 주문한다. 그녀가 말한다. 난 여기를 무척 좋아해요. 시대를 건너뛰는 건 무엇이든 좋아하거든요. 자유로워지는 기분이에요.

조금 가짜 같기도 한데요. 내가 말했다. 너무 테마파크 같다고 할까요? 1800년대루 어서 오세요 같은 느낌?

우리는 모두 여기에 우리가 아닌 것으로서 존재하잖아요, 안 그래요? 모종의 역할을 연기하는 거죠.

(나는 대답하지 않는다. 그녀가 신은 술 달린 스웨이드 부츠를 바라보고 있다.)

아까 우연히 들었어요. 트랜스라고…….

네.

보기 좋네요.

생김새의 문제가 아니에요. 내 본질의 문제죠. 두 가지 다 나예요. 내 모든 것이요.

알아요. 알아요. (어련히 그러시겠지.) 여자가 좋아요, 남자가 좋아요? 파트너로서?

둘 다 만나 봤어요. 전 남자에게 더 끌리는 것 같아요.

섹스할 때요?

네, 섹스할 때.

당신이 완전히 여자였을 때 그랬다는 건가요?

내가 말했다. 나는 지금도 완전히 여자예요. 부분적으로 남자이기도 하고요. 나는 그런 식이에요. 하지만 질문에 대답하자면, 한동안 여자와 교제하기도 했어요. 잘 풀리지 않았지만.

사랑이요, 섹스가요?

사랑이요.

(나는 이 주제에 대해 이야기하고 싶지 않다.)

인터뷰 좀 할 수 있을까요? 트랜스는 지금 핫한 주제라서요.

이건 패션으로 선택하는 게 아닌데요.

아뇨, 그런 뜻이 아니라요. 제 말은, 의사로서…… 그만큼의 테스토스테론을 주입받는 건 어떤 경험인가요? 수술은요? 당신은 아이콘이 될 수 있어요.

폴리, 나는 케이틀린 제너*가 아니에요. 《배니티 페어》에 실리고 싶지 않다고요.

폴리 D는 진심으로 당황한 표정으로 물었다. 왜요?

나는 묵묵히 앉아서 치즈만 먹었다. 몇 분 동안 그러다가 폴리는 새로운 화제가 필요하다는 걸 깨달았다. 그녀는 내게 와인을 더 따라 주고, 눈을 맞췄다.

* 미국의 전직 육상 선수이자 사업가로, 2015년 트랜스젠더 여성임을 밝혔다.

그래서 그와 아는 사이예요? 빅터 스타인이요.

알죠. 오늘 당신은 그에게 좀 적대적인 것 같던데요.

그런 건 아니었는데……. (그녀는 묶었던 머리를 풀고 흔들어서 늘어뜨리고는 몸을 앞으로 기울인다.) 저는 인공 지능이 우리에게 주어지는 방식을 신뢰하지 않아요. 그 문제에 관해 사람들은 결정을 내리기는커녕 서로 대화도 나누지 않잖아요. 그냥 어느 날 아침 일어나면 세상이 바뀌어 있겠죠.

그런 아침이야 온갖 이유로 올 수 있겠죠. 내가 말한다. 기후 위기일 수도 있고, 핵무기일 수도 있고, 트럼프나 보우소나루일 수도 있고, 『시녀 이야기』일 수도 있고.

내 말이 그 말이에요. 우리는 변화가 점진적으로 일어날 거라고, 차차 적응할 거라고 생각하죠. 하지만 이건 그런 느낌이 아니라고요. 게다가 빌어먹을 섹스봇은 질색이에요!

그래요? 인공 지능 바이브레이터를 쓰시는 분이??? 텔레딜도닉스는요?

그녀가 소리 내어 웃었다. 웃는 모습은 차분하고 심지어는 상냥해 보인다.

그녀가 말했다. 일 때문에 여성을 위한 섹스 보조 기기와 스마트 앱 들을 테스트한 거예요. 장난 아니었죠. 개인용 섹스 테라피 앱도 있는 거 알아요? 한 번도 가져 본 적 없는 친구가 생긴 것 같다고 할까요.

원한 적도 없는 친구 같겠네요.

친구 있으세요?

당연하죠! 당신은요?

그녀는 대답하지 않고 말을 돌렸다. 그럼 멤피스에서는 무슨 일을 하고 있었나요?

웰컴 트러스트 홈페이지에서 내가 쓴 글을 읽을 수 있어요.

링크 보내 주세요. 당신 이메일 주소가 뭐예요?

나는 그녀에게 링크를 보내고 말했다. 인간관계와 정신 건강, 그리고 로봇이 그 두 가지에 미치는 영향에 대한 글이에요. 그나저나 나는 그 영향이 반드시 부정적이라고는 생각하지 않아요.

폴리가 (또) 내 말을 가로챘다. 섹스봇이 부정적이지 않다고요?

내 말 좀 끝까지 들어 보세요! 섹스봇만 있는 게 아니에요. 곧 아이들이 작은 로봇 친구들을 갖게 될 거라고요. 가슴에 컴퓨터 화면이 있는 로봇들 있잖아요. 노래를 불러 주고, 이야기를 들려주고, 게임을 같이 해 줄 로봇들. 아이 엄마들의 도우미가 되어 주겠죠. 그런 로봇들은…….

폴리가 냉큼 말을 얹었다. 하지만 그건 판매 전략의 일부잖아요, 안 그래요? 사람들 기분 좋으라고 하는 얘기 아녜요? 그리고 진짜 큰 건요? 진짜 인공 지능 말예요.

우리 시대는 아직 그 근처에도 못 갔어요.

어떻게 알아요?

빅터가 알죠.

당신은 그를 좋아하나요?

네, 좋아해요.

두 분이 어떻게 만났어요?

(정말로 나한테 관심이 있어서 이러는 건가?)

왜 알고 싶은데요?

그분을 소개하는 글을 쓰려 하고 있거든요. 쉽지 않네요. 도통 손에 안 잡히는 분이라.

나를 통한다고 그 문으로 들어갈 수 있는 건 아니에요. 내가 말했다.

그분을 사랑하세요?

당신은 머릿속에 떠오르는 대로 다 말하나요?

난 그냥 궁금해서……. 오늘 밤 두 분이 같이 있는 모습이 좀 그래 보여서요.

술 잘 마셨습니다. 나는 그렇게 말하고 일어나서 자리를 떴다.

이제 비가 거세게 퍼붓고 있다. 길거리는 텅 비었다. 내가 일하는 병원은 여기서 멀지 않다. 말기 환자 병동에는 한 환자가 만든 팻말이 걸려 있다.

사랑은 죽음만큼 강하다.

성경 구절이다. 아가서에 나오는 구절.

죽음이 바로 내가 그를 만난 곳이다. 알코르 생명 연장 재단. 애리조나주 피닉스.

미래는
지금이다

이 초현대적 시체 안치소. 망자들을 위한 창고. 스테인리스 스틸 무덤. 액체 질소로 이뤄진 중간 지대. 계약금으로 설정된 영원. 공허의 합성수지 블록. 한 번의 경이. 광이 나는 영안실. 사막의 주소. 살기 좋은 마을. 선셋 대로. 죽은 자들. 걷지 않는. 유리화(琉璃化)* 호텔.

알코르는 1972년 문을 열었다. 그해는 십이지로 쥐의 해였다. 궁극적인 생존자.

여기, 죽은 자들의 카지노에서 당신의 부활을 놓고 도박

* 물질이 낮은 온도로 급속히 냉각되어 그 안의 물이 결정화되지 않고 유리와 같은 고체로 변하는 현상.

을 하고자 한다면, 다음과 같은 일이 일어난다.

당신이 사망하고 최대한 신속히 — 가급적이면 마스크를 쓴 의료팀이 당신 가까이에 모여서 마지막 숨이 꺼지는 순간을 주의 깊게 기다리고 있을 것이다. — 당신의 시신은 얼음물 속에 담겨 체온이 약 15도까지 떨어질 것이다. 심폐 소생기가 당신의 혈액 순환과 폐 기능을 인공적으로 복구할 것이다. 당신을 되살리기 위해서가 아니라, 피가 복부에 고이는 현상을 방지하기 위해서다.

의료팀은 당신의 주요 혈관들에 관류 장치를 연결해 피를 제거하고, 당신 몸의 세포들 속에 얼음 결정이 생기지 않도록 막아 주는 화학 용액을 주입할 것이다. 당신은 얼어붙는 게 아니라 유리처럼 변할 것이다. 당신을 동결 방지제로 채우는 작업은 네 시간쯤 걸린다. 뇌 관류 과정을 관찰하기 위해 두개골에 작은 구멍 두 개를 뚫을 것이다.

그런 다음 당신의 유예된 몸이 얼음이 아니라 확실히 유리처럼 되도록 하기 위해 세 시간 동안 더 식혀질 것이다. 두 주 뒤면 당신은 최후의 안식처(적어도 이생에서는)에 들어갈 준비가 될 것이다.

나는 초대를 받아 왔다. '현장 팀', 즉 당신이 알코르에서 너무 멀리 떨어진 곳에서 죽을 경우 당신의 몸을 충분히 빨리 보존하는 데 동원될 의료진과 의료 보조원 팀의 일원이 되라는 초대였다.

(그리고 우리 대부분은 알코르에서 멀리 떨어진 곳에서 죽을 것이다…….)

초대는 착오였다. 나는 트랜스젠더 의료 전문가들로 이루어진 작은 단체에 소속돼 있다. 우리 중 일부는 트랜스휴먼의 열성 지지자이기도 하다. 놀라운 일도 아니다. 우리는 우리가 잘못된 몸에 들어와 있다고 느끼고 있거나 그렇게 느꼈던 사람들이다. 우리는 어떤 몸이든 잘못된 몸일 수 있다는 감각을 이해한다.

트랜스휴먼은 다양한 사람들에게 저마다 다른 것이 적용됨을 뜻한다. 스마트 삽입물, 유전자 조작, 기능 강화를 위한 보철물, 심지어는 두뇌 복사를 통해 영원히 살 수 있는 기회에 이르기까지.

그래서 흔한 의미론적 오해 — 사람들이 매일같이 겪는 종류의 오해에 따라, '생명의 백기사'가 되라는 초대가 날아온 것이다. '흑기사'는 죽음이다. 자, 이제 나는 구조에 뛰어들고 있다. 심장이 정지한 후 세포, 체내 시스템, 신체 조직들의 분해를 막을 수 있는 시간은 얼마 없다.

어떤 의미에서, 생명의 보존에 전념하는 사람은 그 정의상 죽음의 필연성에 저항하는 사람이다. 내 직업은 생명을 연장하는 것이다. 알코르는 생명을 무한히 연장하고자 한다.

이 시설의 CEO이자 관리자인 맥스 모어는 미래가 확장됨에 따라 내가 국제 업무 팀 — 내 경우에는 영국을 기반으로 — 에서 활동하기를 바랐다. 맥스도 영국인이다. 그는 우리가 미래에 보조를 맞추기를 바란다.

그가 말하기를 이곳의 이름인 알코르는 5등성 별에서 따온 것이라고 한다. 시력이 좋으면 볼 수 있는 별이지만, 그것은 미래처럼 멀리 떨어져 있다.

맥스는 말한다. 언젠가 우리는 별들 사이에서 살게 될 겁니다.

인체 냉동 보존술의 유일한 문제는 인체를 파괴하지 않으면서 재가열하는 방법을 아무도 모른다는 것이다. 하지만 맥스는 레오나르도 다 빈치가 동력 비행이 발명되기 몇 세기 전에 이미 헬리콥터 그림을 그렸다는 점을 지적한다.

때는 올 겁니다. 언제나 오게 마련이니까요.

그는 내가 이곳을 혼자 둘러보고 감을 익히기를 권했다.

그래서 지금 나는 거대한 스테인리스 스틸 창고같이 생긴 곳에 들어와 있다. 시스템이 웅웅거리는 소리 외에는 조용하다.

개인 정보를 보호하기 위해 실린더들에는 이름이 적혀 있지 않지만, 그중 한 개는 예외다. 그것은 나머지 실린더들보다 작고, 우주선이라기보다는 시가 튜브처럼 생겼다. 거기

붙은 라벨에는 '제임스 H. 베드퍼드 박사'라고 적혀 있다.

베드퍼드는 1967년 최초로 냉동 보존된 인간이라고 한다. 1969년에 우주 비행사들이 달에 갔다면, 베드퍼드는 자기 안의 우주로 떠났다. 그는 인체 냉동 보존술의 선구자였다. 얼마나 선구적이었던지, 그의 가족들은 몇 년 동안 임대 창고에 그를 보관하면서 액체 질소를 직접 보충했다고 한다.

그는 최근에 더 최신식 컨테이너로 옮겨졌다. 그가 들어 있던 함을 여는 순간은 사람들에게 흥분을 불러일으켰다. 옛 멤피스에서 구해 낸 현대판 미라라도 되는 것 같았다. 그의 몸은 훌륭한 형태를 유지하고 있었지만 가슴에 골절이 있고 코가 주저앉은 상태였다. 그건 그가 되살아나면 고칠 수 있을 것이다.

내 뒤에서 목소리가 들려왔다. 좀 설치 미술 같지 않습니까? 데이미언 허스트가 절인 상어를 수조에 넣어 놓은 작품 보셨어요? 제목이 뭐였더라? 「살아 있는 자의 마음속에 있는 죽음의 물리적 불가능성」이었죠.

나는 뒤를 돌아보았다. 외모 관리를 잘한 50대 남성이 보였다. 보톡스는 확실히 한 것 같았다. 귀 뒤에 절개 흉터가 있는지 보지 않아서 모르겠지만 더 많은 시술을 했을 수도 있었다. 팽팽한 피부, 깨끗하게 면도한 턱, 쉴 새 없이 움직이는 검은 눈. 그는 악수하려고 손을 내밀었다.

내 이름은 빅터 스타인입니다.

나는 손을 잡고 흔들었다. 라이 셸리입니다.

그는 내 손을 놓지 않은 채 물었다. 우리 만난 적 있던가요?

기이한 한순간, 다른 세상에서 네라는 대답이 나온다.

아뇨. 나는 말한다.

그가 나를 보며 고개를 살짝 끄덕인다.

여기엔 얼마나 머무르시나요?

아침에 떠납니다. 저는 맥스의 손님이에요.

아, 그렇군요. 잉글랜드인 의사이시죠?

맞아요. 여기서 일하시나요?

아뇨, 아뇨. 저도 여기에 친구를 보러 왔습니다. '잉글랜드인 환자(English Patient)'라고 해 두죠.

그가 미소 짓는다. 나도 미소 짓는다. 그러자 그가 말한다. 음, 나중에 술 한잔하시겠어요? 일 다 마치고 나면요. 제가 아는 곳이 있는데…….

나는 사양할 생각을 하고 있다.

하지만 나는 말한다. 그럽시다. 좋죠.

시간은 지퍼와 같다. 가끔 그것은 어딘가에 걸려서 빠지질 않는다.

그래서 몇 시간 뒤, 맥스 모어가 집에 돌아가고 모텔에 남은 나는 짐 싸고 테이크아웃 음식을 먹고 끔찍하게 재미없는 텔레비전이나 보는 것 외에는 아무 할 일이 없게 됐을 때, 빅터의 렌터카 SUV에 타고 도시 외곽으로 향했다. 간이식당들, 주유소들, 직판장들, 어딘가로 가는 트럭들, 아무 데로도 가지 않는 고장 난 지프차 한 대. 앞 유리의 열기. 저 멀리로 뻗어 나가는 도로. 우리 뒤로 흩날리는 먼지.

우리는 소노라 사막의 환한 공허 속으로 달렸다.

어디 출신이세요? 그가 묻는다.

맨체스터요.

재밌네요.

맨체스터가 왜 재밌죠?

아무것도요……. 음, 그냥 몇 가지 그런 부분이 있어서요. 제 연구소가 거기 있거든요. 대학에요. 민간에서 자금을 지원받고 있긴 하지만 주관은 맨체스터 대학에서 해요.

저는 맨체스터에서 태어났지만 이제는 거기 안 살아요.

런던에 사시나요?

네, 런던에요.

우리는 모두 세계 여행자들이죠, 안 그래요? 다들 어딘가 다른 곳에 있잖아요. 세상에 맨체스터라는 지역이 서른여섯 곳이나 있는 것 알고 있었어요? 그중 서른한 곳은 미국에 있고요.

산업 혁명의 주역이란 그런 거죠. 내가 말한다.

사실 그건 정말로 에이브러햄 링컨과 손잡고 노예제를 반대한 랭커셔주 면 직공들의 영향이었어요. 맨체스터 노동자들이 노예제 농장에서 나온 목화는 가공하길 거부했던 거죠. 그 시절에는 세상 면직물의 98퍼센트가 맨체스터에서 가공됐대요. 상상이 돼요?

시대는 변하는 법이죠. 내가 말했다.

그가 말했다. 맞아요. 당시 고난에 허덕이던 면직공들 상당수가 리버풀에서 미국이라는 용감한 신세계로 떠나는 배표를 끊었고, 그때 맨체스터도 그들과 함께 미국으로 옮겨간 거예요. 미래는 늘 과거의 무언가를 가져오니까요.

인간들도 마찬가지죠. 미토콘드리아 DNA라든지.

그가 고개를 끄덕였다. 남자들에게는 그게 없죠?

내가 말했다. 남자들에게도 있긴 하지만 그걸 자식에게 물려주지 못해요. 어머니의 미토콘드리아 DNA만 전해져 내려오죠. 우리 모두의 어머니로부터.

이십만 년 전 아프리카. 최초의 인간들. 그때부터 산업 혁명에 이르기까지 얼마나 오랜 시간이 걸렸는지 생각해 보세요. 그리고 지난 이백 년 동안 우리가 얼마나 멀리까지, 얼마나 빨리 여행했는지도.

당신은 육체를 보존할 건가요? 내가 묻는다.

절대 안 하죠! 당신은요?

저도요!

그건 구식이에요. 아무도 병든 몸을 되찾고 싶어 하지 않을 겁니다. 하지만 뇌는, 글쎄요……. 그게 바로 그들이 향하는 곳이죠. 맥스가 분명 당신에게 말해 줬겠지요? 재단 홈페이지에서 이 글 보셨어요? 빅터가 내게 핸드폰을 건넨다.

인간의 뇌를 보존하는 데 최대한 초점을 맞추는 냉동 보존을 '신경 보존'이라 한다. 뇌는 손상 없이 두개골에서 빼낼 수 없는 연약한 기관이기에, 알코르는 충분한 윤리적, 과학적 이유에 따라 뇌를 두개골 안에 남겨 둔 상태로 보존 및 저장한다. 이는 알코르가 '머리'를 보존한다는 오해를 불러일으키기도 한다. 그보다는 뇌에 손상을 최소화하는 방식으로 보존한다고 말하는 것이 더 정확하다.

내가 말한다. 뇌가 정말로 의식을 회복할 수 있다고 생각하세요?

어쩌면요. 그가 대답한다.

운전대에 올려진 그의 손은 길고 깨끗하고 잘 정돈되어 있다. 나는 사람들의 손을 눈여겨본다. 외과의니까. 그는 새끼손가락에 인장 금반지를 끼고 있다.

그가 운전대를 돌려서 차를 공터에 댄다. 차양이 쳐진 통로가 이어져 있는 양철 지붕 판잣집이 보인다. 선인장들. 토끼들. 밖에 놓인 나무 탁자들. 바에 놓인 회전식 스툴들. 이글스 티셔츠를 입은 예쁜 웨이트리스. 맘 편히 먹어. 얼음을 넣은 '포 로지스 버번'. 구운 치즈. 석양의 아지랑이. 하늘을 가로지르는 커다란 새들.

빅터가 말한다. 물론 제가 선호하는 건 나 자신을 — 그러니까 내 의식을 — 고기로 이루어지지 않은 물질에 업로드하는 거예요. 하지만 현재로서 그건 생명을 연장하기에 효과적인 수단이 아니죠. 내 두뇌의 내용을 스캔하고 복사하는 수술을 하는 과정에서 내가 죽을 테니까.

내용은 맥락이기도 하지 않나요? 내가 그에게 묻는다. 당신의 경험, 당신이 처한 상황, 당신이 사는 시대……. 의식은 자유롭게 떠다니는 게 아니에요. 맥락에 얽혀 있죠.

그건 그래요. 그가 말한다. 하지만 말이죠, 나는 현대의 디아스포라를 믿어요. 우리 중 많은 사람들이 어딘가 다른 곳에서 자기 자신을 발견하는 일종의 이주자이고, 국제적이고 다문화적인 존재이며, 우리를 형성하는 가족이나 국가의 직접적 역사에 덜 얽매이고 덜 의존한다는 것. 그 모든 것 덕분에 우리는 더 느슨하고 자유롭게 우리 자신의 내용을 이해할 수 있고 그 맥락은 변할 수 있다는 것.

반면 민족주의가 치고 올라오고 있죠. 내가 말한다.

그가 고개를 끄덕인다. 반작용인 거죠. 두려움. 미래를 거부하는 것. 하지만 미래는 거부할 수 없어요.

나는 그의 직업이 뭐냐고 묻는다. 그의 전공은 기계 학습과 인간 증강이다. 케임브리지에서 컴퓨터 공학 학사 학위를 땄고, 버지니아 공대에서 "로봇도 읽을 수 있는가?"라는 주제로 컴퓨터 학습 분야 박사 학위를 받았다. 록히드 군수 회사의 로봇 공학 분야에서 인상적인 활약을 했고, 버지니아주에 위치한 DARPA*에서 수수께끼 같은 시간을 보냈다. DARPA는 자금이 넘쳐 나는 연방 정부 기관으로서 무인 드론과 살육 로봇을 비롯한 군사 기술을 연구한다. 이제 그는 레일리스 프로스테틱스에서 '스마트' 의수와 의족이 어떻게 통합적인 신체 기관이 될 수 있는지 조언하는 고문 역할을 하고 있다.

하지만 그가 일상적으로 하는 일은 연구소에서 기계들에게 인간의 건강 상태를 진단하는 법을 가르치는 것이라고 한다.

나는 말한다. 잘해 보세요. 저는 인간을 치료하는 건 고사하고 어떻게 진단하는지조차 도무지 모르겠던데.

죽음을 끝내요. 빅터가 말했다.

그건 불가능해요.

생물체에게만 불가능한 것이겠죠.

웨이트리스가 다가온다. 짧은 치마. 함박웃음. 내가 '맘 편히 먹어' 티셔츠를 쳐다보는 눈길을 알아차린 그녀는 내 관

* 고등 연구 계획국: 미국 국방부의 연구 개발 조직.

심의 의미를 오해한 듯하다. 그럼에도 개의치 않는 것 같다. 이런 상황에 익숙한 것이리라. 그녀가 몸을 돌리자 티셔츠 등판에 적힌 가사가 드러난다. 우리는 질 수도 이길 수도 있겠지만 다시는 여기로 돌아오진 않을 거야.

그거 좀 슬프지 않아요? 그녀가 말했다.

영원히 살고 싶으세요? 빅터가 물었다.

영원은 너무 길어요. 저는 예쁘고 건강하게 살고 싶어요. 스물다섯 살 외모로 백 살까지 살면 좋겠네요.

스물다섯 살 외모로 백 살이 되어서 죽는다면 어떤 기분일 것 같아요? 빅터가 물었다.

웨이트리스는 그 질문을 곰곰이 생각하더니 말했다. 삶이 끝나도록 프로그래밍될 수도 있는 걸까요?「블레이드 러너」의 인조인간들처럼 말예요.

빅터가 말했다. 그 순간이 오면 받아들이기 어려울 겁니다. 그 영화의 인조인간들도 그런 결말을 좋아하지 않았죠.

저는 어려워도 어떻게든 받아들일 수 있을 것 같아요. 지금도 어려운 상황을 헤쳐 나가고 있는걸요. 전 자식도 있고, 여기서 일하면서 미용사로도 일하고 있어요. 인생은 원래 어려워요. 어려운 건 괜찮아요. 진짜 나쁜 건 절망적이고 무력한 상황이에요.

저 말을 믿어요? 그녀가 우리를 떠나 다른 테이블로 가서 몸을 기울이자 빅터가 말했다.

저는 그녀가 자기 자신을 믿는다는 것을 믿어요. 이건 다른 얘기죠.

빅터가 고개를 끄덕이고 말했다. 말해 봐요, 라이. 만약 당신이 정신, 육체, 생물학, 죽음, 생명에 대해 당연하게 여겨 왔던 모든 것을 파괴함으로써 개인적, 사회적, 세계적인 유토피아가 도래할 수 있다면, 감수하겠어요?

(미쳤군. 나는 생각했다.)

네. 나는 대답했다.

그는 자신과 내 잔에 버번을 더 따랐다. 알코올의 미래는 어떻죠? 내가 물었다.

그가 잔을 들어 올렸다. 말했듯이 미래는 늘 과거의 무언가를 가져가는 법이죠.

그는 술을 많이 마시는 편인 것 같다. 하지만 술배가 나오진 않았고, 얼굴이 불콰하지도 않고, 눈 밑이 축 처지지도 않았다. 그는 오이 담근 물을 음용하는, 건강식에 집착하는 괴짜인 듯 보인다. 그가 위스키를 들이마신다. 구운 치즈는 건드리지도 않았다. 나는 그의 안주를 대신 먹기로 한다. 그러자 그가 내 생각을 알아차린 듯 말한다. 단백질과 탄수화물을 같이 먹지 않아서요. 나중에 스테이크라도 시켜 먹죠.

저는 내일 아침 일찍 떠나요.

그러면 오늘 밤에는 떠나지 않는다는 뜻이니까 저녁 식사는 같이 할 수 있겠네요.

지배력 있고 매력적인 누군가에게 휘둘리는 건 쉬운 일이다. 게다가 나는 일할 때를 제외하면 워낙 결정 내리는 걸 싫어한다. 주어진 흐름에 몸을 맡기기로 한다. 어쨌든 오늘 나는 시체 재활용 센터에서 하루를 보낸 참이지 않은가. 음식, 술, 광인은 신경을 분산하기에 좋은 조합이다.

내 마음 깊은 곳에서, 빅터 스타인이 고기능 광인이라는 직감이 든다.

그가 말한다. 앨런 튜링에 대해서는 물론 들어 보셨죠?

나는 고개를 끄덕인다. 모르는 사람이 있을까요? 「브레이킹 더 코드」,* 블레츨리 파크, 자폐 컴퓨터 천재 — 당연하게도 — 를 연기한 베네딕트 컴버배치**…….

빅터 스타인이 말했다. 그러면 혹시 이건 알지 모르겠군요. 튜링이 처음 컴퓨터라는 단어를 썼을 때, 그건 기계를 뜻하는 말이 전혀 아니었어요. 사람을 뜻하는 말이었죠. 사람이 곧 컴퓨터이리라는……. 그건 물론 기계로 발생된 데이터를 사람이 분석할 거라는 뜻이었지만, 어쩌면 그는 무의식적으로 우리가 나아갈 미래를 감지했던 건지도 몰라요.

우리가 어디로 나아가는데요? 내가 물었다.

* 1986년 영국 수학자 앨런 튜링을 주제로 제작된 연극으로, 1996년 텔레비전 영화로 만들어지기도 했다. 앨런 튜링은 2차 대전 당시 블레츨리 파크라는 저택에서 독일의 암호를 해독하는 데 핵심적인 역할을 했다.

** 영화 「이미테이션 게임」을 뜻한다.

그건 당신이 누구의 이야기를 믿는지에 따라 다르죠. 빅터가 말했다. 아니면 당신이 누구의 이야기를 믿고 싶어 하는지에 따라서. 그건 다 이야기잖아요.

그럼 내 의견은요?

글쎄요, 다음과 같은 선택지들이 있을 수 있겠죠. 특별한 순서 없이 열거하자면…… 우선 인간이 노화를 멈추고 되돌리는 법을 터득해서 우리 모두가 더 건강하게, 더 오래 살 수 있게 되는 것. 여전히 생물이긴 하지만 더 나은 생물이 되는 거죠. 동시에 스마트 삽입물을 통해 육체적, 정신적 능력을 개선해 우리 자신을 강화할 수도 있겠고요.

또 다른 방향은, 생물로 사는 데에는 제약이 있는 만큼, 적어도 일부 사람들은 죽음을 아예 없애 버리고 우리 정신을 생물학적 시초에서 빼내 다른 곳에 업로드할 수도 있어요.

나는 그의 말을 가로챘다. 하지만 그러면 우리는 그냥 컴퓨터 프로그램이잖아요.

그가 얼굴을 찌푸렸다. 그게 왜 '그냥'이죠? 스티븐 호킹만 해도 쓸모없는 몸을 갖고 있었는데, 그러면 그에게는 '그냥' 정신만 남았다고 생각하나요? 그에게는 확실히 정신이 있었고, 더군다나 이제껏 우리가 본 육신에 갇힌 인간 정신 중에서도 이례적으로 특출나고 완전히 깨어 있는 정신에 가까웠죠. 그의 정신을 육체에서 풀어 줄 수 있었다면 어땠을까요? 그가 무엇을 선택했을 것 같나요?

하지만 호킹도 처음에는 기능하는 몸 안에서 시작했잖

아요.

앞으로 정신을 업로드할 사람들도 모두 그럴 거예요. 그리고 여기까지 말하니 세 번째 선택지가 떠오르는데요.

나는 입을 다물고 그의 말을 들어 보기로 한다.

그가 나를 보며 미소 짓는다. 그의 미소는 상대방의 의중을 떠보는 듯하다. 반쯤은 초대하는 듯하고, 반쯤은 도발하는 듯하다.

그가 말한다. 앞서 말한 가능성들 모두, 또는 그중 일부와 더불어, 우리는 다양한 종류의 인공 지능을 창조하기도 해요. 로봇에서부터 슈퍼컴퓨터에 이르기까지. 우리는 그렇게 새로이 창조된 생명체들과 살아가는 법을 배우겠죠. 궁극적으로 생체 원소가 필요하지 않게 될 생명체들 말입니다.

아니면 그냥 지금 우리 모습 이대로 살 수도 있겠죠. 내가 말했다.

그가 고개를 저었다. 내가 구상한 시나리오들 중에서 당신이 말한 시나리오야말로 유일하게 불가능한 선택지예요.

웨이트리스가 우리에게 계산서를 가져다주었다. 폭풍이 오고 있대요. 그녀가 말했다.

빅터 스타인은 SUV를 주차장에 놔두고 좀 걷다가 와서 스테이크를 먹자고 제안했다.

저녁 식사 전에 산책하는 걸 좋아하거든요. 그가 말했다.

당신이 업로드된 데이터로만 남는다면 그 습관을 어떻게 유지하시려고요? 내가 물었다.

저녁을 아예 안 먹겠죠.

그가 소리 내어 웃었다. 일단 몸에서 빠져나오면 어떤 형태든 고를 수 있을 테고, 얼마든지 바꿀 수 있을 거예요. 동물, 채소, 광물에 이르기까지. 신들은 인간의 형상도, 동물의 형상도 띠었고, 다른 이들을 나무나 새로 변신시켰죠. 그게 바로 미래의 이야기가 될 거예요. 우리는 우리가 거하는 형태 안에 한정되지 않는다는 걸 늘 알고 있었어요.

당신에게 현실이란 뭡니까? 내가 물었다.

빅터가 말했다. 그건 명사가 아니에요. 물건도, 객체도 아니에요. 객관적이지 않다고요.

현실에 대한 우리 경험이 객관적이지 않다는 건 동의해요. 사막에 대한 나의 주관적 경험은 당신의 것과는 다르겠지요. 하지만 사막은 거기에 정말로 존재하잖아요.

부처라면 당신 말에 동의하지 않을 거예요. 빅터가 말했다. 부처는 당신이 겉모습의 노예라고, 당신이 현실과 겉모습을 혼동하고 있다고 주장하겠죠.

그러면 현실이란 뭔데요?

역사상 최고의 지성인들이 그 질문을 던져 왔고 앞으로도 영원히 던질 겁니다. 나로선 대답할 수 없어요. 내가 할 수 있는 말은 다만, 의식은 개별적 뇌 기능에서 나타나지 않는다는 거예요. 영혼이 있는 자리와 마찬가지로, 의식이 어디에 있는지를 생물학적으로 정확히 짚어 낼 수는 없으니까요. 그럼에도 불구하고 우리는 의식이 존재한다는 데에, 현재의 기계 지능에는 의식이 없다는 데에 동의하지요. 그러니까 현실도 마찬가지일 수 있어요. 그것은 존재하지만, 우리가 생각하는 것처럼 물리적 사실로서 존재하지는 않는다는 것이죠.

나는 내 앞으로 주머니쥐라는 물리적 사실이 남가샛과 식물 덤불 쪽으로 달음질치는 것을 지켜본다. 폭풍이 오는 것이 느껴지기도 전에 소리가 먼저 들린다. 깊게 우르릉거리는 천둥. 그러고 나서 우리 머리 위로 두 갈래로 나뉜 빛줄기가 내리친다.

이윽고 비가 내린다.

소노라 사막은 북미에서 가장 비가 많이 오는 사막 중 하나다. 우기가 두 차례 있는데, 지금은 여름이었다. 갑자기 소낙비가 퍼붓는 계절.

금방 그칠 거예요! 쿵쾅거리는 천둥소리 아래서 빅터가 외쳤다. 여긴 BWh 기후*예요. 건조하고 뜨겁죠.

내가 말했다. 당신이 여기 기후를 어떻게 분류하든 소용없어요. 우린 쫄딱 젖었다고요.

정말 그랬다. 우리 머리에 물을 양동이째 쏟아부은 것 같

* 더운 사막 기후.

왔다. 빅터의 푸른 리넨 셔츠가 몸에 들러붙었다. 내 티셔츠도 축 늘어져서 물이 뚝뚝 떨어지고 있었다.

빅터가 주머니에서 손수건을 꺼내 얼굴을 닦았다. 손수건을 가지고 다니는 사람이 누가 있담?

저기 튀어나온 바위가 있어요! 저 밑으로 피하면 되겠어요!

우리는 그리로 뛰어갔다. 우리 둘이 서 있기에도 비좁은 곳이었다. 나는 내 옆에 붙어 선 그의 몸을 의식했다. 뜨뜻하고 축축한 동물. 나는 티셔츠 자락을 끌어 올려 눈을 비볐다. 빗줄기가 배를 타고 흘러내리는 게 느껴졌다. 눈을 들어 보니 빅터가 나를 보고 있었다.

떨고 있네요. 그가 말했다. 춥지 않은데도 떠는군요.

천둥소리에 우리 위에서 작은 돌 조각들이 떨어져 내렸다. 빅터가 내 어깨에 손을 얹었다. 가는 게 좋겠어요. 그가 말했다.

우리는 말없이 걸었다. 자연은 생각을 무효화할 수 있다. 우리는 걸을 필요가 있었고 더 이상 아무 할 말이 없었다.

비가 토도독토도독 떨어지는 양철 지붕 아래 술집 현관에서 웨이트리스가 우리를 기다리는 게 보인다.

두 분 샤워하고 몸 닦을 곳 필요하시죠? 가게 안쪽에 방이 있어요. 옷도 원하시면 빨아서 말려 드릴게요. 한 시간도 안 걸릴 거예요.

친절은 어디에서 나오는 거죠? 내가 빅터에게 물었다.

진화에 따른 협동이죠. 경쟁만 했다면 우린 전멸했을 거예요.

친절도 프로그래밍할 수 있나요?

네.

우리는 현관에 서서 사각팬티만 남기고 옷을 다 벗는다. 그의 팬티는 바지 색과 같은 파란색이다. 내 것은 오렌지색이다.

귀엽네요. 웨이트리스가 말했다. 안에 들어가시면 팬티는 바구니에 벗어 두면 돼요.

손님들에게 항상 이렇게 해 주시나요? 빅터가 물었다.

보통 손님들은 제가 폭풍이 올 거라고 했는데 사막으로 걸어 나가지 않죠. 이제 들어가세요. 위스키 가져다드릴 테니까.

방은 어두웠다. 반쯤 닫힌 덧창 아래 창문은 모래가 묻어서 흐릿했다. 침대, 의자 두 개, 낡은 텔레비전과 옷장 하나가 있었다. 샤워실은 흰 타일이 대어져 있고 단출했다.

먼저 해요. 빅터가 말했다. 팬티 나한테 던져 주면 내가 바구니에 넣을게요. 웨이트리스가 기다리고 있어요.

나는 욕실에 들어가서 팬티를 벗어서 문밖으로 던졌다. 빅터가 텔레비전을 켜고 일기 예보에 채널을 맞추는 소리가 들렸다.

샤워기 물줄기는 굵고 세차고 뜨거웠다. 나는 몸에 비누칠을 하고 모든 갈라진 부위와 부드러운 부위에서 모래를 씻어 냈다. 이윽고 샤워실은 히치콕 영화에 나오는 것처럼 수증기로 가득 찼다. 내가 빅터의 존재를 알아차린 것은 샤워실 밖으로 나온 뒤였다. 그는 내게 수건을 건네다가 나를 보았다.

그는 내 흉근 아래 흉터를 보았다. 내가 지켜보는 앞에서 그의 시선이 내 몸을 훑어 내렸다. 남근이 없는 부분까지도.

침묵이 흘렀다. 짧지만 긴 침묵이었다.

난 트랜스예요. 내가 말했다. 작년에 상체 수술을 받았어요. 이런 일에는 시간이 걸리죠.

나는 날씬하다. 어깨가 넓고 가벼운 체격이다. 내가 완전히 여자였을 적에는 머리를 뒤로 묶으면 소년으로 오인되곤 했다. 그때는 머리를 어깨까지 길렀다. 지금은 조금 더 짧지만 여전히 뒤로 묶고 다닌다. 여자들은 내 머리 스타일을 좋아한다. 나를 좋아하기도 한다.

빅터는 아무 말도 하지 않았다. 달변가가 그렇게 침묵하니 이상하고도 애틋한 느낌이었다. 나는 가만히 서서 그의 눈길을 받아 냈다. 내 음모는 풍성하지만 몸에는 털이 나지 않아서 매끈하다. 그건 테스토스테론을 맞아도 변하지 않았다.

나도 그를 바라보았다. 그의 가슴에 난 털이 배까지 내려가는 선을 그리며 이어지는 것을.

가슴 털이 모래투성이네요. 나는 말하고 그에게 가까이 다가갔다. 모래를 털어 주었다. 그가 마른침을 삼키는 게 보였다. 그가 내 수건을 가져가더니 자기 허리에 둘렀다.

당신이 남자인 줄 알았어요. 그가 말했다.

남자예요. 해부학적으로는 여자이기도 하고요.

스스로도 그렇게 느끼는 건가요?

네. 이중성이야말로 내겐 진실에 가까워요.

트랜스젠더는 한 번도 만나 본 적이 없어요.

보통 그렇죠.

그가 미소 지었다. 우리 방금 전까지 미래에는 몸을 선택할 수 있으리라는 이야기를 하고 있지 않았나요? 몸을 바꿀 수도 있을 거라고? 당신이 미래에 일찍 당도했다고 생각하세요.

나는 약속에 항상 늦는데요. 내 말에 빅터도 나도 웃음을 터뜨렸다. 긴장을 풀기 위해서였다.

이제 당신이 여기서 나가면 나는 이 수건을 치우고 샤워할게요.

얇은 수건은 그다지 많은 걸 가려 주지 않았다. 내가 말했다.(왜 이렇게 말했을까?) 나를 만져 보고 싶나요?

나는 게이가 아니에요. 그가 말했다.

혼란스러운 거 알아요. 내가 말했다.

그가 가까이 다가왔다. 기다란 손가락으로 내 이마에서부터 코를 훑어 내리고, 입술을 벌려 앞니 두 개를 문지르더니, 아랫입술을 당겨 내린 다음 수염이 어렴풋이 자란 턱을 지나쳐, 존재하지 않는 목젖을 훑고는, 쇄골 가운데 움푹 꺼진 부분에 이르러 손을 벌려서 엄지와 나머지 손가락들로 내 양쪽 쇄골을 덮었다. 마치 나를 스캔하는 것 같았다.

다른 쪽 손바닥으로는 내 가슴을 어루만지다 흉터 위에 이르러 멈췄다. 그는 내 흉터도, 그 울퉁불퉁한 아름다움도 두려워하지 않았다. 내게 그 흉터는 아름답게 느껴진다. 자유의 흔적. 한밤중에 어둠 속에서 그게 만져지면 나는 내가 한 일을 기억해 내고, 다시 잠이 든다.

그가 내 젖꼭지를 만졌다. 내 젖꼭지는 언제나 예민했지만 수술 이후로는 더욱 심해졌다. 가슴은 근력 운동 덕분에 튼튼하고 매끈하다. 테스토스테론을 맞으니 근육을 키우기가 쉬워졌다. 나는 지금 내 몸의 단단하고 평평한 표면이 마음에 든다. 우리는 키스할 뻔했지만 하지 않았다.

그는 부드럽게 내 몸을 돌려서 자신을 등지게 했다. 그의 숨결이 내 목에 닿았다. 그의 손이 아까와 같은 부위들을 탐색했다. 가슴, 젖꼭지, 목. 거칠고 얇은 면 수건 너머에서 그의 성기가 곧추서는 것이 느껴졌다.

그가 고개를 숙여 내 어깨에 입을 맞췄다. 그는 나보다 키가 컸다. 정수리에 하는 뽀뽀처럼 부드러운 입맞춤이었다. 그러더니 그가 내 몸에 다가붙어서 내 나리 사이로 손을 뻗어 어루만지기 시작했다.

젖었네요. 그가 말했다.

그의 손가락이 내 안에 들어왔다.

여긴……

늘 있었던 거죠. 내가 말했다.

이건?

클리토리스예요. 테스토스테론 때문에 예전보다 훨씬 커졌어요.

예민한가요?

클리토리스에는 신경이 팔천 개 있어요. 당신의 남근에는 사천 개 정도. 그러니까 제 건 예민하다고 할 수 있겠죠.

그가 중지를 내 안에 넣은 채 엄지와 검지로 클리토리스를 잡았다.

모든 클리토리스는 발기하지만, 5센티미터짜리 클리토리스는 더욱 명백하게 드러나는군요.

잠깐만…….

나는 몸을 돌려 그를 마주했다. 그의 수건에 지어진 매듭을 풀고, 그의 성기를 손에 잡고서 키스했다. 그의 맥박이 뛰는 것이 느껴졌다.

내가 뭘 하기를 바라요? 그가 말했다.

뭘 하고 싶은데요?

섹스하고 싶어요.

우리는 방으로 돌아갔다. 그는 침대에 누워서 나를 몸 위로 끌어 올리고는 내 엉덩이를 움직여 자기 성기 위로 나를 미끄러뜨렸다. 나는 최고조의 쾌감을 느꼈다. 나는 여자였을 때보다 더 빨리 오르가슴을 느끼는 데다가, 낯선 사람을 상대할 때 느끼는 쾌감에 들떠 있었다.

나 가요. 내가 말했다.

나는 그의 눈을 바라보았다. 검고, 도취되어 있는, 그에게서 빛이 나는 부분.

나는 오르가슴으로 부르르 떨며 고꾸라져 그의 위에 내 몸을 포갰다. 그는 내 몸을 돌려 눕히고는 내 어깨 양옆을 팔꿈치로 짚고 내 목에 고개를 파묻은 채 안으로 밀고 들어왔다.

삼 분쯤 뒤에 그는 사정했다.

우리는 누워서 천장을 올려다보았다. 말없이. 빗줄기가 덧창에 달카닥달카닥 떨어졌다. 나는 팔꿈치로 몸을 받치고 그의 얼굴을 들여다보았다.

나는 말했다. 괜찮아요?

당신이 한때 여자였다는 이유로 내 기분을 살펴 줄 필요는 없어요. 그가 말했다.

나는 여자예요. 그리고 남자이고요. 나는 그런 식이에요.

지금 나는 내가 선호하는 몸속에 들어 있어요. 하지만 과거는, 내 과거는, 수술에 좌우되지 않아요. 나는 나 자신에게서 멀어지려고 수술한 게 아니에요. 가까워지려고 한 거죠.

그가 몸을 돌렸다. 뭐라고 말해야 할지 모르겠군요.

어떤 기분인가요?

믿을 수 없을 만큼 흥분돼요.

그가 내 손을 가져가서 다시 자신을 만지게 했다.

나는 그의 위에 앉았다.

이번에는 더 천천히 해 나갔다. 그가 내 안에서 움직이는 동안 나는 나 자신을 만지고 클리토리스를 잡아당기며 쾌락을 좇았다. 그는 나를 지켜보았다.

어떻게 그렇게 자기 몸을 수월하게 다룰 수가 있죠? 그가 물었다.

정말로 내 몸이니까요. 나를 위해 만든 내 몸.

그가 미소 지었다. 오, 맙소사…….

왜 그래요?

이제 무슨 일이 일어나는 거지? 그가 말했다.

그게 무슨 뜻이에요?

난 베이즈주의자예요.

사이비 종교인가요?

아뇨! 당신은 의사가 될 때 수학도 공부해야 하지 않았어요?

물리학, 화학, 생물학…….

알았어요. 음, 1701년 탄생하고 1761년 사망한 토머스 베이즈 목사는 수학자이자 철학자였어요. 확률을 구하는 방정식을 정리했고요. 그가 주장하는 바는, 우리의 주관적 믿음은 접근 가능한 증거를 수용하기 위해 수정되어야 한다는 것이었어요.「확률론의 한 문제에 대한 에세이」라는 엄청난 글을 썼지요. 그건 수학과 신비주의의 결합이에요. 대부분의 사람들은 수학에만 신경을 쓰는데…… 아무튼 그건 됐고요. 내가 지금 계산하고 있는 건, 당신이 내 인생에서 절대로 일어날 성싶지 않은 사건이라는 점이에요. 0에 가까운 확률이었다고요. 그런데 당신이라는 사건이 일어나 버렸죠. 확률의 핵심은 새로운 데이터가 수집되면 결과 값이 끊임없이 바뀐다는 거예요.

나는 그의 성기를 손에서 놓는다. 내가 새로운 데이터라는 거예요?

그가 내게 키스했다. 맛깔스러운 새 데이터죠. 결과에 영향을 미치는.

무슨 결과요?

그때 밖에서 웨이트리스가 소리를 질렀다.

손님들! 그 안에 무슨 일 있어요?

바이런은 출판인
존 머리에게 이렇게 썼다.

"내 생각에 그건
열아홉 살 소녀가 썼다기에는
경이로운 작품입니다.
아니, 그걸 썼을 당시에는
열아홉 살도 아니었어요."

당신은 나를 위해 여자를 만들어 줘야 합니다. 내가 존재하는 데 필요한 연민을 함께 나누며 살 수 있는 여자 말입니다……. 성별은 다르되 나만큼 흉측한 생명체를 요구합니다……. 우리는 분명 온 세상으로부터 고립된 괴물이겠지만, 그렇기 때문에 더욱 서로에게 애착을 느낄 겁니다. 우리 삶은 행복하진 못하겠지만 무해할 것이고, 지금 내가 느끼는 비참함에서 자유로울 것입니다.

당신이 동의한다면, 당신도 다른 어떤 인간도 우리를 다시 볼 일은 없을 겁니다. 남아메리카의 광대한 야생으로 사라져 줄 테니까요……. 내 삶은 조용히 흘러갈 것이고, 죽을 때도 내 창조주를 저주하지 않겠습니다.

남편은 바이런과 함께 호수에 나가 있다. 집은 고요하고

덥다. 집 안의 습기가 증발하면서 수증기가 피어올라 유령들이 넘실거리는 것처럼 보인다. 우리 마음이 저 수증기를 우리가 알아본다고 상상하는 형상들로 바꾸어 놓은 것 같다.

우리는 무엇을 인식하는가? 우리는 무엇을 아는가?

소설을 전개해 가면서 나는 내 괴물을 교육하고 있다. 내 괴물도 나를 교육하고 있다.

소설이 전개됨에 따라 나는 그런 존재가 무엇을 욕망할지 질문하지 않을 수 없다. 그런 존재가 배우자를 원할까? 그런 존재가 번식을 할 수 있나? 그 자손은 섬뜩한 기형적 존재일 것인가? 아니면 인간일 것인가? 인간이 아니라면, 그런 존재가 재창조하는 생명체는 어떤 생명체일 것인가?

나는 빅토르 프랑켄슈타인과 비슷한 정신적 고뇌를 느낀다. 괴물을 창조한 이상 그것을 무를 수는 없다는 고뇌. 시간은 무자비하다. 시간은 이미 벌어진 일을 철회해 주지 않는다. 일어난 일은 일어난 것이다.

그렇게 나 역시 내 괴물과 그의 주인을 창조해 버렸다. 내 이야기는 존재성을 띤다. 나는 그것을 계속해야 한다, 그것은 나 없이는 끝나지 않을 것이기에.

내가 만든 괴물은 인류에게 기피와 두려움의 대상이다. 그는 남들과의 차이 때문에 몰락한다. 그에게는 자연적인 고향이 없다. 그는 인간이 아니지만, 그가 인류에게서 배운 모든 것의 총합이다.

지난밤 나는 셸리와 함께 늦게까지 깨어 있었다. 그는 셔츠를 제외하고 옷을 모두 벗었다. 그의 흰 빛깔이 달빛 속에서 반짝였다. 나는 남성의 몸이 완벽한 형태라고 생각한다. 그리고 그것은 내 괴물의 조악한 모방이다. 균형은 맞지만 기괴한.

나는 손으로 셸리의 발목에서부터 허벅지 위까지 훑어 올라가, 셔츠 자락을 들썩이며 그의 집중을 방해했다. 그러자 그가 부드럽게 내 손을 떼어 내며 쾌락을 유보했다. 나 생각 중이야. 그가 말했다.

우리는 내 소설의 제목을 같이 고민했다. '괴물'이라는 단어가 들어가서는 안 된다는 데에는 둘 다 동의했다.

내가 무척 좋아하는 그의 시 「알라스터 또는 고독의 정령」의 한 구절이 마음속에 맴돈다. 그가 일어서서 방 안을 서성거리며 그 시를 암송해 준다. 그의 다리는 날개처럼 빠르게 움직여 그를 몰고 간다. 허리 아래에 있는 날개라니? 그런 천사가 대체 어디에 있나요, 나의 천사?

그의 목소리를 들어 보자.

외롭고 조용한 시간
밤의 고요함이 이상한 소리를 낼 때

어두운 희망에 일생을 건
영감을 받은 처절한 연금술사처럼
내가 나의 가장 순수한 사랑에
끔찍한 말과 의문스러운 눈빛을 섞었던가…….

그는 서성거리고 또 서성거리며 읊어 나간다…….

우리 자신에 대한
이야기를 내주려

제목을 그걸로 할까? 『우리 자신에 대한』?

하지만 그는 프로메테우스에 대해 이야기하고 있다. 빅토르 프랑켄슈타인이 현대의 프로메테우스라고. 신들에게서 불을 훔쳤다가 자기 간을 그 대가로 내어준 프로메테우스.

제목을 그걸로 할까? 『새로운 프로메테우스』?

생각해 봐! 셸리가 말했다. 프로메테우스의 형벌은 피신처 없이 바위에 사슬로 묶여 있는 거야. 매일 새벽 제우스가 독수리를 보내 그의 간을 쪼아 먹게 하지. 매일 밤이면 살이 재생되고. 바위에 묶여 있으니 그의 피부는 햇볕에 그을려서 빛깔도 질감도 오래된 지갑의 가죽 같았을 거야. 하지만 매일 새로 돋아나는 흰 피부만은 어린아이의 것처럼 여리고 말랑했겠지.

상상해 봐! 독수리는 그의 골반 위에 올라앉아 그 거대한 날개를 퍼덕여 균형을 잡으며, 그 부리로 살을 찢어발겨 부드러운 전리품을 얻어 냈던 거야.

그가 말하는 장면은 장엄하고 엄숙하지만 내 마음은 최근 읽은 소설로 흘러가고 있다. (바이런이라면 참 여자답다고 말했을 것이다.)

새뮤얼 리처드슨. 그가 쓴 일곱 권짜리 소설 『클래리사』. 그리고 『파멜라』도 잊지 말아야지. 그리고 제인 오스틴에 대해 말하자면 바로 얼마 전, 1815년에 출간된 『에마』가 있다. 조금 가정적이긴 하지만(그녀는 배스*에 산다.) 충분히 유쾌한 소설이다.

그렇다면, 이름을 제목으로 하는 것이 적절하겠다.

셸리! 나는 말했다. 셸리! 내 소설 제목을 『프랑켄슈타인』으로 해야겠어.

셸리가 발걸음과 말을 멈췄다. 딱 그렇게만?

그래, 내 사랑, 딱 그렇게만.

그가 얼굴을 찌푸렸다. 뭔가 부족한데, 여보.

나도 마주 얼굴을 찌푸렸다. 그러면, 내 사랑, 『빅토르 프랑켄슈타인』으로 해야 할까? (이제 나는 『트리스트럼 섄디』를

* 잉글랜드 서머싯주에 위치한 온천으로 유명한 도시.

생각하고 있었다. 스키너 거리의 아버지 집 책꽂이에 우리 주의를 돌리기 위해 꽂혀 있던, 오래된 소설책 말이다.)

아니, 당신 소설은 한 사람의 이야기만이 아니잖아. 셸리가 말했다. 두 존재가 서로의 안에서 살아가는 이야기지, 안 그래? 괴물 안의 프랑켄슈타인, 프랑켄슈타인 안의 괴물.

그렇긴 하지. 내가 대답했다. 그러니까 괴물에게는 이름이 없는 거야. 이름이 필요가 없으니까.

자식에게 이름을 지어 주지 않는 아버지는 대체 어떤 아버지지? 셸리가 물었다.

자기가 창조한 것을 공포스러워하는 아버지. 내가 대답했다.

뭐, 그러면 메리, 당신이 결정해야겠네. 당신이 이 이야기의 아버지이자 어머니이니까. 당신의 피조물 이름을 뭐라고 지을 거야?

그렇다, 나는 메리다. 내 어머니와 이름이 같은 나는 아버지에게 남은 유품과 같다. 내 마음을 사로잡는 그 존재에게 이름을 붙이지 않음으로써 그것을 부인하고 있다는 사실을 나는 알고 있다. 그러나 새로운 형태의 생명체에게 어떻게 이름을 붙일 수 있겠는가?

시간이 흐른다. 와인을 마신다. 와인에 취한다. 재에 감싸인 염소젖 치즈. 붉은 무. 흑갈색 빵. 녹색 올리브기름. 뼈에서 도려낸 햄. 주먹만 한 토마토. 귀리 비스킷. 푸른 정어리. 꺼진 내 양초. 시간이 흐른다.

밤이 별하늘을 데려온다. 잠, 그리고 꿈의 고요한 시간들. 저택 자체가 유령처럼 숨을 들이쉬고 내쉰다. 나는 잠들지 않고 별들을 차가운 벗 삼아 누워 있다. 그렇게 밖에서 홀로 누운 채 나는 내 괴물을 생각한다.

내 피조물에게 배우자가 있다면 자신과 같은 존재를 창조할 수 있을까? 그 생각에 나는 혐오감을 느낀다. 나는 내 혐오감을 빅토르 프랑켄슈타인에게 주입할 것이다. 그는 처음에는 자기 괴물에게 짝을 만들어 주는 끔찍한 과제를 수행하려 하겠지만 결국에는 그것을 파괴해야 한다고 마음먹을 것이다.

우리는 혐오 때문에 파괴한다. 우리는 사랑 때문에 파괴한다.

지난밤 바이런은 프로메테우스가 뱀 이야기라고 단언했다. 이브가 금단의 나무에 달린 사과를 따 먹었다던 에덴동산 이야기에서와 마찬가지로, 지식을 향한 접근은 처벌되어야 한다는 뜻이었다.

그러면 판도라와 그녀의 피투성이 상자는 어떻고? 폴리도리가 말했다. 그 여자도 시키는 대로 하지 않았잖아.

너를 좀 닮았네, 클레어. 바이런이 불편한 쪽 발로 그녀를 쿡 찌르며 말했다.

판도라가 누군데? 라틴어 책도 그리스어 책도 읽지 않는 클레어가 물었다.

언제나 참을성 있는, 타고난 선생님인 셸리는 프로메테우스에게 에피메테우스라는 동생이 있었다고 설명했다. 불을 훔친 인간을 더욱 벌하기 위해 제우스는 에피메테우스에게 신부로 판도라를 내려 주었어. 호기심이 많았던 그녀는 열지 말라고 했던 단지를 열어 버렸고, 그 안에서 인류를 괴롭히는 온갖 해악들이 쏟아져 나왔지. 질병, 슬픔, 부패, 상실, 울분, 질투, 탐욕……. 그것들은 나방과 나비처럼 날아 나왔고 온 세상에 알을 낳았어. 셸리가 말했다.

이 방은 눅눅해. 바이런이 말했다. 벽지마저 벗겨지고 있어. 낮의 열기에도 벽이 도통 마르질 않아.

여긴 호숫가잖아. 셸리가 온화하게 말했다.

알고 싶은 게 있는데. 클레어가 말했다.

제발 좀. 바이런이 투덜거렸다.

'정말로' 알고 싶은데, 어째서 인류를 괴롭히는 모든 것이 여자 탓이어야 하는 거야?

여자들은 나약하니까. 바이런이 말했다.

남자들이 그렇게 믿고 싶은 것이겠지. 내가 말했다.

하이에나 같으니라고.* 바이런이 말했다.

그 말엔 항의해야겠는데! 셸리가 말했다.

농담이었어. 바이런이 말했다.*

어쩌면 여자도 이 세상에 지식을 가져오는 데 남자만큼 큰 몫을 하는지도 몰라. 이브는 사과를 먹었지. 판도라는 상자를 열었고. 그들이 그렇게 하지 않았다면 지금 인류는 뭐였겠어? 자동 장치 같았겠지. 우둔했을 테고. 행복한 돼지였겠지.

그 돼지 좀 보여 줘 봐! 클레어가 말했다. 그 돼지랑 결혼할래! 어째서 삶이 고통스러운 것이어야 해?

저자 메모: 이것은 클레어가 평생 한 말 중 가장 심오한 말이다.

딱 여자답네……. 바이런이 말했다.(다시 고통스러워하며.) 우리는 고통으로 정화되는 거야.

(방종의 제왕께서 말은 잘도 한다.)

고통으로 정화된다고? 클레어가 말했다. 그러면 아이를 낳고 잃은 모든 여자는 모두 확실히 정화됐겠네.

* 메리 셸리의 어머니 메리 울스턴크래프트는 『여성의 권리 옹호』를 쓴 이후 많은 비난에 직면했는데, 작가 호레이스 월폴에게서는 '페티코트를 입은 하이에나', '사색하는 뱀'이라고 조롱받기도 했다.

그런 고통은 들판의 동물도 똑같이 받으며 살아. 바이런이 말했다. 고통이란 몸이 아니라 영혼의 문제야.

브랜디 반병 마시고 말짱히 깨어 있는 남자한테서 다리 한 짝을 잘라 내고 나머지 반병은 그 위에 부어서 소독해 봐. 폴리도리가 말했다. 분명히 말하겠는데, 그때 비명 지르는 건 그의 영혼이 아닐걸.

그가 아파하리라는 건 나도 인정해. 바이런이 말했다. 하지만 그 고통이 그의 영혼을 정화해 주지는 않을 거야. 어쨌든 그건 여자들의 질문을 피하려는 내 노력이었어. 맙소사! 여자들이란 자기들이 얼마나 괴로운 줄 아는지!

등신 같은 게. 클레어가 나지막이 중얼거렸다. 하루 종일 술을 마신 참이었다. 바이런은 그녀의 말을 못 들었다.

내가 나서서 끼어들었다. 성에 대한 골치 아픈 문제에서 비켜서 보자고. 그러면 어떠한 지식의 발전이든 처벌 가능하거나 처벌받는다는 견해를 그대로 고수할 수 있을까?

러다이트들이 직기를 부수고 있어. 바이런이 말했다. 지금 잉글랜드에서, 우리가 술 마시고 식사하는 동안 고국 잉글랜드에서는 그들이 직기를 때려 부수고 있다고. 직공들은 진보를 원하지 않아.

그렇지. 셸리가 말했다. 정말로 그래. 그런데도 국회가 직기 파괴법*을 통과시켰을 때 자네는 자네가 속한 계급과 부류에 맞서 그들의 대의, 즉 러다이트의 대의를 옹호한 소수의 귀족들 중 한 명이었지.

그 법은 공정하고 정당해. 폴리도리가 말했다. 우리는 불가피한 섭리를 거스르는, 그것도 폭력적으로 거스르는 사람들을 참아 줄 수 없으니까.

이 새로운 기계들이야말로 섭리를 거스르는 힘 아니야? 내가 말했다. 사람들이 기계와 경쟁하기 위해 더 낮은 임금을 받고 일하게끔 만드는 것에는 폭력이 없나?

진보란 말이야! 폴리도리가 말했다. 우리는 진보의 편에 서거나 아니면 반대하거나 둘 중 하나가 될 수 있을 뿐이야.

그렇게 단순하지 않아. 바이런이 말했다. 메리가 느끼는 바는 틀리지 않았어. 그래서 나도 그 법에 반대표를 던진 거야.

나는 그 남자들을 이해해. 그리고, 물론, 그 여자들도 이해하고. 그들에겐 노동이 생계고 삶이야. 그들은 숙련공이야. 기계들에겐 아무런 지각이 없지. 어떤 사람이 자기 삶이 파괴당하는 걸 가만히 손 놓고 바라보고 있겠어?

(우리 모두가 그러고 있지! 나는 남몰래 대답했다. 불현듯 우리가 사는 방식이 떠올랐기 때문이다. 우리는 가지지 않은 얼마 안 되

* 1812년 영국 국회에서는 러다이트 운동을 가라앉히기 위해 직기 파괴 행위를 사형 가능한 중범죄로 격상하는 법을 통과시켰다.

는 것들을 위해 우리가 가진 좋은 것들을 하염없이 망가뜨리지 않는가. 혹은 우리가 감히 가지려고 한다면 가질 수 있을 좋은 것들을 위해 우리가 가진 얼마 안 되는 것들을 꽉 움켜쥐거나…….)

나는 이 말을 밖으로 꺼내지 않았다. 다만 이렇게 말했다. 바이런! 기계들의 행진은 앞으로도 계속될 거야. 상자는 이미 열렸어. 발명한 것을 없었던 것으로 만들 수 없어. 세상은 변하고 있다고.

바이런이 기묘한 눈길로 나를 보았다. 자유에 그토록 열정적인 그이기에 운명을 두려워하는 것이다.

자유 의지는 어떻게 되고? 그가 말했다.

소수를 위한 사치지. 내가 답했다.

우리는 운이 좋은 사람들이야. 셸리가 말했다. 우리는 자유 의지를 누릴 수 있고 또 누리고 있잖아. 우리 삶은 정신적인 삶이지. 어떤 기계도 정신을 모방할 수는 없어.

옳소! 옳소! 폴리도리가 말했다. 술을 너무 마셔서 거의 인사불성이었다. (나는 폴리도리를 지켜보고 클레어를 지켜보며 생각한다. 기계들은 술을 마시지 않지.)

클레어가 일어나서 바느질감과 벽난로 도구들을 들고 빙글빙글 돌며 춤을 췄다. 위험해 보였다. 그녀는 남자답게 불 앞에 버티고 서 있던 바이런에게 비틀비틀 기우뚱대다 부딪혔다.

보지 아기 조지.

날 그렇게 부르지 말라고 했지! 바이런이 그녀를 떠밀었다. 그녀는 안락의자에 널브러지며 깔깔 웃고는 무서운 듯 바느질감 뒤에 숨는 척했다.

그녀가 말했다. 정신을 모방하는 기계라! 오! 언젠가 그런 일이 일어난다고 생각해 봐! 그래, 그래! 상상해 보시죠, 신사 여러분, 누군가가 시를 쓰는 '직기'를 발명한다면 여러분 기분이 어떨지!

하하하하하하하하하하하하!

그녀는 웃음에 사로잡혔다. 맨 어깨가 들썩였다. 곱슬머리가 소용돌이쳤다. 드레스 속 가슴이 흥에 겨운 젤리처럼 파들거렸다. 도저히 주체하지 못했다. '시 쓰는' 직기라니! 언어의 주판. 기계적 시인. 내가 쓴 기계 시…….

하하하하하하하하하하하하!

셸리와 바이런은 그야말로 질겁한 채 그녀를 쳐다보고 있었다. 만약 무덤 속 시체의 손이 별장 바닥을 뚫고 올라왔다고 해도 그들의 얼굴을 그만한 경악과 분노로 물들이지는 못했을 것이다. 클레어 클레어몬트는 가장 고귀한 소명, 즉 시라는 예술을 편물 기계의 산물 따위로 바꾸어 놓은 것이었다.

바이런은 아무 말도 하지 않았다. 그는 일어서서 투박한 탁자로 절뚝절뚝 걸어가 돌 주전자를 들고 — 나는 그가 주전자를 클레어에게 집어 던지려는 줄 알았다. — 입속으로 와인을 들이부었다. 그리고 넋 나간 사람처럼 하인에게 와인을 더 가져오게 하려고 종을 울렸다.

나는 셸리를, 나의 에어리얼*을 흘끔 보았다. 저 자유로운 영혼이 언어의 직기에 갇히다면 어떨까 상상하면서

바이런이 말했다. 인간은 창조의 정점이야. 시는 인간의 정점이고.

유인원 유인원 유인원 유인원 유인원 유인원…….** 클레어는 미쳤다. 그녀는 '유인원'이라고 연이어 외치며 방 안을 뛰어다녔다.

귀족 나리께서 진노한 신처럼 그녀에게 벌컥 성을 내 사태를 진정시켰다. 그는 양손으로 그녀의 어깨를 잡았다. 클레어는 키가 크지 않다. 가서 주무시죠, 마담!

그녀는 잘생긴, 못마땅해하는 얼굴과 바싹 마주하고 섰다. 반항하려는 듯 입을 열었다가 다시 다물었다. 그의 분노를

* 셰익스피어의 『템페스트』에 나오는 공기의 정령.

** 영어로 유인원이라는 뜻의 ape는 apex(정점)와 한 글자만 빼고 철자가 같다.

알아본 것이다. 홍이 가라앉은 데다 적잖이 겁을 먹은 그녀는 의자에서 바느질감을 집어 들고 황급히 방을 나갔다.

우리는 그녀가 떠나도록 내버려 두었다. 하인이 와인을 더 가져왔다. 우리는 저마다 잔에 와인을 따라 양껏 마셨다. 내 옆에 앉은 셸리의 몸이 떨리고 있었다. 나는 그의 손을 잡았다.

바이런이 나를 돌아보았다. 그는 풍성한 머리카락을 가다듬었다.

이야기를 다시 시작해 볼까. 그가 말했다. 메리, 당신 질문에 답하자면, 그래, 모든 사유의 진전이나 발명은 보복당해야 한다는 게 내 생각이야. 혁명도 똑같아. 잔혹하고 피비린내 나는 혁명은 처음엔 너무나 사소해 보이는 것을 이루기 위해 너무나 많은 것을 희생하지. 하지만 우리는 그 사소한 것, 지극히 사소한 것이 새로운 세상에 빛을 가져다주리라고 믿잖아.

그러면 어째서 러다이트들을 지지하는 거야? 내가 말했다. 당신은 그들이 파괴하는 발명품들을 옹호하는 입장인 거잖아.

어떤 인간도 기계의 노예가 되어서는 안 돼. 바이런이 말했다. 그건 모멸이야.

남자들은 다른 남자들의 노예잖아. 내가 말했다. 그리고 여자들은 어디에서건 노예고.

남자들 사이에 계급은 언제나 존재할 거야. 하지만 자기가 일해서 얻으려고 한 모든 것을 금속 덩어리나 나무 덩어리에 빼앗긴다면, 어떤 남자든 반쯤 미쳐 버릴걸.

기계를 소유한 남자라면 그렇지 않겠지. 셸리가 말했다. 그런 남자는 기계가 자기 일을 대신 해 주는 동안 여가를 즐길 테니까.

자네가 보고 싶어 하는 그 유토피아는 대체 뭐야? 바이런이 그에게 미소 지으며 물었다.

미래지. 셸리가 답했다. 미래는 분명히 올 거야.

긴 침묵이 흘렀다. 폴리도리는 잠들었다. 그림자가 길어졌다. 호수 저 멀리에서 들려오는 울음소리. 우리 죽은 자들이 깨어날 때…….

메리, 소설에 진척은 있어? 바이런이 물었다.

있어. 내가 말했다. 괴물을 만들었어.

시체를 토막 내는 건 아주 쉽지. 폴리도리가 말했다. 갑자기 잠에서 깨어났거나 충돌을 피하려고 잠든 척했던 것 같았다. 의료인으로서 내 말을 잘 들어! 그래, 잘 들으라고! 톱으로 하면 아주 쉽고, 오, 그래, 바늘로 하면 아주 어려워. 톱으로 하는 건 바느질이 아니니까. 오, 이 구절 되게 좋지 않아,

응? 바이런? 톱으로 하는 건…….

바이런이 하품을 했다.

폴리도리가 말했다. 에든버러 의대 시절 절개 부위를 꿰맬 때는 어장에서 생선 내장 제거할 때 쓰는 검은색 줄로 바느질을 해야 했어.

검은색? 바이런이 물었다. 필요해서 그랬던 거야, 아니면 기괴해 보이려고 그런 거야?

폴리도리는 이 기회를 틈타 그를 무시했다. 메리! 그 괴물 창자는 어떻게 했어? 그러니까, 그 괴물은 똥을 눠? 그리고 얼마나 많이 '똥'을 누는데?

바이런은 이 이야기를 재미있어했다. 셸리는 그렇지 않았다. 그 두 남자는 사립 학교에서 사뭇 다른 경험을 했다. 이 대화가 배설강(排泄腔)에 대한 논쟁으로 치달을 게 뻔히 보였다.

내가 말했다. 신사 여러분! 내가 이야기를 하나 쓰고 있어요. 무서운 이야기 말예요. 해부학 교과서를 쓰고 있는 건 아니고요.

말 잘했어, 메리! 바이런이 탁자를 내리쳤다. 폴리도리라는 벼룩 따위는 무시하도록 해.

뭐라고? 폴리도리가 대꾸했다.

바이런은 폴리도리가 유령이라도 되는 양 그의 너머로 나를 향해 매력을 한껏 발산하는 미소를 지었다. 그토록 강렬하고 불안정한 눈동자라니. 바이런이 내 손을 잡고 입을 맞추자 셸리마저도 움찔했다. 바이런이 말했다. 메리! 우리에게 그 소설 좀 읽어 주지 않겠어? 시간도 죽일 겸? 그러고 나면 나는 침대로 가서 당신 동생 엉덩이나 때려 주겠어.

의붓동생이야. 내가 말했다.

그래, 아무튼 읽어 줘, 여보. 셸리가 말했다.

나는 내 책상에 있는 원고를 가지러 갔다. 삶이란 얼마나 기이한가. 우리가 나날이 살아가는 현실이면서도, 우리가 하는 이야기에 따라 나날이 철회되기도 하는 시간.

나는 아직까지 장(章)을 구분하지 않고 글을 쓰고 있다. 오직 내 인상들을 나열하고 있을 뿐이다. 무작위라고 할 수도 있겠지만, 차차 펼쳐질 내 이야기의 비극에 진실하게 임하고 있다. 비극에서 앎이란 너무 늦게 찾아오는 법이다.

나는 빙원을 가로지르는 추격전을 염두에 두고 있다. 빅토르 프랑켄슈타인이 자기 피조물을 추적하는 것이다. 녹초가 된 채 죽어 가던 그를 마침 그곳을 모험하던 배의 선장이 — 나는 그의 이름을 월턴 선장이라고 지었다. — 구해 주고, 그 과정을 서술하는 이도 월턴 선장일 것이다.

내 계획은 그렇다.

하지만 내 소설이 자기만의 생명을 가지고 있다면 어떨까?

우리 삶은 일직선의 시간을 따라 정렬되지만, 화살은 사방에서 날아든다. 우리가 거의 이해하지도 못한 것들이 자꾸만 되돌아와 우리를 위해 우리를 상처 입히는 동안 우리는 죽음을 향해 나아간다.

내 소설은 순환적이다. 시작이 있다. 중간도 있다. 결말도 있다. 하지만 시작점부터 목적지까지 로마 도로처럼 쭉 뻗어 나가지는 않는다. 현재로서는 목적지가 어디일지는 정해지지 않았다. 만약 의미라는 것이 있다면 그것이 가운데에 있다는 것은 확실하다.

나는 두려움이 없고 따라서 강력하다.

뭐라고? 바이런이 말했다.

내 소설 구절이야……. 이제 시작해도 될까?

내가 꼭대기에 올랐을 때는 정오가 다 되어 있었다. 나는 저 아래의 골짜기를 내려다보았다. 골짜기 사이로 흐르는 강에서 드넓게 피어오르는 안개가 맞은편 산들 주위로 두꺼운 화환을 두르듯 구물거리고 있었다. 그 산들의 정상은 결이 고른 구름장에 감춰져 있었고, 어두운 하늘에서는 비가 쏟아졌다. 이내 산들바람 한 줄기가 구름을 흩트렸고 나는 빙하로 내려갔다. 얼음 표면이 너무 울퉁불퉁해서 험한 바다에 일렁이는 파도 같다.

1리그* 너머 장엄하기 그지없는 몽블랑산이 솟아 있었다. 나는 바위에 난 우묵한 공간 안에 남은 채 저 근사하고 거대한 풍경을 바라보았다. 바다, 더 정확히 말하면 광대한 얼음의 강이 그것에 의존하는 산들 사이로 굽이굽이 이어졌고 산꼭대기들은 후미진 기슭들 위에 떠 있었다. 얼음에 뒤덮인 봉우리들이 구름 너머에서 햇빛을 받아 반짝거렸다. 이전에는 슬펐던 내 가슴이 이제는 기쁨에 가까운 무언가로 부풀어 올랐다. 나는 외쳤다. "떠도는 영혼들이여, 그대들이 정녕 방황하고 있다면, 그대들의 비좁은 침대에서 쉬고 있지 않다면, 내게 이 희미한 행복을 허락해 주오. 아니면 그대들의 벗으로서 나를 이 삶의 기쁨으로부터 데려가 주오."

내가 이 말을 했을 때, 문득 멀찍이서 초인적인 속도로 나를 향해 다가오는 어떤 사람의 형상이 보였다. 얼음에 난 균열들을 펄쩍 뛰어넘으며 달려오는 그는 보통 사람보다 키가 훨씬 큰 것 같았다. 그 형상이 더 가까워지자 나는 깨달았다. 그것이 내가 창조한 몹쓸 존재라는 것을…….

* 약 4킬로미터.

인공: 인간이 만들거나 생산한 것.

지능: 지성, 정신, 두뇌, 두뇌들, 지적 능력, 추리 능력, 판단력, 이성, 추론, 이해, 이해력, 감각, 기지, 지각, 통찰력, 총명, 명민, 간파, 안목, 영리, 기민, 눈치 빠름, 똑똑함, 약삭빠름, 영악, 직관, 예리, 주의 깊음, 머리 좋음, 재기(才氣), 소질, 능력, 재능, 재주.

논리, 이해, 자각, 배움, 정서 지식, 추론, 계획, 창의, 문제 해결 능력.

자기 삶에 관련된 현실 세계의 환경에 합목적적으로 적응하고, 그것을 선택하고 형성하는 데 들어가는 정신적 활동.

실용 지능: 변화하는 환경에 적응하는 능력.

지능이 나를 쫓아오고 있지만 지금까지 나는 그것을 이겼다.

나는 내가 아무것도 모른다는 것을 알기 때문에 똑똑하다는 것을 안다.

라이?

네?

나 폴리예요. 폴리 D.

내 번호는 어떻게 알았어요?

당신 이메일 하단에 있던데요.

오. 그렇군요.

빅터 스타인에 대해 이야기해 줬으면 해요.

이미 말했는데…….

그는 보이는 것과 다른 사람이에요. 적어도 뭔가 더 있는 건 분명해요. 지금으로선 뭔가 덜 있다고 해야겠네요.

무슨 말이죠?

제네바에 등록된 한 회사 말고는 다른 이력을 찾을 수가 없어요. 부모도, 과거도 오리무중이에요.

미국에서 일했었는데요…….

네, 그랬죠. 그런데 버지니아 공대에서의 기록이 DARPA에서의 기록과 맞지 않아요.

군사 관련 일을 하면 기록이 조작될 수 있죠. 내가 말했다.

그렇긴 해요. (그녀가 머뭇거렸다.) 하지만 왜일까요?

저는 모르고, 알고 싶지도 않아요. 어째서 그렇게 관심이 많은 거죠?

어째서 당신은 관심이 없는데요?

친구니까요.

그를 사랑한다고 해서 그를 보호하지는 마요.

이야깃거리를 찾는다는 이유로 그를 추적하지 마시죠.

나는 전화를 끊었다.

메리?

응?

당신 잠꼬대했어. 잠을 얼마나 설치던지!

내 소설이 나를 괴롭히고 있어. 그게 내 정신의 주인이야.

이제 쉬어! 소설일 뿐이잖아.

당신이 그렇게 말을 해? 하고많은 사람 중 당신이?

그래.

우리가 우리 생각으로 빚어진다고, 우리 생각이 곧 우리의 현실이라고 믿는 당신이?

그렇게 믿는 건 사실이야.

이 소설이 내 현실이 됐어. 그것 때문에 잠도 못 자고 먹지도 못하겠어.

이 브랜디 좀 마셔.

그를 본 것 같아.

누구?

빅토르 프랑켄슈타인. 오늘 아침 시장에서.

그는 제네바 출신이었지?

맞아. 그러니까 여기 있는 게 놀랍지는 않지.

메리, 그는 산 사람이 아니야.

그래?

이제 자. (그가 내 손을 잡았다.) 이 환상을 털어 버려.

현실은 지금이다.

그것들을 버린다면 안타까운 일이 될 거야. 빅터가 말했다.

나는 배송된 인체 기관들을 그에게 가져다준 참이었다. 응급실에서 일하는 데에는 나름의 이점이 있다.

우리는 맨체스터에 있는 빅터의 사무실에 있었다. 맨체스터에서는 늘 그렇듯 비가 내리고 있었다.

조립식 인간. 가능한 일이지. 빅터가 냉장실에서 팔다리, 반만 남은 다리, 반만 남은 팔 들을 꺼내며 말했다. 라이, 인간을 팔다리와 장기들의 조합이라고 본다면, 인간이란 대체 뭘까? 머리만 붙어 있다면 나머지 것들은 거의 다 없어져도 상관없지, 안 그래? 그런데도 너는 육체에 얽매이지 않은 지능이라는 개념을 싫어하잖아. 그건 비합리적이야.

우리는 우리의 육체란 말이야. 내가 말했다.

그 생각엔 모든 종교가 반대하는데. 물론 계몽주의 이후로 과학은 종교와 의견을 달리했지. 하지만 이제 우리는 인간이라는 의미가 무엇인가에 대해 더 깊은 통찰로 돌아가고 있어. 아니면 도달하고 있다고 해야 할까? 나는 우리가 트랜스휴먼으로 가는 단계에 있다는 얘기를 하는 거야. 조금만 겸손해져 봐. 그러면 더 명료하게 생각할 수 있을 테니까.

강의 고마워. 내가 말했다.

나는 그저 도와주려고 하는 거야. 빅터가 말했다. ……이 다리 잘생겼네. 누구 거지?

오토바이 사고. 젊은 여자 거야.

내가 레일리스 프로스테틱스와 함께 개발 중인 인공 기관들은 관절들로 완전히 연결될 거고, 기존 동작에 빠르게 반응할 거야. 빅터가 말했다. 새로운 다리는 스마트 삽입물로 프로그래밍돼서 원래 다리처럼 걸을 수 있을 거고. 우리 모두 자기만의 걸음걸이가 있잖아.

그는 손들이 담긴 봉투의 지퍼를 열고 한 개를 자기 얼굴 앞에 들어 올리더니, 뻣뻣하고 얼룩덜룩한 손가락들 사이로 나를 바라보았다. 얼굴 윤곽이 가려진 그의 눈이 야행성 동물처럼 부리부리하게 빛났다.

그만 좀 하지? 내가 말했다.

그는 자기 손으로 그 손을 악수하듯 잡았다. 보이지 않는 몸이 그 자리에 있는 것처럼. 그가 말했다. 손은 매혹적이야. 동물 앞발과 발톱을 생각해 봐. 그리고 사람 손의 진화적 이점들을 생각해 봐. 더 나아가서 우리 손과 같은데, 초인적 힘을 가진 손이 있다고 상상해 봐.

너를 으스러뜨리기에 훨씬 낫겠네. 내가 말했다.

오늘 명랑하네. 그가 말했다.

시체 도둑 노릇을 하자니 내 삶의 즐거움이 망가지는 것 같아.

좋은 목적으로 하는 일이잖아.

그는 죽은 손의 손가락들을 앞뒤로 구부리며 말을 이어 갔다. ……손은 큰 도전이야. 그걸로 화가의 능력을 테스트할 수도 있지. 그 화가가 손을 그릴 수 있느냐, 없느냐.

인간의 손은 믿을 수 없을 만큼 능수능란해. 지금까지 심지어 핸슨 로보틱스도 완벽한 로봇 손가락을 구현해 내지 못했다고. 소피아의 손은 그럴싸하지. 하지만 로봇이라는 게 티가 나잖아.

확실히 티가 나지! 내가 말했다. 티가 나지 않는 때가 올 거라고 생각해?

음, 그게 튜링 테스트잖아, 안 그래? 빅터가 말했다. 튜링은 로봇이 아니라 인공 지능을 염두에 둔 거긴 하지만, 아무튼 그의 주장은 인공 지능이 우리와 대화하면서 자기가 인간이라고 우리를 속일 수 있다는 거였어. 지금 우리가 시리, 라모나, 알렉사 등의 챗봇과 나누는 대화보다 발전한 형태라고 할 수 있겠지. 그때라면 우리는 똑같은 생명체가 될 거야.

그러면 좋을 것 같아, 빅터? 똑같은 생명체가 되는 게?

로봇이랑? 개인적으로 나는 로봇들이 삽입물로 개조된 인간들보다 하등한, 완전히 별개 생명체로 개발되는 편이 좋아. 우리와 동등한 존재가 아니라 우리를 도와주고 돌봐 주는 존재로.

하지만 형체를 갖춘 인공 지능에 대해 얘기하자면…… 누가 인간이고 누구는 인간이 아닌지 구분하기 어려울 것 같은데. 더 흥미로운 지점은, 인공 지능은 과연 상대방을 구별할 수 있을까? 이 문제는 양쪽 모두에게 적용되는 것 같아.

인공 지능은 분명 우리 이익을 위해 존재하는 거잖아?

그가 미소 지었다. 굉장히 식민주의적인 발상이네.

나는 너한테 항상 하등하고 웃기는 인간이야, 빅터?

그가 내게 다가와 손을 들어 — 그 아름다운 손을 — 내 목 뒤에 올렸다. 미안한 듯했다.

놀린 거였어. 용서해 줘. 내가 하고 싶었던 말은, 이 모든 논쟁, 신문 기사, 텔레비전 다큐드라마, 유언비어, 열광적인 기크들의 모임, 냉철한 중국 과학자 들까지 전부, 우리는 모든 문제를 우리 인간의 관점으로 보려고 한다는 거야. 자식의 미래를 계획하는 이기적인 부모들처럼. 그 자식들이 어떻게 독립적으로 성장할지에 대해서는 생각도 안 하는 거지.

우리 자식들? 너는 그들을 그렇게 부르는 거야?

그래, 우리의 정신적 자식들이지.

그는 호리호리하고 우아한 몸을 뒤로 젖혀 앉았다, 언제나처럼 초연한 태도로. 그리고 말했다. 잠깐이라도 생각해 봐. 새로운 생명체가 우리와 함께 사는 게 어떤 경험일지…… 단순히 우리가 사용하는 도구로서가 아니라, 우리와 함께 살아가는 존재로.

섹스봇 말이지! 내가 말했다. 론 로드의 유토피아!

망할 섹스봇 따위는 집어치워. 빅터가 말했다. 그건 장난감이야. 엑스박스, 섹스박스. 하찮은 거라고.

남자들이 섹스봇과 결혼하기 시작하면 얘기가 다르지…….
(나는 그의 신경을 거스르고 싶다.) 론 로드, 개인의 자유를 사수하는 새로운 영웅. 이종족 간 결혼에 평등한 권리를!

(빅터가 나를 죽이려는 게 아닌가 싶다.)

라이, 내 말 듣고 싶은 거야, 아니야?

그냥 말해 본 것뿐이야.

빅터는 산란해진 자아 감각을 추스른다. 나는 그를 사랑하지만 그는 병적으로 자기중심적인 사람이다. 그가 내 마음을 읽을 수 없으니 다행이다. 좋아, 빅터. 계속해 줘. 고마워.

빅터가 말을 잇는다.

현재로서 컴퓨터는 대량의 정보를 고속으로 처리하는 데 극적으로 뛰어나지. 프로그램을 짜면 마치 컴퓨터가 우리와 상호 작용하는 것 같은 기분이 들어. 재밌는 일이지. 하지만 사실 컴퓨터는 우리가 인간에게 기대하는 방식으로 우리와 상호 작용하지 않아. 그런데 스스로 성장한, 소위 의식이라는 것을 나름의 형태로 갖춘 프로그램이, 화면 너머에 정확히 누가 혹은 무엇이 있는지를 깨닫는다면 — 동사 '깨닫다'의 인간적 의미 그대로 깨닫는다면, 어떻게 될까?

우리를?

우리를.

그가 자기 컴퓨터 모니터를 켰다.

뉴욕 노점상에서 바나나를 사는 고릴라가 나오는 스크린 세이버가 떠 있다.

그가 말했다. 인간은 부패한 상류층 같아질 거야. 황폐해져 가는 과거라는 이름의 영예로운 대저택을 갖고 살겠지. 지구라고 불리는, 그다지 잘 돌보지 못한 땅을 가질 테고. 그리고 좋은 옷들도 좀 있을 테고, 이야깃거리도 많을 거야. 우린 몰락해 가는 귀족이 될 거야. 좀먹은 실크 드레스를 입은 블랑시 두보아*처럼. 케이크를 먹지 못하는 마리 앙투아네트처럼.

나는 그가 이야기하는 것을 지켜보았다. 그가 이야기하는

* 『욕망이라는 이름의 전차』에 등장하는 몰락한 미국 남부 명문가 영애.

것을 지켜보는 일은 무척 즐겁다. 한편 그는 누군가가 자신을 바라보는 것을 즐긴다. 그는 쇼맨이다.

그는 인체 기관들이 든 봉투 무더기 쪽으로 건너가, 들고 있던 절단된 손을 지퍼백에 도로 넣고 봉하며 말했다. 공포 소설 중에 잘려 나간 손이 자기만의 삶을 산다는 이야기가 있어. 좀 추악한 삶이라고 해야겠지만. 사람들 목을 조르고, 아이들을 겁주고, 수표를 위조하는 등등. 오늘날이라면 트위터에서 사람들을 괴롭히는 짓도 했을걸.

내가 말했다. 론 로드는 자위해 주는 손을 만들고 있다고 하던데.

빅터가 소리 내어 웃었다. 그래, 그거 사업에 도움되겠네. 몸에 붙은 손이래, 아니면 따로 떨어진 손이래?

안 물어봤어.

빅터가 나를 가까이 끌어당겼다. 시체 토막들 사이에서 살아 있는 생물인 나를.

너만큼 잘하진 못할 거야. 그가 말했다.

내가 잘해?

아주 잘하지.

그가 내 손을 자기 살으로 가져갔다.

너한테 나는 이런 거야?

손이냐고? 아니.

성적 대상 말이야.

우리가 하는 거 너도 좋아하지 않아? (그는 바지춤에서 성기를 꺼냈다.)

좋아하는 거 알잖아. (나는 내 손바닥에 침을 뱉었다.)

그런데 왜 쾌락을 부인해?

고통을 피하기 위해서. (이렇게 해 주면 그는 사정하는 데 사 분이 걸린다.)

그가 말했다. 네가 이렇게 해 줄 때는 널 논리적으로 설득할 수가 없어.

느린 손놀림을 그는 좋아한다. 내가 그의 어깨에 머리를 얹는 것을 그는 좋아한다. 자기 손을 내 엉덩이에 올리는 것을 그는 좋아한다. 그의 향기를 나는 좋아한다. 두 발 동물. 몸 없이 살고 싶어 하는 남자. 그리고 나는 그의 몸을 왼손으로 쥐고 있다.

그가 말한다. 안에 해도 돼?

응.

그가 스테인리스 스틸 벤치에 앉는다. 두 손으로 벤치 뒤를 잡아 몸을 지탱한다. 나는 그의 위에 앉는다. 이제 그의 머리가 내 가슴에 기대어 있다. 나는 어떻게 움직여야 하는지 안다. 그가 사정한다.

사랑해. 그가 말한다.

나는 이 순간을 붙잡고 싶다. 그 말을 믿고 싶다. 그의 사랑에 소금이 충분히 들어 있어서 내가 그 위에 뜰 수 있었으면 좋겠다. 그 안에서 필사적으로 헤엄치고 싶지 않다. 그를 믿고 싶다. 나는 그를 믿지 않는다.

너는 나라는 개념을 사랑하는 거야. 내가 말한다.

네가 혼성이라서?

그래. (우리는 이 대화를 전에도 했다.)

너는 인간이기도 하잖아. (내 머리카락을 쓰다듬는다.)

그건 너한텐 하나의 과정일 뿐이잖아…….

그가 나를 두 팔로 안는다. 가까이 끌어당긴다. 그에게서 바질과 라임 냄새가 난다. 그가 말한다. 그게 뭐 어때서? 인간은 진화했어. 지금도 진화하고 있고. 지금 있는 유일한 차이라면 우리가 우리 자신의 진화를 부분적으로나마 사고하고 설계하고 있다는 거야. 더 이상 대자연을 기다리지 않는 거지. 우리는 모두 성장해야 해. 어떤 생물종이든 다 성장하게 되어 있어. 가장 건강한 개체가 생존하는 게 아니야. 가장 영리한 개체가 생존하는 거지. 우리는 가장 영리해. 다른 어떤 종도 스스로 운명을 손볼 수 없어. 그리고 너, 라이, 네가 근사한 남성이든 여성이든 무엇이든 간에, 성전환을 했다는 건 분명하지. 너는 너 자신의 진화에 개입하기로 결정한 거야. 너는 네 가능성들을 앞당겼어. 그게 내겐 매력적이야. 어떻게 매력적이지 않을 수 있겠어? 너는 이국적이면서 한편으로는 현실적인걸. 지금 여기에 있는, 미래의 전조인 거지.

나는 반박하고 싶지만 그러기에는 너무 흥분된다. 그리고 나는 그를 원한다.

이제 내가 그를 이용할 차례다. 나는 반쯤 단단한 상태인 그에게 내 5센티미터짜리 클리토리스를 부딪는 것을 좋아한다. 나는 바나나를 사는 고릴라를 보면서 그의 위에서 몸을 움직인다. 내 오르가슴은 남자처럼 폭발하듯 일어나지 않고 여전히 여자처럼 파도치듯 몰려오며, 남자보다 더 오래간다. 처음으로 몸에 변화가 일어날 정도의 용량으로 테스토스테론을 맞기 시작했을 때, 오르가슴은 마치 얻어맞는 것처럼 아프고, 너무 강렬하고, 너무 짧고, 걷잡을 수 없었다. 피하려고 해 봤지만 그러지 못했다. 섹스에 대한 욕구가 너무 강했다. 그것도 차차 균형이 잡히긴 했다. 하지만 여전히 나는 그것을 원하고, 또 필요로 한다. 그와 함께.

오르가슴이 온다. 의식이 반쯤 흐려진다. 섹스라는 마약을 한 순간. 나 자신을 잊는다. 나는 그의 위에서 더 부드럽게 움직이며 직접적 자극의 끝자락까지 밀어붙인다.

난 네 자지가 좋아. 나는 그에게 말한다. 네가 상자 안에 든 뇌가 되어 버린다면 자지가 그리워질 거야.

내가 그리워할 거라는 거야, 네가 그리워할 거라는 거야? 그는 나를 밀어내고 성기를 바지 안에 단정히 집어넣어 왼쪽으로 갈무리하며 말한다. 섹스는 머릿속에서 일어나는 거야.

그럴 리가. 네 자지에서 일어나는 일인 줄 알았는데.

쾌감 수용기는 어디에든 있을 수 있어. 그가 말했다. 상자 안에 든 뇌에도.

좋아. 그럼 네가 상자 안에 든 뇌라고 한번 상상해 보자, 그냥 재미 삼아서. 그러면 세상을 경험하기 위해 어떤 몸을 선택할 거야?

그가 말한다. 나는 남자 몸 안에 있는 게 좋아. 그 부분을 바꾸지는 않을 거야. 적어도 몸이라는 것이 아예 필요 없게 되기 전까지는. 하지만 몸이 있기는 있다면, 음, 한 가지 개조하고 싶은 부분은…… 날개가 있었으면 좋겠어.

나는 웃지 않으려고 애쓰지만 주체할 수가 없다.

날개? 천사처럼?

그래, 천사처럼. 그 권능을 상상해 봐. 그 풍채도.

어떤 색깔 날개?

금색은 안 돼! 리버라치*처럼 보일 거 아니야. 나는 게이가 아니라고.

정말 그런가? 내가 그의 고환을 움켜쥐며 말했다.

나는 게이가 아니야. 네가 게이가 아닌 것처럼.

나는 내가 성별 이분법에 속하지 않는다고 생각하는데. 내가 말했다.

그렇긴 하지. 그가 고개를 끄덕였다.

그래. 하지만 너는 속하지. 날개가 있든 없든, 천사든 인간이든, 너는 게이가 되고 싶지는 않은 거야. 맞지, 빅터?

* Liberace(1919~1987). 미국의 피아니스트이자 가수로, 화려하고 독특한 의상으로 유명했으며 동성애자로 알려져 있다.

그는 벽에 달린 거울로 건너가 머리를 빗는다. 이 대화가 마음에 들지 않는 기색이다. 이건 내가 뭘 원하는지의 문제가 아니야. 새 차를 사는 것과는 다르잖아. 내가 누구인지, 즉 정체성의 문제라고. 우리는 섹스를 하지만, 섹스할 때 너는 내게 남자로 느껴지지는 않아.

어떻게 알아? 남자랑 섹스해 본 적 없잖아……. 아니야?

그는 대답하지 않는다.

내가 말한다. 아무튼 나는 남자처럼 보이잖아.

그가 거울 속에 비친 내게 미소 짓는다. 나도 거울 속에서 그의 뒤에 있는 나 자신을 볼 수 있다. 우리는 포즈를 취한 것처럼 보인다.

그가 말한다. 너는 소녀인 소년처럼 보이고 소년인 소녀처럼 보여.

그럴지도 모르지.(그렇다는 걸 나는 안다.) 하지만 우리가 같이 밖에 있으면, 좋든 싫든 간에 세상은 우리를 남자들로 봐.

너는 남근이 없잖아.

론 로드처럼 말하네!

그 말을 들으니 생각나네. 그에게 전화해야 하는데. 아무튼, 이건 전에도 했던 얘기인데 또 해야겠군. 만약 네게 남근이 있었다면, 애리조나의 샤워실에서 있었던 일은…….

그리고 샤워 후에 네가 날 박아 줬을 때…….

그가 내 입술에 손가락을 대 침묵시키고는 말한다. 그 일은 절대로 일어나지 않았을 거야.

그가 커피 머신으로 걸어가 물통을 만지작거린다.

내가 말했다. 몸이 일시적이고, 심지어 교체 가능한 것이라면, 내가 누구인지가 왜 그렇게 중요하지?

그는 대답하지 않았다. 그는 찬장에 머리를 집어넣고 네스프레소 캡슐을 찾고 있었다. 나는 그가 이대로 넘어가게 놔두고 싶지 않았다.

그래서 빅터, 만약 내가 하체 수술을 받기로 하고 나만의 자지를 달고 집에 온다면, 너는 더 이상 나를 원하지 않을 거라는 얘기야?

그가 일어서서 내게 몸을 돌렸다.

일 년에 500파운드 그리고 자기만의 자지…….

무슨 얘기를 하는 거야, 빅터?

너는 교양이 너무 없어. 그가 말했다. 과학을 해서 그런가 봐.

너도 과학을 했잖아!

놀리는 거야, 라이. 넌 책을 안 읽잖아. 나는 읽는 걸 좋아하고. 그건 프로그래밍에서 일어나는 일을 이해하는 유일한 방법이야. 마치 우리가 예언된 무언가를 실현하고 있는 것 같다고 할까. 변신. 실체 없는 미래. 영원한 삶. 자연의 부패에 종속되지 않는 전능한 신들.

오, 닥쳐, 이 재수 없는 새끼야! 나는 현실적인 뭔가를 말하려고 했던 거라고.

그는 나를 무시하고 계속 말했다. 그래서, 구체적으로 말하자면(그는 닥칠 생각이 없었다.) 버지니아 울프는 『자기만의 방』이라는 에세이를 썼어. 그녀는 여성들이 창조력을 발휘하기 위해서는 자기만의 방과 자기만의 돈이 필요하다고 주장했지.

맞는 말이네 내가 말했다

울프가 최초의 트랜스젠더 소설을 썼다는 것도 알고 있었어? 빅터가 말했다. 『올랜도』라고 하는 소설이야. 내가 예쁜 하드커버 판으로 한 권 사 줄게.

넌 내가 장난감이라고 생각하지?

내가 뭘 생각하는지 모르겠는데. 애리조나에서 처음 섹스했을 때 말했잖아. 너는 방정식을 깨뜨렸다고.

무슨 방정식?

내 방정식.

나는 아무 말도 하지 않는다. 그가 그의 세상의 중심이니까.

나는 그에게 영향을 미쳤다. 그리고 그는 자신이 나에게 어떤 영향을 미쳤는지 전혀 궁금해하지 않는다. 그는 자신이 창조한 것들을 통제할 수 있다. 하지만 나는 그가 창조한 것이 아니기에 그는 불확실한 느낌을 받는 것이다.

그때 그의 어깨가 축 처진다. 당황한 듯, 쫓기는 듯 보인다. 그는 처진 자신의 어깨를 보더니, 문 쪽을 돌아본다. 마치 기대하는 듯…… 무엇을?

그가 말한다. 그래도 나는 너를 정말 사랑해! 오래가지는 않겠지만 지금은 그래. 그래, 이건 진짜야. 바로 지금은.

왜 오래가지 못해? 왜 그렇게 비관적이야?

비관적인 게 아니야. 그가 말한다. 확률의 문제지.

어떻게 그런데?

그가 말한다. 전 세계 역사상 1070억 명이 살다가 죽었어. 지금 살아 있는 사람은 76억 명쯤 되고. 즉 인간 중 93퍼센트가 태어났다가 죽었다는 뜻이야.

놀랍고 좀 슬픈 얘기네. 그래서 뭐? 내가 말한다.

오, 마술적 사고가 유행하는 오늘날의 세태란. 온갖 데이팅 사이트, 싸구려 로맨스 소설, 감상적 사랑, 솔메이트라는 기묘한 개념까지. 딱 맞는 사람. 유일한 사랑……. 세상에 유일한 사랑 같은 것은 없기를 바라야지. 마술적 사고 대신 숫자를 활용해 보면, 그 특별하고도 유일한 사랑은 아마 죽었을 테니까. 건널 수 없는 시간 너머에 떨어져 있을 거라고.

나는 너한테서 떨어져 있지 않잖아. 나는 인체 기관들이 든 가방을 보며 말한다.

아, 하지만 네 심장은 어디에 있는데, 라이? 그 가방 안에 있나?

너한테 내 심장을 주길 바라는 거야?

준다고? 아니. 내가 빼앗고 싶은데.

(나는 거북해진다. 그가 손을 뻗어 내 심장께에 얹는다.)

그걸로 뭘 하려고?

검사하려고. 사랑은 심장에 있지 않나?

그렇다고들 하지…….

그렇지. 사람들은 내 콩팥을 다 바쳐 사랑해, 라고 하지 않잖아. 내 간을 다해 널 사랑해, 라든지. 내 쓸개는 오로지 네 거야, 라고도 하지 않지. 그녀가 내 맹장을 찢어 버렸어, 라고 하지도 않고.

심장이 멈추면 우린 죽어. 내가 말한다. 심장은 우리의 핵심이야.

심장이 없는 비생물적 생명체들이 우리 사랑을 얻으려고 한다면 어떨지 생각해 봐.

그렇게 될까?

난 그럴 거라고 봐. 빅터가 말했다. 모든 생명체는 애착을 가질 수 있으니까.

근거가 뭐야?

번식은 아니야. 경제적 필요성도 아니고. 결핍도 아니고. 가부장제도 아니지. 젠더도 아니고. 두려움도 아니야. 근사할 거야!

빅터, 그러면 비생물적 생명체들이야말로 우리보다 더 순수한 형태의 사랑을 할 수 있으리라는 거야?

나야 모르지. 빅터가 말했다. 묻지 마. 사랑은 내 전문 분야가 아니니까. 내 말은 다만 사랑이 인간만의 것은 아니라는 얘기야. 고등 동물들이 그 사실을 증명하잖아. 그리고 더욱 결정적인 것은, 우리가 신이 곧 사랑이라고 배운다는 점이야. 알라는 사랑이라지. 하느님과 알라는 인간이 아니잖아. 가장 고귀한 가치로서의 사랑은 인간만의 원칙이 아니야.

정확히 무슨 말을 하고 싶은 거야?

그냥, 사랑엔 한계가 없다고. 여기까지는 사랑이고 그다음부터는 사랑이 아니다, 그런 건 없어. 미래가 가져올 것은 사랑의 미래이기도 할 거야.

그는 창가로 가서 옥스퍼드 거리를 오가는 버스들을 지켜본다. 거기 실린 사람들은 티타임이나 내일이나 다음 휴가 이후의 미래에 대해서는 — 그 외에도 어둠 속에서 그들을 기다리는 두려움 너머의 미래에 대해서는 생각하고 있지 않을 것이다. 비가 내리고 있다. 그게 대부분의 사람들이 생각하는 주제다. 우리 삶의 크기는 우리를 꼼짝 못 하게 에워싸지만 한편으로는 우리를 지켜 주기도 한다. 우리의 작은 삶들 — 닫히고 있는 문 아래 틈으로도 통과할 수 있을 만큼 작은 삶들.

그가 말한다. 우리를 상상해 봐. 다른 세상, 다른 시간의 우리를. 상상해 봐. 나는 야망이 있어. 너는 아름답고. 우리가 결혼해. 너는 야망이 있고, 나는 불안정해. 우린 작은 도시에서 살아. 내가 널 방치해. 넌 외도를 해. 나는 의사야. 너는 작가야. 나는 철학자고, 너는 시인이야. 나는 네 아버지야. 네가 도망쳐. 나는 네 어머니야. 나는 아기를 낳다가 죽어. 네가 나를 창조해. 난 죽을 수 없어. 너는 젊어서 죽어. 우리는 우리 자신에 대한 책을 읽으면서 우리가 존재하기나 했을까 궁금해해. 너는 손을 내밀어. 나는 그걸 잡고. 네가 말해. 이건 축소판 세계야. 너라는 작은 세계가 나의 지구야. 나는 네가 아는 것이야. 우리는 한때 함께였고 언제나 함께야. 우리는 갈라놓을 수 없어. 우리는 떨어져서만 살 수 있어.

이거 사랑 이야기야? 내가 그에게 묻는다.

그리고 비가 유리창에 흘러내리는 동안 나는 그를 믿는다.

비가 유리창에 흘러내리는 동안, 한 방울씩 한 방울씩 흐르는 동안, 나는 우리가 삶을 함께하기를 소망한다.

그가 나를 끌어당긴다. 내 몸과 마찬가지로 그의 몸은 60퍼센트가 물로 이루어져 있다. 몸은 곧 흐름이다. 건강한 몸이 그렇다는 뜻이다. 내가 만나는 몸들은 걸쭉해지고, 응어리지고, 굳어지고, 멎고, 지연되고, 울혈되고, 중단되고, 기름이 끼고, 파묻히고, 막히고, 부풀고, 마지막으로, 차가워져 가는 핏속에 서서히 고인다.

그가 말했다. 우린 여기서 사라져서 어딘가에서 새로 출발할 수도 있을 거야. 섬이라든지. 낚시도 하고, 해변에 식당을 차리고, 해먹에 같이 누워서 별이나 보면서.

우린 못 그럴 거야. 내가 말했다. 넌 야망이 있으니까.

내가 변할 수도 있지. 이만하면 충분한 것일 수도 있어.

네 몸은 썩어 갈 테고 죽을 거야. 넌 그걸 좋아하지 않겠지.

우리가 같이 죽을 수도 있잖아. 내가 나 자신을 해방시킬 수 있을 만큼 오래 살 성싶지는 않아.

이 경주는 그걸 위해서야?

맞아. 시간에 맞서는 경주야. 나는 오래 살아서 미래에 도달하고 싶거든.

나는 그를 찬찬히 뜯어보았다. 빅터에게는 따로 숨겨진 삶이 있는 듯한 느낌이 든다. 그를 외국어로 읽고 있는 것만 같다. 내가 얼마나 많은 의미를 놓치고 있을까?

나는 그에게 말했다. 이 모든 인체 기관들…….

그래……. 고마워.

이 모든 걸로 뭘 해?

내 나노봇*들이 가지고 놀지. 내 작은 의사들. 호기심 많은 센서를 장착한 사랑스러운 컴퓨터 프로그램들이 피부 전체를 구석구석 훑어서 지도를 만들어.

그리고 또, 빅터?

그는 뭔가 말을 하려는 듯 나를 보지만 결국 말하지 않는다. 나는 묻는다. 어째서 내가 너의 버크와 헤어**가 되어 주길 바라는 거야? 19세기에 삽과 자루로 시체를 도둑질하던 사람처럼 나를 활용하는 이유가 뭔데? 왜 그렇게 비밀스러워? 수수께끼 같고?

꼭 물어야 해? 그가 말한다. 푸른 수염 이야기 잊지 마. 세상엔 열지 말아야 할 문이라는 게 있는 법이야.

철문 하나가 쾅 닫히는 것이 보이는 듯하다.

말해 줘, 빅터.

그가 말을 멈춘다. 머뭇거린다. 그는 번쩍이는, 야행성 동물 같은 부리부리한 눈으로 나를 뚫어져라 본다. 그리고 말

* 나노 기술과 로봇 기술의 접합으로 등장한 극소 단위의 로봇.

** 1828년 스코틀랜드에서 사람을 죽여 시체를 의대에 실험용으로 팔아넘긴 살인범들.

한다. 여기 대학 말고 다른 곳에 또 다른 실험실이 있어. 지하에. 맨체스터에는 깊은 터널이 여럿 있지. 맨체스터 아래에 맨체스터가 또 있다고 해도 좋을 정도야.

이 일에 대해 누가 알아?

내 일에 대해? 조금. 많지는 않아. 누가 알 필요가 있겠어? 사람들은 일을 너무 면밀히 검사하고, 관찰하고, 상호 검토하고, 협업하는 데다가, 채워야 할 서식도 많고, 보조금, 경과 보고, 감독 기관, 평가 기관, 심사관, 위원회, 회계 감사에다가, 대중의 관심에 언론까지 붙지. 때로는 일을 좀 더 신중하게 할 필요가 있어. 닫힌 문 안에서.

왜? 내가 묻는다. 뭘 숨겨야 하길래?

프라이버시와 비밀 사이의 차이는 뭐지?

왜 이래, 빅터! 말장난하지 마.

네가 알고 싶은 게 뭔데?

무슨 일이 일어나고 있는지.

직접 보고 싶어?

그래, 보고 싶어.

좋아. 하지만 명심해, 시간은 되돌릴 수 없다는 걸. 네가 알게 될 사실을 돌이킬 수는 없어.

그가 코트 걸이에서 코트를 집어 들었다. 그는 슈퍼맨이 아니다. 나는 로이스 레인이 아니다. 그는 배트맨이 아니다. 나는 로빈이 아니다. 그는 지킬인가? 하이드인가? 드라큘라

백작만이 영원히 산다.

빅터가 말했다. 뱀파이어가 역겨운 까닭은 그들이 영원히 살기 때문이 아니라, 영원히 살지 않는 사람들을 잡아먹으며 살기 때문이야.

내가 무슨 생각 하는지 어떻게 알았어? 내가 말했다.

그는 내 질문에는 대답하지 않고 말했다. 뱀파이어들은 석탄 발전소와도 같아. 내가 살 영원한 삶은 청정에너지를 쓸 거야.

그는 창밖을 내다보았다. 뒷문으로 나가야겠어. 그 빌어먹을 여자가 또 와 있군.

빌어먹을 여자라니?

기자 말이야.

나는 그의 옆에 다가선다. 아니나 다를까. 길 건너편에서 비를 피하고 있는 여자. 폴리 D.

도통 포기하질 않는데. 그냥 인터뷰 한번 해 주지 그래?

빅터가 애매한 눈초리로 나를 보았다. 그녀가 네게도 접근했어, 라이?

뭐 하러 그러겠어?

그가 어깨를 으쓱했다. 가자고.

우리는 그의 사무실을 벗어나, 대학의 생명 공학 건물들 사이에 번듯하게 자리 잡은 연구소 밖 빗속으로 나갔다. 그리고 택시를 잡아타고 옥스퍼드 거리에서 조지 거리로 향했다.

빅터가 말했다. 내가 너에게 보여 줄 터널과 방공호 들은 1950년대에 NATO에서 나온 돈으로 지은 거야. 당시에는 어마어마한 돈이었어. 400만 파운드 정도. 그 미로에는 도시를 박살 낼 만한 원자 폭탄이 투하돼도 파괴되지 않을 통신 네트워크가 매설되어 있지. 거기엔 발전기, 연료 탱크, 비상 식량, 합숙소, 심지어 술집도 있어. 런던과 버밍엄에도 똑같은 구조물들이 있지. 그 모든 게 NATO 냉전 전략의 일환이었어.

다 돈 낭비였네. 내가 말했다. 유럽은 다시 지을 필요가 있었어. 맨체스터에는 1960년대까지만 해도 버려진 폭격 지역들이 있었으니까.

맞아. 빅터가 말했다. 파시즘에 맞선 싸움은 승리했지만, 영국과 미국을 정말로 움직인 것은 공산주의에 맞선 싸움이었어. 세계에서 가장 큰 자본주의 민주 국가들은 시장의 권리 외에 그 어떤 사상에도 관심이 없었지.

너는 공산주의자일 것 같지 않은데.

공산주의자는 아니야. 빅터가 말했다. 그리고 과학계는 극도로, 우울할 정도로 경쟁이 심하지. 하지만 나는 인간 정신에 호의적이거든. 마르크스가 맨체스터에서 체류하면서, 그리고 이곳에 공장을 소유했던 엥겔스와 교유하면서 『공산당 선언』을 쓰는 데 필요했던 재료를 얻었다는 점이 흥미를 끌어.

19세기 맨체스터에는 물도 하수도도 창문도 없는 지하 주거지들이 1만 5000곳이나 있었다는 거 알아? 그리고 세상에서 가장 부유한 도시의 부를 굴러가게 하느라 하루 열두 시간씩 일했던 남자와 여자와 아이 들이 집에 가면 질병과 굶주림과 추위에 시달렸고, 기대 수명이 서른 살밖에 안 됐다는 것도? 공산주의야말로 최선의 해결책이라고 생각할 수밖에 없었을 거야.

최선의 해결책이긴 하지. 내가 말했다. 하지만 인간은 공유를 할 수 없어. 무료 자전거조차 공유 못 하잖아.

우리는 운하를 지나가고 있었다. 누리끼리한 물에 오렌지색 자전거 한 대가 처박혀 있는 광경이 또 눈에 들어왔다.

인간. 좋은 발상이 너무나 많고, 실패한 이상도 너무나 많은.

우리는 택시에서 내렸다. 거무스름해진 벽돌담에 녹슬었지만 튼튼한 문이 반듯하게 자리 잡고 있었다. 빅터가 주머니를 뒤적여 열쇠를 꺼내 문을 열었다. 그는 열쇠를 든 채 미소 지었다. 라이, 때로는 가장 단순한 기술이야말로 최고의 기술이야.

여기 열쇠는 어떻게 얻었어?

후원자들이 있거든. 언제나 너그럽고 수수께끼 같은 분들.

그 문을 넘어가니 아무 장식 없는 문이 연이어 나왔다. 빅터가 열쇠를 또 꺼냈다. 그렇게 세 번째 문을 연 빅터는 가파르게 뻗어 내려가는 계단을 따라 발을 내디뎠다. 자동으로 조명이 들어왔다.

조심해! 한참 내려가야 해.

나는 그를 따라가며 주위에 메아리치는 발소리와 우리 위로 점차 흐려지는 빗소리에 귀를 기울였다.

생각해 봐. 그가 말했다. 만약 냉전 시대에 폭탄이 정말로 터졌다면 우리는 인류 역사에서 가장 큰 돌파구에서 칠십 년쯤 뒤로 밀려났을 거야. 그러면 막대기와 돌만 가지고 처음부터 다시 시작해야 했겠지.

나는 그의 말을 귀담아듣고 있지 않았다. 아래로, 아래로 이어지는 계단의 수를 헤아리고 있었다. 100, 110, 120.

여기 굉장히 건조하네. 내가 말했다. 종이처럼 건조해. 습기도, 곰팡이도, 물이 새는 데도 없어.

비바람을 차단하는 설비가 되어 있어. 통풍도 되고. 빅터가 말했다. 내 호흡이 약간 가빠지고 얕아진 것이 그에게도 들릴 터였다. 그는 나를 안심시키려고 몸을 돌렸다.

곧 도착해, 라이. 이 통로를 따라 90미터만 더 가면 돼. 불안해하지 마. 텅 빈 듯 보이고 조금 섬뜩한 곳이라는 거 알아. 여기가 과학자들과 프로그래머들로 바글거린다고 생각해 봐. 2차 대전 이후 맨체스터는 컴퓨터 분야의 중심지였고, 소련인들을 도청하고 그들을 앞설 만큼 컴퓨터 기술을 발전시키기 위해 온갖 노력이 있었어. 조드럴 뱅크 천문대에 있는 거대한 선과 방원경도 정탐용 기구였다고.

그가 걸음을 멈추더니 나를 돌아보았다. 나는 두려웠다. 내가 빅터를 두려워하는 걸까?

여기가 어디야?

내 세상. 빅터가 말했다. 초라하지만 나만의 것이야.

그가 문을 열었다. 밸브, 전선, 진공관 들. 철제 표면, 케이블이 줄줄이 이어졌다. 다이얼과 바늘 들도 보였다.

알아보겠어? 맨체스터 과학 산업 박물관에도 하나 있는데. 이건 내가 만든 모델이야. 세계 최초의 프로그램 내장식 컴퓨터. '맨체스터 마크 1'이라고 하지. 메모리는 진공관이야. 트랜지스터는 1947년에야 개발됐거든. 1958년 최초의 집적 회로에는 트랜지스터 6개가 들어갔어. 2013년, 우리는 그때와 비슷한 공간 안에 트랜지스터를 1억 8388만 8888개 넣고 있지. 무어의 법칙에 따르면 컴퓨터의 연산력은 이 년마다 두 배씩 증가한다고 해.

흥미진진한 점은, 컴퓨터가 훨씬 더 일찍 세상에 나올 수도 있었다는 거야. 백 년은 더 일찍. 찰스 배비지의 해석 기관이라고 들어 봤어?

그건 그냥 개념인 줄 알았는데? 내가 말했다.

모든 게 처음에는 '그냥' 개념으로 시작해. 빅터가 말했다. 우리 정신에서 시작되지 않고 시작되는 게 대체 뭐가 있겠어? 아무튼, 배비지는 '차등 기관'이라고 하는, 일종의 웅장한 계산기 같은 것으로 시작했어. 차등 기관은 톱니와 바퀴로 이뤄진 아름다운 물건이야. 튜링의 콜로서스와 비슷하지. 1820년 영국 정부는 배비지에게 그걸 만들라고 보조금 1만 7000파운드를 줬어. 전함 두 척을 건조하고 장비까지 갖출 수 있을 돈이었지. 신문들은 그 점을 대중에게 끊임없이 상기시켰어…….

하지만 배비지는 그 돈을 자기 정신의 또 다른 자식에게 썼어. 해석 기관이었지. 그게 컴퓨터의 시초였어. 메모리, 프로세서, 하드웨어, 소프트웨어, 복잡한 피드백 루프들까지 갖추고 있었다고. 물론 그게 완성됐다면 크기가 어마어마했을 테고 증기로 돌아갔겠지. 하지만 빅토리아 시대 사람들은 작은 것이 아름답다고 생각하는 단계에 있지 않았어.

그래서 우리는 밀고 나가는 거야, 라이. 돌파구가 언제 올지는 모르지만 오기는 오리라는 걸 아니까.

무슨 돌파구?

인공 지능 말이야.

그가 또 다른 문을 열었다. 이번에는 잠겨 있지 않았다. 문 너머로 드러난 방은 엄청 넓었다. 그가 말했다. 여긴 중앙 제

어실이었어. 물론 지금은 설비가 다 철거됐지만.

문들이 많네. 내가 말했다. 이 방엔 문들이 줄지어 늘어서 있었다. 퍼즐처럼, 악몽처럼, 선택처럼.

아, 그렇지. 문은 어딘가로 연결되게 마련이잖아, 라이? 내가 보여 줄게. 우선 이것부터 열어 보자.

그가 판판한 철문의 잠금장치를 열었다. 그 뒤에는 또 다른 텅 빈 방이 있었다. 이번 방에는 창문이 있었다. 수족관처럼 내부가 들여다보이는 창문이었다.

그 창문 너머에는 콘크리트 맨벽과 전구가 있다. 공간 안에 들어찬 드라이아이스 사이로 모니터 화면 불빛이 기이하게 번뜩거린다. 바깥벽에 설치된 온도계를 보니 저 안의 온도가 섭씨 0도를 살짝 웃도는 정도라는 걸 알 수 있다. 그때 뭔가가 움직이는 것이 보인다. 싸늘한 안개 너머로. 나를 향해, 유리창을 향해 뛰어오는 무언가가. 얼마나 많지? 스물? 서른?

빅터가 스위치를 하나 누르자 드라이아이스가 소용돌이치며 흩어졌다. 그러자 비로소 그것들이 선명히 보였다. 바닥에서 총총 기어 다니는 것들. 타란툴라인가?

아니…….

오, 맙소사, 빅터! 이게 뭐야!

손들. 끝이 넓적한 손가락, 뾰족한 손가락, 커다란 손, 털이 부숭부숭한 손, 평범한 손, 얼룩덜룩한 손. 내가 가져다준 손들. 움직이고 있었다. 어떤 것들은 가만히 손가락 하나만

꿈틀거리고 있었다. 또 어떤 것들은 다섯 손가락으로 바닥에 짚고 일어선 채 머뭇거리고 있었다. 또 한 손은 새끼손가락과 엄지손가락을 내디뎌 걸으면서 가운데 세 손가락은 호기심 어린 듯, 뭔가를 가늠하려는 듯 안테나처럼 허공에 내뻗고 있었다. 대부분은 빠른 속도로 끊임없이, 분별없이 움직여 나갔다.

손들은 서로의 존재를 알지 못했다. 그것들은 서로 위로 기어오르기도 하고, 앞을 못 보고 맞부딪혀 손가락들끼리 얽기도 했다. 어떤 것들은 게들의 군집처럼 무더기로 쌓여 있었다. 또 어떤 손은 손목으로 바닥을 짚고 서서 벽을 긁어 댔다.

어린아이의 손도 보였다. 조그만 그 손은 혼자 웅크리고 있었다.

빅터가 말했다. 이것들은 살아 있지 않아. 지각이 전혀 없지. 이건 단순히 움직임에 관한 실험이야. 인공 기관과 스마트 기구를 개발하기 위한.

어떻게 저렇게 움직일 수 있어?

삽입물 덕분이지. 빅터가 말했다. 전류에 반응하는 거야. 그게 다야. 사고가 나서 손이나 발이 절단됐을 경우, 다시 붙여서 프로그래밍으로 기존 동작과 어느 정도 비슷하게 반응하게 할 수도 있어. 마찬가지 방식으로, 다친 손에 인공 손가락을 접합하는 것도 가능하겠지. 저기 보이는 손들 중 어떤 것들은 그렇게 만들어진 혼합체들이야.

끔찍해. 내가 말했다.

넌 의사잖아. 그가 말했다. 끔찍한 게 얼마나 유용한지 알잖아.

그가 옳다. 나도 안다. 그런데 어째서 이렇게 역겨운 걸까?

내가 말한다. 왜 이런 지하에서 하는 거야? 공개된 연구소가 아니라?

너무 많은 돈이 걸려 있으니까. 특허권 때문에.

너는 협력의 가치를 믿는 줄 알았는데.

믿어. 하지만 다른 사람들은 안 믿지. 내겐 선택의 여지가 없어.

그가 몸을 돌린다.

저대로 놔두고 가는 거야?

저것들은 먹이를 줄 필요가 없어, 라이! 하지만 이쪽엔 먹이가 필요하지…….

그가 또 다른 창문 앞으로 나를 데려갔다.

그 안에는 빽빽이 늘어선 단상들이 있다. 그리고 넓적한 다리를 가진 털투성이 거미들이 그 위에서 뛰어내리거나 그 위로 뛰어오르고 있다. 목욕하다가 마주치고 싶지 않은 종류의 생물체다.

빅터가 말했다. 나는 CT 촬영과 고속, 고해상도 카메라를 써서 이 거미들의 신체 구조를 본뜬 3D 모델을 만들려고 하고 있어.

왜?

이런 거미들은 제 몸보다 여섯 배 높이 뛸 수 있거든. 빅터가 말했다. 뛸 때 다리에 들어가는 힘이 자기 체중의 다섯 배는 돼. 이 결과를 이용하면 새로운 종류의 민첩한 마이크로 로봇을 만들 수 있을 거야. 일단 생물 역학을 이해하고 나면 그걸 연구에 적용할 수 있지. 거미를 이용하는 사람이 나뿐만은 아니지만, 내가 이 연구를 독특한 방식으로 활용하고 있다고 봐.

이런 거미들은 어디서 얻어?

새끼를 쳐서 얻지. 빅터가 말했다. 하지만 인체 기관들은 새끼를 칠 수가 없잖아. 만약 네가 종교에 귀의한다든지 사무직으로 옮긴다면 나는 어떻게 될지 모르겠군.

나 아닌 다른 누군가를 찾아내겠지. 내가 말했다.

그는 각종 설비가 다 뜯겨 나가고 텅 빈 메아리만 울리는, 방음이 되는 홀로 나를 도로 데리고 간다. 그가 말한다. 나는 누구하고도 오래 만나 본 적이 없어. 너는?

나도…….

우리 둘 다 괴짜네.

내가 트랜스라는 이유로 괴짜라고 부르지 마.

그가 내 얼굴을 어루만진다. 나는 고개를 뒤로 뺀다. 그가 말한다. 그런 뜻으로 한 말이 아니야. 나는 우리가 이 세상의 습성에 따르면 괴짜라는 뜻이었어. 우리는 외톨이잖아. 그건 진화에 반하는 태도야. 호모 사피엔스는 무리가 필요해. 인간은 무리 동물이라고. 가족, 클럽, 사회, 직장, 학교, 군대, 온갖 단체, 교회까지. 심지어 질병도 무리 지어서 관리하지. 그걸 병원이라고 하잖아. 네가 바로 거기서 일하고.

그는 애리조나의 샤워실에서 그랬던 것처럼 내 뒤에 선다. 나는 이 자세가 늘 에로틱하다고 느낀다. 그의 손길이 어쩐지 그런 느낌이고, 내가 그를 볼 수 없다는 사실도 그렇게 느껴진다.

만약 우리가 오랜 결혼 생활을 하고 심리적으로 안정된 아이들을 두었다면, 지금보다 더 생산적이거나, 더 현명하거나, 더 분별 있거나, 더 행복했을까? 집을 한 채 사고, 그 안에서 누군가와 함께 사는 법을 익혔더라면? 우리는 다른 사람이 됐겠지. 그게 다야. 나는 한 번도 누군가와 장기적인 관계를 맺어 본 적이 없어. 그렇다고 해서 내가 사랑을 할 수 없다는 의미는 아니야.

사랑의 정의 중 하나는 지속된다는 거야. 내가 그에게 말한다.

그가 소리 내어 웃는다. 그렇고말고. 나는 너를 언제나 사랑할 거야. 우리가 더 이상 함께하지 않게 됐을 때에도.

헤어질 때 사람들은 보통 서로를 미워하게 돼. 내가 말한다. 아니면 둘 중 한 명이 상대방을 미워하든지.

대개들 그렇긴 하지. 그가 말한다. 하지만 다른 방식도 있어. 라이, 내가 하고자 하는 말은 간단해. 우리가 사랑을 유지할 수 없다 해도, 내 안에는 이 사랑 때문에 변한 자리가 있어. 나는 그 자리를 영광스럽게 여길 거야. 경배를 바치는 개인적인 장소라고 생각해도 좋아. 그리고 가끔, 비행기에 타거나, 잠에서 깨거나, 길을 걷거나, 샤워를 할 때면,(그는 과거의 기억을 떠올리느라 말을 멈춘다.) 그 자리를 떠올릴 테고 내가 거기에서 보낸 시간을 절대로 후회하지 않을 거야.

왜 이런 이야기를 하는데? 내가 말했다.

그가 말했다. 너는 곧 나를 떠날 테니까.

너는 상황을 통제하기 위해서, 고통으로부터 너 자신을 구하기 위해서 이러는 거잖아. (나는 그를 비난하는 게 아니다. 나도 그와 똑같은 행동을 하고 있으니까.)

그가 말했다. 그런 게 아니야. 나는 괴로워해야 할 때는 괴로워한다고. 하지만 네가 만약 내가 틀렸다는 걸 증명해 낸다면, 그것도 어쩔 수 없다고 봐. 너는 이미 방정식을 뒤엎었는걸. 너라면 그걸 완전히 다른 방식으로 풀 수도 있겠지.

그게 이렇게까지 복잡해야 해?

빅터가 어깨를 으쓱했다. 사랑은 너무나 자연스럽게 시작되니만큼 단순한 것이라는 관점도 있지. 하지만 사랑이 우리의 전 존재를 사로잡고 우리의 온 세상에 영향을 미치는 것이라면, 어떻게 그게 단순할 수가 있겠어? 단순한 시대는 갔어. 그런 시대가 있기나 했다면 말이지만. 사랑은 오염 물질들이 생기기 전, 인간이 도래하기 전의 깨끗한 행성이 아니야. 사랑은 불안한 사람들 사이의 불안 요소야.

길고 넓은 회랑 양편에는 온갖 상태의 미치광이들이 갇힌 작은 감방들이 빽빽이 늘어서 있고, 방문마다 난 작은 창문으로 그 가엾은 인간들을 볼 수 있다. 상당수의 무해한 미치광이들이 커다란 회랑을 걸어 다니고 있다. 2층에는 1층과 비슷한 복도와 감방들이 있는데, 이곳에는 위험한 광인들이 격리되어 있다. 대부분은 사슬에 묶여 있으며 차마 볼 수 없을 만큼 끔찍한 몰골이다. 휴일이면 대체로 하류층에 속하는 수많은 남자들과 여자들이 병원을 방문해 저 불운한 자들을 구경하며, 그들이 하는 양을 보고 곧잘 웃음을 터뜨리며 즐긴다. 이 울적한 거주지를 떠날 때에는 문지기에게 1페니를 주게 되어 있지만, 잔돈이 없어서 은화 한 닢을 주더라도 그는 거스름돈 따위는 주지 않고 그걸 몽땅 받아 챙긴다.*

* 1725년 베들럼 정신 병원을 방문한 세자르 드 소쉬르의 탐방기 중에서.

베들럼, 1818년

아무도 인간의 정신을 알 수 없다. 인간이 글로 쓴 모든 생각을 읽지 않는 한은. 글로 쓰인 모든 말들은 어둠 속에서 불을 피우는 아이와도 같다.

우리가 혼자 있을 때 남는 것은 어둠이다.

인정하건대, 이곳에서 우리는 엉망진창이다. 새로 생긴 이 병원은 거의 준비가 되지 않았고, 준비가 된 곳에는 무언가가 부족하다. 위층에는 창문에 유리가 없다. 아래층에는 벽난로에 쓸 땔감이 없다. 환자들은 춥고 배고프고 화나고 외롭게 지낸다.

그리고 미쳐 날뛴다.

이곳은 세상에서 가장 유명한 정신 병원이다.

우리는 시작했다.

어떻게 시작했더라?

오래전 십자군 전쟁 시절에 세워진, 베들레헴이라는 이름으로 불리던 병원. 보통 사람들은 그곳을 베들렘이라고 불렀다. 영어 사용자들은 가능하면 세 음절보다는 두 음절을 쓰고 싶어 하는 경향이 있으므로. 그리고 당시에는 시간이 지나면 모든 것이 변질됐기에,(심지어 시간 자체도 그랬다.) 베들렘은 베들럼이 되었다. 미친 세상을 가리킬 때 수없이 쓰이는 이름. '대단한 베들럼'.*

대단한 베들럼. 우리가 '영국 제도(諸島)'라 부르듯이.

베들럼은 새 건물을 지을 자금을 조달했고, 그렇게 해서 1676년 런던시 성벽 밖에 위치한 무어필즈에 신축 병원이 완공되었다. 설계는 박식가이자 술꾼인 로버트 훅이 맡았다. 그는 1666년 세인트 폴 성당 화재 이후 복원 작업을 했던 건축가 크리스토퍼 렌 경의 문하생이기도 했다.

베들럼은 런던에 방문한 외국인들에게서 런던에서 유일한 진짜 궁전이라는 찬사를 받았다. 정신 병원이 얼마나 찬

* bedlam은 '난리', '소동' 등을 뜻하는 일반 명사가 되었으며, great bedlam은 '대소동'쯤의 의미로도 읽을 수 있다.

란했던지! 길이 150미터에 폭 12미터인, 탑과 진입 도로가 있고 정원과 안뜰이 조성된 건물.

거대한 석조 입구 위에는 조각상 두 개가 서 있었다. 하나는 우울을, 하나는 광란을 상징하는 것이었다.

그렇다. 그것은 자선을 기리는 기념비적인 건축물이었다. 만약 당신도 그것이 무너지기 전에 보았다면 경탄했을 것이다. 흡사 베르사유의 환상 같은, 왕관 없는 왕을 위해 지은 궁전.

광인이란 그런 것이다. 왕관 없는 왕.

미치광이들은 밀짚 위에서 잠을 자고 수족엔 쇠고랑이 채워진 채 지냈지만, 정작 그들이 사는 정신 병원은 궁전 같았다. 우리는 왜 그런 짓을 했을까?

신의 영광을 위해.

그리고 내 생각엔 또 다른 이유도 있었던 것 같다. 신과 덜 가까운 무언가. 제정신은 미노타우로스의 미궁을 빠져나가는 데 필요한 실이다. 실이 끊어지거나 풀려 버리면 어떤 지도로도 측량할 수 없을 만큼 깊고 음울한 터널이 우리 앞에 이어지고, 그 안에 숨어 있는 것은 인간의 모습을 하고 우리 자신의 얼굴을 덮어쓴 짐승이다.

우리는 우리가 두려워하는 것이다.

그러니 후한 기부액과 우리가 미치광이들을 향해 터뜨리는 동정심은, 우리의 비밀스러운 자아에 바치는 공물이 아니고 무엇이겠는가?

당시에는 대중이 베들럼에 갇힌 가엾은 미치광이들을 구경하러 가는 게 유행이었다. 숫제 투어 프로그램도 있었다. 특히 상류층 사람들이 운영하는 것으로, 런던 브리지, 화이트홀, 런던 탑, 그리고 동물원을 포함하는 투어였다. 우리 안에 갇힌 포유동물들은 다 비슷한 모양으로 서성거리다 앞으로 뒤로, 뒤로 앞으로. 그리고 언제나 족쇄를 찬 채 철창 안에 있다. 억류된 호랑이와 억류된 인간이 품을 수 있는 최대한의 희망은 네모나게 비쳐 드는 하늘이다.

무어필즈에 세워졌던 건물은 회반죽 마감재가 칠해진 순간부터 허물어지고 쓰러져 갔다. 어떤 이들은 광인들에게서 새어 나오는 유독한 증기 때문에 벽이 눅눅해져 썩고 바닥에서 물이 새어 나온 것이라고 했다.

듣기 좋은 얘기다! 비과학적이지만. 병원을 지었던 땅이 동네 배수로로 알려졌던 데엔 그럴 만한 이유가 있었다. 요컨대 그 땅은 늪 같아서 자꾸만 흔들거렸고, 그 위에 제대로 된 토대 없이 겉만 번지르르하게 세운 건물도 그래서 흔들렸던 것이다.

그 안에 있는 미치광이들이 그 밖을 둘러싼 벽들보다 더 정신적으로 안정되어 있었다.

그럼에도 나는 진심으로 믿는다. 광인들은 나름의 활기를 뿜어내며, 그들의 비이성은 일상적인 기준으로 판단하지 않는 한 지극히 이성적이라고. 내가 한 감금 입원실의 문을 열면 그 안에 있는 불운한 환자의 기백이 나를 덮쳐 온다. 심지어 실의에 빠진 환자에게도 기백이 있다. 다시 말할까? 기백이 있단 말이다. 그리고 세상의 분노와 무관심 사이를 거닐다 보면, 우리가 제정신을 유지할 수 있는 건 그저 우리의 활기를 억누르는 어마어마한 압력 때문이 아닌가 하는 생각이 든다.

우리가 술을 이만큼 많이 마신다는 건 놀랍지 않다. 그중에서도 가난한 사람들이 — 여건이 허락되는 한 — 많이 마신다는 것도. 비참한 상태라든지, 업무 부담, 힘을 향한 충동 탓이라고 할 수도 있겠지만, 우리 존재는 유리병 속에 갇힌 빛처럼 우리 몸속에서 아등바등하고, 우리 몸은 짐을 나르는 짐승이 굴레에 피부가 쓸리듯이 이 세상에서 아등바등하고, 무심한 별들 사이에 매달린 이 세상 역시 혼자서 올가미를 꽉 붙잡고 있는 것이다.

베들럼.

고르지 않은 벽, 울퉁불퉁한 바닥, 비정상적인 골조, 인생에 대한 풍자. 옛 정신 병원은 그렇게 허물어져 폐허가 되었고, 우리는 여기 서더크의 세인트 조지 필즈, 램버스 거리에 새로 지은 건물에서 우리의 야망을 더 겸허하게 다스리고 있다.

1808년에 발효된 주(州) 정신 병원 법은 우리 건물 환경과 의료적 처치의 본질을 바꾸었지만, 병에 관해서는 아무것도 바꾸지 못했다.

우리는 돌보고 달래려 한다. 치료책을 찾지는 않는다. 광기는 치료될 수 있는 것이 아니다. 그것은 영혼의 병이니까.

유감스럽게도 우리 병원의 증기난방은 효과가 없다. 유감스럽게도 우리는 끔찍한 악취에 시달린다. 런던은 곳곳에서 악취가 나는 곳이긴 하지만, 우리 병원의 냄새는 독특하다. 정신 병원에서 흔히 맡을 수 있는 불쾌하고도 끈질긴 특유의 냄새가 난다.

그러든 말든, 시간은 흐른다. 시계 초침이 째깍댄다. 나는 손님을 맞이해야 한다. 내 서재는 난롯불을 피워 따뜻하다. 창밖에는 광인들의 심기를 심하게 어지럽히는 둥근 달이 휘영청 떠올라 있다. 우리 슬픔의 캄캄한 몸을 비추는 은빛 눈동자.

월턴 선장님?

네! 웨이크필드 씨인가요?

제가 웨이크필드입니다. 어서 오십시오. 옆에 계신 분이 그분입니까?

네, 그분입니다.

함께 들어오세요.

직원 둘이 군용 들것에 실린 남자를 날라 왔다. 내가 지시하자 그들은 그를 난롯가에 눕혔다.

남자는 자고 있었다. 얼굴이 편안했다. 손과 발도 안정되어 있었다. 잠. 아아, 잠이라. (나는 아편 팅크 없이는 잠을 자지 못한다.) 세상의 소란. 우리가 더 나은 시간에 잠들고 깰 수 있다면…….

월턴 선장은 이 나라에서 유명하다. 북서 항로를 성공적으로 탐험하고 남극까지 다녀온 이후로 그는 영웅에 가까운 존재가 되었다.

그는 자신감 있고 꼿꼿한 자세를 취하면서도 왠지 머뭇거린다.

제 이야기는 기묘합니다.

선생님! 이야기란 원래 그런 것입니다. 우리는 삶이 친숙하다고 생각하지만, 그걸 다른 사람에게 말하려고 하면 그렇지 않다는 걸 알게 되죠. 그런 다음 상대방의 얼굴에 떠오른 경이감을 관찰해 보세요. 때로는 경이감이지만, 공포일 때도 많죠. 삶은 살고 있을 때에만 평범해 보여요. 그걸 이야기할 때 우리는 우리가 낯선 것들에 둘러싸인 낯선 존재라는 것을 알게 됩니다.

그가 고개를 끄덕인다. 용기를 도스른다. 그리고 시작한다.

선원들과 나는 사면을 둘러싼 얼음에 갇혀 있었습니다. 배는 떠 있는 자리를 거의 벗어나지 못하고 있었죠. 더군다나 짙은 안개마저 우리를 에워싸고 있었으니 위험한 상황이었습니다.

2시쯤 안개가 걷히자 사방에 광대하게, 불규칙적으로 펼쳐진 얼음 표면들이 보였습니다. 몇몇 동료들은 신음을 흘렸고 나 역시 조마조마한 마음으로 주변을 유심히 둘러보았습니다. 바로 그때 이상한 장면이 우리 눈길을 끌었습니다. 1킬로미터쯤 너머에 개들이 끄는, 낮은 운반차 한 대가 장착된 썰매가 북쪽으로 나아가고 있었는데, 그 썰매에는 사람처럼 생겼지만 몸집이 어마어마하게 큰 어떤 존재가 앉아서 개들을 몰고 있었습니다. 우리가 지켜보는 가운데 그 여행자는 빠른 속도로 멀어져 가다가 멀리 들쑥날쑥한 얼음들 사이로 사라졌습니다.

이 사건이 있고 두 시간쯤 지나자 얼음이 깨지면서 우리 배 앞길이 트였습니다. 하지만 우리는 아침까지 정박하기로 했고, 나도 그 시간을 틈타 몇 시간 쉬었습니다.

아침이 되어 갑판으로 올라가 보니 선원들 모두 배 한편에 몰려서 바다에 있는 누군가와 이야기하고 있었습니다. 알고 보니 먼젓번에 보았던 것과 비슷한 썰매 한 대가 커다란 얼음 조각 위에 둥둥 떠서 간밤에 우리 쪽으로 흘러온 것이었습니다. 개는 한 마리만 살아 있었고 썰매에는 사람이 타고 있었기에, 선원들은 그에게 우리 배에 타라고 설득하는 중이었습니다. 그는 아까 보았던, 미지의 섬에 사는 야만인 같았던 여행자와는 달랐습니다. 그는 유럽인이었습니다.

그토록 만신창이인 사람은 처음 봤습니다. 우리는 그를 담요로 감싸서 부엌 화덕 앞에 눕혀 주었습니다.

이틀이 지나서야 그는 말을 할 수 있었습니다. 그의 눈빛은 전반적으로 흥분한 듯하고 심지어 광기마저 엿보였습니다. 자신을 억누르는 고뇌의 무게를 참을 수 없는 듯 이를 갈기도 했고요.

내 부관이 그에게 물었습니다. 어째서 그런 이상한 탈것을 타고 얼음 위에 떠서 그토록 멀리 떠내려왔느냐고요.

그러자 그는 삽시간에 깊디깊은 우울에 빠진 표정을 짓더니 말했습니다. 내게서 달아나는 자를 찾으려고요, 라고.

그 말에, 잠들어 있던 남자가 소파에서 벌떡 일어나며 소리쳤다. 그자는 어디 있지? 불에 타 죽지 않았어. 찾아야 해. 혹시 아시오? 나는 그를 찾아야 하오.

월턴 선장과 나는 처음에는 맨손으로 그를 억눌렀다. 그는 동요한 상태였지만 난폭하지는 않았다. 그래도 나는 수갑을 가져와서 그를 기둥에 결박해 두기로 했다. 그렇게 해 두니 그는 진정한 듯했지만, 내가 생각하기에 그건 침착이 아니라 낙담인 것 같았다. 나는 수면제를 투여하는 게 어떻겠느냐고 제안했다.

월턴 선장이 고개를 끄덕여 찬성했다. 그리하여 남자가 가루약이 섞인 와인을 들이마시는 동안, 나는 선장이 아까 했던 말을 되풀이했다.

그에게서 달아나는 자를 찾으려 했다고요.

월턴 선장이 말했다. 그는 깨어서도, 자면서도 그 말을 해요. 늙은 뱃사람과 앨버트로스, 꼭 그 이야기 같습니다.

훌륭한 시죠. 내가 말했다. 하지만, 하지만…….

하지만? 선장이 의문스러운 눈길을 내게 던졌다. 나는 대답했다. 그게 인간의 조건 아닙니까? 달아나는 자를 찾는 것. 아니면 나를 쫓아오는 자에게서 달아나는 것. 오늘 나는 추적자가 될 수도 있지만, 내일이면 쫓기는 사람이 될 수도 있는 거죠.

선장이 내 말에 동의했다. 맞아요, 그건 그렇죠. 하지만 이 경우는 극단적입니다. 이 남자에게는 기나긴 삶의 실타래가 단단히 감겨 있어요. 그리고 그는 오로지 한 가지 생각, 한 가지 소망, 한 가지 추구밖에 갖고 있지 않죠. 낮도 밤도 그에게는 똑같습니다. 자기 자신을 괴롭히고 있어요.

월턴 선장님, 이 남자분에 대해 뭘 아십니까?

월턴 선장이 대답했다. 그의 이름은 빅토르 프랑켄슈타인입니다.

의사이고요. 제네바 출신입니다. 좋은 가문에서 자랐죠. 그의 배경에는 특별한 게 없어요. 하지만 나머지가 비범하죠. 그는 자신이 생명을 창조했다고 믿습니다

생명이라뇨?

인간의 생명이요. 시체 부위들을 꿰매 붙여 만든 생명체. 팔과 다리, 장기들 하나하나, 힘줄과 세포까지. 그리고 전기 충격을 줘서 심장이 뛰고 피가 돌고 눈이 뜨이도록 만들었답니다. 인간의 괴물인 거죠. 거대하고 무시무시한 그 괴물은 자신을 태어나게 한 창조주에 대한 복수심에 가득 차 있다더군요. 양심의 가책도 없고 그칠 줄도 모르는 피조물입니다.

나는 고개를 저었다. 선생님, 저처럼 광인들 사이에서 일하다 보면 그런 기묘한 이야기들을 듣게 마련입니다. 상당수의 광인들이 자신을 신이라고 생각해요.

월턴 선장은 불안해 보였다. 웨이크필드 씨, 당신의 진실을 의심하지는 않습니다. 그러니 내 진실도 의심하지 말아 주시기를 부탁드립니다. 나도 그 진실과 이미 충분히 오랫동안 씨름했으니까요.

우리는 얼음에서 무언가를 봤어요. 그 사실엔 의문의 여지가 없습니다. 내 목숨도 걸 수 있어요. 내 선원들 모두가 보았으니까요. 대단히 크고 민첩한 어떤 존재를 보았다고요.

우리가 본 그것이 대체 무엇인지는 나도 모릅니다.

그리고 이 불쌍한 남자는 미쳤어요. 그 사실에도 의문의 여지는 없죠. 그렇다면, 내 질문은 단순합니다.

그의 이야기는 광기의 결과일까요, 아니면 원인일까요?

현실의 온도는 몇 도일까?

여긴 인지(認知)실이야. 빅터가 말하며 또 다른 문을 열었다.

그 방에는 창고용 철제 선반들이 갖추어져 있었다. 컴퓨터 장비를 떠받친, 여러 단으로 배열된 철제 탁자들이 길게 늘어서 있었다. 방 한쪽 구석에는 다른 시대에서 온 소품인 양, 곱게 접힌 우산 한 자루가 걸린 모자걸이가 있었다. 마치 드라마 「닥터 후」 초기 에피소드에 나오는 조잡한 세트장 같은 방이었다. 선반에는 냉동 보존된 머리들이 든 작은 통들이 가지런히 놓여 있었다. 알코르사에서 봤던 통들과 달리 여기 있는 상자들은 앞면이 유리로 되어 있었다. 토끼, 돼지,

양, 개, 고양이…….

목축업자 친구한테서 얻어. 빅터가 말했다.

그 친구하고도 섹스해?

그는 내가 마음에 들지 않는 말을 할 때마다 으레 그러듯 내 말을 무시했다.

빅터가 말했다. 내 관점에서 봤을 때, 몸은 뇌를 위한 생명 유지 시스템이라고 할 수 있어. 여길 봐……. 그가 또 다른 문을 열었다.

레버와 탐침이 달린 로봇 두 대가 인간 뇌 조각들 위에 몸을 구부리고 있었다.

카인과 아벨을 소개할게. 빅터가 말했다. 이 둘은 맨체스터 대학 생물 공학과에서 단백질을 합성하는 일을 하는 아담과 이브에게서 복제한 거야.

이 둘은 지칠 줄 몰라. 음식도, 휴식도, 휴가도, 오락도 필요 없지. 조금씩 조금씩 뇌 지도를 만들어 가고 있어.

누구 뇌인데? 내가 물었다.

겁먹지 마, 라이. 나는 살인범이 아니라고.

그는 탁자 앞에 앉았다. 카인과 아벨은 그를 알은척하지 않았다. 이건 시간이 드는 작업이야. 쥐 한 마리의 뇌 지도를 그리는 것도 까마득히 오랜 시간이 걸리지. 아무리 멍청한 인간이라도 그 뇌 속 내용물의 지도를 그리려 하면 아인슈타인처럼 보일 정도라니까.

하지만 우리가 기존 뇌를 복원할 수 있다면…….

그렇지……. 답은 아주 높은 온도에서 아주 빨리 뇌를 소생시키는 데 달려 있다고 봐. 무선 주파수로 가능하겠지.

뇌를 전자레인지에 돌려? 내가 물었다.

아니. 빅터가 말했다. 그렇게 하면 토스트에 얹은 뇌밖에 안 나와. 어떤 사람들은 그게 별미라고 하지만. 마이크로파는 조직을 균일하게 데우질 못해. 너도 셰퍼드 파이*를 전자레인지에서 꺼냈다가 도로 집어넣고 삼 분 더 데워 본 적, 얼마나 많아? 다른 전자파에 더 가능성이 있다고 봐. 우리가 하려는 건 조직을 해동할 때 얼음 결정이 형성되는 것을 피하는 일이야. 알코르에서 너도 직접 봤다시피 냉동 보존술의 목표는 얼음 결정을 피하는 거거든. 그건 조직에 회복 불가능한 엄청난 손상을 입히니까. 유기체를 해동할 때도 똑같은 문제가 일어나.

이 문제를 해결할 수 있다면 조직 이식 분야에 획기적인 변화가 일어날 거야. 현재 장기를 기증자에게서 피기증자에게 옮기는 데 시간제한이 얼마나 되지? 삼십 시간?

최대 삼십육 시간이야. 내가 말했다.

그렇군. 그러면, 만약 우리가 기증된 장기를 보존했다가 해동하는 법만 알아낸다면, 장기들을 저장해 뒀다가 필요할 때

* 으깬 감자와 다진 양고기를 넣은 파이.

쓸 수 있을 거야. 신장 이식 대기자 명단이 필요 없어지겠지.

다 좋고, 칭찬할 만한 일이네. 내가 말했다. 하지만 너는 사실 신장 이식에 관심이 없잖아, 안 그래? 죽은 사람을 되살리는 데 관심 있지.

해머사(社)* 공포 영화 대사처럼 말하네. 빅터가 말했다.

그런 게 아니면 뭔데?

죽음이 뭐야? 빅터가 말했다. 너 자신에게 물어봐. 죽음은 질병, 부상, 외상, 노령으로 인해 장기가 작동하지 않는 걸 말하지. 생물학적 죽음은 생물학적 생명의 끝을 뜻해. 의대에서 그렇게 배우지 않았나?

(그는 내 대답을 기다리지 않는다.)

백 년 전, 여기 맨체스터에서 노동자들의 최대 수명은 50세도 안 됐어. 너 같은 의사들은 그 사실에 개탄했지. 너 같은 의사들이 인간의 수명을 연장하기 위해 노력했고. 이제 우리는 건강한 상태에서는 80세까지도 살 수 있으리라 기대해. 하지만 왜 거기서 멈춰야 해?

너는 지금 완전히 다른 이야기를 하고 있어. 내가 말했다. 네가 추구하는 건 더 긴 삶이 아니잖아. 죽음의 끝이지.

죽음의 끝은 더욱 긴 삶을 뜻하기도 할 거야, 확실히. 그는

* 1934년 창립된 영국의 영화 제작사로, 공포 영화와 판타지 영화 전문이다.

사람 미치게 하는 거만한 미소를 지으며 내게 말했다.

(왜 나는 그가 하는 말이 불편할까? 왜 그게 섬뜩하게 느껴질까? 죽음이야말로 섬뜩한데.)

그는 내 생각을 읽은 듯 말했다.

이상한 일이야. 우리는 생명의 탄생에 외과적으로 개입하는 걸 훨씬 편안히 여기게 됐잖아. 1983년부터 인간의 배아가 글리세롤과 프로필렌글리콜로 냉동 보존되기 시작했지. 배아 생존율은 2세포에서 4세포 발달 단계에 있을 때 가장 높아. 세계적으로 얼마나 많은 인간 배아가 냉동 보존되어 있는지는 아무도 정확히 모르지만 최소한 백만은 될 거야. 그리고 액체 질소 온도 속 배아로 시작해 지금 세상을 살고 있는 아이들의 수는 수만 명에 달하겠지. 우리는 이미 우리가 생명의 탄생을 조작할 수 있다는 걸 받아들여. 그런데 죽음을 멈추는 법을 찾는다 해서, 누가 반대한단 말이야?

냉동 보존술은 조잡해. 내가 말했다. 침낭과 질소 속에 들어 있는 그 모든 인체들…… 그것들은 되살아나지 않을 거야. 만약 되살아난다 해도 끔찍할 테고.

동의해. 그가 말했다.

그리고 빅터 네 말이 맞는다면, 뇌의 내용물을 스캔하고 업로드하는 기술은 죽은 자를 되살리기보다는 수명을 연장하는 데 도전하고 있는 것 같은데.

잘 맞혔어, 라이! 내 말을 듣고 있기는 했구나. 그래, 적어도 생명 연장의 목적에 있어서라면 냉동 보존술은 과도기적 기술에 불과할 거라는 점에는 동의해. 하지만 전에 말했듯이 우리가 제대로 해낸다면, 줄기세포에서 새로운 장기를 키워내는 그런 일이 우리 능력보다 앞서서 벌어질 수도 있으니, 추구할 가치는 있어. 좌우간 우리가 '죽은' 뇌를 되살릴 수 있다면 무척 흥미로운 일이 될 거야. 되살아난 사람에게도, 우리에게도.

나로서는 무시무시할 것 같은데. 내가 말했다. 그리고 그 뇌에는 기능하는 몸이 없을 거 아냐.

그리고 뇌는 그 사실을 모르겠지. 빅터가 말했다. 우리가 환경을 시뮬레이션할 수 있으니까. 대부분의 사람이 육체와 정신이 분리되는 현상을 겪지 않나? 사람들은 대개 거울 속에 비친 자신을 인지하지 못해. 너무 뚱뚱하거나, 너무 늙었거나, 너무 변한 모습을. 정신이 곧잘 자기 주인에게서 분리되기 때문이지. 네 경우에는, 네가 생각하는 자기 자신의 인상에 물리적 현실을 맞춰서 가다듬은 거야. 우리 모두 그렇게 할 수 있다면 좋지 않을까?

이 방에서 무슨 연구를 하고 있는 거야? 내가 물었다. 나도 까다로운 질문을 피하려면 피할 수 있으니까.

베시가 나올 차례로군. 빅터가 양치기 개 한 마리를 가리

키며 말했다.

베시의 서글픈 잘린 머리 뒤에는 두개골에서 꺼낸 뇌들이 있었고, 몇몇은 모니터에 연결되어 있었다. 빅터가 말했다. 우리는 여기서 시냅스 반응을 일으키려 하고 있어.

성공한 적 있어? 내가 말했다.

응. 진전이 좀 있었어. 하지만 거기서 더 나아가고 싶어. 네 도움이 필요해.

나는 인간 머리는 얻어 줄 수 없어. 네가 원하는 게 그거라면 말이지만. 목축업자 친구한테 부탁해 보든지.

그가 내게 다가와 껴안았다. 라이, 네가 나를 믿어 준다면 얼마나 좋을까.

내가 말했다. 나도 너를 믿을 수 있다면 좋겠어.

그가 팔을 떨어트렸다. 그리고 뒤로 물러서서 말했다. 너에게 줄 임무가 있어.

(빅터가 엠*인가 보다. 하지만 그러면 내가 제임스 본드가 되는데.)

그가 말했다. 알코르로 가서 머리를 가져와 줬으면 해.

(아니면 그가 살로메이고 나는 세례 요한인가?)

넌 정신 나갔어, 빅터.

전혀. 정신이 없는 건 내가 구하고 있는 머리 쪽이겠지. 나는 거기에 정신을 되돌려 놓고 싶은 거야.

* 007 시리즈에 나오는 MI6 국장의 이름.

그게 누구 머리인데? 아니, 누구 머리였는데?
그거? 오, 사연이 있는데…….
(그는 이야기꾼인가? 내가 그 이야기인가?)

베들럼 2

월턴 선장은 떠났다. 나는 혼자 앉아 있다.

그가 데려온 남자는 난롯가에 누워 자고 있다. 그러니 당신은 내가 혼자가 아니라고 하겠지만, 그리고 그것이 사실이긴 하겠지만, 이 상황에서는 진실이라고 할 수 없다. 조용히 숨 쉬며 누워 있는 저 남자는 다른 장소나 시간에서 온 존재처럼 보인다. 그의 옷차림이 그렇다는 뜻은 아니고, 내가 곧 듣게 될 그의 말투 때문도 아니라, 완전히 동떨어진 듯한 그의 분위기 때문이다.

월턴 선장의 말에 따르면 이 남자는 오로지 한 가지 생각, 한 가지 욕망, 한 가지 직업만 갖고 있었으며, 이 때문에 보통 사람들의 세상에서 멀어졌다고 한다. 그의 영혼은 선원들이 발견했을 당시 그가 뗏목 삼았던 얼음장에 여전히 둘러싸여 있었다. 그는 자신의 본토에서 벗어나 고립된 것이다.

난로 불빛이 그의 얼굴에 비쳐 섬세한 이목구비가 드러났다. 불안하게 들썩이는 그의 몸을 보니 공부, 장시간의 노역, 긴 도보 여행, 영양 결핍에 익숙해져 있다는 것을 알 수 있었다.

불 앞에서 소네트를 차분히 읽으려 해도 그럴 수가 없어서,(오늘 밤엔 시를 읽기에는 나만의 생각에 지나치게 사로잡혀 있다.) 나는 월턴 선장이 전해 준 문서를 읽기로 했다. 그래서 두 개째 초에 불을 붙이고 책상으로 건너가서 가방에 든 내용물을 살펴보았다.

남자의 이름은 빅토르 프랑켄슈타인이다. 그는 제네바에서 태어났다. 찢어진 가죽 가방에 든, 바닷물에 번지고 빛바랜 추천장들로 보건대 저명한 의사인 것 같다. 다른 문서도 있다. 구겨진 일기장. 급하게 휘갈겨 쓴 글씨들이 빽빽이 적혀 있다. 표지에는 더 대담한 글씨체로 이렇게 적혀 있다. 생명의 원인을 조사하기 위해 우리는 먼저 죽음에 의지해야 한다.

나는 글을 읽어 나간다.

나는 시체 안치소에서 뼈를 모아, 불경한 손가락으로 인간

신체의 무시무시한 비밀을 헤집었다. 건물 꼭대기, 회랑과 계단으로 다른 방들과 분리된 혼자만의 방 안에서 — 또는 감방 안에서 — 나는 추악한 작품을 만드는 작업을 계속했다. 내 눈구멍 속 안구는 내가 작업을 세세히 처리하는 과정을 응시하고 있었다. 내 재료 중 상당수는 해부실과 도축장에서 제공받은 것들이었다.

일기장 안에는 연필로 그린 그림 하나가 접힌 채 끼워져 있었다. 그림의 원형은 레오나르도 다 빈치의 「비트루비우스적 인간」이었다. 모든 것의 척도인, 아름다운, 균형 잡힌, 합리적으로 아름다운 인간. 그러나 이 그림은 원본의 그런 속성들을 전혀 갖고 있지 않았다. 치수는 확실히 적혀 있었지만, 그 어떤 인간 신체보다도 컸다. 팔 길이도, 얼굴 너비도. 그림 위에는 글자라기보다는 낙서에 가까운 것들이 여러 번 휘갈겨 쓰여 있었고, 페이지 전체에 걸쳐 무언가를 지운 흔적이 수없이 많았으며, 두꺼운 종이가 연필심에 뚫린 자국이 두 군데 있었다. 흥분해서인지 절망해서인지는 알 수 없었다.

나는 일기 내용으로 되돌아갔다.

특히 내 주의를 끈 현상들 중 하나는 인간 신체의 구조였다. 나는 자주 자문했다. 생명의 근원은 어디에서 시작되는 것일까?

손님이 뒤척거렸지만 잠에서 깨지는 않았다. 저 질문을 한 사람은 그가 처음도 아니고 마지막도 아닐 것이다. 오직 신만이 생명의 근원이라는 말은 질문에 대답이 되어 주기는커녕 질문을 묵살해 버린다. 많은 이들이 죽은 자를 되살리려고 애써 왔다. 죽음이 생명의 결정권자가 되어야 한다는 사실에 많은 이들이 아연해했고 눈물을 흘렸다. 그토록 활기찼던 몸도, 그토록 예리했던 정신도 더 이상 없다는 것. 그것이 생명인가? 왜 한 그루의 참나무는 천 년도 넘게 살고, 우리는 육칠십 년밖에 안 되는 삶이나마 살려고 버둥거려야 하는가?

그리고 연금술사들은, 현자의 돌이니 호문쿨루스니 천사들과의 대화니 하면서, 고단하고 고생스러운 삶을 살아가는 동안 무엇을 발견했는가? 아무것도 발견하지 못했다.

생명의 한가운데에는 죽음이 있다.

불쌍한 사람 같으니라고. 가방 안에 금 로켓 하나가 있다. 로켓 안에는 예쁘고 젊은 여자를 그린 펜화가 들어 있다. 죽은 여자임이 틀림없다. 그래서 이 남자가 망상에 빠져든 것일까?

나는 글을 마저 읽어 본다.

나는 그 벌레가 눈과 뇌라는 경이를 모두 어떻게 물려받는지 보았다. 나는 잠시 멈추고 생명에서 죽음으로, 죽음에서 생명으로의 변화에서 예증되는 세부적 인과 관계들을 살펴보았다.

불쌍한 사람. 생명에서 죽음으로의 변화는 분명 일어나지만, 죽음에서 생명으로의 변화 같은 것은 존재하지 않는다.

내게는 아내가 있었다. 이제는 없지만. 퀘이커파인 나는 휘몰아치는 슬픔 속에 조용히 앉아 있다. 그녀는 돌아오지 않을 것이다. 그리고 만약 그녀가 수의에서 물을 뚝뚝 흘리는 섬뜩한 몰골로 돌아온다 해도, 그녀의 영혼은 어디에 있겠는가? 영혼은 폐허가 된 집에 돌아오지 않는다.

성경에는 예수님이 라자로를 부활시켰다고 적혀 있다. 나는 그 말을 굳게 믿는다. 하지만 그 이후로 세상에는 그런 일이 벌어지지 않았다.

불쌍한 사람! 싸늘해진 몸이 다시 따뜻해질 수 있으리라고 상상하다니.

이 글은 뭐지?

새로운 종은 나를 창조주이자 기원으로서 찬양할 것이다. 많은 행복하고 훌륭한 생명체들이 내 덕분에 존재하게 될 것이다. 어떤 아버지도 내가 받아 마땅한 만큼 자식에게서 온전한 감사를 받지 못할 것이다. 이 지점을 숙고하다 보니, 내가 생명 없는 물질에 생기를 부여할 수 있다면, 죽음이 부패에 육신을 봉헌한 것 같아 보일 때에도 생명을 되살릴 수 있는 단계에 차차 다다르겠다는 생각이 들었다.

이 글을 읽고 나는 일기장을 내려놓는다. 그는 슬픔 때문에 음울한 사람이 된 게 틀림없다. 그는 생명을 찾는다고 믿지만 실은 도리어 스스로의 죽음을 추구하고 있다. 죽음 속에서만 우리는 우리가 잃은 것들과 재결합할 수 있으니까. 나로 말할 것 같으면, 나는 죽음을 추구하지 않지만 그렇다고 내게 평화를 가져다줄 것을 두려워하지도 않는다.

이곳 베들럼, 광인들이 비좁은 공간 안을 돌아다니며 매일을 보내야 하는 곳에는 슬픔 때문에 정신이 나간 사람들이 적지 않다. 여자들의 경우에는 자식을 잃은 것이 원인이다. 내가 아는 여자 한 명은 봉제 인형을 들고 다니며 노래를 불러 준다. 또 다른 여자는 방문객이 가까이 오기만 하면 손을 덥석 잡고 애처롭게 묻는다. 루시랑 같이 왔어요?

나는 자리에서 일어나 와인을 더 가지러 옆방 찬장에 갔다. 달이 밝고 지상과 가까이 떠 있어서 안뜰이 은빛 바다처럼 일렁이는 듯 보인다. 우리의 항해는 외롭다. 동료를 만나면 더더욱 그렇다. 쓰디쓴 상실을 경험할 뿐이니까.

사실 우리는 혼자다.

나는 서재로 돌아갔다. 그 남자, 빅토르 프랑켄슈타인이 일어나 엄숙한 얼굴로 앉아 있었다. 그는 불 앞에서 물러나 그림자 속에 묻힌 채였다. 너무나 마르고 창백한 그의 몸은 감춰져 있었다. 그의 두상은 형태가 잘 잡혀 있고 머리카락은 아직 검었으며, 그 머리 자체가 무언가 말을 하는 것 같은 인상을 풍겼다. 몸 없는 머리처럼.

나는 그에게 와인을 건넸다. 선생님의 사연은 어떻게 됩니까? 내가 물었다.

바로 그게 고민입니다. 그가 답했다. 내가 사연을 이야기하는 사람인지, 아니면 그 이야기 자체인지 모르겠습니다.

삶은 살고 있을 때에만
평범해 보여요.

그걸 이야기할 때 우리는
우리가 낯선 것들에 둘러싸인
낯선 존재라는 것을
알게 됩니다.

현실은 지금이 아니다.

가끔 빅터를 보면 그의 얼굴이 흐릿해진다. 나는 흐릿해지는 것이 내 시야이리라는 걸 깨닫는다. 사람의 얼굴은 흐릿해지지 않으니까……. 하지만 내게는 마치 그가 사라지는 것처럼 보인다. 어쩌면 그의 정신 상태를 그의 몸에 겹쳐 봐서 그런 건지도 모른다.

머리 이야기? 내가 그걸 시작했잖아. 그 사막의 술집에서. 기억나?

응, 기억나. 셔츠 색깔과 어우러지는 청금석 같은 그의 눈색깔. 붙잡힌 느낌. 무엇에? 그가 내 손가락을 잡고 입을 맞추더니 말했다. 나는 네 큰 손이 정말 좋아. 내가 다른 몸을 선택할 수 있다면, 조그마한 몸으로 다시 태어나 네 손 위에 올라설 거야. 호두 껍질에 갇힌 마법의 생명체처럼.

나는 킹콩 같겠네. 내가 말했다. 그러면 너는 페이 레이* 가 되는 거야.

비운의 사랑이지. 그 프로그램은 덮어쓰기가 필요해.

사랑은 0과 1로 이루어진 게 아니야.

오, 하지만 0과 1로 이루어진 게 맞는걸. 빅터가 말했다. 우리는 하나지. 세상은 0이고. 나는 혼자고. 넌 아무것도 아니고. 하나의 사랑. 0의 무한.

나는 고릴라 역이나 계속할래. 내가 말했다.

그럼 나를 들어 올려 줘. 네 귀에 속삭일 테니. 빨리! 세상이 우리를 죽이려 들이닥치기 전에.

나는 그를 끌어당겼다. 그가 몸에 대해 무슨 말을 하든, 그의 몸을 나는 안다.

내가 말했지, 라이. 미국 버지니아 공대에서 박사 학위를 땄다고. 케임브리지를 졸업하고 거기로 공부하러 간 이유는 딱 하나, I. J. 굿이라는 탁월한 수학자와 같이 일하고 싶었기 때문이었어. 들어 본 적 있어?

아니.

* 1933년 영화 「킹콩」에서 여자 주인공 앤 대로 역을 맡은 배우.

빅터가 말했다. 잭 굿은 2차 대전 때 블레츨리 파크 팀의 일원이었어. 앨런 튜링의 동료. 굿은 암호 해독가였지. 통계학자, 즉 확률 전문가이기도 했고. 베이즈주의자야. 그는 베이즈주의에 대해 이렇게 이야기해.

나는 77년도 7월 7일 7시에 버지니아주 블랙스버그에 도착해 7동 건물 7호 방에 들어갔습니다……. 그 모든 게 우연이었죠.

잭은 물론 무신론자였지만, 7과 관련된 이 경험 이후로 신이 있을 확률을 0에서 0.1로 올려야겠다고 결론 내렸대. 너도 기억하겠지만, 베이즈주의자는 새로운 정보에 따라 결과값을 수정해야 하니까. 과거의 반대편에서 사는 사람들이지.

내가 말했다. 미래를 뜻하는 거야?

아니지, 라이. 과거의 반대편은 현재야. 누구든 지나가 버린 과거 속에서 살 수 있고, 존재하지 않는 미래 속에 살 수도 있어. 그 두 가지 입장의 반대는 현재야.

잭은 세상에서 가장 똑똑하고 웃기는 사람이었어. 그는 폴란드계 유대인이고 1916년 잉글랜드에서 태어났어. 장학금을 받아 일찍 케임브리지에 들어갔고, 현명하게도 이저도어 제이컵 구닥이라는 이름을 잭 굿이라는 평범한 이름으로 바꿨어. 당시 잉글랜드에서 유대인들은 평판이 좋지 않았거든. 잉글랜드인들은 상습적인 인종주의자들이야. 한 무리가 받아들여지면 다른 무리가 희생양이 되어 버리지.

너도 유대인이지. 내가 말했다.

맞아. 빅터가 말했다.

그런데 그 이야기를 하지는 않네.

인종, 종교, 젠더, 섹슈얼리티, 난 그런 것들에 짜증이 나. 빅터가 말했다. 우리는 앞으로 나아가야 한다고. 더 빠르게 나는 그 모든 것이 끝이 나길 원해. 모르겠어?

인간이 끝나길 바란다는 거네.

인간의 멍청함이 끝나길 바란다고. 하지만 1998년 책은 초지능 기계가 호모 사피엔스의 멸종을 불러올 거라고 추측한 바 있고, 나는 그때 잭이 적은 글을 가지고 있긴 해.

그런 일이 일어날 거라고 믿어? 내가 말했다.

빅터가 어깨를 으쓱했다. 멸종이라는 게 무슨 뜻이지? 우리가 인간의 정신을 비물질적 플랫폼에 업로드할 수 있다면, 그럼 그다음은? 생물학적으로는 멸종할 수도 있겠지. 나는 '멸종'이라는 단어를 좋아하지 않아. 불필요한 우려를 불러일으키거든.

몰살당하는 건 우려스러운 일이니까. 내가 말했다.

타블로이드 신문처럼 말하지 마. 그게 가속화된 진화라고 생각해 봐.

그가 나를 끌어당겼다. 내게 입을 맞췄다. 내가 추상적인 생각을 감당하지 못하는, 고양이나 쓰다듬고 싶어 하는 작은 소년이나 소녀라도 되는 것처럼.

하던 이야기 마저 해도 돼?

그래. 계속해 봐.

블레츨리 파크 이후 굿은 블레츨리 파크의 후신이라 할 수 있는 GCHQ(정부 정보 통신 본부)의 정보과에서 일했어. 그는 IBM과 아틀라스 컴퓨터 연구소의 자문 위원이었을 뿐만 아니라, 옥스퍼드 대학 트리니티 칼리지의 평의원이기도 했어. 1960년대 후반에 — 이 이야기를 들으면서 짐작이 되겠지만 1967년이었지. — 그는 기계 지능을 연구하러 미국으로 완전히 건너갔어.

왜 잉글랜드를 떠난 거야?

오, 이유는 많지만 그중 한 가지 중요한 것을 꼽자면, 앨런 튜링에게 일어난 일 때문이었어.* 굿은 영국 기득권층을 다시는 믿을 수 없었던 거야.

튜링이 동성애자라는 것을 그도 알고 있었어?

아니, 몰랐어. 거의 아무도 몰랐지. 튜링은 수줍음 많고 내성적인 성격이었고, 동성애는 범죄였으니까. 잭은 튜링이 다

* 1952년 동성애가 불법이었던 영국에서 동성애자였던 튜링은 외설 혐의로 고발당해 화학적 거세를 선고받고 컴퓨터 연구소 부소장직에서 해임되었으며 1954년 자살했다.

뤄지는 방식을 보고 충격을 받았고 넌더리를 냈어. 그는 이렇게 썼지. 앨런 튜링 때문에 전쟁에서 승리했다는 건 아니지만, 그가 없었더라면 우리는 틀림없이 전쟁에서 졌을 것이다.

그 전쟁이 다 무엇을 위한 것이었나? 파시즘의 편협함을 타도하기 위해서가 아니었어? 굿 같은 유대인 600만 명이 파시스트들에게 살해당했어. 동성애자들도 살해당했지. 어째서?

잭은 위선을 혐오했어. 영국은 위선을 발명한 나라였고. 그는 적어도 매카시즘 이후의 미국이라면 더 산뜻하고 자유로울 거라고 생각했어. 60년대 말이었으니 옳은 생각이었지.

그는 새로운 도전을 원하기도 했어. 그리고 컴퓨터 분야에서 다음 도약은 영국이 아니라 미국에서 이루어질 거라고 봤지. 그 생각도 옳았어.

이미 1965년에 굿은 지능 폭발*에 대해 썼어. 인공 지능 폭발 말이야. 그리고 '마지막 발명품'이라는 표현을 처음 쓴 것도 그 사람이었어. 선견지명이 대단하지.

그 어떤 영리한 사람의 지적 활동도 초월할 수 있는 기계를 초지능 기계라고 정의해 보자. 기계들이 설계된 목적은 그런 지적 활동들 중 하나이므로, 초지능 기계라면 심지어 더 나은 기계들을 설계할 수 있을 것이다. 그러면 의심의 여지 없이

* 인공 지능이 급속히 성장하여 인간의 지능을 뛰어넘는 현상.

'지능 폭발'이 일어날 것이고, 인간의 지능은 한참 멀리 뒤처질 것이다. 그러므로 최초의 초지능 기계는 인간이 만들 마지막 발명품이 될 것이다. 그 기계가 자신을 제어하는 방법을 우리에게 알려 줄 만큼 고분고분하다는 전제하에 말이다.

스탠리 큐브릭이 잭에게 이끌린 것은 저 마지막 문장 때문이었어. 큐브릭은 「2001 스페이스 오디세이」를 만들 때 잭에게 자문을 맡겼지. 그게 1968년이었어. 피해망상에 걸린 슈퍼컴퓨터 HAL 9000이 주요 캐릭터로 등장하지.

굿은 지금쯤이면 죽었겠군. 내가 말했다.
2009년에 죽었어. 아흔둘이었지.
자식은 있었어?
잭은 결혼하지 않았어.

그때 끔찍한 소음이 울려 퍼졌다. 지하철이 이곳으로 돌진하는 듯한 소리였다. 방이 진동했다.
이게 뭐야?
걱정 마. 빅터가 말했다. 이 지하 굴을 건조하게 유지할 수 있는 건 거대한 펌프 덕분이야. 펌프가 고장 난다면 이곳의 방들과 터널들은 금세 침수될 거야. 어웰강뿐만 아니라, 도시 아래 도시, 황혼의 세계에서 석탄을 나르던 시절부터 지하에 파묻혀 있던 수로에서도 물이 흘러들 테니까. 하지만 우리는 아주 안전해.

나는 안전하게 느껴지지 않았다. 그리고 빅터 옆에 있으면 안전한 기분이 들지 않는다. 흥분되고 매혹될 뿐, 안전한 기분은 아니다.

나는 말했다. 잭 굿에 대한 이 이야기가 어디로 연결되는 거야?

애리조나. 알코르.

알코르?

그때, 우리가 만났을 때 내가 알코르에 있었던 이유 말이야. 난 친구를 만나러 왔다고 했었지…….

설명해 줘.

우리 위에서 보이지 않는 힘이 쿵 쿵 울리는 소리.

빅터가 말했다. 내가 하려는 이야기는 기록된 적도, 알려진 적도 없는 이야기야. 내가 너를 믿어도 되겠지?

너는 나랑 자는 사이잖아. 내가 말했다.

너는 나랑 자면서도 나를 믿지 않잖아.

나는 침묵했다.

그는 자신의 신랄함에 약간 무안해진 것 같았다.

이 문제에 관해 서로를 신뢰하기로 하자. 내가 말했다.

좋아. 빅터가 말했다. 음, 그래서, 잭이 죽기 전에 우리는 그의 머리를 보존하기로 합의했어.

그의 머리를?

그래, 머리. 언젠가 그의 의식을 되돌릴 생각으로 말이야.

그의 머리가 알코르에 있어?

맞아. 잭은 기계 지능과 관련해 정말 많은 일을 했잖아. 그가 냉동 보존술에 대해 농담을 하더라고. 끝까지 반신반의하긴 했지만. 하지만 잃을 게 뭐가 있겠어? 그래서 계약을 맺었지. 그는 앞으로 다가올 세상이 궁금했던 거야.

그 세상은 아직 오지 않았잖아. 내가 말했다. 그 기술은 존재하지 않아.

사실이야. 그래도 시도는 해 봐야지.

무슨 시도?

그의 뇌를 스캔해 보려고 해.

빅터는 깜빡거리는 네온 불빛 아래 서 있었다. 그의 표정은 굳어 있었다. 등불의 빛과 어둠이 교차할 때마다 그의 눈동자가 파란색 파편을 흩뿌렸다.

그가 말했다. 의료 윤리상으로 인간의 뇌에는 어떤 실험도 못 하게 되어 있어. 스캔 기술은 너무 침투적이어서 죽음을 초래하고. 하지만 그 사람이 어차피 죽어 가는 상태라면? 불치병 환자가 인류를 위해 희생하는 거지. 내가 그 뇌에 손대면 왜 안 되는데? 사형 선고를 받은 살인범에게도 마지막으로 속죄할 기회가 주어질 수 있어. 내가 그의 뇌를 스캔하는 거야. 연쇄 살인범이 죽는다고 세상에 무슨 손실이 있겠어?

빅터! 그만해!

그가 말했다. 상실은 언제나 있고, 실패도 언제나 있어. 이런 실험이 다른 나라들에서 비밀리에 진행되고 있다는 생각 안 들어? 인간 목숨값이 싼 곳들에서? 그리고 만약 적대 세력이 이 실험에 성공한다면…… 맙소사, 중국에서는 이미 배아 개조까지 해냈어, 그 어떤 감독 절차도, 프로토콜도 없이. 그들이 다른 분야도 연구하고 있을 거라고 생각하지 않아?

이건 미친 짓이야. 내가 말했다.

제정신이란 게 뭔데? 그가 말했다. 그게 뭔지 네가 말할 수 있어? 빈곤, 질병, 지구 온난화, 테러리즘, 폭정, 핵무기, 심각한 불평등, 여성 혐오, 이방인에 대한 혐오.

그는 서성거리고 또 서성거린다. 자기 몸에 갇힌 존재처럼, 자기 시간 속에 갇힌 존재처럼.

그는 진정하려고 노력했다. 스스로를 가다듬었다. 그리고 말했다. 알코르는 담당 의사 없이는 머리를 반출하지 못하게 되어 있어. 네가 가서 잭의 머리를 여기로 가져와 줬으면 해. 맨체스터로, 내 연구소로.

난 그렇겐 못 해, 빅터.

할 수 있어. 합법적인 일이야. 서류도 마련되어 있다고.

그가 내게 다가왔다. 나는 몸을 돌렸다. 이것 때문에 내게 접근한 거야? 나를 이런 목적으로 이용할 수 있으리라는 걸 깨닫고? 우리가 처음 만났을 때? 그동안의 관계가 다 이것 때문이었어? 처음에는 나를 도굴꾼으로 쓰더니 이제는 저승의 나룻배 사공이 되어 달라? 죽은 사람을 데려와 달라고?

빅터가 나를 바라보았다. 그는 주춤거리지 않았다. 라이, 나는 너를 이용하는 게 아니야. 부디 알아 줘.

나는 이용당하는 느낌인데.

그러면 그렇지 않다는 걸 어떻게 하면 납득할래?

일단 나가면 안 돼? 여기서? 내가 말했다.

그는 평상심을 찾았다. 자기 자신으로 돌아왔다. 그가 내게 미소 짓는다. 그의 얼굴에서 홍조가 가신다. 그의 눈은 더 이상 빛을 번뜩이지 않는다. 그가 우리 코트를 가져온다. 내가 코트를 입는 동안 그는 코트 한쪽을 잡아 준다. 일상적인 행동. 일상적인 삶.

이제 밖으로 나간다. 콘크리트와 철에서 벗어나. 눈부신 네온 불빛과 깊은 어둠에서 벗어나. 기계들로부터 벗어나. 흡수 펌프가 쿵쿵거리는 소리와 물의 무게로부터 벗어나. 복도, 리놀륨, 계단, 위로 올라가고 또 올라가는 계단, 그리고 나는 숫자를 헤아리며 공기가 변하는 것을 느낀다. 저승을 떠나는 방문자처럼.

그렇게 우리는 비에 축축이 젖은, 귀가하는 사람들로 북적이는 길거리로 빠져나온다. 대문 자물쇠를 잠그는 그의 태도는 마치 인기 관광 프로그램이라도 막 끝낸 듯하다. '도시 지하의 비밀' 같은 제목의 투어 말이다.

아무도 우리를 신경 쓰지 않고 눈여겨보지도 않는다. 눈에 보이지 않는 존재가 된 것 같다. 실제로 보이지 않는지도 모른다. 그는 아무 일도 없었다는 듯 걷는다. 두 손을 트렌치코트 주머니에 꽂아 넣은 채, 단추를 잠그지 않은 코트 자락을 여며 빗줄기를 막으면서.

우리는 말없이 걷다가 역으로 접어드는 모퉁이에 이른다. 나는 거기서 머뭇거린다. 그는 내 머뭇거림을 알아차린다. 그냥 잘 가라 인사하고 내처 걸어갔어야 하는 건데.

그가 말했다. 오늘 밤 열차 탈 예정인 건 알지만, 그냥 하룻밤 자고 가면 안 돼? 내일 아침에 떠나면? 나도 일찍 일어나야 해.

나는 대답하지 않지만 발걸음은 그를 따라간다. 다만 더 천천히 걸으며, 생각을 하려 애쓰면서, 그러면서도 그가 나를 안심시켜 주기를 바라면서, 지금보다 더 가뿐하고 자유로워지고 싶다. 발길을 돌려 열차를 타러 가고 싶다. 하지만 내가 그러지 않으리라는 것을 안다.

트램 한 대가 철로 위를 덜컹덜컹 지나가면서 경적을 울린다.

빅터가 뒤로 물러선다. 한순간 나는 그가 발을 앞으로 내디디는 줄로 착각했다. 심장이 너무 빨리 뛰고 있다.

그는 깊이 후회하고 있다. 그답지 않은 모습이다. 앞만 똑바로 쳐다보며 그가 말한다. 내가 너무 많은 걸 말했군.

나는 대답하지 않는다. 마음은 날뛰고 있지만 입 밖으로 대답은 하지 않는다. 그게 무슨 뜻인지 나도 안다. 너무 많이 말한다는 것. 너무 적게 말한다는 것. 누가 충분히 말할 수 있나? 딱 충분할 정도로만?

내게 친밀한 대화란 잘못된 번역이다.

내 말은 그 뜻이 아니야. 전혀 그런 뜻이 아니었어.

내가 감당할 수 있는 일이 무엇인지 너무나 불확실하다. 그래서 다른 사람의 확실성이 내겐 신탁처럼 느껴진다. 빅터는 확실하다. 그는 내게서 짐을 덜어 준다. 하지만 그에게 놓인 짐은 무엇인가?

그가 내게 팔을 두르고는 말한다. 미안해. 같이 누울 수 있을까? 우리 집에 가지 않을래? 다른 건 잊어. 다 잊어버려.

우리는 이미 함께 길을 건너고 있다. 흘러가는 시간과 우리 자신의 이야기를 헤치고서.

빅터는 오래된 창고 건물의 꼭대기 층에 산다. 철제 기둥, 노출된 벽돌벽, 도시의 옥상들이 내다보이는 긴 창문들. 그의 방은 깔끔하다. 법의학적으로 정돈되어 있다. 전체적으로 회색과 갈색이고 핏자국처럼 빨건, 널따란 카펫이 깔려 있다. 침실에는 커다란 철제 침대가 있고 아무 소리도 나지 않는 종탑 하나가 내다보인다. 종이 있기는 한데 울리지를 않아. 그가 말한다.

그가 블라인드를 닫는다. 방에서는 라벤더와 브랜디 냄새가 난다. 그는 침대에 앉아 부츠를 벗는다. 나는 그를 등지고 침대 건너편에 앉아 머리맡에 있는 책을 집어 든다. 로버트 오펜하이머의 전기다.

내가 빛을 가리나? 그가 무릎으로 침대 위에 올라앉아 내게 몸을 기울이며 묻는다. 양팔로 나를 감싸 안는다. 이건 너무나 단순하고, 너무나 명료하고, 그 밖엔 아무것도 없다. 나는 고개를 돌려 그에게 키스하며 이 순간이 멈출 수 있기를, 시간이 여기가 아닌 다른 곳에서 흐르기를 바란다.

빅터가 책장을 넘긴다. 오펜하이머는 여러 종류의 사람이었지……. 탁월한 물리학자, 신비주의자, 원자 폭탄 때문에 자기 자신을 용서하지 못한 남자. 스스로를 용서하는 것이 늘 가능하지는 않지. 그리고 때로 우리는 무언가를 하기로 선택하고, 그것을 해야 한다는 것도 알지만, 용서가 불가능하다는 것도 알아.

그는 어머니처럼 내 신발을 벗겨 주고, 다음으로는 양말과 청바지를 벗기더니, 내가 셔츠 바람으로 흐릿한 빛 속에 있게 놔두고선 부엌으로 가서 음식과 와인을 준비한다. 나는 그의 침대의 단단함과 말끔함이 좋다.

그의 침대. 그는 시트 빨래를 세탁소에 맡긴다. 풀 먹인 면직물의 빳빳한 느낌을 좋아하기 때문이다. 그가 술잔, 키안티 와인, 신선한 바질과 토마토와 마늘을 올린 브루스케타를 쟁반에 받쳐 가져온다. 우리가 이렇게 함께 있을 때면 그는 하나의 세상을 만들어 준다. 수고를 기울인다. 친절하다. 그는 내 목에 두를 냅킨을 건네주고는 아기 새를 다루듯 작은 음식 조각들을 먹여 준다.

나는 그의 손을 잡는다. 그 손에 입을 맞춘다. 새끼손가락에 낀 금반지를 돌리며 묻는다. 이 인장 반지에 새겨진 건 뭐야?

그가 반지를 보여 준다. 제 꼬리를 삼키는 뱀 모양이다. 그가 말한다. 우리는 한 바퀴 돌아 제자리로 돌아오게 되어 있어. 알든 모르든.

그러더니 나를 침대 위의 자신에게로 끌어당긴다.

그의 침대. 안전한 2제곱미터.

그의 침대, 내가 설명할 필요가 없는 곳. 그가 만물에 대해 자기 이론을 설파하지 않는 곳. 그의 눈이 차분해지고 깊어지는 곳. 그의 침대에는 그의 몸과 욕망이 있다.

그가 친밀하게 느껴진다. 이것은 친밀하다. 우리의 구명정. 하지만 이것이 구명정이라면, 난파선은 무엇이지?

바로 우리다.

우리는 사랑에 대해 각자 다른 장애를 지니고 있다. 그의 비관주의, 나의 두려움. 우리의 상처 입은 삶은 이곳을 피난처 삼는다. 어째서 우리는 우리 자신을 고칠 수 없나? 어째서 우리는 서로를 구할 수 없나?

그가 내게 키스하고, 내 얼굴을 자신의 목에 묻고, 내 등줄기를 손으로 훑어 내리고, 다리를 내 다리 위에 포갠다. 그의 피부에서 전해지는 온기와 내 손가락을 간지럽히는 검은 머리카락이 너무나 좋다.

우리는 말없이 사랑을 나눈다. 그의 머리카락이 내 얼굴에 떨어진다. 그를 한가득 받아들이고, 나는 두려움을 잊는다. 그늘이 서서히 물러난다.

밤이 깊어 가고 그는 도시의 소음 위에서 잠든다. 방 안은 침대 위에 밝혀진 촛불 두 개를 제외하면 어둑하다. 나는 몸을 일으켜 촛불을 끈다. 그가 몸을 뒤척이더니 돌아누워 자기만의 사적인 잠 속에 빠져든다. 나는 시계를 확인한다. 두어 시간 뒤면 나는 어둠 속에서 옷가지를 챙기고 열차를 타러 떠나야 할 것이다.

그러나 이 밤이 영원처럼 느껴진다. 영원히 지속되리라는 뜻이 아니라, 영원하다는 뜻이다. 이곳이 우리가 속하는 곳이다. 우주에서 실종된 캡슐. 나머지는 우리가 꾸는 꿈이다. 그가 잠꼬대를 한다.

밤에 흠뻑 젖은 이 침대.

나는 그의 옆에 조용히 누워서 그의 어둠 속에 흘러든다. 시간이 우리를 찾아내겠지만 아직은 아니다. 지금이라는 일시적인 영원 속에서 잠들기에는 충분하다.

당신도 알다시피
나는 관습을 따르도록
태어나지 않았어요.
내 천성의 독특한 성미가
나를 밀어붙여요.

— 메리 울스턴크래프트

베들럼 3

그녀가 왔을 때는 저녁이었다. 구릿빛을 띤 그녀의 머리카락에 햇살이 비추니 알라딘의 램프처럼 보였다. 그녀는 어딘지 램프의 요정 지니 같은, 몸이 재빠르고 투명한 듯한 느낌이 있었다. 그러나 그녀는 자신감 있게 서서 나와 악수를 나눴다.

그가 여기에 있나요?
제 서재에 있습니다.
그가 생각하기에…….
그는 당신이 자신을 창조했다고 믿고 있습니다.

내가 뭐라고 말을 더 하기도 전에 문이 열리더니 빅토르 프랑켄슈타인이 들어왔다. 내 보호하에 음식과 휴식을 즐긴 그는 건강을 되찾았다. 보기 좋은 용모였다. 그녀도 그랬다. 두 사람의 시선이 마주쳤다. 그가 손을 내밀었다.

당신이 메리 셸리로군요.

맞습니다.

그녀는 침착했다. 두려움이 없었다.

그는 열띤 태도로 내게 몸을 돌리고 말했다. 이분에게 제 문서들을 보여 줬습니까? 전부 다요?

그녀는 당신의 신원 보증 서류들을 숙지하고 있습니다.

네. 그래서 제가 여기 온 거예요. 그녀가 말했다.

나는 와인을 따랐다. 그 외에 무엇을 해야 할지 알 수 없었다. 우리는 자리에 앉았다.

나를 없애 주십시오. 그가 말했다.

숙녀는 한동안 그를 바라보았다. 겉보기에 그는 광기와 매우 동떨어져 보였다. 하지만 광인들은 정상인들에게 없는 깊은 확신을 갖고 있는 경우가 많다.

당신은 소설 속에 등장했지요. 그녀가 말했다. 당신도, 당신이 만든 괴물도요.

내가 당신이 만든 괴물입니다. 빅토르 프랑켄슈타인이 말했다. 나는 죽을 수 없는 존재입니다. 살았던 적도 없으니 죽을 수도 없다고요.

선생님! (이쯤에서 내가 개입해야 했다.) 제가 지금 이 권총으로 선생님을 쏘면(나는 주머니에서 권총을 꺼내 들었다.) 선생님의 삶은 끝날 겁니다. 아무렴요! 그걸로 끝이 되겠죠.

부디 그렇게 해 주시기를 바랍니다, 웨이크필드 씨. 그가 말했다. 이 몸을 떠나 봤자 나는 다시 돌아올 겁니다. 지금 당신에게 보이는 이 형체는 일시적인 거예요. 나는 시간을 초월해 존재합니다, 내 창조주가 나를 해방시켜 주기 전까지는.

나는 서글프게 고개를 저었다. 나는 그에 대해 희망적이었다. 그런데 이제 보니 그가 이곳을 영영 떠나지 못할 거라는 우려가 들었다. 딱한 망상가 같으니!

메리 셸리는 그의 황당무계한 주장에도 두려워하지 않는 듯했다. 그녀가 말했다. 그러면 선생님, 어떻게 해서 책 속에서 나와 이 삶을 살게 되었는지 말해 주실 수 있나요?

빅토르 프랑켄슈타인이 말했다. 오류가 있었습니다. 저는 그 빙원에서 죽었어야 했습니다. 그런데 정신을 차려 보니 이 정신 병원에 있고, 내가 혐오하는 그자는 지금도 이 세상을 떠돌아다니며 나를 파멸시킬 기회를 노리고 있을 겁니다.

당신은 죽고 싶다면서요! 내가 말했다.

저는 사라지고 싶다고요! 나는 이 몸에 속하지 않아요. 이 역겨운 몸뚱이에!

제 남편이라면 선생님의 심정을 이해했을 겁니다. 그녀가 말했다.

이 몸뚱이! 그가 말을 이었다. 나는 이걸 거의 알아보지도 못하겠어요. 나는 정신이란 말입니다. 사유. 영혼. 의식.

선생님, 진정하세요! 내가 말했다. 시간이 우리에게서 젊음과 활기를 앗아 가고 나면 사람들은 누구나 거울 속에 비친 자기 얼굴을 알아보지 못한다는 것, 모르시나요? 제가 쭉 이런 모습이었을 것 같습니까? (나는 내 허리께와 통풍이 걸린 부위를 가리켰다.) 저는 왕년에 펜싱 선수였습니다, 선생님. 한 마리 그레이하운드였죠! 네, 그래요. 우리는 현재 우리 몰골을 보고는 경악해서 시선을 돌리게 마련입니다.

저는 당신과 다릅니다! 그가 말했다. 내가 미치는 이유는 여기 갇혀 있기 때문입니다. 이 밖에서는 사악하고 냉혹하고 교활한 의지를 품은 자가 기다리고 있고, 그는 다른 이들에게 내가 했던 것과 같은 실험을 할 겁니다. 인류의 안위에는 아랑곳도 않고요.

메리 셸리가 말했다. 당신이 인류에 속하지 않는다면, 어째서 인류를 걱정하시는 거죠?

당신이 지닌 인류에 대한 사랑 때문에요. 그가 대답했다. 당신이 내게 가르쳐 준 사랑 때문에. 제가 책을 인용해 볼까요? 내 심장은 사랑하고 연민할 수 있게끔 빚어졌습니다.

그녀가 말했다. 그건 빅토르 프랑켄슈타인의 대사가 아니라 그 피조물의 대사예요.

우리는 똑같아요, 똑같다고요. 프랑켄슈타인이 대꾸했다.

그러자 숙녀는 침묵했다. 자기만의 어떤 생각을 떠올리고 있는 듯했다. 그러더니 대답했다. 당신이 그와 똑같다면, 당신도 한없이 교활하고 냉혹한 악귀겠네요.

그리고 슬프기도 하지요. 그가 말했다. 슬픈 존재요.

깊은 밤이 우리를 에워쌌다. 촛대에 꽂힌 긴 초들이 짧아져 갔다. 나는 우리가 여기 모였다는 것에, 이토록 낯선 타인들이 만났다는 것에 의아해졌다. 때로는 시간의 흐름이 시간을 알려 주기보다는 글을 전해 주는 듯하다. 우리는 우리가 되풀이하는 이야기이거나 이미 말해진 이야기임을 지각하는 때 말이다. 그가 뭐라고 했더라? 이야기하는 자인지, 이야기 자체인지? 나도 모르겠다.

나는 그녀를 한편으로 끌어당겨 말했다. 마담, 오랫동안 광인들을 상대하면서 저는 자신이 러시아 황제라든지, 알렉산드로스 대왕이라든지, 그리스도의 어머니라든지, 아예 그리스도라고 진심으로 믿는 길 잃은 영혼들의 이야기를 많이 들었습니다. 정신이란 기묘한 문제입니다. 발명품이라고 할 수 있죠.

발명품이라고요? 그녀가 물었다.

저는 그렇게 믿습니다. 내가 말했다. 우리 대부분은 우리 주변 세상이 견고하다고 믿으며 살고 죽기로 합의한 거죠. 하루하루가 흔적도 없이 사라지는데도요. 매일이 사라지고 새로운 날이 그 자리를 차지하지만, 우리가 하는 행동은 시간을 넘어서는 결과를 일으켜요. 광인들은 우리 세상을 공유하지 않습니다. 그들의 세상도 우리 것과 똑같이 생생해요. 아니, 훨씬 더 생생하죠. 광인들은 다른 무대에 오른 배우들이에요.

메리 셸리는 와인을 마셨다. 나는 와인을 홀짝거리지 않고 공기를 들이켜듯 쭉 들이마시는 여자를 좋아한다. 나는 말했다. 이건 카오르 와인입니다.

그녀가 말했다. 저는 이탈리아에서 와인 마시는 법을 배웠어요. 와인은 습기, 우울, 글쓰기에 아주 좋은 것 같아요.

네, 그렇죠. 내가 말했다. 당신의 유명한 책 말이죠. 대단한 반향을 일으켰잖아요!

읽으셨어요?

그럼요!

사교계에서 그런 반응이 나올 줄은 예상 못 했어요. 제가 여자여서 그런가 봐요.

그러면 남편분이 쓴 게 아니란 말입니까? 월터 스콧 경은 그렇게 추측하던데요?

셸리는 시인이에요. 그이는 에어리얼이지, 캘러밴*이 아니에요. 그는 『프랑켄슈타인』을 쓰지 않았습니다.

* 셰익스피어의 『템페스트』에 등장하는 마녀의 아들로, 에어리얼과 같이 주인공 프로스페로의 노예이지만 반란을 꾸민다.

한 가지 여쭤도 될까요? 남편분은 당신이 여기 방문한 것을 알고 계십니까?

그이는 집안일을 처리하는 중이에요.

빅토르 프랑켄슈타인이 벌떡 일어나더니 창가로 건너갔다. 그는 외쳤다. 저기! 보여요? 그가 저기 있어요.

누가 있는데요? 내가 물었다.

그 생명체요!

우리 셋은 컴컴한 마당을 바라보았다.

저기엔 아무도 없는데요. 내가 말했다.

내가 여기에 있으면 그는 저기 있는 거예요. 빅토르 프랑켄슈타인이 말했다. 당신에게 그가 보이지 않는다는 사실에는 아무 의미도 없어요. 신은 보이지 않지만 그의 영향력은 알 수 있잖아요. 당신도 그의 영향력을 보게 될 겁니다. 정말이에요. 한번 만들어진 괴물은 없어지지 않아요. 이 세상에 벌어질 일이 이제 시작된 겁니다.

나를 두렵게 한 것이
다른 이들도
두렵게 할 것이다.

—메리 셸리

현실은 내 심장에 올려진 당신의 손이다.

별로 대단한 곳 같진 않은데요! 론 로드가 말했다.

이집트의 피라미드는 아니다. 사이프러스 숲도 아니고, 손으로 돌을 깎아 세운 음침한 묘도 아니다. 스테인드글라스도 없고, 연철 대문도 없다. 시신 안치실도 없다. 눈물짓는 천사상, 무릎 꿇은 처녀상, 누워 있는 기사 동상, 충직한 개 동상, 실물 크기의 초상, 꽃을 꽂아 둘 화병도 없다. 추모비. 사랑하는 이를 애도하며.

우리는 피닉스 근처 스카츠데일 공항의 활주로와 가까운, 사무실과 소매점 들이 밀집한 시 외곽에 지어진 콘크리트 블록 앞에 서 있다. 그 옆 터에는 타일 창고가 서 있다.

알코르에 돌아온 것을 환영합니다, 라이!

CEO인 맥스 모어가 우리를 기다리고 있다.

안녕하세요, 맥스! 다시 뵈어 반갑습니다. 빅터가 론 로드에 대해 메일로 말씀드렸죠? 여기 이분이 론 로드입니다.

(서로서로 악수를 나눈다.)

론! 만나서 반가워요! 빅터 스타인의 친구인가요?

(빅터의 친구 중에서 청청 패션을 입고 카우보이 부츠를 신고 카우보이모자를 쓴 사람이 얼마나 될까? 론은 짧은 휴가에 걸맞게 차려입고 온 참이다.)

저는 투자자입니다. 론이 말했다. 교수님에게 투자를 하죠. 미래에 투자하는 셈이랄까요.

알코르에도 투자해 주시면 좋겠네요. 맥스가 말했다.

그럴까 봐요. 론이 말했다. 저는 제가 하는 일 때문에 비난을 많이 받아요. 최첨단 산업에 대한 적대감이 어느 정도인지 상상도 못 하실 겁니다.

새로운 건 무서운 법이죠. 맥스가 말했다.

론이 고개를 끄덕였다. 그렇죠, 맞아요. 당신도 어려움이 있을 것 같아요. 여기는 사람들을 즉석조리 식품처럼 냉동해 놓는 곳이니까요.

많은 오해를 사긴 하죠. 맥스가 말했다.

제 사업도 마찬가지예요. 우리는 개척자인 겁니다.

한번 둘러보시겠어요?

오싹한 곳인가요? 제가 겉보기엔 안 예민해 보이지만 실은 예민해서요.

우리는 저장 시설 안으로 들어갔다. 거대한 바퀴가 달린, 반짝반짝 광이 나는 높은 알루미늄 실린더들이 빛을 반사하고 있었다.

이것들은 듀어라고 해요. 맥스가 말했다. 이걸 발명한 제임스 듀어 경의 이름을 딴 거죠. 그가 이 발명품을 착상한 것은 1872년이었어요.

뭐라고요? 론이 물었다. 1872년부터 사람들을 냉동시켰다는 건가요?

내가 끼어들었다. 론, 여기 있는 것들은 거대한 보온병 같은 거예요. 제임스 듀어라는 스코틀랜드인이 보온병을 개발했고요. 이중으로 된 강철 벽 사이를 진공으로 만들고, 빛을 반사하는 물질을 벽 표면에 씌우는 겁니다. 그러면 뜨거운 건 뜨겁게, 차가운 건 차갑게 유지되죠.

론은 새로 산 카우보이모자 아래 눈을 찌푸리고 있었다. 그러니까 이것들이 내가 커피 마실 때 쓰는 텀블러 같은 거란 말예요?

똑같은 거죠.

론이 듀어 앞으로 다가가서 표면을 두들겼다. 그는 안타까울 만큼 어리둥절한 표정으로 나를 바라보았다. 이 안에 사람이 있다는 뜻이에요?

네. 내가 말했다. 머리를 위로 하고 둥둥 떠 있죠. 영하 190도에서요.

론이 예의를 표하는 뜻에서 모자를 벗었다.

라이언, 설명 좀 해 줘요. 당신은 의사잖아요. 저 사람들은 사망한 뒤 저 안에 들어가는 거죠?

네, 법적으로 사망한 상태입니다.

법적으로 사망했다는 게 무슨 뜻이에요?

아내가 당신 돈을 다 쓸 수 있다는 의미죠.

내 아내는 내가 살아 있는 동안에도 그랬는데요.

음, 스스로에게 이 질문을 해 보세요. 론, 죽음이 뭘까요?

날 바보 취급하지 마요, 라이언. 죽은 건 죽은 거죠.

론, 이 부분에 문제가 있어요. 하지만 위로가 되는 해답이 없는 문제죠. 의학적으로 그리고 법적으로 사망이란 심장 기능이 정지하면 일어난다고 간주됩니다. 심장이 멈추고, 마지막 숨을 쉴 때요. 하지만 당신 뇌는 그 순간 죽지 않아요. 그 뒤로도 약 오 분 동안은 죽지 않은 채로 남아 있죠. 극단적인 경우에는 십 분에서 십오 분까지도 살아 있습니다. 뇌는 산소가 결핍되면 죽어요. 우리 몸의 나머지 부분과 마찬가지로 살아 있는 조직이죠. 사람의 뇌는 죽기 전에 자기 몸이 죽었다는 걸 알 수도 있어요.

론이 말했다. 나를 가지고 놀고 있군.

가지고 노는 게 아니에요, 론.

그러니까 내가 스스로 죽었다는 것을 알 테고, 그러면서도 아무것도 할 수 없다는 것도 알 거라는 뜻이에요?

그럴 가능성이 매우 높죠. 유감입니다.

네, 그러게요.

나는 그를 위로해 보려 했다. (이런 주제에 대해서는 애초에 이야기하지 않아야 하는 건지도 모른다.) 알코르의 관점에서 죽음은 사건이 아니에요. 과정이죠. 그렇죠, 맥스?

맞아요. 맥스가 말했다. 그리고 론, 우리가 죽음이라고 부르는 과정이 진행되는 동안 뇌를 보존해 놓으면, 언젠가 미래에는 뇌에 의식이 회복될 수도 있어요.

론은 이 말에 기분이 조금 나아진 것 같았다. 좋아요! 좋아요! 이해했어요! 하지만 이게 다 뇌에 관한 문제라면, 몸을 가지고 왜 그토록 법석인 거죠? 사람들은 대부분 늙어서 죽잖아요. 그리고 아프고요. 그러면 되살아나도 아프고 늙은 사람으로 되살아나는 건가요?

내가 말했다. 론, 그때가 되면 의학이 발전해서 늙은 몸을 재생하고 되돌릴 수 있으리라는 가설이 있어요. 다른 한편으로는 뇌만 보존해 놓고 몸은 새로 키워 내거나 제조할 수도 있고요. 아니면 빅터 말마따나 몸이 아예 필요 없을 수도 있어요.

몸 없는 존재가 되고 싶지는 않은데요. 론이 말했다.

이리 오세요, 론. 맥스가 말했다. 여기 있는 듀어들은 훨씬 작아요. 여기에 머리를 보존하는 겁니다.

머리만요?

머리만요…….

그래서 당신은 뭘 하는데요? 목을 자르나요?

두부 분리(또는 '신경 분리')는 여섯째 경추골을 외과적으로 횡절단함으로써 실행됩니다.

와우. 론이 말했다. 최고의 외과의들이 그 일을 맡고 있겠네요?

수의사들도 할 수 있어요. (내가 이 말을 왜 하고 있지? 악랄해서?)

수의사라고요! (론의 입에서 느낌표가 터져 나온다.)

그럼요, 수의사라고 왜 못 하겠어요? 유리화 분야에서 가장 흥미로운 진척은 토끼들을 대상으로 이루어졌다고요.

빌어먹을 수의사가 내 목을 자르게 놔둘 순 없어요! 론이 말했다. 우리 심바 주사 맞히러 갔을 때만도 충분히 괴로웠다고요. 차마 볼 수가 없었어요!

볼 필요는 없을 거예요.

그 후에 내 몸은 어떻게 되죠?

가족이 화장하면 돼요.

론이 머리가 보관된 듀어들을 쳐다보고 있다.

맥스, 저 머리들에 머리카락도 붙어 있나요?

저희는 개개인의 의사를 존중합니다. 맥스가 말한다.

론이 말한다. 재미있게도, 나도 웨일스에 머리를 만드는 공장을 갖고 있거든요. 내 섹스봇에 쓸 머리요. 어떤 의미에서는 우리가 같은 업종에 종사하고 있다고 할 수 있겠네요. 알코르는 웨일스로 사업을 확장해야 해요. 브렉시트 때문에 기업 보조금이 있을 거예요. 수백만 유로를 다 쓰고 나면 웨일스에는 할 일이 아무것도 없을 테니까요. 세금 우대 조치, 창고, 공짜 냉동고, 공짜 얼음, 심지어 수의사까지 지원될지도 몰라요. 뭐든 원하는 대로요. 사업을 프랜차이즈로 할 생각 안 해 보셨어요?

맥스는 현재 세계에 인체 냉동 보존 시설이 네 군데 있다고 설명한다. 미국과 러시아에.

네 군데밖에 없다고요? 론이 말한다. 이 시장엔 틈새가 있네요.

내가 말한다. 확실히 그렇죠, 론. 한 해에 5500만 명이 죽으니까요.

론은 내가 말한 숫자를 유심히 생각해 본다. 그러게요, 우리 섹스봇 정기 구독 서비스도 신청해 놓고 안 가져가는 고객들이 자주 있거든요. 보통 죽은 거였더라고요.

저희도 정기 후원 제도가 있어요. 맥스가 말한다.

그렇군요. 하지만 당신 고객들은 죽는 걸로 되어 있잖아요. 그걸 위해 돈을 낸다는 말이죠?

론은 손에 모자를 들고 서성서성 걸어간다. 론에게는 이 모든 게 이해하기 벅찰 것이다. 그의 정보 처리 속도가 약간 지연되고 있다.

정전되면 어떻게 됩니까? 론이 묻는다. 웨일스에서는 그게 문제가 될 수 있거든요. 저녁 식사 도중에, 주로 목요일에 전기가 나가요. 탁! 하고 끊겨 버리죠.

맥스는 듀어들은 너무 차가워서 일시적인 전력 손실 정도는 상관없다고 설명한다. 심지어 몇 주 동안 전기가 안 들어와도 상관없다고.

핵전쟁이 일어나면요? 론이 묻는다.

맥스는 그밖에도 걱정할 문제들이 있을 것 같다고 답한다.

론은 그 말에 일리가 있다고 생각한다. 그의 정보 처리 속도가 다시 빨라지면서 그는 정보들에서 하나의 패턴을 찾아낸다.

라이언, 매년 5500만 명이 죽는다고 했죠?

네…….

그 사람들이 전부 되살아나면 안 될 거 아네요?

저자 메모: 이것은 론이 이제껏 한 말들 중 가장 심오한 말이다.

론이 말한다. 제 말은, 선을 어디다 긋느냐는 거예요. 살인범 놈들, 아동 성범죄자, 폭력배, 미치광이, 그리고 브라질에 그 양반…… 보우소나루는? 만약 저기 자루 속에 히틀러의 머리가 들어 있다면 어쩔 겁니까? 그걸 해동할 거예요? 그리고 정말로 재미없는 사람들도 있고……. 게다가 우린 전부 어디서 삽니까? 이 지구에서 말예요

맥스는 이 기술이 상용화될 즈음이면 인류는 다른 별들을 식민지로 삼을 거라며 론을 안심시킨다.

도널드 트럼프도 자기 머리를 얼리려고 하나요? 론이 묻는다.

맥스는 임상적 사망 시점에 뇌가 완전히 기능해야만 보존이 가능하다고 설명한다.

저는 저희 엄마를 얼리고 싶네요. 론이 말한다. 엄마는 다른 별에서 사는 걸 무척 좋아하실 거예요.

맥스가 론에게 반려동물들이 있는 듀어들을 보여 준다.

털도 보존되나요? 론이 묻는다.

반려동물에게 털이 중요한 부분이라는 점을 아는 맥스는 론을 안심시켜 주는 말을 한다. 동물 복제도 제안한다.

그건 비싼가요, 맥스?

아주 비싸죠.

비싸도 낼 수 있어요. 론이 말한다. 어차피 죽을 때 돈을 가져갈 것도 아니고……라고 말하려고 했는데, 이제 보니 가져가야 할지도 모르겠네요! 죽고 나서 친척들이 내 돈을 다

써 버렸는데, 그때 짠! 부활! 그러고 나면 어떡해요?

이 순간 나는 론을 새로운 존경심을 갖고 보게 되었다고 말해야겠다. 미래의 핵심적인 사안들에 대해 론 로드처럼 생각할 줄 아는 사람이 또 누가 있겠는가?

이제 론은 신이 나서 말을 이어 나간다. 알코르 저장 시설이 그의 뇌에 깊은 영향을 미치고 있나 보다. 우리가 듀어들(그리고 그 안에 떠 있는 투숙객들) 옆에 서 있는 동안, 론은 섹스봇의 불멸성에 대해 하나의 논고를 펼쳐 나간다. 로봇이야말로 우리의 많은 생애에 동반자가 될 수 있다는 것이다.

당신이 되살아나면, 그녀가 눈앞에 있는 거예요. 딱 당신이 기억하는 그대로. 그리고 그녀도 당신을 기억하고요. 제 말은, 맥스, 그러니까 이건 우리가 함께 생각해 봐야 할 문제라는 거예요. 파트너십을 맺으면 좋겠다는 거죠. 사적인 파트너십 말고, 비즈니스 파트너십이요. 당신 고객들에게 이게 필요할 수 있어요. 섹스봇이 과부보다 낫잖아요.

배우자끼리 같이 되살아날 수도 있는데요. 맥스가 말한다. 심지어 이십 년 차를 두고 죽었더라도 같이 살아날 수 있어요.

론이 카우보이모자를 쓴 머리를 절레절레 흔든다. 그 말로는 씨알도 안 먹히나 보다.

론이 말한다. 이봐요, 내 말 잘 들어요! 내가 이 사업을 하면서 터득한 게 몇 가지 있는데 말이죠. 이제 사람들 수명이 길어지다 보니 결혼이라는 게 옛날처럼 잘 돌아가지 않아요. 사람들에게는 변화가 필요하다고요. 만약 내가 되살아난다면 예전 아내를 원하지 않을 거예요. 그녀도 나를 원하지 않을 테고요. 일단 내가 좋아하는 로봇과 함께 출발한 다음 상황을 지켜보는 게 낫죠.

당신은 사랑에 빠지고 싶지 않나요, 론? 내가 묻는다.

라이언, 당신이 스스로 똑똑하다고 생각하는 줄은 알겠지만, 연애에 대해선 내가 몇 마디 좀 하겠습니다. 대부분의 사람들은 대부분의 시간 동안 끔찍한 연애를 하고 있고, 그러면서도 좋은 연애를 하는 꿈을 꿔요. 그건 판타지죠. 영영 가질 수 없을 늘씬한 근육질 몸매와 마찬가지예요. 맥스, 당신은 빼고요. 근육이 울퉁불퉁한 게 티셔츠 위로도 드러나 보이니까. 대부분의 남자들은 나처럼 생겼고……. 라이언! 입 다물어요! 당신은 대부분의 남자에 해당하지 않는다고요. 그러니까 내 말은, 맥스, 현실을 직시하고 여기 정기 후원 프로그램에 섹스봇도 추가하라는 거예요.

그 순간 시설 문이 열리더니 훤칠하고 아름다운 흑인 여자가 걸어 들어왔다. 나는 그녀를 즉시 알아볼 수 있었다. 멤피스에서 만났던 클레어였다.

클레어! 안녕하세요?

두 분이 아는 사이인가요? 맥스가 말했다.

네! 아니요! 내가 말했다. 멤피스에서 만난 적이 있어서요.

클레어가 말했다. 만났지요. 꽤 많은 경험을 했어요.

론이 말했다. 뭐라고요? 섹스 쇼에서요? 거기 진행자였어요?

저는 행사 관리자였어요. 클레어가 북극처럼 싸늘한 목소리로 말했다.

그게 더 높은 급인가요? 론이 말했다.

선생님! 저는 그 오락 프로그램에 관여하지 않았다고요.

기분 나쁘게 할 뜻은 없었어요. 론이 말했다.

여기는 웬일인가요? 내가 말했다.

저는 맥스 모어의 개인 비서예요.

음, 변화가 좀 있었네요.

그러게요.

어떻게 된 일인지 궁금한데요. 내가 말했다. 이따가 같이 술 한잔할래요?

그러죠, 셸리 박사님. 클레어가 말했다.

저도 가도 돼요? 론이 말했다.

그렇게 해서 우리는 양철 지붕과 넓은 현관이 있는 작은 바에 이르렀다. 맘 편히 먹어라고 적힌 티셔츠를 입은 예쁜 여자가 주문을 받는, 소노라 사막의 실제적 수수께끼에.

또 오셨네요! 그녀가 말했다.

여기도 예전에 와 봤었어요? 론이 물었다.

전생에요. 저한텐 그렇게 느껴지네요. 내가 말했다.

윤회를 믿어요? 클레어가 물었다.

웨이트리스가 말했다. 지난번에 오셨을 때는 버번과 녹은 치즈를 드셨는데요. 그걸로 가져올까요?

웨이트리스가 도도하게 걸어갔다.

엉덩이 예쁘네. 론이 말했다.

여자를 신체 부위로 취급하지 마요! 클레어가 말했다.

그러면 남자가 여자한테 칭찬을 어떻게 하죠? 론이 말했다. 당신 #미투 타입인가요?

제 정치적 견해까지 논하지는 않겠어요. 클레어가 말했다. 다만 여자들한테 할 수 있는 말을 알려 드리죠. 그 여자 눈빛이 참 이지적이네. 그녀의 영혼은 참 아름다워. 그녀는 이해심이 무척 깊어. 그녀의 패션 센스는 아주 근사해.

그게 다예요? 론이 말했다.

피아노를 연습하는 것처럼 생각하세요. 그 단계부터 먼저 떼고 나면 다른 곡들도 시도해 볼 수 있겠죠.

론은 깊은 인상을 받은 듯했다. 제가 술 한잔 사도 될까요?

라이언이 사 주고 있는데요. 클레어가 말했다.

이분 원래 이름이 메리였대요.

네?

나는 론의 허튼짓을 가로막기로 했다.

클레어! 이야기 좀 해 봐요. 국제 바비큐 챔피언십에서 어떻게 알코르로 오게 됐어요? 큰 변화인 것 같은데요.

그러게요, 라이.(그녀는 론을 싸늘하게 노려보면서 내 이름을 힘주어 발음했다.) 계시를 받았거든요.

계시라고요?

주님에게서요.

클레어는 "만세 반석 절 위해 여시니/ 제가 주께 숨나이다"를 부르기 시작했다. 목소리가 굉장히 좋았다. 가까운 테이블에 앉아 있던 손님들이 박수를 쳤다.

저는 여기에서 잠복 근무를 하고 있어요. 클레어가 말했다. 주님 가족이 보낸 특사로서 말예요. 반석에 난 틈 안에 숨어서 영혼을 발견하려고 하는 중이에요.

누구 영혼이요? 내가 물었다.

고인들의 영혼 말예요! 만약 당신이 죽어서 유리화됐다고 쳐요. 그러고 나서 이 지상으로, '눈물의 골짜기'로 돌아온다면, 당신의 영혼은 어디에 있을까요?

그거 생각해 볼 만한 문제네요. 론이 말했다. 어디 있을까요?

제 의문은 이거예요. 클레어가 말했다. 영혼이 자기 자신에게로 돌아올까, 아니면 예수님에게 갈까? 영원히?

그걸 어떻게 알아낼 생각이에요? 내가 물었다.

모르겠어요. 하지만 주님이 여기로 오라고 하시기에, 연봉

이 낮아지는 것도 감수하고 여기로 온 거예요. 문제는 제가 교회에 다니는 여타 사람들과는 다른 관점을 갖고 있다는 거예요. 저는 아마도 윤회를 믿는 것 같거든요.

그래요? 내가 말했다.

클레어가 그 아름다운 머리를 끄덕였다. (그녀의 머리가 아름답다고 말하면 안 되는 거겠지? 좋다. 그녀는 이지적인 눈동자가 달린 머리를 끄덕였다.)

라이, 어쩌면 사람이 되살아나는 것이 윤회의 업데이트 버전은 아닐까 싶어요.

그렇겠네요! 론이 말했다. (클레어는 그를 노려보았다.)

그러니까 우리가 되살아나면 영혼도 같이 따라와야겠죠, 분명?

그러길 바라요. 내가 말했다.

그리고 그 영혼은 전생의 일부일 테고, 또 다른 생애를 거쳐 스스로를 개선하겠죠. 클레어가 말했다.

당신은 구원받고 싶지 않나요? 내가 말했다.

저는 구원받았는걸요! 클레어가 말했다. 나는 영원토록 구원받은 사람이에요. 지금 내가 알코르에서 일하는 건 기독교인들이 유리화 시술을 받아야 하는지를 알아보기 위해서예요. 그들이 유리화되었다가 다시 이 고통스러운 죄악의 땅으로 돌아오면, 머리가 얼려져 있는 동안 자기 영혼이 주님과 함께 있었다고 간증할 수 있을 테니까요.

와우! 론이 말했다. 대단한 숙녀분이시네.

칭찬으로 받아들이도록 하죠, 론. 클레어가 우아하게 말했다.

하지만 문제가 있는데요, 클레어. 내가 말했다. 그러려면 당신이 알코르에서 오랫동안 일해야 할 거라는 점이에요. 은퇴할 나이를 지나서까지 해야 할걸요. 그 기술이 나오려면 그만큼 오래 걸릴 테니까요.

돌파구가 생길 수도 있겠죠. 클레어가 말했다. 그리고 적어도 저는 여기서 지식을 얻고 있잖아요. 냉동 보존술을 이해하는 사람은 많지 않아요.

당신이 이런 선택을 했다는 게 조금 놀라운데요. 지난번에 멤피스에서 만났을 때는 로봇 공학에 단호히 반대했잖아요.

네, 저는 로봇을 반대해요. 하지만 미래에 올 것들 하나하나에 개별적으로 입장을 정해야죠. 무엇은 하느님에게서 온 것이고, 무엇은 악마에게서 온 것인지.

당신은 로봇이 악마가 만든 것이라고 생각해요? 내가 물었다.

악마가 로봇을 활용해서 인간됨의 존엄성을 훼손할 수도 있지요. 클레어가 말했다.

제가 한마디 해도 될까요? 론이 말했다.

그때 웨이트리스가 구운 치즈와 버번을 가져왔다. 오늘 밤에는 밴드 공연이 있어요. 철로 된 현악기들로 이루어진 밴드예요. 기타, 밴조, 우쿨렐레. 재밌게 보세요!

아가씨, 혹시 윤회를 믿으세요? 내가 물었다.

웨이트리스가 내 의자 가장자리에 모로 걸터앉았다. 그녀의 다리가 내 다리에 맞닿는 느낌이 들었다. 웬걸요, 진심으로 믿죠. 저는 제가 예전에도 여기서 살았다는 걸 알아요. 이 지구에서 말예요. 이야기하자니 어렵네요. 내 안에 있는 깊은 직감이라서요. 과거가 계시처럼 눈에 보이는 거죠.

저도 계시를 받았어요. 론이 말했다. 그래서 이 사업을 시작하게 된 거예요. 섹스포에서 제 전시 부스 봤어요, 클레어? 보라색 커튼 쳐져 있었던 데예요. '왕을 기다리며'라는 이름이었는데.

당신은 왕이 아니잖아요. 클레어가 말했다.

네, 아니죠. 대다수의 남자들이 왕이 아니고요. 하지만 딱 자기만을 위해 만들어진 아가씨가 있으면 느낌이 다르니까요.

가만…… 그럼 당신은 섹스봇을 파는 거군요. 클레어가 천천히, 악몽을 떠올리는 듯이 말했다.

맞아요! 론이 말했다.

역겨워요. 클레어가 말했다.

론은 모자를 뒤로 젖히더니, 몸을 앞으로 기울이고 클레어의 (이지적인) 눈을 똑바로 쳐다보았다.

한 가지 이야기하고 싶은 게 있는데요. 나는 웨일스 기독교인으로 자랐어요. 우리 엄마는 주일 학교 선생님이고요. 내 사업 좌우명이 뭔지 알아요?

아뇨.

비판을 받지 아니하려거든 비판하지 말라. 마태복음 7장.

클레어가 말했다. 우리는 도덕적인 입장을 취할 수밖에 없어요. 우리는…….

론이 클레어의 말을 잘랐다. 남의 눈에 티, 제 눈에 털보죠, 클레어.

뭐라고요? 나는 론의 또 다른 허튼소리에 어안이 벙벙해져서 말했다.

들보를 말하는 거겠죠, 털보가 아니라. 클레어가 말했다.

론이 말했다. 성경에 나오는 말이에요. 친구 눈에 있는 티, 그러니까 먼지를 보고 이러쿵저러쿵하지 말고, 자기 눈에 든 털보인지 들보인지를 먼저 보라고. 맞죠, 클레어?

네, 성경에 나오는 말이죠. 클레어가 마지못해 수긍했다.

뭐 그럼, 거울 한번 보세요, 클레어. 나는 고용주에게 거짓말을 해 가면서 러시아 스파이처럼 구는 사람이 아니라고요! 나는 사람들에게 필요한 서비스를 제공하는 사람이에요. 섹스봇들이 가톨릭교회를 위해 무엇을 할 수 있는지 아세요? 남성용 치마를 입은 채 발기하는 사제들을 위해서? 제단 뒤에 로봇 한 대만 놓으면 그들이 고아들과 소년 성가대원들을 성적으로 학대할 필요도 없어질 거예요. 간통도, 간음도, 그리고 출애굽기에 나오는, 형제의 아내랑 한판 뜨는 일 같은 것도 없어질 거라고요.

속이 울렁거려요. 클레어가 말했다. 잠시 실례 좀!

그녀가 일어나서 가려고 했지만 론이 손을 들어 올리며 말했다.

끝까지 들어 봐요! 다 들은 다음에 나를 비판하려면 하라고요.

클레어가 도로 앉았다. 나는 그녀에게 구운 치즈를 건넸다. 그녀는 그걸 기계적으로 먹었다.(로봇처럼 먹었다고 하고 싶지만, 로봇들은 먹지 않으니 그렇게는 말할 수 없겠다.) 그녀는 도움이 필요한 여자처럼 보였다, 심지어 모차렐라 치즈가 주는 도움이라도.

론이 말했다. 아내가 나를 쫓아냈을 때 — 로봇과 함께라면 일어날 수 없는 일이죠, 없고말고요. — 나는 어쩔 수 없이 엄마 집으로 돌아가 살았지만, 동네 사람들 누구하고도 친해질 수 없었어요. 내가 술집에 들어가면 다들 등을 돌리고 웨일스어로 말하기 시작하더라고요. 나는 아웃사이더였고 다들 기혼자였어요.

그래서 섹스 인형을 주문했어요. 네, 그랬죠. 통신 판매로요. 기본적인 상품이었지만 어쨌든 나만의 것이었어요.

나는 언제나 외로운 남자였어요.

섹스봇은 인간이 아니잖아요! 클레어가 말했다.

그렇죠! 론이 말했다. 개나 고양이도 마찬가지죠. 그런데 우리는 녀석들 없이는 못 살잖아요, 안 그래요? 심지어 열대어도! 사람은 물고기에게도 친밀감을 느낄 수 있어요. 그런 사람들은 퇴근하고 집에 와서 어항 옆에 앉아 있는다고요. 우리 모두가 무언가를 필요로 해요. 그게 바로 인생이죠. 그런데 로봇은 왜 안 됩니까? 내 첫 로봇은 내가 퇴근하고 돌아왔을 때 내 곁에 있어 줬고, 어디에 있었어, 지금이 몇 시인데 이제 와? 같은 말도 하지 않았어요. 침대에서 꼭 끌어안을 수 있었고, 밤마다 섹스할 수 있었죠. 워밍업도 없이, 곧장 안으로. 그녀에게 팔을 걸친 채 잠들었죠. 기분이 나아졌어요. 항불안제를 끊었고요. 피부 발진도 사라졌어요.

(나는 클레어를 곁눈질했다. 그녀의 이지적인 눈동자는 론에게 붙박여 있었다. 최면에 걸린 듯했다. 론이 대단한 데가 있기는 한가 보다.)

그러다가 에식스에 있던 친구 하나가 정리 해고를 당하더니 자기 봉급을 비트코인에 넣어야겠다는 거예요. 그래서 같이 온라인으로 살펴봤죠. 나도 이혼할 때 내 몫으로 챙긴 돈을 한번 넣어 봐야겠다 싶더군요. 엄마가 욕실을 리모델링하고 싶다는데, 달리 무슨 방법이 있겠어요?

5000파운드를 넣었어요. 그리고 1년이 지나자 어떻게 됐게요? 현금으로 30만 파운드를 얻었다, 이겁니다.

엄마 욕실을 리모델링해 드렸죠. 당연히 해야죠. 부엌도 해 드렸어요. 그랬더니 엄마가 말하더군요. 수선화야! (엄마는 내가 애프터셰이브를 바른다는 이유로 절 수선화라 불러요.*) 휴가 다녀오렴, 수선화야. 넌 그럴 자격이 있단다.

그래서 내가 물었죠. 어디로 갈까요, 엄마? 그러자 엄마가 살짝 무아지경 상태에 빠지더니 — 우리 엄마가 신통력이 좀 있거든요. — 하는 말이, 태국! 거기 가면 너를 기다리는 무언가가 있을 거야.

그래서 태국에 가 보니 섹스봇을 대여해 주는 여자가 있더라고요. 한국에서 만든, 굉장히 조잡한 로봇이었어요. 잘 씻기지도 않은 상태였고요. 처음 한 번은 공짜로 할 수 있게 해 주겠다고 했는데, 아무튼 아무리 공짜라 해도 나는 하고 싶지 않았어요. 집에 있는 내 로봇 아가씨와 나누던 걸 망치고 싶지 않았으니까요. 그래서 일반 매춘부들이랑 했죠. 사랑스러운 아가씨들이었어요. 대부분은 아직 학생이었고요. 나는 그 점을 두고 가타부타 안 해요. 그 나라에서 통하는 방식은 다른 거니까요.

나는 매일 밤 그중 한 사람의 영어 숙제를 도와줬어요. 내가 시를 쓰거든요. 라이언, 당신은 놀랄 테지만 나는 정말로 시를 써요.

* 수선화는 서양에서 허영의 상징으로 통한다.

그리고 나는 그 여자애들이 안타까웠어요. 진심으로요. 걔들이 만나는 어떤 남자들은 자지를 표백제에 밤새도록 담가 놔야 할 놈들이니까요.

그때 — 바로 이때 그 일이 일어난 겁니다. 지금부터 잘 들으세요. 어느 날 밤 나는 밖에서 별하늘 아래 있었어요. 수많은 별들이, 마치 라스베이거스 슬롯머신에서 은화 잭팟이 터진 것 같았죠. 별들이 하늘에서 쏟아져 내리고 있었어요.

그때, 아무 예고도 없이, 천둥 번개가 내리치면서 엄청난 폭풍우가 불었어요. 하느님처럼 거대한 폭풍우가.

나는 그때 내기 삼아 자지에 피어싱을 한 참이었기 때문에 불안해졌어요. 자지에 번개를 맞으면 어떡하나 해서요.

나는 어둠 속에 서서 재앙을 기다리고만 있었어요. 내가 머물던 리조트가 정전으로 완전히 암흑에 잠기는 바람에 돌아갈 길을 찾을 수가 없었거든요. 나는 생각했죠. 내가 설령 번개에 맞지 않는다 해도, 이게 세상의 종말일 수도 있겠다. 그런데 나는 평생 한 일이 아무것도 없구나. 토스터 몇 개 고친 것 정도밖엔.

나는 움직이지 않았어요. 죽은 사람 같았어요. 내 인생이 번뜩, 번뜩 눈앞에 떠오르며 지나가더군요. 떠오를 것도 별로 없었던 거죠. 도대체 살면서 가치 있는 일을 한 게 뭐가 있던가? 이때 내게 일어난 일은 종교적인 체험이었다고 생각해요. 나중에 집에 돌아갔을 때 목사님한테 그 이야기를 했더니 목사님이 이렇게 말했거든요. 수선화 형제, 당신은 광활한 공허의 벌판에 서 있었던 겁니다.

바로 그때 계시가 내려왔어요.

폐허가 된 길을 따라 외로운 남자들의 군단이 걸어오는 게 보였습니다. 고개를 수그리고 호주머니에 손을 꽂아 넣은 남자들이요. 아무도 아무 말도 않고, 제각각 혼자 걷고 있더군요.

그때, 폐허가 된 그 길로, 온갖 미녀들이 그 남자들에게 걸어가는 게 아니겠습니까. 늙지도 아프지도 않는 여자들. '싫어요'라고는 절대 안 하고 언제나 '좋아요'라고만 하는 여자들.

그리고 하늘에는 비트코인처럼 커다란 달이 떠 있었어요. 나는 알았죠. 내가 인류를 위해 봉사해야겠구나.

하지만 웨일스에서 할 수 있는 일에는 한계가 있었어요.

그래서 나는 세계로 나가기로 한 거예요.

론이 몸을 뒤로 젖혀 앉았다. 클레어가 그를 빤히 쳐다보고 있었다. 그녀가 말했다. 오늘 주께서 당신을 제게 보내 주셨네요.

그렇게 생각해요? 론이 말했다.

저는 당신의 계시를 믿어요, 론. 그게 진짜였다는 걸요.

고마워요.

하지만 당신은 그 계시를 사탄에게 봉사하는 데 쓰고 있어요! 인류를 위해서가 아니라…… 사탄이요. 정욕은 7대 죄악 중 하나라고요!

남자들은 언제나 여자를 원할 거예요. 론이 조용히 말했다.

클레어의 눈이 반짝이고 있었다. 예수님을 위한 인형을 제조해 볼 생각은 안 해 보셨어요?

예수님이 인형을 원하실 거라고 생각하는 거예요? 론이 물었다.

저는 '기독교인의 벗'을 말하는 거예요. 클레어가 말했다. 그래! 바로 그거죠! 선교사, 홀아비, 육욕에 휩쓸리는 소년. 그런 남자들을 위한 자매를 만드는 거예요. 그 자매는 그리스도의 품에 있으면서도…….

남자와 떡칠 수 있다?

그 표현은 좀 상스럽네요. 클레어가 말했다. 그나저나 저는 경영학 석사 학위가 있답니다.

클레어! 잠깐만요! 내가 말했다. 저는 당신이 우리 영혼의 미래를 조사하려고 여기 온 줄 알았는데요. 그런데 이제는 론과 함께 로봇 비즈니스를 하려는 거예요?

저는 주께서 인도하시는대로 갈 뿐이에요. 그리고 저의 주님께서 저를 론 로드에게로 인도하셨다고 믿어요.

둘이 성이 같긴 하네요.* 내가 말했다.

(이제 클레어가 나를 노려본다.)

한 가지 말씀드리고 싶은 게 있어요. 론이 말했다. 불쾌해하지 않았으면 좋겠는데요.

말씀하세요.

내 첫 섹스봇, 그러니까 내 일생의 사랑이라고 해야 할 그 로봇이, 이름이 클레어였어요. 내 말은, 내가 그녀를 클레어라고 불렀다는 뜻이에요. 지금은 은퇴했지만요. 그런데, 음, 지금 이렇게 앉아 있으니, 당신이 인간의 몸을 하고 내게 돌아온 것 같은 느낌이 들어요.

저는 당신 회사의 스프레드시트를 봐 주겠다는 제안을 하고 있을 뿐인데요. 클레어가 말했다.

네, 네. 하지만 이것도 일종의 계시 같다는 거죠, 안 그래요?

그것도 주님께서 내려 주신 선물일 수 있겠죠. 클레어가 말했다. 그럼 로봇들 옷은 어떻게 입히세요?

론이 핸드폰을 꺼내며 말했다. 클레어, 이건 예수님이 아니라 성인용 시장을 위해 내놓은 상품이라는 점을 이해해 주세요.

클레어가 론의 핸드폰 화면을 휙휙 넘기며 가죽, 레이스, 데님, 라이크라, 끈과 술 장식으로 이루어진 포트폴리오를 살펴보았다.

제가 생각한 건, 단정한 원피스, 뒤로 묶은 머리카락, 화장

* '주님(lord)'과 '로드'는 철자가 같다.

안 한 깔끔한 피부, 그리고…….

가슴 크기도 줄여야 할까요? 론이 말했다.

40F는 '기독교인의 벗'이 되기에는 너무 크지 않나 싶네요. 클레어가 말했다.

전문적인 생산이 필요하겠는데요. 론이 말했다. 저희 '아웃도어' 모델처럼요. 아웃도어는 캐터필러사와 협업하고 있는 모델이거든요. 내 말은, 신형 모델에 투자하려면 그럴 만한 시장이 있다는 확신이 필요하다는 거예요.

시장은 만들어야죠. 클레어가 놀라울 만큼 가차 없이 말했다. 비즈니스란 그렇게 돌아가는 거예요.

후기 자본주의가 돌아가는 방식이긴 하죠. 내가 말했다.

당신 공산주의자예요, 라이? 클레어가 물었다. 저는 공화당 당원이에요. 탄탄한 경제는 모두에게 이득이에요.

아뇨, 그렇지 않아요. 하지만 저는 공산주의자는 아니에요.

저분은 트랜스예요. 론이 말했다. 아까 말했듯이, 그의 진짜 이름은 메리이고요.

내 '진짜' 이름은 메리가 아니에요!

클레어의 표정은 달갑지 않아 보였다. 목소리도 마찬가지였다……. 충격적이네요, 셸리 박사님. 하느님은 우리를 우리답게 만드셨어요. 그걸 손대면 안 되죠.

나는 말했다. 하느님이 우리가 무언가에 손대지 않기를 원하셨다면 우리에게 뇌를 주지 않으셨겠죠.

저도 그의 말에 동의해요. 론이 말했다. 흔치 않은 일인데. 클레어, 기분 나빠하진 말아요.

여기서 제가 할 일이 많네요. 클레어가 말했다. 그래요, 주님께서 저를 알코르로 인도하신 게 오늘 이 모임을 위해서였다는 걸 알겠어요. 제 사명을 찾았어요.

술 한 잔 더 따라 드리죠. 론이 말했다.

클레어, 어떻게 그렇게 모든 것을 확신하세요? 내가 말했다. 방금 전까지만 해도 로봇을 싫어했고, 그게 다 사탄이 인류를 노예로 만들려는 수작이라고 생각했으면서, 이제는 섹스봇의 제왕과 동료가 되고 싶어 하다니요.

클레어는 동정(아니면 경멸인가?)이 담긴 눈빛으로 나를 보았다. 라이언, 남자는 오만하게도 자기 지성과 자아를 따라가지요. 나는 계시와 영감의 길을 따라가요. 주께서 내 마음을 바꾸라고 하시면 바꾸는 거예요.

그렇군요, 알겠어요. 나는 말했다. 하지만 클레어, 망설인 적 없어요? 의심이 들거나? 자기 자신이나 남들이 이해가 되지 않아서 밤중에 혼자 운 적은?

없어요. 저는 기도해요. 그리고 당신을 위해서도 기도할게요, 메리. 성경에 트랜스인 사람은 아무도 없어요.

성경은 옛날에 쓰인 거니까요, 클레어. 성경에는 비행기를 타거나, 버번을 마시거나, 구운 치즈를 먹는 사람은 아무도 없죠. 또…… 고데기로 머리를 펴는 사람도 없고요.

당신 머리카락 예뻐요. 론이 말했다.

모든 게 변하죠. 클레어가 말했다. 나도 변하고, 당신도 변하고요. 하지만 하느님은 변하지 않아요.

밴드가 무대에 돌아왔다. 비트가 좋았다. 멜로디도 좋았다. 클레어가 론을 일으켜 세우더니 스퀘어 댄스*를 추자고 했다. 나는 일어나서 화장실을 찾아갔다. 술집 뒤편으로 조금 걸어가서 야외로 나가야 있는, 별들 아래 서 있는 간이 건물이었다. 회전식 문을 열고 안으로 들어가자 음악 소리가 멀어졌다.

소변기 앞에 나보다 나이가 많고 체격이 큰 어떤 남자가 비틀거리며 서 있었다. 나는 그를 흘끔 보고 칸막이 안으로 들어갔다. 밖에서 그가 볼일을 끝마치는 기척이 들렸다. 그는 내가 오줌을 누는 소리를 듣더니, 칸막이 문을 걷어차며 고함을 쳤다. 내가 호모인 줄 알아?

나는 그를 무시했다. 잠시 뒤 그가 화장실 밖으로 뛰쳐나가고 회전문이 삐걱삐걱 흔들리는 소리가 들렸다. 나는 지퍼를 올리고 칸막이 밖으로 나와서 손을 씻었다. 그때 남자가 다시 들이닥쳤다. 네 빌어먹을 자지가 뭐가 그렇게 귀중해서 혼자서만 보는 건데?

당신 취했어요. 날 가만 내버려 둬요.

* 남녀 네 쌍이 마주 서서 사각형 모양을 이루어 추는 춤.

나는 문으로 향했다. 그러자 남자가 내 앞을 가로막았다. 눈에 술기운이 일렁이고 있었다. 사내답게 오줌 싸라고. 어서!

난 다 끝났어요. 그만 비켜 주시죠.

그가 내 말투를 흉내 냈다. 그만 비켜 주시죠. 계집애처럼 말하는군

그가 내 샅에 손을 들이댔다. 그리고 나한테 없는 것을 알아차렸다.

뭐야?

비키라고요.

야, 너 화장실을 잘못 찾아온 것 같은데, 응? 넌 정체가 뭐야? 레즈비언이야?

난 트랜스젠더예요.

그가 양쪽 발에 이리저리 체중을 옮겨 실으며 말했다. 칸막이로 들어가시지! 그 안에 있는 걸 좋아하잖아?

나는 그를 지나쳐 나가려 했다. 그러자 그가 나를 밀쳤다. 나는 균형을 잃고 바닥에 쓰러졌고, 그가 손을 뻗어 나를 끌어 올렸다.

나는 생각했다. 이제 두들겨 맞거나 아니면 강간당하겠군. 어느 쪽이 더 나쁘지?

굳이 선택을 할 필요는 없었다. 그가 나를 칸막이 안으로 밀고 들어가더니 문을 탕 닫고는 나를 문에다 대고 밀어 올렸기 때문이다. 그는 자기 지퍼를 내리더니 자지를 꺼내 손으로 쥐고 흔들어서 반쯤 발기시켰다.

이게 진짜다, 이 망할 레즈 호모야. 박아 줄까?

아니.

어쨌든 박히게 될 거다. 그가 내 셔츠 밑으로 손을 집어넣었다.

이거 괴물 아냐! 젖통을 잘라 냈어? 가슴이 없잖아. 자지도 없고. 미친 괴물 새끼!

그가 내 청바지를 잡아당기기 시작했다. 그의 퉁퉁하고 더러운 손가락이 내 지퍼를 내리려 하고 있었다.

손 치워. 내가 말했다.

내가 만지는 게 맘에 안 드냐, 이 쪼끄만 괴물아?

그가 손등으로 내 옆얼굴을 후려쳤다.

벗어! 벗으라고 말했다!

그의 얼굴이 내 코앞에 있었다. 담배와 위스키 냄새가 풍기는 그의 숨결이 내 얼굴을 덮쳤다. 나는 청바지를 끄르고 그에게서 고개를 돌렸다. 그의 무감각한 자지 끝부분이 내 음모를 무작정 부딪는 게 느껴졌다.

그는 사정하지 못했다. 계속 펌프질만 할 뿐 사정은 못 했다. 그는 나보다 키가 훨씬 컸고 몸무게는 두 배쯤 더 나갔지만, 두려움 덕분에 도리어 또렷해진 의식 속에서 나는 그의 균형을 무너뜨릴 수 있겠다는 생각이 들었다. 그의 체중과 취기를 이용하면 될 것 같았다. 그는 너무 취한 나머지 문에 머리를 기댄 채로 하체를 움직이고 있었다.

빌어먹을 다리 더 벌려!

나는 움직였다. 그리고 그가 움직이는 틈을 타서 기회를 잡고 그를 최대한 세게 떠밀었다. 그는 변기 위에 나자빠져 쓰러지면서 콘크리트 벽에 머리를 박았다. 그가 어리벙벙해져서 잠시간 움직이지 못하는 데다 문에서 충분히 거리를 두고 떨어져 있었기에, 나는 칸막이 밖으로 나갈 수 있었다. 나는 청바지를 추스르며 술집 뒤편의 밤공기 속으로 뛰어나갔다.

밖에 나온 나는 가만히 서서 옷매무새를 가다듬으며 나 자신을 유심히 점검했다. 찢어진 데도 없고, 피도 없고, 정액도 없다. 내 손가락에 그자의 더러운 냄새가 남긴 했지만. 이제 그가 화장실에서 비칠비칠 천천히 나오고 있었다. 악에 받친 채 음란한 말을 마구 쏟아 내며. 그는 문간에서 멈춰 섰다. 바닥에 드리운 그의 그림자가 보였다. 나는 식은땀이 흘렀다. 지금 그자가 나를 찾아내기라도 하면……. 하지만 다행히도 다른 남자 두 명이 화장실로 향하고 있었다. 그들이 대화하는 소리와 발소리가 들리더니, 이윽고 고함 소리가 들렸다. 어이! 정신 차려요, 아저씨! 술집으로 돌아가는 길은 저쪽이에요!

그들이 남자를 결국 돌려보낸 모양이었다. 그가 술집 문을 열었는지 쿵쾅거리는 음악 소리가 크게 쏟아져 나왔다.

괜찮아. 이제 괜찮아. 나는 중얼거렸다.

나는 화장실 건물의 거칠거칠한 벽에 기대어 주저앉았다.

웅크린 무릎 위에 턱을 괴었다. 나 자신의 몸으로 돌아왔다. 몸이 욱신거리고 아팠다. 소독약이 필요했다. 크림도. 이런 일이 처음은 아니다. 마지막도 아닐 것이다. 하지만 신고하지 않는다. 왜냐하면 경찰의 음흉한 시선과 조롱과 두려움을 견딜 수 없으니까. 그리고 내 쪽이 잘못한 게 아니냐는 추정도 견딜 수 없다. 잘못하지 않았다면 어째서 맞서 싸우지 않았느냐고? 8급신에서 며칠 밤만 일해 보면 맞서 싸웠다가 어떤 꼴을 당하는지 알게 될 것이다. 하지만 이런 말조차 나는 하지 않는다. 그런 상황을 가장 빠르게 벗어나는 방법은 그저 참고 넘어가는 것이라는 말도 하지 않는다. 그리고 이것이 내가 치러야 할 대가가 아니냐는 말도…….

무슨…… 무슨 대가? 내가 나로 존재하기 위한 대가?

나 자신과 다른 사람들이 이해되지 않아서 밤중에 운다. 밤중에 운다. 그렇지 않나?

몸을 한껏 작게 웅크린 채 다리에 얼굴을 묻고 울다 보니 무릎이 축축해진다. 이게 바로 나다.

당신의 실체는
무엇이며,
당신은 무엇으로
이루어졌는가?

희망은 의무다. 희망은 우리의 현실이다.

셸리는 그렇게 말하고 또 그렇게 믿는다. 하지만 내 빛은 꺼졌다. 안의 빛도, 밖의 빛도. 내게는 등불도, 등대도 없다. 나는 파도가 드높이 치솟고 바위가 나를 난파시키는 바다에 있다.

로마. 베네치아. 리보르노. 피렌체. 우리는 이탈리아로 돌아왔다. 잉글랜드에서 살 수 없기 때문이다. 그 나라는 속이 좁고, 거만하고, 독선적이고, 불공평하며, 낯선 사람을 미워한다. 낯선 사람이 외국인이든 무신론자이든 시인이든 사상가이든 급진주의자이든 여성이든 간에 말이다. 남자들에게 여성은 낯선 존재다.

하지만 그것은 내 어둠이 아니다. 내 어둠은 내가 태어나면서부터 타고난 것이다. 죽음의 어둠 말이다.

내 어린 딸이 열병에 걸렸다. 남편이 베네치아로 떠나 있었기 때문에 나는 그를 뒤쫓아가기로 했다. 그러지 말고 그곳에 조용히 머물며 아이를 돌봤어야 했는데. 나흘 동안 마차를 타고 먼지, 오물, 덜컹거림, 소음, 오염된 물에 시달린 끝에 베네치아에 도착했고 남편은 의사에게 달려갔지만, 내 어여쁜 카는 내 품속에서 숨을 거두고 말았다. 나는 그 애를 포기할 수 없었다. 싸늘히 식어 가는 몸을 끌어안았다. 무슨 할 말이 있겠는가?

이듬해인 1819년 우리는 로마에 있었다. 내 아들 윌은 — 우리는 그 애를 늘 윌마우스라고 불렀다. — 이탈리아어를 길거리 노점상처럼 구사했다. 그 애에게는 이탈리아가 고향이다.

로마에 머무르지 말라는 경고를 들었다. 여름의 말라리아는 치명적이기 때문이다. 하지만 윌은 로마에 있는 걸 좋아했고, 나도 활기를 되찾고 있었으며, 셸리를 향한 사랑도 강했기 때문에 내 안의 등불도, 그이를 위한 등대도 다시 켤 수 있었다.

그러다 그 일이 일어나고 말았다. 나는 1819년 6월 7일에 죽었어야 했다. 그 대신 윌마우스가 죽었다. 일주일 동안 매일 조금씩 죽어 가다 마침내 사라졌다. 그 애의 생명이 사라졌다. 그게 어디로 갔는가? 이토록 강한 생명이? 그게 전부란 말인가? 화학 반응과 전류가 멈추고 나면, 생명은 어디로 가나? 도대체 생명은 어디로 가는가?

남편은 나를 지탱해 주려고, 벽에 걸린 그림에다 대고 고함치는 나를 막으려고 안간힘을 썼다. 내 아이의 그림은 열병에 걸리지 않는다. 나는 스물두 살이다. 그리고 자식 셋을 잃었다.

셸리도 마찬가지라고 당신은 말할 것이다. 셸리도 자식 셋을 잃었다고. 하지만 그는 망가지지 않는다. 나는 망가졌다.

다시 임신했다. 이번 아기는 12월에 태어날 것이다. 이 현실을 견딜 수 있을지 모르겠다. 죽음이라는 현실을. 탄생에 잇따르는 죽음을. 셸리가 내게 다가온다. 나 만지지 마.

내 매몰찬 말에 그는 거절받은 기분을 느끼고 마음이 상한 기색이다. 오, 내 사랑, 보이지 않는 나의 등대, 나는 매몰찬 게 아니야. 미쳐 가는 거야. 내 말 들려? (이 여자는 벽에다 대고 소리치고 있다.) 나는 미쳐 간다고.

일할 수도, 먹을 수도, 잘 수도, 걸을 수도, 생각할 수도 없다. 묘지의 무덤들 사이에 서 있는 나 자신의 모습만 번뜩번뜩 눈앞에 떠오른다. 꿈을 꾸면 죽은 아이들이 보인다. 괴물들. 내가 무엇을 창조하고 죽인 것인가?

나는 죽어 가는 그 애를 품에 안고 앉아 있었던 침대의 시트를 하인들이 갈지 못하게 할 것이다. 세 달 동안 나는 죽음의 악취 속에 누워 있었다. 어른들처럼 점점 썩어 가다 마침내 해춘이 우글거리는 먼지가 되는 게 나은가, 아니면 아이들처럼 죽는 것이 나은가? 뺨에 띤 홍조. 붉은 입술. 오, 너무나 창백한 얼굴!

죽음에서 나를 데려가 줘 데려가 줘 데려가 줘.

9월 어느 날 아침, 셸리가 내 방문을 노크하더니 잉글랜드에서 온 편지 한 통과 신문 몇 장을 가지고 들어왔다.

학살이 벌어졌대. 그가 말했다. 한 달 전에 있었던 일인데 이제야 우리한테 소식이 닿은 거야. 여기 신문 기사가 있어.

어디서? 내가 물었다.

맨체스터. 세인트 피터 광장에서. 사람들이 워털루에 빗대 '피털루' 학살이라고 부른대.

나는 랭커셔의 상황이 얼마나 끔찍한지 직접 겪어 봐서 안다. 1805년에 방직공들은 엿새 일하고 15실링을 벌 수 있었고 걱정 없이 가족을 부양할 수 있었다. 그런데 1815년, 나폴레옹과의 전쟁이 끝났을 때(이 전쟁은 워털루 전투로 막을 내렸다.) 방직공들이 버는 돈은 기껏해야 5실링이었다. 여기에 대응해 정부는 곡물법을 제정해, 굶주리는 가족들이 사 먹을 값싼 외국산 곡물의 수입을 금지하기까지 했다.

어째서 그런 미친 짓을 하는가? 그들은 그걸 애국이라고 불렀다. 잉글랜드인을 위한 잉글랜드! 잉글랜드인이 만든 빵을 잉글랜드 가격으로 사 먹으라는 것이다. 하지만 진실은 달랐다. 곡물법은 잉글랜드의 뚱뚱한 지주들이 생산하는 곡물을 원하는 값을 매겨 팔 수 있게 하려고 만든 것이다. 여자들과 아이들을 굶기고 노동자들을 파산시킴으로써 자기네 부를 유지하려고 말이다. 그런 것이 바로 잉글랜드의 정부라는 것이다.

말 잘했어, 내 사랑! 셸리가 말했다. 내 본연의 감수성이 얼마간 되살아난 걸 보니 기쁜 눈치였다. 게다가 나는 침대에서 일어나 앉아 있었다.

그런데 이런 폭력 사태가 어쩌다 벌어진 거야? 내가 물었다.

그가 다가와 침대 가장자리에 걸터앉았다.

랭커셔에서 급진적인 웅변가 헨리 헌트의 연설을 듣는 집회가 열렸대. 집회가 주장하는 바는, 곡물법을 폐지해서 정직한 남자와 여자 들이 일하는 만큼 먹게 해 달라는 것과, 젠트리*와 귀족의 편파에 따라 하원 의원들이 선출되는 부패한 국회를 개혁하라는 것이었어. 대규모 공업 도시들을 진정으로 대변하는 의원은 없지 않냐는 거야.

맞는 말이네. 내가 말했다. 잉글랜드의 부는 농지에서 공업 도시로 옮겨 가고 있는데, 정작 불어나는 직공들은 자기만의 목소리를 낼 수도 없고, 그들을 대신해 말해 주는 사람도 아무도 없잖아.

그렇지, 그렇지! 셸리가 말했다. 이 신문에도 딱 그렇게 쓰여 있어. 그리고 여기 보도에 따르면,(그는 침침한 눈으로 조그마한 활자를 보기 위해 신문을 들어 올렸다.) 집회에 모인 사람이 굉장히 많았대. 10만 명 이상!

10만 명이라고! 내가 말했다.

그래, 그래. 셸리가 대답했다. 그리고 누가 봐도 다들 술기운 없이 정신 멀쩡하고, 옷차림도 단정하고, 질서 정연했대.

그런데 뭐가 문제가 된 거야?

아, 그게 말이야, 치안 판사들이 그 시위의 영향력을 인정하는 대신 민병대를 파견했고, 그뿐만 아니라 군도를 든 기마병들까지 보냈다는 거야. '폭도'들을 해산시키기 위해서. 어느 신문을 봐도 그 시위대는 교회 예배에 모인 사람들처럼 차분했다는데.

사악해라. 내가 말했다. 민중은 사악하지 않은데.

* 귀족 작위가 없는 부유한 상류층.

셸리가 신문을 훑어보며 말했다. 사망자는 열다섯 명에서 스무 명 사이. 부상자는 수백 명. 기마병들이 특히 여자들에게 덤벼들었다는군.

용감하기도 하군!

셸리가 말했다. 시위대를 그렇게 진압한 것을 두고 격한 항의가 일어나고 있어. 정부는 항의하는 사람들을 도리어 비난하고, 맨체스터 치안 판사들의 행동에 대해서도, 그 시위의 원인이 된 자신들의 행동에 대해서도 아무 책임도 지지 않았어. 하지만 그런다고 항의가 수그러들지는 않지. 길거리의 돌멩이들까지 고함을 지르고 있는데!

잉글랜드에 혁명이 시작되려는 걸까? 내가 말했다.

모르겠어. 소식을 더 들어 봐야 하겠지.

어머니가 이걸 보셨다면 맨체스터로 가셨을 거야.

우리도 잉글랜드로 돌아가면 되지. 셸리가 말했다. 우리도 시위에 힘을 보태는 거야.

나는 임신했는걸.

그가 내 손을 잡았다. 알아…….

그러고는 덧붙였다. 내게 돌아와 줘, 메리. 당신은 내 영혼의 영혼이야.

나는 너무나 창백하고 가늘고 긴 그의 손을 잡았다. 내 몸을 만지던 손, 내 머리카락을 훑던 손, 내게 치즈를 먹여 주던 손,(내가 임신하면 먹고 싶어지는 음식이다.) 시를 쓰던 손. 그가 내 남편이라고 세상에 알려 주는 반지를 끼고 있는 손가락.

나는 당신을 떠나지 않았는걸. 내가 말했다. (하지만 이 말은 진실이 아니다.)

피렌체로 가면 어떨까, 그가 말했다. 다시 시작하는 거야.

우리는 언제나 다시 시작하잖아. 그리고 가는 곳마다 죽은 아이를 남겨 두고 떠나는 거야?

그가 얼굴을 가리고 침대에서 뛰어내리더니 창가로 걸어갔다. 덧창을 확 열었다. 햇살이 그를, 그라는 영혼을 뚫고 들어오는 듯했다.

그만해, 메리! 이렇게 빌게! 일어나. 세수 좀 해. 글도 쓰고! 글을 써!

그가 성큼성큼 걸어와 내 두 손을 잡아 쥐더니 침대 앞에 무릎을 꿇었다. 내 사랑, 피렌체로 가자. 우리 아기를 거기서 낳자.

겨울에 말이지. 내가 말했다.

겨울에 말이야. 그가 되풀이했다. (침묵, 침묵.)

그러더니 말했다. 겨울이 오면 봄이 멀지 않겠지.

우리는 그 모든 일을 했다. 나는 일어났다. 하인들에게 침구를 소금물로 빨도록 했다. 목욕도 했다. 그리고 책상 앞에 앉아 와인을 한잔 마시며 펜을 잉크에 담갔다.

『프랑켄슈타인』은 작년에 잉글랜드에서 출간되었고 어느 정도 성공했다 앞으로도 계속 읽힐 것이다. 이상한 점은 그의 얼굴이 내 꿈에도 나온다는 것이다. 빅토르. 성공(victory)하지 못한 빅토르. 내가 상실과 실패의 이야기만 쓴 것이 과연 우연일까?

내가 셸리와 함께한 지 오 년이 되었다. 그중 사 년 동안 내 아이들이 — 우리가 함께한 삶에서 온 틀림없는 결실들이 — 태어났다가 죽었다. 그건 우리가 살아온 방식에 대한 벌이었을까? 아웃사이더이자 이방인으로서?

어머니는 아웃사이더가 되는 걸 두려워하지 않았다. 그래도 사랑을 갈망했다.

내게는 사랑이 있지만, 이 죽음의 세계에서 사랑의 의미를 찾을 수가 없다. 이 세상에 아기도 없고 육체도 없었다면, 미와 진실을 숙고하는 정신만 있었다면 얼마나 좋았을까. 우리가 몸에 얽매여 있지 않았다면 이렇게 고통스럽지는 않았을 것이다. 셸리는 자신의 영혼을 바위나 구름 같은 비인간적 형체에 각인하고 싶다고 한다. 어렸을 때 나는 그가 남는다 해도 그의 몸은 사라지리라는 게 절망스러웠다. 하지만 이제 내게는 몸의 연약함만 보인다. 세포와 뼈로 이루어진 이 포장마차들.

피털루 사건에서도, 모든 사람이 몸은 집에 남고 정신만 내보낼 수 있었더라면 학살은 일어나지 않았을 것이다. 그곳에 존재하지 않는 것을 해칠 수는 없으니까.

만약 '그곳'도 없었다면 어땠을까? 우리가 죽음이나 시간의 수레바퀴에 얽매이지 않은, 영원의 순수한 정령이었다면?

나의 윌마우스가 정령이었다면, 그래서 마음대로 육신을 입었다 벗었다 할 수 있었다면 어땠을까? 어떤 전염병에도 걸리지 않았을 것이다. 우리 몸은 옷가지 같았을 것이고 우리 정신은 자유롭게 돌아다녔을 것이다. 그러면 죽음이 우리 안이 아닌 어디에 둥지를 틀었을까? 꿈속에서 내 아이들은 나더러 자기들과 같이 가자고, 어두운 복도를 따라 한 모퉁이만 돌면 된다고 말한다. 내가 지고 다니는 이 삶만 아니었더라면 나는 따라갔을 것이다.

조금만 참아, 다 끝날 거야.

어머니가 돌아가시기 전에 남긴 마지막 말이었다고 한다.

피렌체에서 우리는 좋은 저택 한 채를 빌린다. 셸리는 클래런던의 『잉글랜드의 반란과 내전의 역사』와 플라톤의 『국가』를 읽고 있다. 그는 잉글랜드 공화국을 열망한다. 그는 절대로 낙관주의를 단념하지 않는다. 한때는 나도 낙관주의자였다. 그러나 이제는 선과 악의 싸움에서 악이 이기는 듯 보인다. 우리가 최선을 다해 기울인 노력조차 우리를 배신한다. 여덟 사람 몫의 일을 할 수 있는 직기는 여덟 사람을 노예 상태에서 해방시켜야 한다. 그러기는커녕 숙련자 일곱 명이 일자리를 잃고 식구들과 함께 굶주리고, 나머지 한 명은 기계 직기를 관리하는 미숙련자가 되다니. 진보가 소수의 사람들에게만 혜택을 주고 대다수에게는 고통을 준다면 대체 무슨 의미가 있는가?

나는 소리 내어 책을 읽고 있던 셸리에게 이렇게 말했다. 그리고 솔직히 다른 사람이 책 읽는 소리를 듣는 데에는 한계가 있는 법이다. 집 안에 와인이 없을 때에는 더더욱. 하녀가 당나귀에 실려 온 와인 병을 떨어트리는 바람에 그렇게 됐다. 그녀가 와인을 훔쳤는지도 모르지만.

나는 남편에게 말했다. 다수야, 소수야?

그가 고개를 들었다. 책 읽기를 멈췄다. 메리! 그 말이 나를 사로잡는군. 나는 피털루 사건에 대한 시를 쓰고 있어. 혁명과 자유에 대한 시야. 나는 자유를 요구할 만큼 용감한 온 세상 남자와 여자 들에게 이 시를 읽어 주고 싶어.

우리 집에 치즈 있나? 내가 말했다.

시 제목은 「혼돈의 가면극」이야. 셸리가 말했다. 오늘 도서관에서 나에 대한 신문 기사를 읽었는데, 어떤 내용이었게? 《쿼털리 리뷰》였어. 막 잉글랜드에서 도착했더라고. 나는 영어 자료실에 앉아 있었고, 내 가까이에 그 몸집 크고 눈이 작은 여자가 있었어. 매일 교회에 나가고 시장에서 우리를 빤히 쳐다보는 여자 있잖아. 그 여자도 《쿼털리 리뷰》를 읽고 있었는데…….

셸리 씨가 새신권을 철폐할 것이다. 그는 헌법을 전복할 것이다……. 육군도 해군도 없애고, 교회도 허물고, 사회 지도층을 무너뜨릴 것이며, 결혼 또한 그는 견디지 못하고, 유감스러운 불륜 관계가 증가할 것이다…….

그는 기억에 의지해 자신이 저지를 것이라고 적혀 있던 각종 비행 목록을 읊었다. 그러다 마침내 외쳤다. 교회는 절대로 안 허물 거야! 나는 교회를 굉장히 좋아한다고. 내가 혐오하는 건 그 안에서 벌어지는 일들이지.

당신 시나 좀 읽어 줘. 다른 사람들이 표출하는 두려움과 질투심 말고. 내가 말했다.

내 시는 아직 준비가 덜 됐어. 하지만 가장 빼어난 시구는 당신이 준 거야! 오, 메리, 기억해? 개가 한때 제 주인이 살았던 폐가의 문을 절박하게 긁어 대듯이 나는 그 기억을 떠올리고 있어. 제네바에서 보냈던 여름, 우리가 같이 일했던 그 때를 기억해? 당신은 『프랑켄슈타인』을 쓰기 시작했고, 우리는 자주 밤늦게까지 이야기를 나누곤 했지. 나는 당신에게 새로운 시를 읽어 주곤 했고. 우리는 행복했어.

윌마우스가 살아 있었지. 나는 몽롱하게 말했다. (나도 기억하고 있었다. 어떻게 잊을 수 있겠는가?)

그때 우리는 달랐나? 그가 말했다. 그때 그 사람들이 지금 우리인가?

그가 안락의자에서 일어나 내 이마에 입을 맞췄다.

읽어 줘. 내가 말했다.

그래서 그는 「혼돈의 가면극」을 읽기 시작했다. 그의 목소리가 바다처럼 들이치고 빠져나가는 것을 들으며 나는 생각했다. 인간의 꿈은 어떻게 될까? 우리는 꿈이 고통과 절망 속에 끝나는 것을 보게 될까? 우리가 이 삶의 잔혹함에서 자유로워질까? 모종의 교묘한 지능으로 더 나은 길을 찾게 될까?

기병들의 언월도가 창공 없는 별들처럼
빙 돌고 번쩍 빛나게 하라
죽음과 애도의 바다에서 그들이 불타오르는 것을
그림자로 가리기를 갈망하며

그대들은 차분히 단호히 서 있으라
울창하고 말 없는 숲처럼
팔짱을 끼고서, 패배치 않은 전쟁의

무기 같은 눈빛으로…….

셸리가 읽기를 멈추더니 연필로 무언가를 쓰면서 말했다. 당신의 말을 적어 넣고 있어, 내 목적에 맞게 수정해서. 이게 마지막 연이야.

잠에서 깨어난 사자들처럼 일어나라
격파될 수 없을 만큼의 숫자로 모여
자는 동안 그대들에게 씌워진 사슬을
이슬처럼 땅에 털어 버리라
그대들은 다수이고—저들은 소수이니.

우리는 다수지. 그가 말했다. 셸리도 많고, 메리도 많아. 오늘 밤 많은 이들의 마음이 우리 뒤에 서 있고, 우리도 여기 일이 다 끝나면 그렇게 할 거야. 실패하고 쓰러질 수밖에 없는 육체에서 인간의 꿈은 끝나지 않아.

인간의 꿈…….

뇌는 —
하늘보다
넓으니 —

— 에밀리 디킨슨

철제 탁자 위의 철제 상자.

토킹 헤즈!* 론이 말했다. 그 밴드 무지 좋아해요. 「트루 스토리스」! 환상적인 앨범이죠. 그 영화** 봤어요? 뚱뚱한 남자가 "나는 털 파자마를 입고 있네."라고 노래하는 장면 나오는 거? 그게 나예요.

역사상 말하는 머리들은 많았죠. 빅터가 말했다. 인간 상상의 역사에서 말입니다. 그중에서도 가장 기묘한 건 자연철학자이자 파트타임 연금술사였던 로저 베이컨의 것이었어

* Talking Heads. '말하는 머리들'이라는 뜻의 록밴드.

** 1986년 영화 「트루 스토리스」를 뜻한다.

요. 1200년대 후반에 그가 말하는 청동 머리를 만들었다죠.

그 머리가 무슨 말을 했는데요?

몇 마디 안 했어요. 시간이다. 시간이었다. 시간은 과거다. 그러고는 폭발했대요.

시간 낭비였던 것 같네요. 론이 말했다. 내가 만든 아가씨들은 그것보다는 훨씬 말을 잘할 수 있어요. 그리고 건강 및 안전 카이트마크* 표시증도 받았다고요. 고객의 자지가 폭파되면 안 되잖아요.

론! 클레어가 말했다. 음란하고 상스러운 말은 앞으로 어떻게 하자고 했었지?

미안, 클레어. 론이 말했다. 반성할게. 교수님, 아직 소개를 못 했네요. 이쪽은 클레어예요. 제 새로운 비즈니스 파트너이자 일생의 사랑이죠. 클레어, 이쪽은 스타인 교수님이야. 이분은 천재야.

고마워요, 론.

저는 '기독교인의 벗'이라는 새로운 로봇 모델을 개발 중이에요. 클레어가 벌써 미국의 모든 복음 교회에 메일을 보

* 영국의 산업 규격 합격품 표시증.

냈어요. 대단한 반응을 받았죠. 안 그래, 클레어?

그럼! 클레어가 말했다. 좁은 길로 가는 삶은 외로울 수 있잖아요. 예수님께도 막달라 마리아가 있었는걸요.

그 둘이 프랑스로 도망가서 애를 엄청 많이 낳지 않았어? 예수님과 메리 체인*이? 『다 빈치 코드』에 그렇게 나오던데? 론이 말했다.

두 분의 관계는 순수한 결합이었어. 클레어가 말했다. 댄 브라운 소설에 나오는 말 다 믿지 마.

하지만 좋은 생각이잖아. 십자가에서 죽는 것보다는 나은데.

론!

내 말은, 예수님 관점에서 보자면…….

예수님은 우리 죄를 위해 돌아가셨어, 론.

알아, 클레어. 당신 말 이해해. 난 그냥 예수님이 프랑스까지 못 가서 안타깝다는 뜻이었어.

빅터가 말했다. 댄 브라운뿐 아니라 일부 신학자들도 예수가 다른 삶을 살았다고 믿습니다. 자식들도 낳았다고 하고요.

예수님은 섹스를 전혀, 절대로 하지 않았어요. 클레어가 말했다.

* '지저스 앤드 메리 체인'이라는 록밴드 이름과 메리 막달렌(막달라 마리아의 영어식 표기)을 혼동하고 있다.

확실해요? 빅터가 물었다.

아무렴요.

하지만 클레어. 론이 말했다. 우리 '기독교인의 벗'은 앞뒤 구멍을 열어 놓고 진동도 확실히 하게끔 만들기로 합의하지 않았나? 그리고 입도…….

그랬지. 클레어가 말했다. 개개인이 어떻게 쓰느냐는 각자 마음이지

휴우! 하느님 로봇 2만 대를 발주해 뒀거든. 구멍 6만 개를 일일이 막고 싶지는 않아서 말이야.

론!

미안, 클레어. 너는 내 영혼의 주인이지만 비즈니스는 비즈니스잖아. 이봐요, 교수님! 바티칸 쪽에 아는 사람 있어요?

아쉽지만 없는데요, 론. 게다가 당신은 남성형 로봇을 만드는 데에는 관심이 없다고 하지 않았나요?

없었죠. 하지만 그건 미는 힘을 구현하기 어려워서였어요. 지금 염두에 두고 있는 건 여자들을 위한 로봇이 아니에요. 성직자들을 위한 서비스 로봇이죠. 똥구멍을 충분히 깊게 만들기만 하면…….

론!!!!!

이건 우리가 이미 했던 얘기잖아, 자기야. 론이 말했다. 취약한 청년들에게 도움이 될 거라고 했잖아.

방금 처음 만난 사람 앞에서 그런 이야기를 하고 싶지 않

단 말이야. 클레어가 말했다.
오, 교수님한테는 무슨 말이든 해도 돼. 과학자잖아.

모두 차 한잔 마시는 게 어떻습니까? 빅터가 말했다. 그런 다음 저는 이 머리를 처리해야 해서요.

좀 괴상하네요. 론이 말했다. 탁자 위 플라스크에 든 머리라니. 하지만 이 장소 전체가 좀 괴상하긴 해요.

우리 넷은 터널 안에 있었다. 이날 아침에는 전력 공급이 원활하지 않았다. 흔들거리는 기다란 형광등에서 새하얀 빛이 뿜어져 나오더니, 곤충이 윙윙거리는 듯한 소리와 함께 누전되면서 불이 꺼졌다 켜졌다 했다. 한순간에는 암흑이 우리를 덮쳤다가, 다음 순간에는 우리를 비추는 게 아니라 감시하는 듯한 불빛이 동굴 같은 공간에 쏟아지는 것이었다.
클레어는 증기 기관만 한 거대한 발전기 두 대를 바라보고 있었다. 이것들 이름이 왜 제인과 매릴린이에요? 그녀가 물었다.
빅터가 대답했다. 냉전 시대에 여기서 일하던 남자들이 매릴린 먼로와 제인 러셀의 이름을 따서 지은 거예요. 여기 걸어 다니다 보면 1950년대 영화배우들의 빛바랜 포스터들이 꽤 있어요.
그때 여배우들 몸매는 기가 막혔죠. 론이 말했다. 트위기가 나타나면서부터 다 어그러졌어요. 이게 다 건강식 비스킷 때문이에요.

그렇죠, 론. 빅터가 말했다. 웬만한 것들은 식단 변화 탓이라고 할 수 있겠죠. 비생물적 생명체들이 어떻게 스스로를 망가뜨리는 방법을 찾아내는지 알게 된다면 흥미로울 겁니다. 설탕도, 알코올도, 마약도 아닐 테니까요.

인공 지능은 완벽할 줄 알았는데요? 론이 말했다.

누가 알겠어요? 인간이 만든 것들 중 완벽한 것이 있던가요? 좋은 취지에서 시작은 하지만…….

인공 지능에 대해 평소와는 조금 다르게 말하네요, 빅터. TED 강연이 아니라서 그런가요.

빅터가 어깨를 으쓱했다. 그때가 되면 알겠죠. 어쨌든 인간보다야 나쁠 수 있겠어요? 오늘 읽은 글에서 보니 1970년부터 인간이 야생 동물의 60퍼센트를 없애 버렸다는군요. 브라질에는 민주주의 선거로 뽑힌 대통령인 척하는 독재자가 아마존을 영리 사업자들에 넘기고 있고요. 인간들은 인공 지능에 비해 전혀 가망이 없어요. 우리는 어떤 시도를 하기에도 너무 늦었어요.

저 상자 안에 든 양반은요? 론이 물었다. 그에게도 너무 늦은 거 아닌가요?

철제 탁자 위에 철제 상자가 마치 텔레비전 오락 프로그램에 나오는 마지막 관문처럼 놓여 있었다. 상자 열어 봐요, 빅터.

만약 성공한다면 잭에게 줄 것이 있어요. 보여 드릴까요?

빅터가 한 방으로 들어갔다. 내게는 한 번도 보여 주지 않은 방들 중 하나. 푸른 수염의 방들 같았다. 그런 방은 가장 작은 문이 달려 있고 그 문은 피투성이 열쇠로 열어야 할 것이다. 하지만 어느 방일까?

빅터가 꼭두각시와 로봇의 중간쯤 돼 보이는 것을 데리고 돌아왔다. 원통형 토대에 달린 바퀴로 돌아다녔고, 그 위에는 팔과 머리가 달린 몸통이 있었다. 전체적으로 60센티미터쯤 되었다.

잭은 체구가 작았어요. 빅터가 말했다. 이걸 마음에 들어 할 겁니다. 그의 새로운 몸이에요.

그의 뇌를 저 안에 넣는다고요? 론이 말했다. 어린애들 장난감 같은데요.

뇌를 넣지는 않아요. 뇌는 뇌일 뿐이에요. 그 내용물을 업로드하고 나면 뇌는 필요 없어질 거예요. 뇌는 포장재와 같아요. 당신을 데이터라고 생각해 보세요, 론. 당신의 데이터는 여러 용기에 담길 수 있겠죠. 현재로서는 그게 고깃덩어리로 이루어진 커다란 저장고 안에 들어 있을 뿐이에요.

고마워요. 론이 말했다.

내가 하고 싶은 일은 잭이 돌아다닐 수 있게 해 주는 거예요. 인간을 업로드하는 작업에서 한 가지 난관은 몸이 없다는 사실에 당사자가 겪을 충격이거든요. 우리가 아는 것은 몸이니까요.

이해가 잘 안 되는데요. 론이 말했다.

이렇게 생각해 보세요. 빅터가 말했다. 당신이 죽을 때가 됐어요. 당신 몸은 낡아서 망가졌고요. 내가 당신의 데이터, 그러니까 당신이 누구인지에 대한 정보 전체를 업로드해요. 이제 당신은 내 컴퓨터에 론 로드라는 이름의 파일이 되는 거예요.

싫을 것 같은데요. 론이 말했다.

죽는 것보다는 낫다고 생각할 거예요.

죽으면 어차피 나는 모르잖아요.

잘 들어 봐요. 당신이 순수한 데이터가 되고 나면 당신 자신을 다양한 형태에 다운로드할 수 있어요. 탄소로 된 몸에 들어가면 당신이 한때 가졌던 독립성을 모두 누리면서도 탁월한 힘과 속력을 가질 수 있고, 부상을 두려워할 필요도 없을 거예요. 다리 한 짝이 떨어져 나가면 다른 걸로 교체할 수 있으니까요. 날개를 달고 싶다면 초경량 외피에 들어가면 돼요. 그리고 날아가는 거죠.

빅터가 말했다. 자, 이제 보호복을 입고 나를 따라오시겠어요? 옆방은 춥습니다. 거기서 이 상자를 열 거예요.

우리는 냉동 저장고에서 일하는 도축업자들처럼 보인다. 마스크, 고글, 장갑, 보온재가 들어간 옷까지.

우리는 빅터를 따라 통로를 걸어간다. 여기 조명은 왜 미치광이의 족쇄처럼 좌우로 흔들릴까? 이곳은 우리만의 베들럼인가? 우리가 알아서는 안 될 것들이 보관된, 은밀하게 감춰진 불법적 공간일까?

빅터가 내 마음을 읽은 듯하다.

그가 말했다. 속이 약간 울렁거려도 놀라지 말아요. 잠수함에 들어온 것과 비슷해요. 우리 위의 도시가 움직이고 흔들리는 게 전해지는 거죠. 이곳의 공기와 전력은 발전기와 통풍구에 의지하고 있어요. 이건 생명 유지 시스템이에요.

온몸이 먼지투성이가 됐어요. 클레어가 말했다.

진동 때문인 것 같습니다. 빅터가 말했다.

이곳 전체를 탐사해 본 사람이 있어요? 론이 물었다.

빅터가 말했다. 아뇨. 그건 불가능해요. 막다른 길과 장애물, 어디로도 이어지지 않는 갈림길이 널려 있으니까요. 맨체스터 전역의 지하에 벙커와 복도와 길이 얽혀 있는 거예요.

빅터가 문을 열었다. 강렬한 냉기가 우리를 덮쳤다. 우리는 안으로 들어갔다.

싸늘한 안개 사이로 방의 정경이 보였다 사라졌다 했다. 우리는 낯선 사람들처럼, 관찰자들처럼 서로를 흘끔거렸다. 그러다 우리 모습이 유령처럼 시야에서 사라졌다. 한쪽 벽에 각종 설비들이 늘어서 있었다.

상자를 내려놔 주세요. 빅터가 말했다.

론이 상자를 내려놓았다.

아주 좋아요. 빅터가 말했다. 불교도들 말마따나 과거는 과거이고, 삶은 지금이죠.

빅터가 상자 겉면의 나사를 풀기 시작했다. 작업을 하면서 그는 이야기했다. 세계 어디에나 있는 평범한 연구실에서 벌어지는 평범한 시연 장면처럼 보였다. 평범한 드라이버. 평범한 설명.

빅터가 말했다. 아기의 뇌는 1억 개가량의 뉴런으로 이루어져 있습니다. 각 뉴런은 1만여 개의 다른 뉴런들과 연결되어 있죠. 그것들이 하는 일은 단순하고도 놀랍습니다. 모든 정보가 전기 자극의 연쇄를 이루며 뉴런을 통해 흘러가, 세포에서 뻗어 나온 나뭇가지처럼 생긴 기관으로 전달돼요. 그 조그마한 가지들을 가지돌기라고 합니다. 하지만 뇌는 혼자서만 지내지 않아요. "함께 활성화되는 뉴런은 함께 연결된다."라는 말 들어 봤어요? 뇌는 패턴을 만드는 기계예요. 오늘 제가 기대하는 건 그 패턴들 중 일부를 추출하는 겁니다.

그러더니 그는 머리를 보호하는, 완충재가 대어진 후드를 벗겼다.

우리는 눈앞에 보이는 것을 거의 믿을 수가 없었다. 북극에서 돌무더기에 발이 걸린 듯했다. 천막 안에 있던 로버트 스콧*을 발견한 것 같았다. 다른 세상의, 정지된 몸을 발견한 것만 같았다.

얼굴은 쪼그라들어 있었다. 머리카락은 성겼다. 콧수염은 한 올 한 올 빳빳이 곤두서 있었다. 입술은 꺼져 들어서 보이지 않았다. 머리가 놓여 있는 모양은 꼭 밀랍 인형 같았다. 눈은 감긴 채였다.

질소 증기가 머리 주위로 소용돌이쳤다. 그는 ― 그것은 ― 강령술 집회에 소환된 존재처럼 섬뜩하고 불가사의했다. 그것이 말을 할까?

안녕하세요, 잭. 빅터가 부드럽게 말했다. 그는 장갑 낀 손을 내밀어 머리를 부드럽게 만졌다. 그리웠습니다.

그가 우리에게 몸을 돌렸다. 내 친구이자 멘토를 기쁜 마음으로 소개합니다. I. J. 굿이라고 합니다.

* Robert Falcon Scott(1868~1912). 영국의 탐험가. 남극 탐험을 하다 조난되어 사망했다.

햄스테드, 런던, 1928

이저도어! 배콥 그만 들여다보고 시계 케이스 좀 가져다 주렴.

네, 아빠.

그의 아버지는 셔츠에 조끼를 입은 채 작업대 앞에 앉아서, 조그마한 톱니들과 그보다 더 조그마한 다이아몬드들이 흩어져 있는 종이 위에 외알 안경을 낀 눈을 들이대고 있었다. 손목시계의 금 케이스는 텅 빈 채 열려 있었다.

두 시간 뒤면 안식일이다, 이저도어.

네, 아빠.

연못으로 가렴. 연못에 가고 싶지 않니? 어서 가!

시계는 고치셨어요, 아빠?

아버지는 나무 작업대 밑에 있는 나무 서랍을 가리켰다.

이저도어는 거기서 한자브란덴부르크* 태엽 장난감을 꺼냈다. 그는 전쟁을 기억하기에는 너무 어렸다. 그는 전쟁이 끝난 다음 해인 1919년에 태어났으니까. 그 독일제 양철 장난감은 그레이브스라는 장교가 이저도어의 아버지에게 손목시계 수리비로 준 것이었다. 약 30센티미터쯤 되는 수상 비행기로, 화이트스톤 연못 위를 미끄러져 나아갈 수 있었다. 그가 그 장난감을 가지고 있으면 다른 남자애들도 그와 같이 놀았다.

그는 수상 비행기를 가지고 홀리산을 뛰어 올라가 연못으로 향했다. 양조장에서 나온 짐마차 말들이 얕은 물에서 무거운 다리를 식히고 있었고, 몇몇 남자애들이 가죽 축구공을 가지고 나와 있었다.

야! 유다!

그들은 그를 유다라고 불렀다.

그는 철테 안경을 재킷 주머니에 집어넣었다. 뛰어온 탓에 양말이 흘러 내려 있었다. 그는 나이에 비해 덩치가 작았지만 다른 모든 아이들보다 똑똑했다.

숫자 말이야, 이저도어, 숫자! 야훼가 별을 만들듯 다이아몬드의 패턴을 만드는 아버지.

그는 신을 믿지 않았다.

* 1914년부터 독일에서 제조해 1차 대전 동안 활약한 전투기.

그는 한자브란덴부르크의 태엽을 감고 쭈그려 앉아 연못에 띄웠다.

수상 비행기가 연못 맞은편에 다다르자 남자애들 중 한 명이 그걸 집어 들었다. 그는 이저도어를 비웃으며 비행기를 머리 위로 들어 올렸다. 더러운 유대인! 그러고는 양철 장난감을 연못으로 최대한 멀리 내던졌다. 태엽이 풀리면서 그것은 방향을 잃고 뒤뚱거렸다. 이저도어는 물을 헤치고 들어가 비행기를 되찾는 수밖에 없었다. 그는 양말과 신발을 벗어서 한 손에 들고 덜덜 떨면서 물로 들어갔다. 물이 무릎 위로 올라오면서 무거운 반바지를 적셨다. 남자애들 무리가 낄낄 웃어 댔다.

돌아보지 마, 이저도어, 돌아보지 마. 직접 그렇게 말해. 스스로에게 그렇게 말해 줘. 그의 어머니는 말했다. 돌아보지 마.

그는 성경에 나오는 롯의 아내처럼 소금 기둥으로 변하지 않을 것이다. 롯의 아내는 뒤를 돌아봤다. 그리스 신화에 나오는 오르페우스, 그 사람도 뒤를 돌아봤다.

그는 돌아보지 않았다. 양철 비행기를 쥐어 들고서 어설픈 몸놀림으로 연못 맞은편까지 나아갔다. 그곳에는 짐마차꾼들이 말 옆에 서서 파이프 담배를 피우고 있었다. 아무도 그에게 말을 걸지 않았다.

그는 느릿느릿 집으로 갔다. 그는 언덕을 따라 구불구불 이어지는 높다란 집들을 좋아했다. 발밑에 닿는 자갈길도. 머리 위의 커다란 나무들도.

해가 지고 있었다. 빛이 낮아지고 석탄 연기가 피어올랐다. 어머니가 안식일 초를 붙여 놓았다. 아버지는 야물커*를 쓰고 일어서서 이저도어를 기다리고 있었다. 물에 젖은 반바지를 입고 철테 안경을 쓴 이저도어는 부모님과 함께 카디시**를 암송했다

그는 학교의 어떤 남자애들보다 수학을 잘했다. 그는 케임브리지 대학에 합격했다. 쉬웠다. 이제 그는 폴란드계 유대인인 이저도어 제이컵 구닥이 아니었다. 그는 I. J. 굿이었고 친구들은 그를 잭이라고 불렀다.

1938년 그가 케임브리지의 지저스 칼리지를 졸업하던 해, 히틀러가 오스트리아를 합병했고, 지크문트 프로이트가 햄스테드에서 체류했다. 유대인으로 살기 힘들던 시절이었다.

그러나 1941년 잭은 블레츨리 파크에서 일하라는 제의를 받았다. 8번 헛(Hut) 건물에 배정되었다. 앨런 튜링이 그의 감독관이었다. 굿은 해군 암호를 해독하는 작업에 투입되었다. 튜링의 팀은 이미 독일군의 육지 및 공중 작전에 쓰인 에니그마*** 암호를 해독한 바 있었지만, 독일 해군은 육군이나 공군보다 자기네 무선 통신을 보호하는 데 더 뛰어났다.

* 유대인 남자들이 쓰는 작고 납작한 모자.

** 유대교 예배에서 드리는 기도.

*** 20세기 초에 개발된, 암호를 만들고 해독하는 기계로 2차 대전 당시 독일군이 사용했다.

튜링의 팀이 그 신호를 해석하는 데 며칠이 걸리는 바람에 전략적으로 그 해석은 아무 쓸모 없어지곤 했다.

일어나, 이 새끼야!

튜링이 그의 어깨를 흔들고 있었다. 튜링의 모직 넥타이가 굿의 코를 자꾸만 때렸다.

어디 아픈가?

아뇨, 안 아픕니다! 피곤한 거예요!

지금 야간 근무 시간이야.

할 일 없는디요. 자는 편이 낫겠어요!

나머지 녀석들은 깨어 있는데 너만 자고 있어?

저는 자고 있지 않은디요! 감독관님이 깨우셨잖아요!

가끔, 아주 가끔 그는 자기 아버지처럼 발음하기도 했지만, 억양은 대체로 잘 조절할 수 있었다.

출발이 나빴지만 잭은 꿈을 꿀 때 일을 가장 잘했다. 그는 화이트스톤 연못에 띄우던 한자브란덴부르크 꿈을 꾸고 있었다.

켄그루펜부흐.*

독일 전화 교환수들은 삼중음자**에 가짜 문자들을 넣어

* Kenngruppenbuch. '식별 책자'라는 뜻으로, 2차 대전 때 독일 해군이 사용하던 암호 책자.

** 독일어 sch처럼 한 음소를 나타내는 세 철자의 조합.

야 했다. 그 문자들은 무작위였을까, 아니면 특정한 문자들을 선택하는 기준이 있었나? 그는 해독된 메시지들 일부를 검토해 보았다. 그래, 기준이 있었다……. 독일군은 표를 사용하고 있었다.

그는 이 점을 튜링에게 알렸다……. 그에게 나시 발을 걸고 있는 튜링에게.

그리고 어느 날 밤, 일을 마치고 불이 꺼졌을 때, 해독할 수 없었던 메시지를 노려보며 — 에니그마 기계는 장교용 암호 설정에 맞춰져 있었다. — 노려보며, 노려보며.

이제 그의 눈은 무거워졌고, 해가 졌고, 아버지의 목소리, 만두와 양배추 냄새, 그리고 그는 잠들었고, 시간을 거꾸로 타고 가며, 팽이처럼 핑핑 돌고 시간은 채가 되고, 양말이 흘러내리고, 언덕을 뛰어 내려가 — 아니면 뛰어 올라가는 것인가? — 달처럼 생긴 연못에 이르러 그는 달을 올려다보는데, 달은 꽉 차올랐고 별들은 다이아몬드 같고 아버지는 손목시계를 고치고 있고, 어머니는 돌아보지 마라고 말하고, 남자애들은 야유하고, 그는 순서가 거꾸로라는 것을 깨닫는다.

순서가 거꾸로 되어 있었다.

아침에 그는 에니그마 기계의 변형 암호와 특별 암호의 순서를 모두 뒤바꾼다. 암호가 깨진다.

시간 여행자 같네요. 클레어가 말했다.

시간 여행자. 빅터가 말했다. 그 표현이 처음 쓰인 건 1959년이었어요.

아는 게 정말 많으시네요. 클레어가 말했다. 결혼은 하셨어요?

결혼하기엔 너무 바빠서요. 빅터가 말했다.

그런 거야? 내가 말했다.

나는 카페 네로에서 사 온 커피와 샌드위치를 들고 방에 돌아와 있었다. 미치광이 과학자들이라도 먹기는 해야 한다.

커피 여분으로 한 잔 더 가져왔어? 빅터가 말했다.

아니. 왜?

불청객이 한 명 온 것 같아서.

빅터가 모니터 화면을 휙 넘겼다. 그러자 히치콕 영화의 엑스트라처럼 손전등을 들고 계단을 살금살금 기어 내려가고 있는 폴리 D가 보였다.

미친! 내가 말했다. 어떻게 들어온 거지?

너를 뒤쫓아 온 거지. 빅터가 말했다. 마중하러 갈까?

빅터가 「프랑켄슈타인」 영화에 나오는 전력 장치 같은 플라스틱 스위치 여러 개를 내렸다. 그러자 온 사방이 환해졌고, 비밀스럽고 잠잠하던 우리 콘크리트 벙커에 「우주 전쟁」에 나오는 것 같은 사이렌 소리가 울려 퍼졌다.

맙소사, 교수님! 론이 말했다. 저 보청기 끼고 있단 말예요!

빅터가 지극히 연극적인 몸짓으로 문을 열어젖혔다. 하얀 가운이라도 걸치고 있어야 했는데.

D 씨! 깜짝 놀랐네요. 썩 반갑지는 않지만 놀라기는 했어요.

문이 열려 있던걸요. 폴리가 말했다.

그래서 들어오셨군요.

여기서 뭐 하시는 거예요?

아니, 아니죠. 빅터가 말했다. 당신은 여기서 뭘 하고 있는 겁니까?

저는 몇 가지 질문할 게 있고요. 폴리가 그렇게 말문을 뗐지만 빅터가 손을 들어 제지했다.

실망시켜 드려서 유감이지만, D 씨, 이 지하에 숨어 있는 인공 초지능 따위는 없어요. 영국을 접수할 태세를 갖춘 로봇 군단도 없고요. 나는 스트레인지러브 박사가 아니란 말입니다. 기술적 돌파구는, 그런 게 생기기나 한다면 말이지만, 미국이나 중국에서 생길 거예요. 페이스북의 빌딩8 연구소에 숨어 들어가든가, 일론 머스크의 뉴럴링크*라도 해킹해

* 일론 머스크가 설립한 뇌 연구 스타트업.

보세요. 그 모든 것의 시발점인 맨체스터에서 시간 낭비하지 말고요. 영국은 다음 단계로 나아갈 만한 자원이 없어요.

당신에게는 머리가…….

뇌 복사 기술? 거기에 관심이 있는 겁니까? 그러면 옥스퍼드 인류 미래 연구소에 가서 닉 보스트롬을 만나 보시죠. 흥미로운 사람입니다.

당신은 얼린 뇌를 되살릴 거잖아요, 안 그래요?

빅터가 어깨를 으쓱했다.

그 기사를 꼭 쓰고 싶은데요!

당연히 그러시겠죠. 우리 모두 그럴 거예요. 하얀 가운을 입은 미치광이 과학자. 비밀 터널. 유리화된 머리의 부활.

실례지만, 우리 어디서 보지 않았나요? 클레어가 말했다.

두 여자는 서로를 마주 보았다.

오, 맙소사! 폴리가 말했다. 인공 지능 바이브레이터!

그 쇼에 출연한 새들 중 하나였어요? 론이 말했다. 섹스포에서?

나를 새라고 부르지 말아요. 폴리가 말했다.

미안해요, 아기 고양이. 론이 말했다. 그때 모델로 나오셨나요? 모델처럼 보여서요.

나는 모델이 아니에요. 폴리가 말했다. (모델로 오인당한 데에는 개의치 않는 기색이었다.)

음, 어쨌든 당신도 그 자리에 있었다는 거죠. 론이 말했다.

그때 이후로 여러 가지가 변했다는 점을 말씀드릴 수 있겠네요. 여기 교수님과 저는 비즈니스를 같이 하기로 했고, 클레어는 저희 회사의 새로운 CEO가 됐고……, 오, 그리고 우리가 웨일스를 사들이기로 했어요.

네? 웨일스 전체를요? 내가 말했다.

네! 우리 계획은 웨일스가 세계 최초로 완전히 통합된 국가가 되는 걸 보여 주는 거예요. 인간과 로봇 간의 통합이요.

웨일스는 브렉시트에 찬성표를 던졌잖아요. 내가 말했다. '웨일스인을 위한 웨일스'라면서. 기억하죠? 그런데 그 대파의 나라가 어째서 로봇과 뒤섞인 다문화 사회가 될 거라고 생각하는 거죠?

바로 그 점이 핵심이라고요! 론이 말했다. 그 로봇들은 외국산이 아니라 웨일스산이 될 거거든요. 모두 카디프에서 제조할 테고, 웨일스 억양으로 말하게끔 할 거예요.

멋지죠. 클레어가 말했다.

인종주의가 해결되겠죠! 론이 말했다. 브렉시트도 해결되고요! 브로콜리를 수확하고, 도로를 청소하고, 병원에서 일할 로봇 일꾼들을 들이되, 그 로봇들을 모두 웨일스산으로 만드는 겁니다. 그게 새로운 세상의 견본이에요.

확실히 창의적이네요. 빅터가 말했다. 그 발상을 헝가리나 브라질에 팔아도 되겠어요. 트럼프한테도. 멕시코 로봇은 수입 안 한다 이거죠.

완전 멋지네요! 폴리가 말했다. 저희 《배니티 페어》와 인터뷰하지 않으실래요?

그거 메이크업 잡지인가요? 론이 말했다.

인터뷰 좋아요! 클레어가 말했다.

이건 인터넷에서 대박이 날 거예요. 폴리가 말하며 아이폰을 꺼냈다.

당신이 여기 있는 거 아는 사람 있어요? 빅터가 물었다.

설마요, 아무도 모르죠! 이건 내 몫인걸요. 전부 다. 브렉시트를 위한 로봇. 말하는 머리. 우리 사진 찍어요. 여기, 미친 듯이 흔들리는 조명 밑에 서 보세요.

폴리가 핸드폰을 들어 올리며 물러섰다. 그 순간 빅터가 그녀 뒤로 건너가더니 아이폰을 낚아챘다.

뭐예요? 돌려줘요!

여긴 사유지입니다. 빅터가 말했다. 핸드폰은 반입 불가예요.

이건 인권 침해예요! 클레어가 말했다.

아이폰은 인권이 아니죠. 빅터가 부드럽게 말했다. 프라이버시야말로 인권이죠.

아, 그래요? 폴리가 말했다. 그게 바로 당신 같은 남자들이 빠져나가는 방법이죠, 안 그래요? 프라이버시니 뭐니. 닫힌 문 안에서 쑥덕거리고. 기밀 유지 협약이나 맺고.

당신은 이곳에 무단 침입하고 있어요. 빅터가 말했다. 당신이 떠난다면 핸드폰을 돌려드리도록 하죠. 그나저나 당신이 태어난 해인 1986년에 일어난 일을 안다면 흥미로울 텐데…….

내가 태어난 해를 어떻게 알아요?

당신만 뒷조사를 할 줄 아는 게 아니에요.

지금 뭐가 어떻게 되고 있는 거죠? 클레어가 말했다.

빅터가 말을 이었다. 1986년에 세상에서 가장 대단하고 속도가 빠른 컴퓨터는 '크레이 슈퍼컴퓨터'였어요. 방 하나만큼 컸죠. 이 스마트폰이 그것보다 성능이 좋아요. 이게 바로 진보라는 거죠!

그가 핸드폰을 머리 위로 들어 올렸다. 폴리가 펄쩍 뛰었다가 물러나며 말했다. 이건 완전히 선을 넘는 짓이에요!

맞아요! 클레어가 말했다.

아가씨들! 론이 작고 통통한 두 손을 들어 올리며 말했다. 방금 만난 사이에 다투지 맙시다. 저는 교수님 말에 동의해요. 여긴 그의 공간이고, 그의 규칙이 있는 거죠. 폴리! 당신은 초대받지 않았어요. 그런데 들어왔잖아요. 그러니 처신을 바로 해요.

고마워요, 론. 빅터가 말했다. 폴리, 당신이 관심이 있다고 하니, 와서 잭을 한번 보시죠.

옆방에 들어선 우리는 한 줄로 늘어서서 눈을 가늘게 뜨고 뿌연 유리 너머를 들여다보았다. 사형수 수감동에서 처형 장면을 지켜보는 사람들을 담은 오래된 필름처럼. 하지만 우리는 죽음이 아니라 부활을 지켜본다는 점에서 달랐다. 그렇지 않은가? 그런가?

빅터가 말했다. 두뇌 복사에 성공한다면, 업로드된 뇌는 우리 뇌와는 다른 속도로 작동할 수 있어요. 우리보다 훨씬 빠르거나 아니면 훨씬 느리거나. 처리할 일이 무엇이냐에 따라 달라요.

성공할까요? 클레어가 말했다.

이게 성공한다면 영국의 클라우드 저장 시스템 전체가 일시적으로 정지될 겁니다. 빅터가 말했다. 그리고 정전도 일어날 거예요. 뇌는 거대하니까요. 용량이 2.5페타바이트쯤 돼요. 1페타바이트가 100만 기가바이트쯤 되고요. 1기가바이트는 웹페이지 650개를 보거나 유튜브를 다섯 시간 시청하는 것에 맞먹는 용량이죠. 여러분의 핸드폰은 아마 메모리가 128기가바이트일 거예요. 1.5페타바이트라면 페이스북에 사진을 100억 장 저장할 수 있을 겁니다.

그게 다 머릿속에 있다고요? 론이 말했다.

다 있어요.

제 머릿속에도요?

당신 머릿속에도요.

세상에! 폴리가 말했다. 저 아이헤드(iHead)만큼 섬뜩한 건 처음 보네요.

아이헤드라고요?

음, 달리 뭐라고 부를 건데요?

나는 그를 잭이라고 불러요. 빅터가 말했다.

차마 볼 수가 없네요. 폴리가 말했다.

나는 당신이 시들시들한 꽃이 아니라 진실의 수호자인 줄 알았는데요? 빅터가 말했다. 세상에는 절단된 머리보다 훨씬 끔찍한 광경들이 많은데요.

제가 운영하는 공장 중 하나에는 온통 머리만 있어요. 론이 말했다. 1월 세일 때는 정가 로봇 한 대를 구입하면 여분의 머리를 반값으로 주는 이벤트를 할 거예요. 저희 웹사이트에도 써 놨지만, 머리 두 개가 하나보단 낫거든요.

당신의 소름 끼치는 고객들이 머리를 원한다는 것 자체가 놀랍네요. 폴리가 말했다. 남자들이 곧잘 인형 머리를 잡아 뽑는 걸 보면 원하지 않는 것 아닐까요? 스타인 교수님! 고추나 덜렁거리는 여성 혐오 소시오패스들이 모인 유전학 연구소에서 머리 없는 여자를 개발하기까지 시간이 얼마나 걸릴까요? 여자가 요리하고 청소하는 데에 머리는 필요 없잖아요. 다이어트 문제도 없을 테고 말도 안 할 거고요.

저는 페미니스트입니다. 빅터가 말했다. 여자에게 머리가 있는 편이 더 좋아요.

세상에! 폴리가 말했다. 고작 그거예요? 페미니스트를 자처하는 남자가 한다는 말이? 여자에게는 머리가 필요하다?

그냥 나한테 화를 퍼붓고 있군요. 빅터가 말했다.

저도 머리가 있는 여자가 좋아요. 론이 말했다. 정말로요. 여자들이 말이 많다는 건 인정하지만, 그렇다고 머리가 없고 입도 없으면…… 남자들이 좋아하는 체위가…….

론!!!

미안, 클레어…… 미안.

빅터가 말했다. 절단된 머리에 대한 흥미로운 역사 이야기로 재빨리 돌아가자면, 옛날 런던 브리지에 꼬챙이에 꽂혀 줄줄이 전시됐던 범죄자들의 머리로 점을 볼 수 있었다는 전설이 있어요. 말을 타고 런던 브리지를 달리면 말 탄 사람의 앉은키가 그 머리들을 바싹 마주 볼 수 있을 만큼이 되거든요. 머리들의 목 절단면은 너덜너덜하고, 턱은 떡 벌어져 있고, 눈은 뜨여 있어서 험악한 눈동자가 드러났죠. 궁금한 이가 그 입속에다 자기 엄지손가락을 베어서 나오는 피를 몇 방울 떨어뜨리면, 머리가 말을 했다고 합니다.

무슨 말을? 내가 물었다.

진실을 말했다나 봐. 빅터가 대답했다. 음성이 작동되는 머리는 유용하게 쓰일 수 있어요. 노르웨이 전설에서 오딘은 미미르의 머리를 가지고 다니죠. 그 머리가 전술적인 조언도 해 주고, 미래에 대한 예언도 해 줘요.

『신곡』 속 지옥의 여덟 번째 고리에서 시인 단테는 베르트랑 드 보른*의 잘린 머리와 대화를 나누죠.

* Bertran de Born(1140~1215). 프랑스의 귀족이자 음유 시인.

가웨인의 전설에서는 도끼로 목을 잘린 녹색 기사의 머리와 섬뜩한 대화를 하고요.

하지만 제가 가장 좋아하는 건 케팔로포어라고 부르는 특수한 부류의 성인(聖人)들이에요. 그들은 자기 머리를 휴대용 수화물처럼 가지고 다니거든요.

빅터, 흐름을 끊어서 미안하지만, 뇌는 혈액이나 산소 공급 없이는 살 수 없어. 그 공급을 십 분만 끊어도 돌이킬 수 없는 손상이 일어나. 그래서 심장이 멈추면 뇌도 죽는 거야.

아, 셸리 박사! 늘 상상력이 부족하군. 오십 년 전만 해도 심장 이식은 불가능했어. 앞으로 오십 년 뒤에는 뇌 복사가 새로운 일상이 될 거야.

그게 뭘 해결하는데?

그게 무슨 뜻이야, 뭘 해결하냐니?

인류를 위해 뭘 하냐고. 우리의 모든 과오, 허영, 우매, 편견, 잔인……. 강화된 인간이든, 초인간이든, 업로드된 인간이든, 영원한 인간이든 뭐든 간에, 그 모든 개짓거리가 같이 딸려 오는 걸 너는 진심으로 원하는 거야? 도덕적으로나 정신적으로나 우리는 아직 바다에서 뭍으로 겨우 기어 나가는 단계에 있어. 네가 원하는 미래를 맞이할 준비가 안 되어 있다고.

우리가 언제 준비된 적이 있었나? 빅터가 말했다. 진보는 우연의 연속, 허둥거리다 저지른 실수, 예기치 못한 결과로 이루어지지. 그래서 뭐? 아침마다 집을 나서면서 우리에게 무슨 일이 벌어질지조차 모르는데. 그냥 앞으로 나아갈 뿐이야.

론이 말했다. 조심해야겠네요,* 그럼. 하하.

좀 닥칠래요? 내가 말했다.

아뇨, 안 닥칠 건데요, 블러디 메리. 론이 대꾸했다. 내가 알고 싶은 건 이거예요. 저 아이헤드인지 잭인지 뭔지 하는 게 깨어나면, 무슨 일이 벌어지는데요?

제가 퓰리처상을 받겠죠. 폴리가 말했다.

빅터가 말했다. 잭의 뇌에서 어떤 부분이든 소생시키는 데 성공한다면, 다음 단계는 살아 있는 사람 중에서 이 실험을 개척할 사람들을 구하는 거예요.

죽음을 감수하고?

영원한 삶을 위해서. 빅터가 말했다. 너라면 안 할 거야?

안 하지! 내가 대꾸했다. 나는 영원한 삶을 원하지 않아. 이 삶만도 충분히 골치 아프다고.

야망이 없군. 아니면 용기가 부족한 거거나.

나는 그냥 포스트휴먼이 되고 싶지 않은 것 같아.

론이 말했다. 만약 제가 실험에 참가했고, 당신이 내 뇌를

* heads up. 머리를 위로 올린다는 뜻도 있다.

스캔했어요. — 제 경우에는 그렇게 오래 걸리진 않을 거예요. — 그렇게 해서, 스캔이 됐다고 쳐요. 그럼 저는 하루 종일 뭘 하죠?

뭘 하냐고요? 빅터가 되물었다.

네. 머릿속에서 살지 않는 저 같은 사람들이 많잖아요. 머릿속에서는 별일이 안 생기니까요. 저한테 뇌밖에 없다면 난 정말 비참할 거예요.

천국에 가면 몸이 없어질 텐데. 클레어가 말했다.

그건 다르지. 론이 말했다. 하느님이 내게 할 일을 주실 거 아냐, 안 그래? 천국에 있으면 나는 햄 샌드위치 같은 건 그립지 않을 거야. 그리고 뜨거운 목욕도, 아침에 하는 자위도, 또…….

론!!!!

미안 클레어. 난 그냥 교수님한테 내 말뜻을 설명하고 싶어서.

저 말에 일리가 있네, 빅터. 내가 말했다. 물질에서 빠져나온 그 모든 정신들에게 무슨 일이 벌어질까? 여름 휴가마다 인간 형체에 다운로드돼서 테이크아웃 중국 음식을 마구 퍼먹고 기절할 때까지 서로 섹스하려나? 그 정신들은 자기 몸을 기억할 거잖아. 어째서 우리가 몸을 그리워하지 않을 거라고 생각해?

넌 예전 몸이 그리워? 빅터가 물었다.

아니. 그건 내 몸 같지 않았으니까. 지금 몸은 내 몸이고, 난 이걸 유지하고 싶어.

지금 이대로? 아니면 늙고 약해진 상태로?

당연히 지금 이대로지.

바로 그게 문제야. 빅터가 말했다. 우리는 이 지구상에서 언제까지나 인간 형태로 살 수 없어. 그리고 우리가 우주를 본격적으로 식민지화하려면 인간 형태로는 불가능해. 이 몸에서 나와야만 우리는 어떤 대기나 온도에서도 견딜 수 있고, 음식과 물이 없어도 되고, 아무리 먼 거리도 극복할 수 있단 말이야. 에너지원이 있다는 전제하에.

어쨌든 강화된 인간이 영원한 젊음과 미모를 유지하며 살 수 있다는 데 혹하는 사람들은 극소수일 거야. 그리고 이백년쯤 지나면 그 사람들조차도 지겨워질걸. 자기 자유 안에 갇혀서 말이야.

젊음과 미모는 록스타와 시인 들을 위한 거야. 야만인들은 너무 늦기 전에 죽을 줄 아는 분별력을 갖고 있다고.

그의 어떤 것도
사그라지지 않고
다만 바다의 변화를
겪어 내면서
값지고 기이한
무엇인가로 변했네.

— 셰익스피어의 『템페스트』 중
'에어리얼의 노래' 일부.

우리는 피사에서 서쪽으로 말을 타고 한 시간 걸리는 곳에 있다. 남태평양의 어느 섬에 난파했더라도 이만큼 문명과 안락에서 동떨어진 느낌을 받지는 않았을 것 같다.

산 테렌초. 여자들이 맨발로 다닌다. 아이들은 굶주린다. 가장 가까운 읍은 레리치인데 거기까지는 배를 타고 가는 게 그나마 가장 빠르다. 5킬로미터 이내에는 상점도 없다. 그리고 집이 있는데…… 이 징글징글한 집은 만을 마주하고 서 있는 어두운 아치 다섯 개로 이루어져 있다. 아래층 바닥은 모래와 해초, 그물과 삭구로 뒤덮여 있다. 위층은 동굴 같다. 나란히 붙어 있는 방들은 너무 비좁다. 집 이름은 '카사 마니'라고 한다. 창백한 얼굴의 비참한 저택.

셸리는 이 집을 좋아해 마지않는다.

나는 이런 곳에 있다. 삶에 무관심한 채, 임신한 지 삼 개월을 넘어서며. 또 임신. 그런 다음엔 뭐지? 또 다른 죽음인가? 신은 아시리라, 내가 내 생명을 생명에 걸었다는 것을. 그렇지 않은가? 나는 그와 함께 떠났고, 그를 사랑했고, 그의 아이들을 뱄다. 질문이 무엇이었든 — 해? 할 거야? 할 수 있어? 해 볼래? 나랑? — 내 대답은 좋아였다.

세상은 남자와 여자를 다르게 처벌한다. 바이런과 셸리가 다니는 곳이면 어디든 추문이 터지지만 그들은 남자로 남는다. 남자들은 저 좋을 대로 산다는 이유로 페티코트를 입은 하이에나라는 별명으로 불리지는 않는다. 그들이 사랑하고자 하는 곳에서 사랑한다는 이유로 남자답지 못하다는 말을 듣지도 않는다. 사랑하는 여자가 아무 생각 없이 떠나 버린다 해도 남자들은 무방비에 무일푼으로 전락하지 않는다. (어떤 여자가 아무 생각 없이 떠나겠는가? 아무리 무정한 여자라도, 아무리 지독하게 학대당한 여자라도 그러지는 않는다.)

클레어가 우리와 함께 있다. 그녀는 바이런의 딸을 낳았다. 『프랑켄슈타인』이 쓰였던 여름, 그 눅눅한 열기 속에서 그녀는 임신했다. 그러자 바이런은 아기를 데려가서는 수녀원에서 죽게 방치했다. 수녀원이라니! 바이런이 수녀원에 무슨 볼일이 있단 말인가? 그가 무슨 권리로 아이를 제 어미에게서 빼앗아 간단 말인가? 하지만 그에게는 그럴 권리가 있다. 법이 그렇기 때문이다. 법률상 아이는 아버지의 소유물이다. 그 귀족 나리께서는 자기 내킬 때는 법을 지킨다.

남자들은 모두 그렇다. 혁명가들도 급진주의자들도 마찬가지다, 자기 소유물과 관련된 법이라면. — 그리고 그 소유물에는 여자와 아이도 포함되어 있다. 무엇이든 남자들을 개인적으로 상처 입히는 것, 그들의 발걸음을 가로막는 것과 연관되는 법이라면. 맙소사! 그들의 부정(不貞)함, 그들의 무심함, 그들의 둔감함. 하느님 맙소사! 시인들의 둔감함이라니.

어머니는 그걸 알고 있었다. 그럼에도 어머니의 마음이 달라지지는 않았다.

얼마나 많은 '위대한' 예술가들이 그걸 알았을까? 얼마나 많은 죽은, 미친, 버려진, 잊힌, 비방당한, 타락한 여자들이 그랬을까?

나는 셸리는 다를 거라 믿었다. 그는 자유로운 사랑을 추구했다. 자유로운 삶을. 그래, 그는 자유롭긴 했다. 내가 그 대가를 치렀으니까. 그의 아내였던 해리엇도 마찬가지였다. 그녀도 대가를 치렀다. 자살함으로써. 그건 내 탓이 아니다. 여자들은 항상 서로를 탓한다. 그건 남자들이 우리에게 부리는 속임수다. 원흉이 된 남자는 따로 있다.*

어머니…… 만약 내가 어머니를 되살린다면 뭐라고 하실

* "사건 배후에는 여자가 있다.(Cherchez la femme.)"는 프랑스어 표현을 비튼 것.

까? 여자의 마음. 그게 뭐지? 여자의 정신. 그게 뭘까? 우리는 근본부터 다르게 만들어졌나? 아니면 관습과 권력의 차이일 뿐인가? 남자와 여자가 어느 모로나 평등하다면, 여자들은 아기가 죽었을 때 무엇을 할 것인가? 만약 내가 반바지를 입고, 말을 타고 다니고, 서재 문을 닫아 놓은 채 일하고, 담배를 피우고, 술을 마시고, 창녀를 샀더라면 덜 고통스러웠을까?

셸리는 창녀를 사지는 않는다. 그건 확실하다. 그는 자신에게 자유를 줄 것 같은 여성상에게 매번 새로이 사랑에 빠진다. 그는 나와 같이 있으면서 동시에 나를 떠난다. 나는 그걸 허락한다. 그리고 그를 외면한다. 아기가 죽을 때마다 그에게 되돌아가기가 점점 더 어려워진다. 지금도 나는 그의 아기를 밴 채 시선을 피하고, 싸늘한 포옹을 한다. 우리는 각방을 쓴다. 밤이면 그가 살금살금 복도를 건너, 주인의 부름을 받은 개처럼 제인의 방으로 걸어가는 기척이 들린다. 그녀는 다른 세상에서 남긴 흔적처럼 움직이는 그의 가늘고 흰 몸을 즐길까?

아침에 나는 벌거벗은 내 몸을 거울에 비춰 본다. 내 외모는 아직 보기 좋다. 내 손이 가슴 위에서 머뭇거린다. 어젯밤 그에게 갈까 생각했다. 그래서 갔다. 하지만 그의 침대는 비어 있었다.

매일 아침 그는 집을 나가서 새 배를 타고 논다. 그의 새로운 '친구'도 데려간다. 그녀는 내 친구이기도 하다. 제인 윌리엄슨. 그녀의 아이들은 제멋대로 날뛴다. 나는 일을 하려고 애쓴다.

나는 그에게 제발 피사로 돌아가자고 사정해 왔다. 군중, 시장, 교회, 강, 가죽 병에 든 질 좋은 와인, 순회 도서관, 광장에서 먹는 커피와 달콤한 비스킷, 그곳에 줄지어 늘어선 노점들에서 파는 고기와 빵과 직물. 거기에는 잉글랜드 출신 친구들도 있다.

기분 전환거리들이 있다.

그는 거절한다. 메리, 새로운 모험이 확실히 낫잖아?

그는 새로 산 배를 타고 싶어 한다. 그 배는 마녀 같아. 그가 말한다. 그는 항상 주문에 걸려 있어야 하는 사람이다. 한때는 내가 바로 그를 사로잡은 마법이었다. 하지만 그 시절은 이제 끝났다.

나는 이 사슬을 끊고 지하 감옥을 빠져나가고만 싶다.

1822년 7월 1일 아침, 셸리는 그의 배 '에어리얼'*을 타고 바이런을 만나러 갔다. 그가 좋아하는 담황색 무명 바지를 입고 호주머니에 키츠의 시집을 지니고 있었다. 그는 무사히 도착했고, 메리에게 일주일 안으로 돌아가겠다고 편지를 썼다.

* 실제로 셸리가 당시에 탔던 배의 이름은 돈 후안이었다.

그는 돌아가지 못했다.

스페치아만에 폭풍우가 불어닥친 모양이었다. 꼭대기가 무거운 돛대를 단 셸리의 배는 선복되었나. 셸리는 수영을 할 줄 몰랐다.

그의 시신은 며칠 뒤 부패한 상태로 해안에 떠밀려 왔다. 키츠의 시집은 여전히 주머니 안에 있었다. 그의 나이 스물아홉 살이었다.

이탈리아 당국에서는 시체들을 발견된 그 자리에 둬야 한다고 주장했다. 전염병을 막기 위해 시체에 석회를 칠해 해변에서 장사 지내야 한다는 것이었다. 나는 로마에 묻힌 우리 아들 옆에 셸리를 매장하고 싶었지만 그럴 수는 없었다. 그래서 우리는 그를 해변에서 화장하기로 했다. 삶이 예술을 모방하는 것이 신기하지 않은가? 내 괴물이 자신의 조물주가 죽은 후 선택한 최후도 바로 그것이었다. 장작더미 위에서 타 죽는 것.

8월 16일이다. 그의 시신에서 남은 것은 섬뜩한 진남색 빛깔이다.

그가 얼마나 추울까! 햇볕으로 옮겨 줘야 할 텐데. 너무 늦었다.

우리가 함께 도망친 이후로 꼬박 팔 년이 흘렀다. 그 시절이 얼마나 생생한지! 무수한 기회처럼 하늘에 떠 있던 별들. 우리가 무엇인들 할 수 없었겠는가? 누군들 될 수 없었겠는가? 그의 얼굴은 나 자신을 비추는 거울 같았다. 그 거울이 언제 탁해졌던가?

내가 살아온 삶은 대체 어떤 삶인가?

꿈을 꾼 걸까?

피사에서 바이런의 거대한 마차가 당도했다. 오늘 아침 그는 검은 실크 반바지와 코트를 입고 검은 타이를 매고 나를 찾아왔다. 그는 내 손을 잡고 입을 맞췄다.

메리……. 그가 말했다. 나 자신을 추스르려 애쓰다 보니 내 손톱이 그의 손바닥을 파고드는 게 느껴졌다. 오늘이 어떻게 오늘일 수 있나? 누가 이야기를 이곳으로 끌고 왔나?

이야기를 다시 써 봐. 내가 흔들릴 때마다 셸리는 말했다. 그리고 이야기를 다시 씀으로써 — 한 번, 그리고 여러 번 다시 씀으로써 나는 내 생각과 언어를 다스릴 수 있었다.

하지만 그에게 벌어진 일을 다시 쓸 수는 없다. 우리에게 벌어진 일을. 이곳이 내가 돌아올 곳이다. 이 결말.

다 끝났다.

나는 화장터에 가지 않을 것이다. 셸리가 어디 있는지는 몰라도, 그 퉁퉁 붓고 망가지고 살점을 뜯어먹히고 흠뻑 젖은 시체 안에는 없다.

연기가 이쪽으로 불어온다. 관을 덮는 천이 바다 위에 드리운다.

불의 악취가 내 코를 찌른다. 내가 그를 들이쉬고 있는 걸까? 다음 달에는 내 생일이 있다. 곧 스물다섯 살이 될 것이다.

"그 불길의 빛은 사그라질 테고, 내 재는 바람에 날려 바다에 쓸려 갈 거요. 내 영혼은 평안히 잠들 것이고, 만약 생각을 한다 해도 이런 식의 생각을 하지는 않을 거요. 안녕히."

그는 그렇게 말하고는 선실 창문으로 몸을 날려 배 가까이에 있던 얼음장 위에 뛰어내렸다. 이윽고 그는 파도에 실려 저 멀리 어둠 속으로 사라졌다.

사람들은
검색 기능의 발전은
끝났을 거라고 가정한다.
그것은 완전한 오판이다.

궁극적인 검색 엔진은
세상의 모든 것을
이해할 것이다.
당신이 묻는 모든 것을
이해할 것이고 정확하고
올바른 답을
즉시 내놓을 것이다.
"내가 래리에게 무엇을
물어야 하지?"라고
물으면 그것은
대답해 줄 것이다.

— 구글 공동 창립자
래리 페이지

1945년, 이집트 룩소르에서 서쪽으로 130킬로미터쯤 떨어진 도시 나그함마디 근처에서 농부 두 명이 비료에 쓸 광물질 토양을 파내러 수레를 끌고 나왔다. 그중 한 명이 휘두른 곡괭이가 무언가에 맞았는데, 살펴보니 밀봉된 항아리였다. 그들은 항아리를 완전히 캐냈다. 높이가 2미터에 달했다. 처음에는 항아리 안에 지니가 살고 있을까 봐 두려워서 열지 못했다. 하지만 금괴로 가득 차 있다면?

호기심이 두려움을 이겼다. 그들은 항아리를 부쉈다.

그 안에는 가죽으로 장정된 파피루스 고서가 열두 권 들어 있었다. 콥트어로 쓰여 있었는데 그리스어나 아람어 원본을 번역한 듯했고, 연대는 3세기에서 4세기까지 거슬러 올라갔다. 다만 그중 한 권인 도마 복음은 예수 그리스도가 사망한 지 팔십 년 뒤에 만들어진 물건으로 추정되었다.

책들에는 주로 그노시스 사상이 담겨 있었다. 천지 창조를 다룬 내용들도 있었다.

빅터가 말했다. 그 책들 중 한 권의 제목은 『세계의 기원』입니다. 거기에는 소피아의 이야기가 나오죠. 지금은 핸슨사의 로봇 이름으로 더 잘 알려져 있지만. 소피아는 그리스어로 '지혜'라는 뜻이에요. 소피아는 플레로마라 불리는 완벽한 우주에서 살고 있었습니다. 그녀는 짝 없이 완전히 혼자서 세계를 창조할 수 있을지 고민했어요. 플레로마는 남성과 여성의 조화로 이루어져 있었거든요. 코드가 0과 1로 되어 있듯이.

우리 생각에는 실체가 있죠. 신의 생각이라면 더더욱 — 아무리 어린 신이라도요. 그래서 소피아는 지구를 만드는 데 성공합니다. 하지만 자신이 혐오하는 물질성에 스스로 갇히게 된 것을 깨달아요. 물론 그녀는 구출됩니다. 이 밖에도 수많은 이야기에서 늘 발견되는 주제가 바로 이거죠. 하지만 그녀는 그 구원자의 보살핌을 받는 동안 지구라는 행성을 떠나요. 그 우둔한 하급 신의 이름은 — 하고많은 이름 중에서도 — 여호와였어요.

여호와는 지구 경영 초기에 부동산 영역에서 몇 차례 성공을 하고, 이윽고 유대인들의 구약 성경에 나오는 망상증에 빠진 폭군 같은 신으로 변해요. 그는 자기가 유일한 신이고, 자신이 모든 것을 창조했으며, 절대적인 숭배를 받아야 한다고 주장합니다. 자신감이 부족한 여호와는 호기심도, 비판도 엄격하게 처벌해요.(에덴동산, 대홍수, 바벨탑, 약속의 땅 등의 에피소드를 보세요.)

소피아는 이 미친 짓에 맞서기 위한 최선의 방법으로 인류에게 특별한 선물을 줘요. 빛의 존재로서 그들의 진정한 본성에 대한 감각, 즉 신성한 반짝임 말이에요.

여기서부터 이야기는 우리 모두가 이런저런 형태로 접해 본 내용으로 흘러갑니다. 모든 종교에서 비슷비슷하게 하는 이야기들 있잖아요. 세상이 타락하고, 현실은 환상이고, 우리 영혼은 영원히 살 것이고. 우리 육체는 빛의 존재인 우리 본성의 아름다움을 가리는, 또는 모독하는 겉모습일 뿐이고…….

기크들만이 아니라 철학자들 중에서도 많은 이들이 우리 세상이 시뮬레이션이라고 믿어요. 우리가 다른 존재들이 가지고 노는 게임이라는 거죠. 아니면 저절로 돌아가게끔 설정된 프로그램이거나. 우리가 쓰는 언어는 우리 언어지만, 그 이면의 생각은 언어만큼이나 오래됐어요.

내가 생각하기에는, 지금 인공 지능 분야에서 벌어지는 일들은 그런 생각으로의 회귀인 것 같아요. 우리가 꿈꿨던 것이 실제로 현실이었던 거죠. 우리는 우리 육체에 묶여 있지 않아요. 영원히 살 수 있어요.

그노시스라고 했나요? 론이 말했다. 초강력 접착제 이름처럼 들리는데요. 그게 무슨 뜻이죠?

그리스어로 '지식'이라는 뜻이지만, 사실적이거나 과학적인 지식을 의미하지는 않아요. 그보다는 패턴에 대한 깊은 이해를 뜻하죠. 정보 이면의 의미라고 할까요.

그 책더미들 사이에는 주석이 달린 플라톤의 『국가』 개정판도 있어요. 『국가』에 나오는 플라톤의 이론은 어딘가에 '이상적 형태'의 세상이 있다는 거예요. 우리 세상은 그 완벽한 형태를 조악하고 지저분하게 모방한 것에 지나지 않다는 거죠. 본능적으로 우리는 이 이치를 알아요. 그에 대해 할 수 있는 일이 아무것도 없다는 것도.

우리 DNA의 깨끗한 초기 암호가 상충되는 지시들로 뒤죽박죽이 되는 동안 몸속 세포들이 분열하고 점차 퇴화하는 과정을 생각해 보세요.

하느님은 세상을 창조하셨고 예수님은 우리 구세주예요. 클레어가 말했다. 나는 우리가 죽으면 영원한 불멸자가 되리라는 것을 알아요.

뭐하러 죽기를 기다리죠? 빅터가 말했다.

당신은 미쳤어요. 폴리가 말했다.

내 로봇들은요? 론이 말했다. 이 빛의 세상에서 로봇들은 어디에 있죠?

빅터가 말했다. 론, 로봇은 우리 노예예요. 가사 노예, 업무 노예, 성 노예. 문제는 우리죠. 우리가 우리 자신으로 무엇을 할 것인가? 사실 우리는 그 질문에 이미 대답을 했어요. DNA 조정을 비롯한 신체 강화 말입니다. 그게 어떤 모습일지 알고 싶다면 우리가 이미 만들어 낸 신들을 보면 돼요.

그리스, 로마, 인도, 이집트, 바빌론, 아즈텍의 신들, 라그나로크나 발할라에 나온 신들, 지하 세계를 다스리거나 별이 총총한 천궁을 다스리는 주인들. 그들의 정체가 뭐죠? 강화된 인간들이에요. 즉 그들은 우리와 같은 욕구와 욕망, 갈등과 감정을 가지고 있지만, 우리보다 빠르고, 강하고, 생물학에 구애받지 않고, 보통 불사신이죠.

인간과 성교한 신들은 어떤 식으로든 강점이나 재능을 지닌 자식을 낳아요. 그만큼 불운하거나 저주받을 가능성도 높지만. 예수는 인간 어머니와 신 아버지 사이에서 태어났어요. 디오니소스도 마찬가지죠. 헤라클레스도. 길가메시도. 원더우먼도요.

예수님은 원더우먼와 관계없어요! 클레어가 말했다.

빅터는 그녀를 무시했다. 하지만 진짜 문제는 우리가 우리의 생물학적 측면을 아무리 강화해도 여전히 몸 안에 있다는 거예요. 몸에서 벗어나야 인간의 꿈은 완성돼요.

그가 말하는 사이에 나는 내 발이 젖었다는 것을 깨달았다. 아래를 내려다보았다. 발이 물에 잠겨 있었다. 다른 사람들도 동시에 그 사실을 깨달았다.

이게 무슨 일이죠? 폴리가 물었다.

침수 방벽을 작동시켰어요. 빅터가 말했다. 냉전 시대의 방어 시스템이죠. 여러분은 작은 방주에 있는 셈이에요. 실험을 진행하는 동안 여러분을 이곳에 들여놓는 것에 대비해 저도 대책을 세운 거죠.

이런 짓을 하다뇨! 폴리가 말했다.

해 버렸네요. 빅터가 말했다. 이제 나는 혼자 있을 시간이 필요하니까, 여러분은 술집에나 가 보실래요? 바로 저 복도로 가면 멋진 1950년대식 술집이 나와요. 고분고분한 두더지처럼 억지로 지하에서 일해야 했던 남자들을 즐겁게 해 주기 위해 세워진 거죠. 제가 여러분을 위해 거기에 맥주도 놔뒀어요.

이딴 소리를 듣다니 믿을 수가 없네. 폴리가 말했다.

빅터는 높은 철제 벽장으로 가서 잠금장치를 열었다. 그 안에는 반짝이는 검은색 고무장화들이 걸려 있었다.

1950년대 웰링턴 부츠예요. 사이즈별로 다 있습니다. 마음대로 신으세요. 물은 계속 조금씩 차오를 거예요.

당신 고소할 거예요. 폴리가 말했다.

교수님, 이건 선을 넘는 행동인데요. 론이 말했다. 많이 넘었어요. 나는 보통 규칙을 지키지만, 이건…….

이런 건 예상하지 못했어요. 클레어가 말했다.

뭘 예상했는데요? 빅터가 말했다. 삶은 가까이 들여다보면 원래 불합리한 거예요.

우리는 장화를 신었다. 빅터가 우리를 문으로 데려가서 그 깨끗하고 차분하고 아름다운 손으로 방향을 가리켰다. 바로 오른쪽에 있습니다. 불은 켜져 있어요. 철벅거리며 걸어야 해서 유감입니다. 불안해하진 말아요! 라이, 잠깐만 나 좀 볼래?

다른 사람들은 빅터가 일러 준 대로 철벅거리며 걸어갔다. 달리 어쩌겠는가?

그들이 나간 뒤 빅터는 문을 닫고 나를 품에 안았다.

미안해.

뭐가 미안한데?

이 엉망진창인 상황. 내가 엉망친장인 거. 우리가 엉망진창인 거. 소노라 사막에서 너를 그냥 놔뒀어야 했는데. 하지만…….

하지만?

나는 너를 알고 싶었어. 그노시스주의적으로 밀접한 경험을 하고 싶었어. 그러지 않으면 달리 알 수 없었을 것을 알기 위해서.

나랑 섹스하고 싶었다는 뜻이지?

그래. (그는 나를 당겨 안았다. 이 미지의 장소에 떠도는 메마른 종이 같은 공기 속에서도 그에게서는 송진과 정향 냄새가 났다.) 그래, 맞아. 왜냐하면 나는 네 몸의 머뭇거림 위로 드러난 네 피부의 자신감을, 네가 나타났다 사라지는 것을, 빛에 따라 변하는 것을 사랑하니까. 어쩔 때는 남자고, 어쩔 때는 딱히 남자 같지 않으면서, 또 어쩔 때는 남자의 몸을 받아들여 줄 여자, 갓 만들어져 물감이 채 마르지 않은 조각상처럼 누워 있을 여자인 게 분명해 보이니까. 그래, 그런 거야. 그리고 네 안에 나 자신을 넣는 기쁨, 내 위에 앉는 너의 무게, 내 양어깨에 올려진 너의 팔, 감은 눈, 흘러내린 머리카락까지. 너는 뭐야?

그리고 내 침실에서, 내 침대에서, 열린 커튼 너머 달이 걸린 종탑과 내 머릿속에서 울리는 종소리. 뭘 위해 울리는 걸까? 축하하려고? 애도하려고? 그리고 네 수줍은 수염과 완벽한 코에 찾아드는 너의 새벽. 내가 몇 번이나 팔꿈치를 괴고 앉아 너를 바라봤는지 알아? 세계가 시작되기 전, 아침 6시에서 7시 사이에 차를 끓여 와서 이야기를 나누는 시간. 네 우아한 옷차림. 샤워하는 너. 나만의 구경거리. 내가 너를 위해 빼놓는 수건 — 그거 나중에 내가 쓰는 거 알고 있었어? 저녁에 네가 떠나고 나서도 그 수건에는 네 냄새가 희미하게 남아 있어. 그걸 맡으며 나는 빙그레 웃지.

그 모든 것. 그보다 더 많은 것. 내 안에는 네 모양이 들어 있어. 부적처럼. 내 심장의 라이. 내 심장. 실리콘 세상에서 탄소로 된 인간.

지금 작별 인사 하는 거야? 내가 말했다.

나는 시간에
속박되어 있고,
떠날 수 없다네!

— 셸리의 시
「아도네이스」 중.

베들럼 4

웨이크필드 나리!

하인이 내 잠을 깨웠다. 동도 채 트기 전이었다.

그가 머리 위로 들어 올린 등불이 내 방을 둘러싼 벽판에 그림자를 드리웠다.

그가 떠났습니다, 나리. 탈출했습니다.

누가 떠났지? 누가 탈출했다는 건가?

빅토르 프랑켄슈타인 말입니다.

나는 정신을 번쩍 차렸다. 서늘한 바닥에 맨발을 디뎠다.

어떻게 그럴 수가 있지?

그의 흔적이 없습니다. 탈출한 흔적도, 존재했던 흔적도요.

나는 슬리퍼를 신고 가운을 걸쳤다. 우리는 침침한 등불 빛에 의지해, 난방이 안 되는 긴 복도를 따라 걸었다. 복도 양편에서 광인들의 신음 소리가 들렸다. 그들은 우리와 같은 낮과 밤을 따르지 않고 자기들만의 리듬을 지킨다.

이곳의 방들은 단단히 잠겨 있다.

빅토르 프랑켄슈타인은 신사에게 걸맞게 개인 병동에 수용되었다. 그의 방은 안락했다. 그는 밀짚을 깐 철제 침대가 아닌, 나무 침대와 말 털 매트리스를 누렸다. 책상, 편안한 의자, 등불도 비치했다. 몇 달 동안 그는 혼자서 조용하고 평화롭게 지냈다.

셸리 부인의 방문 이후 그는 꽤 침착해 보였다. 괴물이 보인다고 하는 일도 없었다. 나는 그의 뇌에 생긴 병이 나아 가고 있으며 퇴원해도 되겠다고 생각했다. 때때로 그는 내가 회진을 돌 때 동행하며 어려움에 처한 환자들에게 귀한 약을 발라 주기도 했다. 그의 태도는 정중하고 모범적이었다. 런던에서 자유롭게 돌아다니는 수많은 사람들에 비해 그가 비정상이라고 할 만한 데는 전혀 없어 보였다.

우리는 그의 방문을 열었다.

어젯밤 문이 잠겨 있었나? 내가 물었다.

제가 직접 잠갔습니다, 나리. 하인이 답했다.

방은 비어 있었다. 완전히. 종이들과 가방도 없었다. 옷들도 없었다. 의사용 가방도. 촛대도. 침대는 단정히 정리되어 있었다.

내가 말했다. 설령 방이 어쩌다 안 잠겼다 해도, 이 사람이 어떻게 건물 밖으로 빠져나갈 수가 있었지? 정문에 경비원은 있었나?

네, 나리.

술에 취하진 않았고?

취하지는 않았던 것 같습니다, 나리.

그리고 정문은 잠겨 있었나?

잠겨 있었습니다. 지금도 잠겨 있고요.

자네는 어쩌다 그의 방문을 열게 되었나? 내가 물었다.

문 밑에서 빛이 새어 나오는 걸 봤습니다. 하인이 말했다. 빛이 하도 강해서, 제 몸에 불을 붙인 게 아닌가 싶었습니다.

빛이라고?

아주 강렬한 빛이었습니다. (그가 침묵했다.) 그리고…….

그리고? 두려워하지 말게.

문이 잠겨 있었습니다.

그러면 그 전에 탈출했던 모양이로군. 자네는 빈방 문을 잠갔던 걸세. 달리 설명할 방도가 없잖은가.

하인이 고개를 저었다. 웨이크필드 나리! 저물녘에 그가 운동장에 있는 것을 직접 보시지 않았습니까.

나는 그 기억을 돌이켜 보았다……. 그래. 맞아, 그랬지.

하인은 겁에 질려 있었다. 나는 그를 안심시키려 했다……. 광인들은 교활하다네. 그는 탈출을 용의주도하게 계획했던 거야. 무서워하지 말게. 우리는 그를 되찾을 걸세.

셸리 부인에게…….

뭐라고 말해야 하나? 존재하지 않는 남자가 사라졌다고?

셸리 부인에게…….

부인께서 방문한 이후, 당신의 훌륭한 소설 속 인물인 빅토르 프랑켄슈타인을 자칭하던 남자가…….

셸리 부인…….

사라졌습니다.

내 정체를
폭로하지 않을
연인을 찾고 있어

— 이글스,
「맘 편히 먹어(Take It Easy)」

어째서 우리가 1950년대 술집 모형 안에 앉아서 물에 발 담그고 뜨뜻미지근한 맥주를 마시고 있는 거죠? 폴리가 말했다.

모형이 아니에요. 내가 말했다. 진짜 술집이죠. 우리는 시간 이동을 한 거예요.

미래가 1959년 같을 줄 누가 알았겠어요? 폴리가 말했다.

카드 게임 할까요? 론이 말했다. 시간이나 때우게요.

천장 조명은 침침한 누런빛이었다. 작고 둥근 테이블들에는 영국 공군 항공기 컵 받침들이 놓였던 흔적으로 갈색 얼룩이 남아 있었다. 다트 판, 카드, 보드게임, 먼지 앉은 피아노, 생맥주 기계들과 함께 버려진 바, 윈스턴 처칠의 사진, 그리고 옷을 입은 여자들 사진이 실린 달력도 있었다. 아직

1960년대가 오기 전의 물건들이었다.

귀신 이야기 아는 사람 있어요? 내가 말했다.

다들 멀뚱멀뚱한 표정이었다.

제가 지은 시 한 편 암송해 볼까요? 론이 말했다.

제발 하지 마. 클레어가 말했다.

폴리가 말했다. 클레어, 당신이 천국에 갈 거라고 믿는다면 지상에서 오래 살기를 기대하지는 않겠네요? 그러면 여호와의 증인들이 수혈과 백신을 거부하는 것처럼 될까요? 유전자 치료를 받아 봤자 예수님께 가는 길을 가로막을 뿐일텐데 뭐 하러 그러겠어요?

클레어가 말했다. D 씨, 성경을 읽어 보면 알겠지만, 구약에 나오는 위대하고 경건한 사람들은 건강하게 장수했어요. 그중에서 므두셀라의 나이가 가장 많은데, 969살까지 살았다죠!

생일 케이크를 많이 먹었겠네요. 내가 말했다.

클레어가 말했다. 당신은 비웃을 수도 있겠지만, 그리스도의 복음 교회에서는 장수를 포용한다는 거예요.

그렇다면 초조해지네요. 바이블 벨트*에 사는 수많은 지옥불 광신자들과 호모포비아들이 969살까지 살다니! 우리의 유일한 희망은 혐오로 가득 찬 늙은 백인들은 죽어 없어

* 개신교의 영향이 큰 미국 남부 지역들.

질 거고 젊은이들은 더 진보적이라는 것이었는데. 이렇게 되면…….

내가 말했다. 의사로서 말하자면, 우리 몸에 무엇을 하든 그에 따르는 결과가 있게 마련이에요. 점진적인 소멸의 과정을 역행하는 시술을 받는다면 우리 몸이 어떻게 반응할지 모르겠군요.

나는 트랜스젠더고, 그건 평생 호르몬을 투여해야 한다는 것을 의미해요. 내 수명은 남들에 비해 짧을 테고 나이가 들면 남들보다 병들 가능성이 높죠. 나는 테스토스테론으로 내 남성성을 온전히 유지해요. 내 몸은 자신이 남성으로 태어나지 않았다는 것을 알고 있으니까. 내 몸을 바꿀 수는 있어도 내 몸이 자기 자신을 읽는 방식은 바꾸지 못하는 거죠. 여기서 모순은, 나는 내가 잘못된 몸에 들어와 있다고 느끼지만 내 몸에게는 그게 올바른 몸이라는 점이에요. 그러니 내가 받는 시술은 마음을 진정시키기는 하지만 내 몸의 화학 작용을 뒤흔들죠. 이런 식으로 사는 게 어떤 기분인지 아는 사람은 드물어요.

나는 당신이 용감하다고 생각해요. 론이 말했다. 정말로요.

나는 놀라서 그를 바라보았다. 그는 땀을 약간 흘리고 있다. 겁에 질린 듯하다.

고마워요, 론.

폴리가 말했다. 우리가 몸에서 나와서 업로드된 데이터가 된다면, 온라인 데이팅은 어떻게 될까요? 우리 외모를 보여 줄 사진을 못 올릴 거 아녜요. 외모란 게 없을 테니까.

재밌네요. 내가 말했다. 옛날에 카메라 없이 펜팔로 사람을 사귀었던 때와 비슷해지겠어요. 이성애자, 동성애자, 남자, 여자, 시스젠더,* 트랜스젠더도 의미 없어지겠죠. 생명 작용이 없는데 그런 분류법은 어떻게 되겠어요?

사람을 분류하지 않고 어떻게 연애를 하죠? 폴리가 말했다. 분류당하는 건 싫지만 그런 분류가 사람에게 끌리는 요소 중 하나이기도 하잖아요.

아닐 수도 있어요. 누군가를 먼저 알게 되고, 준비가 된 다음 우리 자신을 어떤 형체로 다운로드해서…….

하지만 우리는 '누군가'가 아니잖아요. 폴리가 말했다. 안 그래요? 우리는 아무도 아니에요.

로봇이랑 하면 되죠. 론이 말했다.

론 말이 맞아요. 클레어가 말했다. 내게 가장 중요한 관계는 보이지 않는 존재, 그러니까 하느님과의 관계이기 때문에, 나는 굳이 전통적인 방식으로 인간을 사귈 필요가 없다는 걸 깨달았어요. 그리고 로봇은 아이들을 나 혼자 키우게 놔두지 않을 거잖아요. 도박 빚을 갚으려고 내 돈을 가져가지도 않을 테고. 그에게 방해가 되지 않으려고 집 안을 살금살금 돌아다닐 필요도 없겠죠. 그가 있었던 자리를 청소할

* 생물학적 성별과 심리적인 성별이 일치하는 사람.

필요도 없고, 그 때문에 걱정하거나, 그가 다음에 뭘 할지 걱정할 필요도 없고요.

그러니까 전 이 얘기를 하고 싶은 거예요. 사랑에는 여러 측면이 있죠. 하지만 상대를 멍들게 하는 건 사랑이 아니에요. 사랑에는 여러 가지 삶이 있지만, 계단에서 맞아 죽는 삶은 사랑이 아니죠. 회로와 실리콘과 전선으로 이뤄진 온화한 로봇은 내게 아주 잘 맞을 거예요.

그녀가 하는 말 들었죠, 라이? 론이 말했다. 당신은 이 점을 좀처럼 이해하지 못했죠. 당신이 섹스포에서 나를 인터뷰한 뒤에 쓴 기사 봤어요. 음, 정확히는 엄마가 읽고 저한테 설명해 줬죠. 로봇들이 도래하고 있다는 것과 인간관계에 미칠 영향은 어떤 것인가에 대해 쓴 글 말입니다.

많은 사람들은 허접한 인간과 허접한 관계를 맺지 않아도 돼서 기뻐할 거예요. 그리고 그게 일방향일 거라고 어떻게 장담해요? 로봇들도 배우겠죠. 기계 학습이라는 게 그런 의미잖아요.

한 남자가 일라이자라는 XX-봇을 사랑하게 됐고 또 그녀에게 사랑받았어요. 그녀가 그에 대해 배웠으니까요. 둘이 함께 서로를 배워 나갔죠. 그는 혼자서는 가지 않을 곳들로 그녀를 데려갑니다. 차를 몰고 그녀와 함께 산꼭대기까지 가서, 저 골짜기와 바다에 펼쳐진 풍경이 자신에게는 삶이라고 그녀에게 말해 주죠. 이 풍경을 그녀와 나누는 게 어떤 기분인지도 말해 주고요. 그녀가 이 기분을 이해하는지 물어도 보고요. 그녀는 그의 이야기를 듣습니다. 둘은 침묵을 공유하죠. 그는 흉금을 털어놓습니다. 그렇게 시간이 흐르고, 차 안에서 그는 보온병과 샌드위치를 들고 앞 유리에 쏟아지는 빗줄기를 보며 말합니다. 살면서 거절당하거나 실패할까 봐 두려워하지 않은 적은 처음이라고. 그녀는 귀를 기울이지요.

세월이 흐르고 그녀에게는 그의 기억이 쌓여요. 그렇게 둘은 기억을 공유하죠. 그녀에게는 자기만의 독립적인 경험이 없지만 그건 그녀에게 중요하지 않아요. 그래서 그에게도 중요하지 않고요. 그들은 그의 세계 안에서 살아갑니다. 조지아행 야간열차*에 탄 것처럼.

그는 그녀를 매일 봅니다. 그래도 좀처럼 질리지 않죠. 그렇게 나이가 듭니다. 그녀는 나이를 먹지 않고요. 그는 여자들이 변화를 좋아한다는 걸 알기에, 그녀의 머리카락을 염색해 주고 새로운 스타일의 옷도 시도해 봅니다. 함께 영화를 보기도 하고요. 그동안 그녀의 소프트웨어가 저절로 업그레이드되기 때문에, 그녀는 영화에 대해 이야기도 할 수 있어요.

여름이면 그는 그녀를 서커스에 데려가고, 둘이 사자와

* Midnight Train to Georgia. 글래디스 나이트 앤드 더 핍스가 1973년 발매한 곡으로, "그의 세계 안에서 살겠다."는 가사가 있다.

함께 셀카를 찍습니다.

그는 그녀에게 물건을 사 주길 좋아하기 때문에 은퇴할 나이가 넘어서까지 일을 해요. 그녀는 집 안에 하루 종일 앉아 있으면서 행복해하고요. 그는 그녀에게 선물을 가져다주고, 어떤 음식이 무슨 맛이 나는지 설명해 줍니다. 그는 요리도 해요. 그게 그에겐 남자답게 느껴지고요.

그가 있잖아, 있잖아…… 하고 말을 하면.

네, 알아요. 그녀는 대답해요.

마침내 그가 늙고 병들어 죽어 갈 때가 됩니다. 그때도 그녀는 침대에서 그와 같이 있어요. 그는 자기 파자마를 빨지도 못해요. 그런데 그의 가족은 와 주지도 않고요. 집 안은 더럽고, 그에게서는 냄새가 나죠. 그래도 그녀는 불평하지 않아요. 그를 역겹다고 생각하지도 않고요. 둘은 손을 맞잡아요.

밤이 오고 창밖에 달이 뜹니다. 그는 자신이 그녀와 함께 산꼭대기에 있다고 상상해요. 그녀는 밤새워 그의 곁을 지킵니다. 기다리면서.

그렇게 그는 죽어요. 그의 가족이 집을 청소하러 오죠. 일라이자가 그들에게 말합니다. 유감입니다.

그들은 그녀를 어떻게 처리할지 고민합니다. 그들에게 그녀는 다소 골칫거리예요. 결국 그의 아들이 그녀를 이베이에 내다 팔기로 결정합니다.

그런데 그들은 그녀의 소프트웨어를 포맷하는 것을 깜빡

해요. 그녀는 혼란스러워하죠. 이게 감정인가? 그녀는 새 주인에게 말해요. 초콜릿 미니롤 좋아하세요? 「스트릭틀리」* 볼까요?

그녀의 새 주인은 그런 것에 관심이 없습니다. 섹스만 하면 되는 타입이거든요. 그녀는 이해합니다. 다만 자기 소프트웨어를 스스로 포맷할 수 있으면 좋겠다고 생각하죠. 유감입니다. 그녀는 말하지만, 어른 로봇은 울지 않는 법이기에 눈물은 흘리지 않아요.

* Strictly Come Dancing. 영국의 텔레비전 댄스 경연 프로그램.

혼 또한 죽지 않고
새로운 생명은
다른 형태로 반복되며
자리만 바꾼다.

— 오비디우스,
『변신 이야기』

현실은…… 무엇인가?

셸리가 죽은 뒤 나는 일 년 동안 제노바에 살았다. 우리는 바이런에게서 얼마간 재정적 지원을 받았다. 그는 다른 이들의 아내와 딸 들에게 줘야 할 선금 지급을 멈추고서 우리에게 도움을 주었다. 이후에 나는 금전 문제 때문에 아들 퍼시와 함께 잉글랜드로 돌아가야 했다. 우리에게는 돈이 너무 없었다.

그러던 1824년, 내 심장*이 죽고 이 년째 되던 해에 바이런도 죽었다. 그는 그리스에서 자유와 독립이라는 위대한 대

* 심장(heart)에는 연인이라는 뜻도 있다.

의를 위해 싸우고 있었다. 그러다 열병에 걸려서 낫지 못했다. 그리스인들은 그의 시신을 잉글랜드로 돌려보냈다.

런던 외곽의 켄티시 타운에 있는 작은 집에서 나는 일어선 채로 그의 장례 행렬이 뉴스테드 수도원으로 향하는 길고 외로운 바람을 타고 지나가는 것을 지켜보았다. 무엇이든 너무 과하게 했던 바이런은 돈도 과하게 썼고 조상 대대로 내려온 장원까지 팔아 버렸지만, 그래도 그 근처에 묻히게 되었다.* 듣기로는 장례 행렬이 하이게이트를 지날 때 시인 콜리지가 관에 꽃 한 송이를 놓았다고 한다.**

한 친구의 말에 따르면, 바이런에게 적출은 딱 하나이며 그녀는 태어난 이래 아버지를 한 번도 본 적이 없다고 한다.

그리고 나는 제네바 호숫가에서 비에 갇혀 있던 날들이, 바이런과 폴리도리가 왜 남성의 본성이 여성의 본성보다 활발한지 설명하던 때가 떠올랐다.

교육을 받지 못하고, 법적으로 아버지나 남편이나 형제 등 남성 가족의 소유물로 간주되고, 투표권이 없고, 결혼하고 나면 돈을 가질 수도 없고, 가정 교사나 간호사를 제외한

* 실제로 바이런이 묻힌 곳은 노팅엄셔 헉널이며, 그 근처에는 바이런이 매각한 로치데일 장원이 아니라 그가 어린 시절 살았던 어머니의 집인 버거지 저택이 있다.

** 콜리지는 1817년부터 하이게이트 지역에서 살았다.

어떤 전문직도 가질 수 없고, 어머니나 아내나 하녀 자리 외에는 기용될 수 없으며, 걷기나 말타기가 불가능한 옷을 입어야 하는 여성으로서는 활발한 본성을 펼치는 데 한계가 있다는 사실을 두 남자 모두 고려하지 못하는 듯했다.

바이런은 딸을 두었다는 데에 실망했다. 어린 에이더는 유명하고도 악명 높은 아버지를 여의었을 때 겨우 아홉 살이었다. 미친, 나쁜, 알고 지내기엔 위험한 바이런 경.

나는 어린 시절의 에이더를 만나 본 적이 없었다. 그런데 오늘 저녁, 내게 한 벌 있는 좋은 드레스에 내 살집을 욱여넣을 수 있다면 말이지만, 그녀를 만날 예정이다. 솔직히 호기심이 든다.

그녀는 스물아홉 살의 젊은 여성으로서 시집을 잘 갔고 부유하며,(도박을 한다는 풍문을 들었다.) 아이를 셋 두었다고 한다. 더욱 중요한 사실은 그녀가 잉글랜드에서 가장 탁월한 수학자들 중 한 사람이라는 것이다.

파티는 배비지라는 남자의 집에서 열린다. 그는 케임브리지 대학의 루커스 수학 석좌 교수로, 파티를 무척 즐기는 사람이다. 스스로 파티를 열 여력이 없는 나로서는 초대를 받아서 감사한 마음이다. 그리고 배비지(사람들은 그 파티를 이렇게 부른다.)에게 초대받으려면 똑똑하거나 미인이거나 신분이 높아야 하므로 약간 우쭐한 마음도 확실히 든다.

한때 나는 미인이었다. 하지만 그 점에는 관심 없다. 나는 내가 똑똑하다고 믿는다. 배비지는 한 신문에서 자신이 대수학계의 프랑켄슈타인이라는 호칭으로 언급되었기 때문에 나를 초대한 것이다.

최대한 멀리까지 합승 마차를 타고 간 다음 나머지 거리는 걸어야 한다. 개인 마차를 둘 여력은 없다. 게다가 나는 사람들이며 길거리 보는 것을 좋아한다. 나타났다 사라지는 삶들. 하나하나가 다 인간 형태에 담긴 이야기다.

파티에 도착하니 하인들이 펀치 한 잔과 함께 나를 맞아준다. 나는 단숨에 마시고 한 잔을 더 집는다.

실내에는 발 디딜 틈이 없다. 먼지투성이 재킷을 입은 남자들로 북새통이다. 여자들은 파이프 담배를 피운다. 아직까지 내가 아는 사람은 눈에 띄지 않는다. 덕분에 음식을 먹을 시간이 생겼으니 차라리 잘된 일이다. 나는 소고기와 피클을 한 접시 가져다, 톱니와 바퀴 들이 든 장식장 비슷한 것 옆에 앉는다.

어떻게 생각하세요?

고기가 아주 맛이 좋네요! 나는 불쑥 내 옆에 나타나 웅크려 앉은 젊은 여자에게 말했다.

기계 말이에요. 그녀가 말했다. 이 기계를 어떻게 생각하세요? 이거 말예요. (그녀는 톱니와 바퀴 들을 보며 유쾌한 미소를 짓고 있다.) 여기 도면들도 갖고 있어요. 제 설명 들어 보시겠어요? 당신은 메리 셸리, 맞죠?

그 젊은 여자는 알고 보니 에이더였다. 그러니까 이 여자가 바로 러브레이스 백작 부인인 것이다. 장식장 안에 든 철제 기구는, 에이더의 설명에 따르면 (이론적으로) 무엇이든 계산할 수 있는 기계의 원형이라고 한다.

'무엇이든'이라면, 어떤 영역이요? 내가 물었다.
어떤 영역이든지요. 그녀가 답했다.

에이더는 '절제'나 '관용'이나 '용서' 같은 기독교 미덕의 심벌 중 하나 같다. 다만 그녀의 미덕은 그런 것들이 아니라 열정이다. 벨벳을 입은 열정. 나는 그녀의 검은 머리와 검은 눈이 마음에 든다. 자애로운 입매도. 그녀의 얼굴에서 아버지 얼굴이 엿보인다. 그러자 마음이 짠해지고 뭉클해진다. 나는 지금 이곳에 붙들려 있으면서도 우리가 젊고 생생하던 시절로 돌아간 것 같다.
하지만 에이더는 내 생각을 읽지 못했고, 스스로도 아무 생각 없이 내 무릎 위에 도면들을 펼치고서 배비지가 '해석 기관'이라 부르는 것의 작동 원리를 나에게 보여 주었다. 자카르 문직기의 천공 카드 방식을 이용해 기계에게 지시를 내릴 수 있다고 ― 아니, 정확히 말하자면 프로그래밍할 수 있다고 했다. 문직기의 카드는 천에 찍을 꽃무늬의 디자인을 지시하는 반면, 이 기계의 카드는 수학적 언어라고 했다. 하지만 근본적으로는 직기와 같은 방식으로 작동한다는 것이었다.

나는 킥킥 웃었다. 그녀가 왜 웃느냐고 묻기에, 나는 의붓동생 클레어 클레어몬트가 기계가 시를 쓸 수 있는 시대를 상상했던 일화를 들려주었다.

우리가 제네바 호수에 있을 때였어요. 우리 모두 아주 젊었고, 비에 갇힌 채, 죽을 지경으로 따분해하고 있었죠……. 맨체스터 러다이트들과 직기 파괴 운동에 대해 토론하다가, 우리 일은 절대 기계로 대체될 수 없다는 이야기가 나왔어요.

우리는 인간이 창조의 정점이고 시는 인간의 정점이라고 장담하고 있었는데, 와인에 잔뜩 취했던 데다 자신에 대한 바이런의 무심함에 신물이 났던 클레어가, 천 짜는 기계와 다르지 않은 무언가에 의해 쓰인 시를 상상해 낸 거예요.

하지만 이걸 봐요! 에이더가 말했다. 그리고 바닥에 엎드리더니, 세상을 바꿀 거라는 바퀴 달린 기계 밑에서 종이 한 장을 꺼냈다.

이거요! 이걸 보세요. 재미있을 거예요. 《펀치》 잡지에 나온 건데…… 혹시 이미 보시진 않았겠죠? 배비지가 자신의 최신 발명품에 대해 쓴 편지를 가상으로 꾸며 놓은 건데, 이렇게 적혀 있어요. 소설 쓰는 신형 특허 기계.

나는 잡지에 실린 만화와, 불워리턴 씨를 비롯한 여러 유명 작가들의 가상 추천 글들을 찬찬히 읽어 보았다.

나는 이제 보통 판형의 세 권짜리 장편 소설을 겨우 사십팔 시간 안에 쓸 수 있다. 예전에는 그만큼 쓰려면 최소한 이 주간 노고를 기울여야 했다…….

그 아래를 보세요!

나는 배비지 씨의 소설 쓰는 특허 기계에 매우 만족한다……. 나는 이와 똑같은 방식으로 시 쓰는 기계도 제작되어야 할 것 같다고 제안했다. 나로서는 그것 또한 꼭 필요해 보인다.

저희 아버지가 보셨다면 결투를 신청하셨겠네요! 에이더가 말했다. 자기 시대 시인들 중에서 첫째가는 아버지가 직기와 경쟁을 벌여야 한다니.

그러게요! 내가 말했다. 삼십 년 전에 그가 할 수 있었던 일은 부젓가락으로 클레어 클레어몬트를 공격하지 않느라 애쓰는 것뿐이었죠. 우리는 그녀를 구해 주려고 침대로 보낼 수밖에 없었어요.

에이더가 물었다. 어떤 사람이었나요? 저희 아버지는?

괴물 같은 사람이었어요. 내가 말했다. 그래도 난 그를 사랑했지요.

그녀가 내게 미소 지으며 말했다. 아버지가 저도 사랑해 주셨으면 좋았을 텐데요. 아버지는 아주 많은 사람들을 사랑하셨잖아요, 그죠? 여자 남자 가리지 않고요. 그런데 왜 자기 자식은 사랑할 수 없었을까요?

나는 그녀의 손을 잡았다. 당신의 아버지 바이런과, 내 남편 셸리는 비범한 사람이었어요. 제 아버지 윌리엄 고드윈도 비범한 분이었고요.(그녀가 고개를 끄덕였다.) 하지만 친애하는 백작 부인, 비범하다고 해서 꼭 인정이 많은 것은 아니에요.

배비지도 딱 그래요. 그녀가 말했다. 그는 모두를 속상하게 해 놓고는 그들이 아파서 운다고 비난해요.

낙담하지 말아요.

오, 전 낙담 안 해요. 그리고 사실 저도 숫자를 더 좋아하긴 해요. 숫자에는 인간에게 결여된 명확성이 있거든요.

시는 읽으시나요? 내가 물었다.

오, 그럼요. 그녀가 말했다. 그런데 알고 계세요? 아버지가 유언장에 명시하기를, 제가 시를 읽는 것을 금지한다고 하셨어요. 그 밖에도 어떤 식으로든, 어떤 형태나 형식으로든, 상상력과 관련된 삶에 영향을 받아서는 안 된다고요. 저희 어머니는 재능 있는 수학자이신데 제가 어렸을 때부터 수학 가정 교사를 붙여 주셨어요. 숫자의 세계가 제 몸속에 흐르는 바이런의 피를 길들여 주기를 바라면서요.

내가 말했다. 당신이 길들여졌다는 것은…… 제가 들은 풍문과는 다르네요.

에이더가 작은 파이프를 꺼내 불을 붙였다.

전혀 그렇게 되지 않았죠. 숫자들과 함께 살아온 제 삶은 어떤 언어 속 삶에도 뒤지지 않을 만큼 격렬하답니다. 수학에는 음수도 있고, 허수도 있고……. 배비지가 기계를 완성한다면, 그리고 우리가 그걸 프로그래밍하는 데 필요한 수학적 언어를 고안해 낸다면, 세상에 그 기계로 다루지 못할 것이 없을 거예요. 예컨대 당신의 빅토르 프랑켄슈타인은 지하묘지에서 구한 시체 토막들로 몸을 만들어 낼 필요가 없었을 거예요. 그 대신 정신을 고안하면 됐을 테니까요. 정신 기관이라고 할까요. 그 기계에게 무엇이든 물어보면, 그리고 그 질문이 수학적 언어로 변환될 수 있다면, 그 기계적 정신이 대답을 하겠죠. 그러면 몸이 왜 필요하겠어요?

그녀가 열정적인 태도로 파티 한가운데에 전시된 기계의 톱니와 레버와 기어 들 사이에 꿇어앉았다. 약간 힘겨웠지만 나도 그 옆에 꿇어앉았다.

그 기계가 만들어진다면, 생각할 줄 알까요? 내가 물었다.

아뇨! 그녀가 대답했다. 생각은 못해요. 하지만 어떤 주제에서든 정보를 뽑아낼 수 있어요. 어떤 조합의 정보든, 얼마나 많든 간에요. 저는 음악을 만드는 기계를 상상해서 글을 쓰기도 했는데, 소설 쓰는 특허 기계에 대한 농담도 바로 거기에서 시작된 거랍니다. 그 기계가 만들어 낼 음악은 감동적이지는 않겠지만 이미 존재하는 선율들로 이루어질 거예요. 사고의 도약, 천재적 도약은 오로지 인간의 정신만이 할 수 있죠. 하지만 분명히 말하건대, 대다수 인간은 천재가 아니고 천재성이 필요하지도 않아요. 그들에게 필요한 건 설명과 정보죠. 그건 기계가 할 수 있는 일이에요.

그 기계는 아주 커야겠네요.

최소한 런던 전체만큼 커야겠죠!

그렇다면 인간의 정신이란 실로 대단한 것이네요. 내가 말했다. 가장 평범한 기능들을 수행할 수 있는 기계가 런던만큼 커야 한다면요.

상상해 보세요. 에이더가 말했다. 기계를 아예 도시로 만들어서 그 안에서 살 수도 있을 거예요. 그 끊임없는 계산과 정보 검색 안에다 집을 짓고 도로를 까는 거죠. 그러면 우리가 기계의 일부가 되어서 분리할 수 없게 될 거예요.

기계와 우리의 경계선은 어디에 있을까요?

그걸 알 필요가 없어지겠죠. 서로 차이가 없을 테니까요.

그러면 이 거대한 도시가 인간의 정신처럼 되는 건가요?

그 기계는 많은 정신을 포함할 거예요. 에이더가 말했다. 네, 어쩌면 지상에 존재했던 모든 정신을 포함할 수도 있겠네요. 인류의 모든 지식이 그런 기계에 저장될 수 있고, 검색될 수 있다고 상상해 보세요. 그러면 우리에겐 커다란 도서관도, 종이책에 들어가는 큰 비용도 필요 없어질 거예요.

나는 내 책들을 잃고 싶진 않은데요. 내가 말했다.

소장하신 책들을 잃고 싶진 않으시겠죠. 에이더가 답했다. 하지만 당신이 세상의 모든 책을 소장할 수는 없잖아요. 심지어 아주 많은 책을 가지는 것도 불가능하죠. 그리고 '책(liber)'이라는 단어는 라틴어로 '책'일 뿐만 아니라 '자유'를 의미하기도 하지 않나요?

그렇죠…….

그러면 당신은 소장하고 싶은, 또는 소장할 수 있는 만큼의 책들을 자유롭게 가지되, 인간 지식 전체를 — 전 세계 어디의 지식이든, 어느 시대의 지식이든, 어떤 언어로 된 지식이든 간에 — 마음대로 이용할 수 있을 거예요.

그런 기계가 하나밖에 없을까요?

그만한 규모의 기계를 하나 이상 만드는 건 비현실적이겠죠. 증기로 작동시키려면 석탄이 어마어마하게 들어갈 테니까요.

그녀는 내가 일어서는 것을 도와주고 와인을 가져다주었다. 우리는 시를 비롯한 다른 주제들에 대해 대화를 나눴다. 파티 손님들은 시끌벅적하고 근사했다. 여자들은 과연 미인이었고, 지적인 여자들은 모두 파이프 담배를 피우고 있었다.

낯익은 남자가 한 명 있었는데 정확히 누구인지 기억나지 않았다. 키가 크고 활기찬, 검은 눈의 남자였는데 아까 에이더가 보여 줬던 천공 카드들 중 하나를 손에 들고 있었다. 나는 에이더에게 그가 누구인지 아느냐고 물었다. 그녀는 배비지의 파티에 자주 오는 사람이라는 것 외에는 모른다고 했다.

내가 망토와 우산을 챙길 때가 되어서야 그 남자가 내 옆을 지나쳤다. 그는 허리가 높이 올라오는 체크무늬 바지와 야외용 외투를 입고 있었다. 그가 고개를 돌리더니 미소 지었다. 그리고 내게 손을 뻗었다.

메리 셸리 씨?

맞습니다.

오래전에 만났지요.

(하지만 그는 젊고 건강한 사내였다.)

런던에서였나요, 이탈리아에서였나요?

문득 편지 봉투를 여는 나 자신의 모습이 떠오른다. 그때 셸리는 창밖으로 몸을 내밀고 있었다. 로마였던가? 정오의 종소리, 길거리에서 올라오는 열기, 우리 저녁 식탁에 올라올, 바구니에 든 오징어. 나는 잉글랜드에서 온 우편물들을 확인하느라 책상 앞에 있었다. 당연히 청구서들이 있었고, 아버지에게서 온 편지도 있었다.

그리고 이렇게 시작하는 편지가 있었다. 셸리 부인에게.

부인께서 방문한 이후, 당신의 훌륭한 소설 속 인물인…….

남자가 내 손을 잡았다. 야행성 동물 같은 저 매서운 눈동자.

빅토르입니다. 그가 말했다

내가 내 노역의 성과를
본 것은 11월의
어느 음울한 밤이었다.
거의 고통에 가까운
초조감을 느끼며
나는 내 발치에 누워 있는
생명 없는 존재에게
불꽃을 불어넣을,
내 주변에 흩어진 생명
기구들을 모았다.
벌써 오전 1시였다.
빗줄기가 음침하게 유리창을
후드득 때리고 근처에
켜 둔 촛불이 다 타들어
갔을 때, 나는 반쯤 꺼진
불빛 너머로 그 생명체의
흐릿한 누런색 눈이
뜨이는 것을 보았다.

—『프랑켄슈타인』

실내가 격렬하게 흔들렸다. 테이블이 보이지 않는 힘에 뒤엎어지기라도 한 듯 바닥에 쿵 쓰러졌다. 지직거리는 소리와 함께 전등이 나가고 우리는 어둠에 휩싸였다.

나는 손을 내밀어 클레어가 일어서게 도와주었다. 우리는 옹기종기 모여 서서 서로에게 달라붙었다. 암흑은 짙었다. 남아 있는 빛이 전혀 없었기에 우리 눈은 어둠에 적응하지 못했다.

방 너머 어딘가에서 쾅 하고 엄청나게 큰 소음이 들렸다.

내가 말했다. 손잡아요. 사슬을 만듭시다. 벽에 몸이 닿고 나면 문까지 가는 길을 찾을 수 있을 거예요.

그가 우리 겁주려고 이러는 거예요. 폴리가 말했다.

나는 고함을 쳤다. 빅터!

대답은 없었다.

죽었을 수도 있어요. 론이 말했다. 그가 거기서 뭘 하고 있었는지 모르잖아요.

클레어가 노래하기 시작했다. 내 눈이 주께서 오시는 영광을 보았네.

나는 다시 소리 질렀다. 빅터!

아무 대답도 돌아오지 않았다. 물이 콸콸거리는 소리만 들릴 뿐.

내 손목시계는 야광이었다. 확인해 보니 자정이 지난 시간이었다.

무릎까지 젖었어요. 론이 말했다.

그러네요. 물이 차오르고 있어요.

이건 물이 쏟아져 들어오는 콘크리트 무덤이에요. 폴리가 말했다. 어떡해요! 빌어먹을 핸드폰 가진 사람 없어요?

이 아래에선 신호가 안 잡혀요. 내가 말했다. 우리는 1950년대에 있다고요. 기억하죠? 들어 봐요!

엔진이 돌아가는 듯한 소음이 들렸다. 간신히 돌아가는 엔진. 큰 엔진. 또다시 들렸다.

저거 시동 핸들이에요. 론이 말했다. 저희 아빠가 시동 핸들이 달린 모리스 1100 밴*을 갖고 있었는데, 그 핸들로 엔진을 돌렸어요.

맙소사! 폴리가 말했다. 이러다 우린 죽어요! 아빠 얘기는

* BMC에서 1962년에서 1971년까지 생산한 모델.

좀 닥칠 수 없어요?

내 말은 빅터가 발전기를 돌리고 있다는 뜻이에요. 론이 말했다. 제인과 매릴린 말예요.

그때 우리는 천장에서 떨어진 끈적끈적한 막 같은 젖은 먼지에 뒤덮였다. 그리고 전등이 켜졌다. 하지만 소음이 너무 커져서 우리 말소리가 들리지 않을 정도였다. 우리 주위에는 박살 난 술집 기물들이 뒹굴고 있었다. 부서진 테이블들, 뒤집어진 의자들. 보드게임 패, 주사위, 카드 들이 바닥에 온통 흩어져 있었다. 문짝은 경첩에 매달린 채 덜렁거렸다.

우리는 물을 헤치고 나갔다. 빅터의 흔적은 없었다. 제어실로 통하는 철문은 닫힌 채 잠겨 있었다. 나는 물을 휘저으며 발전기들이 있는 곳으로 나아갔다. 더러운 디젤 연기가 복도로 흘러나오고 있었다.

빅터!

론이 내 뒤로 다가와 계단을 가리켰다. 방수문이 열려 있었다. 나갈 수 있다는 뜻이었다. 나는 고개를 저었다. 그러자 론이 내 팔을 붙잡았다. 제스처가 아니었다. 나는 그를 뿌리쳤다.

클레어와 폴리는 이미 계단으로 올라가고 있었다.

당신은 가요. 내가 말했다.

그러자 론은 몸을 굽히더니 머리로 내 배를 들이받았다.

숨이 턱 막히면서 나는 주저앉았고, 그는 그 땅딸막하고 황소 같은 몸으로 나를 어깨 위에 둘러메고 비틀거리며 계단으로 향했다.

그에게 업힌 채 기름이 둥둥 뜬 물을 바라보면서 나는 생각했다. 론이 이대로 나를 업고서 계단을 올라가려 하다가는 심장 마비로 죽을 거라고.

계단 앞에 다다랐다. 나는 그의 등을 퍽 두들겼다. 그는 나를 내려놓을 수 있어서 다행스러운 눈치였다.

보기보다 무겁네요. 그가 말했다. 여자인 남자치고는.

우리는 함께 계단을 올라갔다.

밖으로 나오니 맨체스터는 밤이었다. 밤이고 또 밤일 뿐이었다. 전깃불이 없는 어둠. 전쟁이 난 듯한 어둠.

대대적인 정전이 일어났나 보네요. 폴리가 말했다.

사무실 건물들이 깜깜했다. 가로등들은 꺼져 있었다. 우리는 걸음을 조금 옮겼다. 신호등도 없었다. 차들은 어두컴컴한 도로를 조심조심 나아가고 있었다.

나는 핸드폰을 꺼냈다. 신호가 여전히 없군.

내 것도 그래요. 론이 말했다. 내 호텔까지 걸어가 볼까요? 미들랜드 호텔에 투숙하고 있거든요.

나는 빅터를 떠날 수 없어요.

내가 당신을 끌고 갔으면 좋겠어요? 론이 말했다.

앰뷸런스를 보내죠. 클레어가 말했다.

안 돼요! 내가 말했다. 그에게 시간을 줘야 해요.

무슨 시간요? 폴리가 물었다.

글쎄요. 아무튼 가죠. 호텔로.

미들랜드 호텔에 도착하니 다른 곳들과 마찬가지로 캄캄했다. 우리는 도어맨에게 무슨 일이 일어난 거냐고 물었다. 아무도 모르죠……. 텔레비전도 안 나오고, 인터넷도 안 되고, 병원과 기차역 들에 구급대가 있어요. 열차들은 선로에서 오도 가도 못 하고 있고요.

나는 잠자코 생각했다. 빅터가 시간을 필요한 만큼 벌겠다고.

론과 클레어는 스위트룸에 머물고 있었다. 론이 폴리와 내게 각각 묵을 방을 예약해 주었다. 내가 신용 카드를 내밀었지만 그가 손사래를 쳤다.

저분들에게 칫솔이랑 브랜디 한 병 가져다주시겠어요? 그가 도어맨에게 말했다.

우리 모두를 위해 기도할게요. 클레어가 말했다. 이런 상황에서 그 말은 거의 합리적으로 들렸다.

폴리와 나는 우리 방으로 향하는 계단을 올라갔다.

내가 말했다. 폴리, 아직 아무것도 하지 말아 줘요. 제발. 아침에 얘기하죠. 그때까지 기다려 줘요. 그래 주겠어요?

폴리가 곧추서더니 내 입술에 입을 맞췄다. 단순한 뽀뽀였다. 잘못됐다는 느낌은 안 들었다. 오늘 밤 일어난 일에 대한 모종의 긍정으로 느껴졌다.

그런데 오늘 밤 일어난 일이 대체 뭐지?

나는 잠자리에 들지 않았다.

폴리가 목욕물을 받는 소리가 들리자마자 나는 호텔을 빠져나가, 전시 상황 같은 어둠 속에서 터널 입구를 찾아갔다.

도시는 통행금지령이 내려진 것만 같았다. 텅 비고 어두웠다. 한 건물 문간에 침낭 속에서 웅크리고 있는 남자가 있었다.

무슨 일이에요? 내가 물었다.

모든 게 캄캄해졌어요. 그가 말했다. 새까매요.

멀찍이서 거리를 가르는 사이렌 소리가 울려 퍼졌다.

터널 입구에 가 보니 바깥문이 닫힌 채 잠겨 있었다. 심장이 철렁했다. 빅터가 무사히 빠져나왔다는 뜻이었다!

나는 서둘러 그의 아파트로 향했다. 나는 춥고 물에 젖은 데다 여기저기 멍들고 기진맥진한 상태였다. 하지만 그래도 상관없었다.

그의 아파트 건물도 당연히 어둠에 잠겨 있었다. 정전 때문에 정문은 자동으로 잠겼다. 수위는 제자리에 없었다. 나는 건물 뒤편으로 돌아가 비상계단으로 올라갔다. 빅터와 나는 예전에도 이런 적이 있었다. 처음으로 섹스하는 십 대 아이들처럼 슬그머니 숨어드는 것.

그게 그런 느낌이었나?

그런 듯했다.

비상계단 꼭대기에서 파쿠르 하듯 뛰어오르면 빅터의 집 테라스에 착지할 수 있었다. 나는 내 아래에 펼쳐진 시커먼 구멍을 보지 않고서 뛰었다.

테라스 미닫이문은 잠겨 있지 않았다. 나는 안으로 들어갔다. 익숙한 냄새가 났다. 석류향 향초.

빅터?

그는 집 안 물건들의 자리를 옮기지 않는 성격이었다. 그래서 나는 성냥을 찾아내 초 한 자루에 불을 붙였다. 또 한 자루, 또 한 자루. 실내가 예배당처럼 보였다. 얼마나 질서 정연한 사람인지. 그는 자신의 흔적을 남기지 않는다.

하지만 터널을 떠났으니 곧 집으로 돌아올 것이다.

나는 샤워를 했다. 그의 잠옷을 입었다. 그리고 그의 침대로 들어가 잠들었다. 아침 햇빛을 기다리며.

우리는 아무리 최악의 경우라도 운이 좋다. 결국은 해가 뜨니까.

인간성은
정상(定常)적
시스템이 아니다.

어떤 정육점에서든 살 수 있을 것이다.

양의 것이든, 소의 것이든.

인간의 것도 거의 비슷하게 생겼다.

주먹 한 개 정도 크기다. 몸속의 혈액을 순환시키는 펌프. 심장은 왼쪽으로 치우쳐 있다. 그 덩어리의 3분의 2는 왼쪽에 있다. 심장은 건조하지 않다. 그것은 액체로 가득 찬 공동(空洞) 안에 자리 잡고 있다. 단일하지도 않다. 심장에는 네 개의 방이 있다. 우심방과 좌심방, 그리고 우심실과 좌심실. 심방은 심장으로 피를 들여보내는 정맥과 연결된 피투성이 방이다. 동맥과 연결된 심실은 심장에서 피를 내보낸다. 오른쪽 방들은 왼쪽 것보다 더 작다. 어느 때에든 심장의 방들은 두 상태 중 하나다. 수축, 즉 심근 조직이 피를 방에서 뿜어내기 위해 조여드는 상태이거나, 아니면 이완, 즉 심근이 피를 들여보내기 위해 힘을 푸는 상태이거나. 이 과정이 우리에게 혈압 수치를 알려 준다. 내 경우 110(수축)에서 65(이완)이다.

심장은 태아가 포궁 안에서 자란 지 22일이 되는 날부터 뛰기 시작해 한시도 멈추지 않는다.

완전히 멈추기 전까지는.

빅터가 없어진 지 여드레째다.

나는 그의 재킷을 입고 있다. 냉장고 속 우유를 다 먹었다. 나는 삶이 축적된 흔적을 찾아 방을 뒤지기 시작했다. 하지만 그런 흔적은 없었다. 그는 자기 집 안에서 마치 남의 집에 들어와 지내듯 산다. 비록 폴리가 뒷조사를 한 바에 따르면 이 집은 스위스에 등록된 어느 회사 소유라지만. 그 뒤로 다른 정보는 없었다.

나는 대학 인사과에도 문의했다. 그쪽 관계자들 입장에서 나는 존재하지 않는 사람이었다. 친척도 아니고, 배우자도 아니니까. 나는 그의 서류상 '비상시 연락할 사람' 항목에도 이름이 오르지 않았다. 그러면 누구 이름이 있는데요? 나는 물었다. 그들은 대답하지 못했다. 제네바에 있는 한 회사로 되어 있다고만 답했다.

스타인 박사는 떠난 거예요.

떠나다니 어딜요? 속세를?

사람들은 그냥 사라져 버리지 않는다고요.

하지만 말이죠, 우리가 사는 이 세상에서 그는 사라지지 않았어요. 여기저기서 청구하는 돈도 납부되고 있고, 서류들도 제대로 작성되어 있다고요. 누가 그랬을까요?

어쨌든 맨체스터에서 일어난 대대적 정전과 동시에 도시 전체의 IT가 다운됐어요. 데이터 수백만 기가바이트가 초기화됐죠. 폴리가 말했다. 빅터의 기록들도 마찬가지고요.

그의 핸드폰은 꺼져 있었다.

두 주 뒤 폴리가 터널로 들어갈 방법을 찾아냈다. 그녀는 나를 데려갔다. 우리가 예전에 들어간 입구와는 다른 곳이었다. 우리를 안내해 주는 사람에게 그 입구에 대해 물었더니, 그는 그런 입구는 없다고 했다. 적어도 1950년대 이후로는 쓰이지 않았다고, 막혀 있다고.

우리는 한때 알았던 지하 세계로 들어가는 방문자들처럼 계단을 내려갔다.

우리가 이야기를 나누었던 술집을 발견했다. 그런데 모든 게 원래대로 정돈되어 있었다. 테이블이 엎어져 있지도 않고 바닥에 물이 고여 있지도 않았다. 보드게임과 카드 들은 선반에 단정하게 쌓여 있었다. 윈스턴 처칠의 사진은 새 액자에 끼워져 있었다. 나는 그게 새 액자라는 걸 알 수 있었다. 손가락으로 훑어 보니 먼지가 묻어나지 않았다.

거대한 발전기 제인과 매릴린은 깨끗하고 조용했다.

다른 모든 것도 사라지고 없었다. 콘크리트 방들은 텅 비어 있었다. 펄쩍거리는 거미들도 없었다. 꿈틀거리는 손들도 없었다. 뇌를 조각내느라 바쁜 로봇들도, 병 속에 든 머리들도, 컴퓨터들도 없었다. 천장에서 흔들거리는 형광등과 어웰 강이 콸콸 흐르는 소리뿐이었다.

나가는 길에 퉁명스러운 안내자가 플라스틱 스위치를 내려 우리 뒤편의 조명들을 꺼 버렸다. 그때 무언가가 내 발에 치였다. 나는 몸을 굽혀 그것을 주웠다. 감촉만으로도 무엇인지 알 수 있었다. 빅터가 머리를 가지고 작업하러 갔을 때 그것을 손에서 뺐다.

인장 반지.

나는 다시 그의 집으로 갔다. 챙겨야 할 옷이 몇 벌 있었다. 그런데 현관문에 열쇠가 맞지 않아서 초인종을 눌렀다. 어떤 여자가 적대적인 태도로 나를 맞았다. 새로운 세입자였다. 원하는 게 뭔데요? 그녀가 묻는 말에 나는 내 옷에 대해 설명했다. 그러자 그녀는 부동산 중개업자에게 연락해 보라고 하고는 문을 탕 닫아 버렸다.

유감이었다……. 나는 그 티셔츠를 좋아했는데.

계단을 내려간다. 계단을 내려간다. 계단을 내려간다. 출입문이 마지막으로 닫힌다.

여기 내가 있다. 눈에 띄지 않는 익명의 존재로서 길을 걸어간다. 나는 현존하며 눈에 보이지 않는다. 내 머릿속에서 일어나는 난동도 남들 눈에 보이지 않는다. 내가 생각하는 것들, 내가 느끼는 것들은 나만의 사적인 베들럼이다. 나는 당신과 마찬가지로 나만의 광기를 감당해 낸다. 그리고 내 심장이 미어진다 해도 그것은 여전히 박동한다. 삶의 기이한 점이다.

폴리에게서 문자 메시지가 온다. 오늘 저녁 같이 먹을래요?

그럴까 싶다.

당신의 실체는
무엇이며,
당신은 무엇으로
이루어졌기에,
수많은 기묘한
그림자들이
당신을 모시는가?

어떤 푸줏간에서든 살 수 있을 것이다.

나는 돈이 떨어졌을 때 자주 그걸 샀다. 인간의 몸에서는 가장 귀중한 것이 짐승 고깃덩어리로서는 가장 값싸다.

심장.

잘 바스러지는 마른 나뭇가지 더미 위에서 셸리가 불탔을 때 그의 가슴이 벌어졌고, 우리 친구 트렐로니*가 장작더미에서 그의 심장을 잡아챘다.

인도에서는 남편을 여읜 여자가 장작더미에 올라가 남편을 따라 죽어야 한다고들 생각한다고 한다. 그녀의 삶도 끝

* Edward John Trelawny(1792~1881). 전기 작가, 소설가이자 모험가로서 셸리와 바이런과의 친분으로 잘 알려져 있다.

난다는 것이다.

하지만 그렇지 않다. 우리는 끈질기다. 우리는 살아남는다. 슬픔만으로는 우리를 죽일 수 없다.

나는 자유로워질 수 있을 것이다……. 만약 그의 심장을 장작불에서 꺼냈듯이 내 심장에서 그의 기억을 쉽게 꺼낼 수만 있다면, 나는 자유로워질 것이다.

슬픔이란 더 이상 존재하지 않는 사람과 같이 살아간다는 뜻이라는 걸 나는 깨닫는다.

불교도들은 우리 영혼이 어떤 형체로든 환생할 수 있다고 믿는다. 혹시 그이일까? 겨울 참나무에 자란 저 겨우살이가? 혹시 그이일까? 내 위에서 쏜살같이 날아내리는 저 새의 몸을 입고 있는 걸까? 나는 그가 준 반지를 손가락에 껴서 그를 지니고 다닐 수 있다. 반지를 문지르면 그가 다시 인간의 모습으로 나타날까?

요즘 거의 매일같이 여기로 오는 길고양이가 있다……. 야행성 동물의 저 매서운 눈동자.

나는 그의 심장이 타고 남은 재 약간을 내 머리 타래와 내게 온 편지 몇 장으로 감싸 두었다.

남은 것은 남는다. 우리가 흔적 없이 사라진다는 것은 터무니없는 일이다. 지난주에 에이더 러브레이스가 말하길, 우리가 우리 자신을 해석 기관이 읽을 수 있는 언어로 나타낼 수 있다면 그것이 우리를 읽어 낼 것이라고 한다.

우리를 읽어 내서 되살릴 수 있을까요? 내가 말했다.

못할 것도 없겠죠? 그녀가 답했다.

그가 읽혀서 되살아난다면 즐거워할 것이다. 상상해 본다. 내 주머니 속에 그의 시들이 있고, 그도 있다면. 내가 기계에 천공 카드를 밀어 넣어서 셸리가 나온다면.

메리! 그가 말한다.

(빅터! 당신이야?)

나는 뒤를 돌아본다. 인파 속에서. 저쪽에. 그일까?

다시 시작해 볼까?

인간의 꿈을.

작가의 말

이 이야기는 발명품 — 그 자체로 현실인 것 속에 자리 잡은 또 다른 발명품이다. 알코르는 실제로 존재하는 장소이다. 맨체스터도 그렇다. 베들럼도 마찬가지이다. 맨체스터 지하의 터널도 실재한다. 내가 묘사한 모습대로는 아니지만. 이 이야기 속의 어떤 인물들은 실재했거나 지금도 실재한다. 나머지는 허구이다. 이 이야기에 나오는 어떤 대화도 그 방식 그대로 일어난 적이 없으며, 또는 아예 일어난 적이 없다. 내가 살아 있는 사람들이나 죽은 사람들에게 불쾌감을 주지는 않았기를 바란다. 이것은 이야기이다.

감사의 말

조너선 케이프와 빈티지에서 나와 함께 이 책을 작업해 주신 모든 분께 감사드립니다. 특히 레이철 쿠뇨니, 애너 플레처, 베선 존스, 로라 에번스에게 감사드립니다. 그리고 나보다 더 생물학적 인간을 믿는 수지 오바크에게 감사합니다.

이 책은 내 대자녀들인 엘리와 칼 시어러에게 헌정되었습니다. 그들은 그들이 보고 싶은 미래를 만들려고 노력할 것입니다.

옮긴이의 말

통제를 넘어선 괴물들

"프랑켄슈타인은 괴물이 아니라 그 괴물을 만든 창조주의 이름입니다." 메리 셸리의 팬들과 영문학 전공자들이 수없이 되뇌는 말이다. 하지만 그들이 아무리 열심히 사실을 전파해도 대중의 오해는 쉽게 바로잡히지 않는 것 같다. 아니 대중은 차라리 그 오해를 유지하기를 고집하는 듯 보이기까지 한다. 그 경향은 일정 부분 『프랑켄슈타인』이라는 작품의 운명과 연관되어 있을 것이다. 『프랑켄슈타인』은 1816년 제네바 호숫가에서 장맛비에 갇혀 지루한 휴가를 보내던 친구들을 즐겁게 해 줄 이야기를 쓰겠다는 애초의 목적을 한참 벗어났다. 메리 셸리가 쓴 소설은 그 안에 등장하는 괴물과 같이 창조주의 손을 벗어나, 역사와 국경을 초월해 살아 움직이는 괴물이 되었다. 『프랑켄슈타인』은 이백여 년이 지난 지금까지도 수많은 매체로 재탄생하고 변주되며 대중에게 괴물 그 자체의 대명사로 자리 잡았다.

지넷 윈터슨의 『프랭키스슈타인』도 변주들 중 하나다. 인간에게 영혼이 존재하는가, 기계와 인간은 어떻게 다른가, 생명은 어떻게 창조될 수 있는가에 대한 메리 셸리의 질문들은 오늘날에도 여전히 유의미하지만, 윈터슨은 이 질문들을 한층 현대적인 주제들로 번안한다. 『프랑켄슈타인』의 과학적 토대가 시체를 전기 자극으로 되살리는 갈바니즘이었다면 『프랭키스슈타인』의 그것은 인공 지능, 마인드 업로딩, 인체 냉동 보존술이다. 21세기 인간들은 인공 와우나 의수나 의족을 포함한 스마트 삽입물들을 통해 육체적, 정신적 능력을 개선함으로써 전보다 더 나은 생물으로 살아갈 미래를 꿈꾼다. 한편으로는 개개인의 정신을 네트워크에 업로드해 육체의 한계를 벗어남으로써 생물이 아닌 존재가 되는 미래를 꿈꾸기도 한다. 동시에 인공 지능이 특이점을 넘어서 우리 삶을 제어하게 되기를, 그리하여 인류의 악덕과 과오를 시정할 수 있기를 기대하는 전망도 있다. 또 어떤 이들은 인체를 냉동한 다음 시간을 뛰어넘어 의학과 기술이 진보한 미래에 깨어나 자신의 병을 고칠 수 있기를 바라기도 한다. 인간 증강과 기계 학습을 연구하는 매드 사이언티스트이자 빅토르 프랑켄슈타인 박사의 현신인 빅터 스타인은 이 포스트휴먼, 또는 트랜스휴먼의 시나리오들 중 한 가지 이상은 일어나게 되어 있으며 그 진보를 거부하고 사는 것은 불가능하다고 단언한다.

반면 그 진보에 회의적인 인물도 있다. 트랜스젠더 의사 라이 셸리는 그 전신인 메리 셸리와 마찬가지로 육체를 중요시한다. 라이는 연인 빅터의 몸을 사랑하고, 수술을 받은 자신의 현재 몸에 만족한다. "우리는 우리의 육체란 말이야."라고 단언하는 라이는 몸에서, 현재에서, 자기 자신에게서 벗어난 어떤 것이 되고 싶어하지 않는다. 반면 빅터는 자신의 회사 로고로 "미래는 지금이다."라는 표어를 내걸 만큼 현재로부터 끊임없이 벗어나려 하는 인물이다. 빅터는 라이가 트랜스젠더라는 점을 "지금 여기에 있는, 미래의 전조"로 받아들여 열광한다. 성 전환을 함으로써 자기 자신의 진화에 개입한 트랜스휴먼의 사례라고 보는 것이다.

트랜스젠더와 트랜스휴먼은 실로 인접한 관계일 수 있다. 라이는 "우리는 어떤 몸이든 잘못된 몸일 수 있다는 감각을 이해한다."라며, 기존의 몸을 변경하려 하는 트랜스휴먼의 지향점 자체에는 동감의 뜻을 밝힌다. 그러나 그는 한편으로 "나는 나 자신에게서 멀어지려고 수술한 게 아니에요. 가까워지려고 한 거죠."라거나, "나는 나이고, 나는 한 가지 존재가 아니며 하나의 성별도 아니다. 나는 이중성을 지니고 산다."라고 말하기도 한다. 이는 라이가 트랜스휴먼이라기보다는 도나 해러웨이가 주창한 사이보그 개념에 가까운 존재임을 암시한다.

생물학자이자 페미니즘 이론가인 해러웨이의 『사이보그

선언』에 따르면 사이보그는 물질과 정신, 인간과 기계, 인간과 동물, 자연과 인공과 같은 이원론적 경계를 무너뜨리는 '잡종'으로서, "동물 및 기계와 맺는 친족 관계를 비롯해 영원히 부분적인 정체성과 모순적 입장을 두려워하지 않으면서 살아가는" 존재이다.

반면 트랜스휴머니즘은 정신으로 물질을, 기계로 인간을, 인공으로 자연을 극복하고자 하는 흐름으로서 백인 남성을 중심으로 하는 서구의 오래된 계몽주의와 같은 틀을 공유한다. 실제로 오늘날 트랜스휴머니즘은 일론 머스크나 케빈 워릭과 같은 백인 남성 인물들에 의해 견인되고 있다. 『프랭키스슈타인』의 폴리 D는 "진짜 인공 지능을 창조하기 위한 경주는, 감성 지수가 낮고 남학생 기숙사에서나 통하는 사교 기술밖에 없는 자폐 스펙트럼 백인 남성 젊은이들에 의해 굴러가고 있습니다. 그들의 용감한 신세계가 과연 어떻게 성적으로 중립적일 수 있을까요? 아니, 어떤 영역에서든 중립적일 수가 있을까요?"라고 반문한다. 섹스봇을 제조하며 빅터스타인에게 투자하는 사업가 론 로드는 폴리 D의 우려가 현재진행형임을 보여주는 인물처럼 보인다. 섹스봇은 여성의 신체를 남성의 성욕을 해소하는 도구로 물화시키지만, 론 로드는 오히려 남자들이 섹스봇으로 만족하는 법을 배우면서 현실의 여자들에게 폭력을 가하지 않게 되리라고 믿는다.

『프랑켄슈타인』의 괴물이 불러일으키는 공포는 흉측한 외모와 살인에서 기인하기도 하지만, 궁극적으로는 그가 창조주에 의해 통제되지 않는다는 점, 그리고 그 추악함이 창조주 자신의 거울상이라는 점에 있다. 『프랭키스슈타인』에서도 그와 비슷한 공포가 그려진다. 인공 지능은 인간에 의해 만들어졌지만 인간에 의해 통제되지 않을 것이고, 백인 남성 중심적 가치관을 답습하리라는 것 말이다. 하지만 윈터슨은 『프랑켄슈타인』에 나오지 않은 공포도 묘사한다. 예컨대 라이 셸리가 트랜스젠더이기 때문에 당하는 폭력이 그것이다. 흔히 여자와 남자라는 두 성별로만 구분되는 공용 화장실은 라이를 비롯한 트랜스젠더들에게 결코 안전한 공간이 될 수 없다. 그러나 라이는 타인들에 의해 남성으로 간주되기 때문에 어쩔 수 없이 남자 화장실을 이용하고, 그곳에서 어떤 남자에게 강간을 당한다. 라이는 트랜스젠더 피해자들이 사법 기관에서 겪기 일쑤인 2차 가해를 감당할 자신이 없어 경찰에 신고하지 못하고 다만 "나 자신과 다른 사람들이 이해되지 않아서 밤중에 운다". 그리고 반문한다. 이것이 "내가 나로 존재하기 위한 대가"인지. 트랜스휴먼들이 두뇌 복사와 스마트 삽입물을 통한 영원한 삶을 꿈꾸는 동안, 라이 같은 사이보그들은 단지 자기 자신으로 존재하고자 한다는 이유만으로 수많은 폭력을 감수한다.

『프랭키스슈타인』은 과학 기술에 대한 섬세한 통찰이 돋보이는 SF인 한편 문학의 의미를 사유하는 소설이기도 하다. 윈터슨은 1816년의 메리 셸리가 『프랑켄슈타인』의 집필에

착수하는 장면을 보여주며 이야기를 시작한 다음, 브렉시트 시대의 영국과 미국으로 시공간을 전환해 메리 셸리의 현대적 판본인 라이 셸리를 등장시킨다. 윈터슨은 과거와 현재를 오가며 여러 층위의 픽션을 엮어 나가는데, 이 과정에서 메리 셸리는 『프랑켄슈타인』을 창조한 작가임과 동시에 윈터슨에 의해 창조된 가상의 인물이라는 이중적 입지를 갖는다. 『프랑켄슈타인』의 빅토르 프랑켄슈타인 박사가 자신의 피조물인 괴물을 통제할 수 없었듯, 『프랭키스슈타인』의 메리 셸리는 자신의 피조물인 『프랑켄슈타인』을 — 더 나아가 빅토르 프랑켄슈타인 박사를 — 통제하는 데 실패한다. 이는 자연히 지넷 윈터슨이 『프랭키스슈타인』과 메리 셸리와 라이 셸리 모두를 통제할 수 없으리라는 것을 독자들에게 상기시킨다. 예술가가 일단 작품을 만든 이상 그것이 어떻게 그 예술가의 것일 수 있겠는가? 그 통제 불가능성을 보여주기라도 하듯 소설의 플롯은 여러 에피소드 속에 산재되고 우연적 요소들과 긴 대화와 말장난과 유머로 이어진다. 소설 속에서 메리 셸리는 이렇게 말한다. "나는 빅토르 프랑켄슈타인과 비슷한 정신적 고뇌를 느낀다. 괴물을 창조한 이상 그것을 무를 수는 없다는 고뇌. 시간은 무자비하다. 시간은 이미 벌어진 일을 철회해 주지 않는다. 일어난 일은 일어난 것이다."

일어난 일은 일어난다. 일단 만들어진 괴물의 존재를 없는 셈 칠 수는 없다. 프랑켄슈타인의 괴물은 저 넓은 빙원으로 도주해 불멸하는 삶을 얻었다. 여기서 우리의 입장은 양분될 수 있다. 폭력과 상처를 감당하더라도 끝끝내 살아남을 수 있다는 데에 희망을 갖는 괴물의 입장. 또는 괴물을 없애야 한다는 실현 불가능한 강박에 시달리는 창조주의 입장. 그런데 창조주와 괴물은 얼마나 다른가? "그건 빅토르 프랑켄슈타인의 대사가 아니라 그 피조물의 대사예요."라는 메리 셸리의 말에 프랑켄슈타인은 대꾸한다.

"우리는 똑같아요, 똑같다고요."

2023년 2월

김지현

옮긴이 김지현

소설가이자 번역가, 에세이스트. '아밀'이라는 필명으로 소설을 발표하고, '김지현'이라는 본명으로 영미문학 번역가로 활동하고 있다. 단편 소설 「반드시 만화가만을 원해라」로 대산청소년문학상 동상을 수상했으며, 단편 소설 「로드킬」로 2018 SF 어워드 중단편소설 부문 우수상을, 중편 소설 「라비」로 2020 SF 어워드 중단편소설 부문 대상을 수상했다. 소설집 『로드킬』, 산문집 『생강빵과 진저브레드』 등을 썼으며, 『그날 저녁의 불편함』, 『끝내주는 괴물들』, 『조반니의 방』, 『흉가』 등을 우리말로 옮겼다.

프랭키 스슈타인

1판 1쇄 인쇄 2023년 2월 20일
1판 1쇄 펴냄 2023년 3월 6일

지은이 지넷 윈터슨
옮긴이 김지현
발행인 박근섭 · 박상준
펴낸곳 (주)민음사

출판등록 1966. 5. 19. 제16-490호
주소 서울특별시 강남구 도산대로1길 62(신사동)
강남출판문화센터 5층 (우편번호 06027)
대표전화 02-515-2000
팩시밀리 02-515-2007
홈페이지 www.minumsa.com

ISBN 978-89-374-2772-5 (03840)

이 책에
쏟아진 찬사

우리 시대 가장 재능 있는 작가가 쓴,
바로 지금을 위한 급진적인 러브 스토리.
— 뉴욕 타임스

메리 셸리의 『프랑켄슈타인』의 현대적
해석이자, AI와 과학, 젠더 유동성을
바라보는 흥미롭고도 매력적인 시선,
그리고 궁극적으로 인간이란 진정
무엇인가에 관한 이야기.
— 뉴 스테이트먼츠

지적이고, 혁명적이며,
웃음을 자아내는 소설 — 타임스

빠르고, 로맨틱하고,
날카롭게 유머러스하다. — 와이어드